書下ろし

悪魔の旅団《デビルズ・ブリゲード》

傭兵代理店

渡辺裕之

祥伝社文庫

目次

各国の傭兵たちを陰でサポートする。
それが「傭兵代理店」である。
日本では東京都世田谷区の下北沢にあり、
防衛省情報本部の特務機関"K機関"が密かに運営している。

【主な登場人物】

藤堂浩志《とうどうこうじ》……………元刑事、復讐者《リベンジャー》と呼ばれる傭兵

マジェール佐藤《さとう》…………大佐という渾名《あだな》の元傭兵

片桐勝哉《かたぎりかつや》……………前作『傭兵代理店』で藤堂と死闘を繰り広げた男

新井田《あらいだ》教授…………異常性格の殺人鬼

森《もり》　美香《みか》……………謎多き女。藤堂の恋人

瀬川里見《せがわさとみ》……………陸自空挺部隊員。傭兵代理店の社員

池谷悟郎《いけたにごろう》……………省外特務機関"K機関"の総帥。傭兵代理店を経営

寺脇京介《てらわききょうすけ》……………Bクラスの傭兵。"クレイジー京介"という渾名

河合哲也《かわいてつや》……………藤堂がヤクザの手から救った不良少年

都築《つづき》老人……………喜多見一家殺人事件で息子の家族を殺された老人

犬飼雅彦《いぬかいまさひこ》……………大和組の組長

一色《いっしき》三等陸佐…………藤堂ら傭兵チームと戦う"特戦群"の隊長

セルゲイ・ヤポンチク…セルビアタイガーの隊長

始動

一

　小さな島が午後の陽射しを受け、マングローブの枝にコバルトブルーの鮮《あざ》やかな色彩を加えている。カワセミ科のアオショウビンだ。枝から枝へと飛び移ったかと思うと、一時生きていることを忘れたかのようにじっとしている。

　暦《こよみ》の上では二月だが、マレーシアの北部、アンダマン海に浮かぶ常夏《とこなつ》の島ランカウイでは、乾期に入り、毎日好天が続いていた。

　ランカウイ島の北東タンジュン・ルーの川辺に浮かぶキャビンのデッキから、対岸のマングローブの森を見つめる男は、身長一七六センチ、体重六十四キロ、脂肪とはまったく無縁の引き締まった体をしている。傭兵仲間から〝リベンジャー（復讐者）〟と呼ばれ、飛び抜けた格闘術と戦略的センスを持ち合わせ、畏《い》敬《けい》の眼差《まなざ》しで見られることもある。だが、デッキから足を投げ出し、遠くを見る眼差しはどこかうつろで覇気がない。

藤堂浩志《とうどうこうじ》は、傭兵という職業はおろか、生きていることすら煩《わずら》わしかった。静養と言えば聞こえはいいが、古くからの友人〝大佐〟ことマジェール佐藤《さとう》の家に居候《いそうろう》して、かれこれ三ヶ月近くたつ。佐藤が〝大佐〟と呼ばれるのは、傭兵をしていたころ、どこの軍隊へ行っても大佐クラスの待遇で迎えられたためである。浩志は、大佐が現役のころから先輩というより友人として世話になってきた。その大佐も今では五十八。六年前に引退し、ランカウイ島の自然を案内するガイドになって生計を立てている。

「浩志。出かけてくるぞ！」

声のする方に顔を向けると、大佐がキャビンの桟橋《さんばし》に舫《もや》われている観光用モーターボートに乗り込むところだった。大佐の連れ合いであるアイラは、昨日から泊まりがけで実家に遊びに行っている。暇《ひま》を持て余して買い物がてら街に気晴らしにでも出かけるのだろう。大佐のボートを無言で見送ると、浩志はまた対岸のマングローブにアオショウビンの姿を求めた。

平和な国日本ではまったく無縁の傭兵という職業に就《つ》くきっかけは、警視庁の刑事だったころ、五人の家族が惨殺された世田谷《せたがや》の喜多見《きたみ》一家殺人事件の容疑者に仕立てられたことだ。半年後アリバイは立証されたが、すでに庁内での居場所を失っていた。失意の中、真犯人がフランスの外人部隊に入隊したという密告を受け、迷うことなく刑事を辞し外人部隊に入隊した。この外人部隊入隊こそ浩志の人生を大きく変え、傭兵として生まれ変わるきっかけになった。結局犯人を見つけることはできなかったが、除隊後、プロの傭兵となり犯人の噂《うわさ》を頼りに、時効成立まで十四年間ひたすら戦地を流浪《るろう》し、凄腕の傭兵として頭角を現すようになった。

昨年の夏、傭兵としての進退を決めかねて日本に戻った浩志は、十五年前と手口が酷似した殺人事件に出くわした。被害者を失神させた上で、首を切るという残酷な手口だ。その事件を追ううちに、鬼胴《きどう》という政治家を頭《ヘッド》とした武器と麻薬を密輸入する組織と対峙《たいじ》することになった。浩志は傭兵仲間を集め、鬼胴を追いつめた。そして、タイの特殊部隊と共にミャンマーのカウイン島に乗り込み、ついに逃亡中の鬼胴を逮捕した。もっとも、苦労して捕まえた鬼胴は、マレーシアのランカウイ島で鬼胴の手下だった片桐勝哉《かたぎりかつや》にあっけなく殺されてしまった。その片桐とは、壮絶な闘いの末決着をつけたのだが、その際片桐から十五年前浩志を陥《おとしい》れた犯人は自分と殺し屋の新井田《あらいだ》だったと知らされ、新井田がすでに死亡していたこともあり、復讐の旅はここに終わりを告げた。

片桐との死闘で傷ついた浩志は、タイの国軍特殊部隊のヘリで、ランカウイにほど近いタイ南部の都市ハジャイにある病院に運ばれた。出血が多く、一時は命も危ぶまれたが、特別な医療チームによる治療と持ち前の強靭《きょうじん》な体力でなんとかあの世逝《い》きは免《まぬか》れた。一旦《いったん》死の淵《ふち》から蘇《よみがえ》ると驚異的な早さで回復し、一週間後には、バンコクにあるタイ最大の病院、バムルンラード病院に移送された。

アジア有数の豪華な病院は、ラウンジやレストランも備え、ホテル並みの施設を誇《ほこ》る。タイ国軍がいかに浩志を厚遇しているかがわかり、却《かえ》って恐縮したほどだ。さらに驚いたのは、片桐に人質として拉致《らち》され、麻薬中毒にされた森美香《もりみか》もこの病院の特別病棟に入院していたことだ。

美香との出会いは、浩志が鬼胴の手下に狙撃されたところを偶然彼女に助けられたことに始まる。彼女の本名は、松下由実《まつしたゆみ》という。子供のころ鬼胴に母親を殺された彼女は、森美香と名乗り復讐するため夜の女として鬼胴に接近したという。浩志は過去に自分と同じような苦しみを抱える彼女に惹《ひ》かれ、彼女に代わって復讐を果たすという意味でも鬼胴と闘《たたか》った。しかし、皮肉なことにその闘いに巻き込まれ、彼女は麻薬中毒にされてしまった。

彼女の担当医師によれば、麻薬中毒の治療は進んでいるが、一方で鬱《うつ》病の症状が出て来たということだった。彼女は浩志の足手まといになった自分を許せないらしく、その気持ちがさらに彼女を追い込んでいるのではないかと医師は診《み》ていた。もともと彼女にはなんの責任もないのだが、彼女を救い出すために片桐と闘った浩志がぼろぞうきんのように怪《け》我《が》を負わされたのを見て、相当なショックを受けたらしい。彼女の気持ちの整理がつくまで会わない方がいいという医師の言葉を信じ、浩志は美香と距離を置くことにした。

手厚い看護を受けた浩志は、その後二週間で病院を出ることができた。美香を残してバンコクを離れるのは、気が進まなかったが、タイ国軍陸軍第二特殊部隊の隊長スウブシン大尉の勧《すす》めもあり、リハビリを兼ねてチェンマイ郊外の陸軍基地に赴《おもむ》き、第二特殊部隊の訓練に参加した。

当初、室内の筋力トレーニングに専念したが、二週間もすると隊員と同じメニューの訓練になんとかついていくことができるようになった。傭兵は、戦場で正規の兵士を凌《しの》ぐ活躍をしなければ、雇われる価値はない。それには、戦闘能力もさることながら、どんな過酷な行軍でもへこたれない体力が求められる。長年戦地で培《つちか》ってきた体力は、傷ついた体を短期間で復元させた。

鬼胴逮捕のため、カウイン島急襲作戦（『傭兵代理店』祥伝社文庫）で行動を共にしたトポイ少佐に請《こ》われ、部隊の兵士に格闘技の指導をすることもあった。体力も以前とまったく変わらないまでに回復し、訓練も苦もなくこなせるようになったころ、ショッキングな出来事が起きた。美香が無断で病院を抜け出し帰国したと、担当医師から連絡を受けたのだ。以来、何事につけモチベーションが下がり、訓練にも身が入らなくなった。

浩志は、体力が回復したことを理由にトポイ少佐に別れを告げると、その足で大佐の家に転がり込んだ。元々十五年にわたる犯人探しに終止符を打ち目的を失っていただけに、死にものぐるいで救った美香の失踪《しっそう》は正直堪《こた》えた。とはいえ、失踪の原因は、充分すぎるほど理解できたし、後を追いかけるほど彼女に未練はないとひたすら自分に言い聞かせた。

執拗《しつよう》に追い回す浩志の視線を感じてか、アオショウビンは視界から消えた。あてもないバードウオッチングにもそろそろ飽《あ》きてきた。居候も潮時かとは思っているが、なかなか腰をあげる気になれない。

遠くからモーターボートの音が近づいてくる。視線を川下に移すと大佐が操舵する観光用モーターボートが視界に入った。出かけてから一時間とたっていない。近くの入り江にある観光客用桟橋に行ったのか、船上に客らしき人影が一つあった。川面《かわも》に反射する光のせいで顔ははっきり見えないが、体格のいい男が一人座っているのがわかる。

一ヶ月ほど前から、さすがにただの居候というのも具合が悪く、大佐の仕事を手伝っている。大したことはしないが、ツアーの観光客にランチを出すために厨房で腕を振るっていた。野戦食とはいえ料理が得意だったことが幸いし、観光客にも受けがいい。だが、今日は大佐からツアーの予定は聞かされてはいない。

大佐は一旦キャビンを通り越し、ボートをユーターンさせるとエンジンを切り、ゆるやかな川の流れに乗って桟橋に寄せた。浩志は大佐の投げるロープを受け取り、ボートを桟橋の杭に固定した。

「藤堂さん、元気そうですね」

ボートから降りた大男は、浩志に握手を求めた。

「めずらしいな。どうした」

男は、身長一八六センチ、八十キロ、短髪で目つきは鋭いが、白い歯が精悍《せいかん》な男の誠実さを象徴していた。傭兵代理店の瀬川里見《せがわさとみ》だった。

浩志が右手を差し出すと瀬川は力強く握り返してきた。傭兵代理店は、近年中近東の政治不安を背景に急速に発展した民間軍事会社とならぶ業種だ。民間軍事会社は、国などの大手クライアントを持ち傭兵を組織的に戦地に送り出す会社で、アメリカの〝ブラックウオーター社〟が有名だ。米国と年間二十五億ドルも取引がある同社は一九九七年に設立され、イラクで最も活躍している（悪名を轟《とどろ》かせている）傭兵は、この会社が派遣しているといっても過言ではない。

一方、傭兵代理店のクライアントは、個人から大手まで様々であるが、傭兵自身が登録して、代理店を通じ仕事を受けるという点で民間軍事会社とは、組織的に異なる。ただし、欧米ならともかく日本で傭兵代理店は公《おおやけ》に営業できるものではない。瀬川の所属する会社の社長池谷悟郎《いけたにごろう》は、元防衛庁情報局の局員で、傭兵代理店の実態は、現防衛省情報本部の省外特務機関というからある意味納得がいく。瀬川は、この代理店でコマンドスタッフと呼ばれる傭兵をサポートする会社員となっているが、実は現役の陸自空挺部隊の隊員だ。

「話はキャビンで冷たいものを飲みながらやろう」

ボートから降りてきた大佐は、浩志の肩を叩《たた》くと、不安定な桟橋をすたすたと歩き、観光客用のキャビンに入っていった。

「すみません。突然おじゃまして。前もって連絡すると、藤堂さんに断られる可能性があると、社長が言うものですから」

社長とはむろん傭兵代理店社長の池谷のことだ。省外特務機関ということで、コードネーム〝K機関〟と呼ばれ、池谷は局長に収まっている。だが、防衛省の職員ではない。戦前から日本の特務機関は、責任者のイニシャルをつける慣習があるが、池谷は自分のイニシャルをつけるのを嫌い所在地である下北沢《しもきたざわ》のKを代わりにつけたと聞いている。

「社長は」

浩志は手を挙げ、瀬川の話を遮《さえぎ》った。

バイクに似た爆音が川下から近づいてくる。それも一つや二つではない。かなり複数の音が重なっている。

「どこの馬鹿野郎だ！」

大佐が血相を変えてキャビンから飛び出してきた。

目を凝《こ》らすまでもなく、水上バイクが数台視界に入ってきた。

「水上バイクは規制されているんじゃないのか」

「当たり前だ。ここは環境保全地域だ！」

浩志の問いに大佐は怒鳴《どな》り返すように答えた。

みるみるうちに水上バイクの編隊は凄《すさ》まじいスピードで浩志らがいるキャビンの前を、水しぶきを上げながら通り過ぎて行った。

二

六台の水上バイクに乗った連中は、思い思いの格好をしていたが、共通していることは全員サングラスをして、体格がいい男ということだ。

「大佐！　銃だ！」

浩志は男たちが、脇に幅広のバッグを斜め掛けしていることに気がついた。

「とりあえずこれを使え！」

大佐も気づいたらしく、すぐさまキッチンからベレッタM九二Fを二丁出すと、浩志と瀬川に投げてよこした。

「ちょっと待っていろ！」

そういうと、大佐は武器庫のキャビンに向かって走り出した。

「どうしたんですか！」

瀬川はベレッタを受け取ったものの、唖然《あぜん》としている。

「奴らがただの暴走族ならいいんだがな」

浩志は弾倉をすばやくチェックすると瀬川にキッチンへ隠れるように指示をした。

水上バイクは、減速すると次々にターンをして戻ってきた。川幅のせいもあるが、順序よく距離を置きながら、ターンをする。統制のとれた行動だ。しかも、いつの間にか手に自動小銃を抱えていた。男たちが持っている銃を確認すると、浩志は舌打ちした。

「瀬川、絶対顔を出すなよ！」

浩志は水上バイクの速度とコースを確認すると、キャビンの壁の後ろに身を隠した。大佐を探すと、ＡＫＭを一丁構え、別に二丁を肩に担《かつ》いで隣のキャビンの陰に隠れている。敵の動きが速いため、狭い渡り廊下を渡ることができなかったようだ。

男たちは、歓声を上げながら浩志のいるキャビンの前を通り過ぎて行き、まるでゲームでもしているかのように自動小銃をフルオートで撃ってきた。小型だが、破壊力のある銃だ。弾はキャビンの屋根を吹き飛ばし、オープンデッキの木製のテーブルや椅子《いす》を粉砕した。人間工学に基づいて作られたという丸みを帯《お》びた銃身から銃口が突き出たような独特のフォルムから、浩志はＰＳ九〇とあたりをつけていた。ベルギーのＦＮ社が開発した強力なサブマシンガンＰ九〇（プロジェクト九〇）の米国市場向け改良版だ。この銃の前ではただ頭を抱えて、隠れるのみだ。さしもの大佐も、反撃もせずになりを潜《ひそ》めている。

浩志は銃を構え、水上バイクのエンジン音を数えた。六つ目のエンジン音をやり過ごした瞬間、壁から身を乗り出し、最後尾の水上バイク目がけてベレッタを連射した。五発中一発が男に命中し、一発がエンジンに命中した。男は、水中に投げ出され、水上バイクは対岸のマングローブの森に激突した。

先行していた二台がすぐにユーターンしてきた。一人が水中に手を伸ばし、撃たれた男を引っ張り上げると、助けられた男は水上バイクの後部に自力で這《は》い上がった。二人乗りの水上バイクは、そのまま川下に下って行った。撃たれた男は防弾チョッキを着ていたようだ。敵ながら胸のすくような手際《てぎわ》よさだ。

残った一台は、キャビンからかなり距離を置いて停止した。ベレッタの射程距離を計算した上での行動であることは言うまでもない。大佐が隣のキャビンから出て狙《ねら》い撃ちを始めたが、当たる様子はない。大方の傭兵は、接近戦はともかく、狙撃の腕は今いちというのが相場だ。傭兵歴三十年の大佐もご多分にもれない。

男は狙われているのも気にせずに煙草《たばこ》に火をつける余裕を見せた。

「ふざけるな！」

大佐はムキになって銃を撃っているが、ますます的からはずれている。

男は吸い始めたばかりの煙草を指でつまんで投げ捨てると、水上バイクの後部につけられているケースから何か筒状のものを取り出した。

「逃げろ!」

浩志は、大佐と瀬川に向かって大声で叫んだ。男はAT三(携帯対戦車ロケットランチャー)を肩に乗せ、照準を合わせると引き金を無造作に引いた。

浩志と瀬川は夢中でキャビン後方の水中に飛び込んだ。同時にキャビンが轟音《ごうおん》をたてて爆発した。いくつものキャビンの破片が水中にまで猛烈なスピードで飛んできた。水中で瀬川に、キャビンの裏側の岸に向かうようにハンド・シグナルを送った。どこにも怪我はないらしく、瀬川は親指を立てて頷《うなず》いた。

岸までは、およそ十五メートル。一度も水面に顔を出さずに二人は泳ぎ着いた。浩志は水中にまで繁殖するマングローブの根の隙間《すきま》から水面に顔を出し、男の姿を探したが、見つけることはできなかった。それでも警戒しつつ、岸に這い上がろうとすると大佐の大声が響いた。

「おーい、無事か!」

大佐は、武器庫のキャビンのデッキに座っていた。AKMを傍《かたわ》らに置き、くつろいだように足を投げ出していた。

「行っちまったから戻ってこい」

浩志は標的になるキャビンから離れるべく岸まで泳いだが、大佐はAT三が浩志を狙っているのを確認すると逃げるのを止《や》めたらしい。AT三は連射できる銃とは違う。まして使い捨てだ。

浩志は苦笑すると、また川に飛び込んだ。

三

浩志と瀬川は、大佐のいる武器庫のキャビンまで泳ぎ着き、びしょ濡れの体をデッキに持ち上げた。

「いい運動したな」

大佐は、攻撃を受けた上に商売道具であるキャビンを一つ破壊されたにも拘《かか》わらず、満面の笑みを浮かべた。

「ふっ、昔を思い出したのか、大佐」

浩志も傭兵として駆け出しのころ、大佐が指揮する傭兵部隊にいたことを思い出し、なぜか楽しい気分になっていた。理不尽な攻撃を受けたことへの腹立たしさなど微塵《みじん》も感じさせない。もっとも、あれだけの攻撃を受けて、怪我一つしていない。これほど笑える話もない。大佐の連れ合いであるアイラが、不在だったのも不幸中の幸いだった。

「まあ、そんなところだ。こういう時は、冷えたビールを飲むのが一番だ」

大佐は、浩志と瀬川を住居になっているメインキャビンに誘った。そして、キャビンをつなぐ狭い渡り廊下の上で、突然振り返った。

「忘れていた。瀬川君をもてなさなきゃな」

大佐は、首の後ろを叩き、笑いながらまた歩き出した。

「あっ、そっ、そんな」

瀬川は、目を白黒させている。どうやらまだ気が動転しているようだ。

大佐に続いて浩志と瀬川は、メインキャビンに入った。開け放たれた窓から吹き込む風が、濡れた体に心地よくあたった。浩志は間借りしている部屋で着替えると、入り口で濡れたまま立っている瀬川に自分の着替えを渡し、ソファーに座った。

「とりあえず、これに着替えろ。濡れた服は、帰るころには乾いている」

「お二人とも、よく平気な顔をしてられますね。あんな目に遭《あ》ったのに」

瀬川は着替えを受け取ると、ソファーでくつろぐ浩志にいかにも呆《あき》れたという表情をみせた。

「さっきのことか」

「そうですよ。突然あんな攻撃をされて、どうして平気でいられるのですか」

「別に戦地じゃ、珍しくもないぞ」

浩志は、肩をすくめた。

「ここは、戦地じゃありませんよ」

「瀬川君、確かにここは戦場じゃないが、襲われるのは、これで二回目だ」

奥のキッチンから、ビール缶を抱えた大佐が現れた。

「もっともあの時は、敵は四人だったな。全員私が始末したが」

大佐は現役を退《しりぞ》いてからも、東南アジア諸国から、軍事アドバイザーとして呼ばれることがしばしばあった。特にタイの特殊部隊では、テロ対策の演習を指揮していたことがあり、関係も深かった。そのため、タイのイスラム武装組織から恨まれることになり、五年前、四人のイスラム過激派に襲撃された。

大佐は夕食後決まって武器庫にこもり、武器の手入れをする。テロリストたちから襲われた時、まさに銃の手入れを始めた矢先だった。大佐にとって、武器の山に囲まれていたことが幸いし、一方テロリストらにとっては、それが地獄となった。大した銃撃戦をするまでもなく、大佐は瞬《またた》く間に襲撃者たちを全員始末した。接近戦を得意とするベテラン傭兵のなせる技だった。

大佐は浩志と瀬川にビール缶を渡すと、右手に持った缶を高々と掲《かか》げた。

「乾杯、ですか？」

瀬川が言うまでもなく、さすがに浩志も怪訝《けげん》な顔をした。

「浩志、どうして、私の機嫌がいいかわかるか」

「久しぶりに、銃を撃ったからじゃないのか」

浩志は、軽く大佐の缶に自分の缶を当てると、一気に飲み干した。大佐の気配りだろう、渡されたビールは、日本製だった。地元ビールよりは高いが、この島では、関税がからないため、日本の半額以下で買える。こくがあり、きれがある。南国のライトなビールとはひと味違う喉越しと刺激が、渇いた喉を潤《うるお》した。

「浩志、おまえさんの目だよ。ここに来てから、ずっと腐《くさ》った魚のような目をしていただろう。だが、今は生き生きしている。それが、うれしいんだ。やっぱり、おまえさんを元気づけるのは、慰《なぐさ》めじゃなくて、戦いだということだな。襲ってきた連中に感謝しているくらいだ」

「ばかばかしい！」

吐き捨てるように言ってはみたものの、納得せざるを得なかった。銃撃されている間、ぴりぴりとした緊張感が全身を覆い、体中の血が沸《わ》き立つのを覚えながら、頭は恐ろしいまでに冷静でいられた。こんなことに生き甲斐《がい》を見いだす自分にいまさらながら嫌悪《けんお》感を抱《いだ》きつつも、血が騒ぐことに快感を覚えていたことも事実だった。

「それじゃ、さっきの連中も、イスラム過激派だったんですか」

瀬川は、たまらず質問をした。

「いや、連中が使う銃は、ＡＫシリーズとほぼ相場が決まっている。ＰＳ九〇なんて高級な銃を使うわけがない。それに旧式だがＡＴ三なんて使い捨て無反動砲を使うわけがない」

大佐も、口をへの字に曲げ、訳がわからないという表情をした。

「俺も最初、PS九〇だと思ったが、銃身が短かった。第一奴らは連射してきた。あれはオリジナルのP九〇だ」

「P九〇？　そういわれてみれば、PS九〇はフルオートでは撃てないはずだったな。だが、P九〇が闇に流れているとは聞いたことがないぞ」

大佐は、腕組みをして黙ってしまった。

P九〇は、一般にはサブマシンガンのカテゴリーに入れられているが、防弾チョッキさえ貫通する破壊力は、まさにアサルトライフル（突撃銃）のものだ。事実、サブマシンガンは通常既存の拳銃弾を使用するが、P九〇は五・七ミリでライフルのような先の尖《とが》った専用弾を使用する。製造したFN社は、P九〇がテロリストに渡ることを恐れ、威力を落とし、フルオート機能をなくしたPS九〇を新たに民間用に開発した。それゆえ、オリジナルのP九〇は一般市場に出回ることなく、所有している国では、軍か警察の管理下に置かれている。

「それじゃ、いったい何者なんですか！」

瀬川は、ビールにも手を付けず、落ち着かない。

「まあ、恨まれる相手は沢山《たくさん》いるからな。もっとも、P九〇を持つような金持ちの国から恨まれる覚えはないから、ひょっとして、おまえさんが連れて来たのか」

大佐は、いたずらっぽく瀬川に笑って見せた。

「冗談でしょ。まさか、それはないと思いますが」

瀬川は、しかめっ面《つら》をした。傭兵代理店は、防衛省情報本部の省外特務機関だ。百パーセントないとは言い切れないだろう。

「闇の武器市場は、今は核も扱っている。P九〇も、闇に流れていて不思議はない。それにP九〇を使う正規の軍隊なら今時AT三じゃなくてAT四を使うはずだ」

浩志は、困惑顔の瀬川に助け舟を出した。

「なるほど、武器の組み合わせが、アンバランスということですね。ちょっと金回りのいい武装組織ということですか」

「ともかく用があればまた奴らの方から接触してくるだろう。いずれにせよ連中は、俺たちを本気で殺そうとしたわけじゃない。まあ、体《てい》のいい射撃訓練の標的にされたってところだろう」

「よしてくださいよ。藤堂さん。逃げなきゃ、死んでましたよ」

「むろん連中は、俺たちがだれか知った上で、攻撃して来た。単純な攻撃じゃ死なないという前提でな。大佐の作ったキャビンは特別製で、壁には分厚い鉄板がはめてあった。奴らも弾を撃ち込んで気がついたんだ。だから、無反動砲を最後に撃ってきたんだろう」

「壁に、鉄板！　……それにしても、一体どこの組織だったんでしょうか」

「今詮索《せんさく》しても仕様がない。用があれば、また顔を見せるさ」

浩志は、そういうと頬《ほお》を緩《ゆる》ませた。襲撃者たちは、統制のとれた行動、射撃の正確さから判断すれば、厳しい訓練を受け、幾多の実戦を経験した兵士たちに間違いない。いずれ相見《あいまみ》える敵という予感すらした。そう考えるとなぜか、心弾《はず》むのを覚えた。

四

傭兵になってから学んだことで恐怖は克服できるものではないということがある。どれだけ戦闘の経験を積んでも、敵の弾幕が平気になるということはない。逆に恐怖を感じるからこそ、戦場で危険を回避する行動をとり、命を長らえることになる。ただ戦場での経験値は確かに蓄積される。傭兵歴が長い者は、たとえ一分前に銃撃を受けたとしても、安全が確認されれば、平静な状態にすぐ戻れるものだ。

「瀬川、どうした」

ビールをなめるようにちびちびと飲んでいる瀬川に、早く飲めとばかりに大佐は新しいビール缶を渡した。

「いえ、正直言って、さっきは怖くて何もできませんでした。私は自衛隊員ですが、軍人であることに変わりはありません。なんだか情けなくて」

浩志と大佐は、顔を見合わせると、ぷっと吹き出した。瀬川は、特殊な訓練を受けた陸自の空挺部隊隊員で、優秀ゆえに傭兵代理店のコマンドスタッフになっている。

「おっ、おかしいですよね」

自虐《じぎゃく》的に笑うと、瀬川は首をうなだれてため息をついた。

「おかしいのは、大きな図体をして、かわいらしいことを言うからだ」

大佐は、今度は腹を抱えて笑い出した。

「瀬川。怖くて何もできなかったのなら、それは軍人という前に、人間として正常だということだ。怯《おび》えて余計なことをしなかったから、今生きているんだ。現に大佐も俺も、手も足も出せなかった」

「でも、藤堂さんは、敵を一人撃ったじゃないですか。大佐だってＡＫＭで反撃されていたし……」

「俺は、敵の背中に撃ち込んだんだ。正面からだと撃たれるからな。とにかく、連中がまた攻撃してくる前に一人でも敵の数を減らしたかっただけだ」

「そういうことだ。私も、浩志も死にたくない一心だったということさ。それだけ臆病だということだ。もっとも傭兵は、他人に臆病だと思われないように格好をつけるがな」

「うーん、そうでしょうか」

「それより、瀬川、俺に用事があったんじゃないのか」

瀬川は、一瞬きょとんとした表情を見せると、咳払《せきばら》いを一つして背筋を伸ばした。

「はっ、藤堂さんにお願いがあって、やってまいりました」

今にも敬礼でもしそうな勢いで、瀬川は自衛官らしい口調になった。

「藤堂さん、特殊作戦群のことはご存じでしょうか」

「特殊作戦群？　ああ、陸自の特殊部隊のことか」

特殊作戦群、通称特戦群とは、陸上自衛隊の特殊部隊で二〇〇四年に設立された。隊員は原則として、レンジャー資格を持つ三等陸曹以上で、アメリカ陸軍のグリーンベレーを手本として、編成されたといわれている。

「現在隊員は、五百名で、うち戦闘要員は三百名います。今年に入ってから、チームを編成すべく、この三百名の中からもっとも優秀な隊員を二十名選抜しました」

浩志は頷いて、話を促した。

「設立当時は、グリーンベレーから教官を呼んだり、アメリカ陸軍基地で密《ひそ》かに訓練させたりしていたのですが、いざ実戦配備できるチームができたとなると、アメリカ軍との合同演習が難しくなりました」

「当然だろうな。特別警備隊（海上自衛隊の特殊部隊）は、ＳＳＴ（海上保安庁の特殊部隊）とだぶるが、テロに対する水際防衛という明確な目的がある。だが、陸自の場合は違う。他国から攻められたのなら別だが、国内での対テロは警察の役目だ。だとすると、海外ということになるが、専守防衛という目的から外れてしまう。そもそも名前からして、特殊作戦群だからな。海自のように隊と名付けられないお粗末なありさまだ。米軍とあからさまに演習ができるはずがない」

大佐は、アジア各国の特殊部隊を指導してきただけに日本の曖昧《あいまい》な姿勢が滑稽《こっけい》に見えるのだろう。

「おっしゃる通りです。私も自衛官として、その辺は歯がゆい限りですが、与党は、憲法改正をするにあたり、既成の事実を作りたいという意向があるようです」

「瀬川、要点はなんだ。俺にそいつらの教官にでもなれというのか」

浩志は、瀬川と大佐のやりとりにうんざりしていた。たとえ憲法を改正し、特殊部隊を海外に派遣できるようになったところで、戦闘経験がない兵隊を実戦で、しかも特殊で極めて危険な場面で使うというのは、愚《ぐ》の骨頂《こっちょう》だからだ。

「私に決定権があれば、お願いするところですが、首脳陣の意向は、藤堂さん率《ひき》いる傭兵部隊との演習です」

「俺の率いる部隊？」

「そうです。特戦群（特殊作戦群）を海外で演習させることはできませんが、国内なら可能です。とはいえ、いまさら教官としてグリーンベレーを呼ぶわけにもいきませんし、内部で紅白に分けて演習しても、藤堂さんのおっしゃるように、実戦経験のない者同士戦ったところで、経験値にもなりません。そこで、陸自の首脳陣が藤堂さんに白羽《しらは》の矢をたてたわけです」

「陸自の首脳陣というのは、だれのことなんだ」

「もちろん、統合幕僚長《ばくりようちよう》と陸上幕僚長のことですよ」

瀬川は、さも当然という涼《すず》しい顔をした。統合幕僚長は自衛隊のトップであり、陸上幕僚長は陸自のトップ。どちらも自衛隊では雲の上の人である。浩志は、呆れて一瞬声も出なかった。

「なんで、自衛隊のトップが俺のことを知っているんだ」

「なんでって、それは、カウイン島急襲作戦はすべて上層部に報告されているからです。藤堂さんのことを首脳陣は高く評価されたからこそ、今回お願いすることになったわけです」

「冗談じゃない。なんで、そんな連中にまで名前を知られなきゃならないんだ」

かつて警察という組織の中で、上層部の裏切りによりスピンアウトした経験を持つ浩志としては、生理的に体制側の人間には反発してしまう。だが、襲撃前の作戦会議で、傭兵代理店こと防衛省の特務機関の長である池谷が、日本を代表して参加していたことを考えれば、当然の成り行きといえた。

「おもしろい！　浩志、こいつはおもしろいぞ」

オブザーバーのように座っていた大佐が、突然興奮した様子で立ち上がった。

「何が、そんなにおもしろいんだ」

浩志は、憮然《ぶぜん》とした表情を崩《くず》そうとしなかった。

「お偉いさん方は、寄せ集めの戦争バカ相手に自分たちの作った特殊部隊の腕試しをしたいんだ」

「そんな、だいそれた」

大佐の意見を瀬川は慌《あわ》てて否定した。

「考えてもみろ、おまえさんが選《え》りすぐりの傭兵チームを指揮すれば、実戦経験のないチームなんて赤子の手をひねるようなものだ。それでいいんだろう、瀬川君」

「えっ、まあ、そうですが」

大佐は、恐縮する瀬川の肩を叩きながら言った。

「浩志、自衛隊ばかりか日本のお偉いさんに、アメリカにつきあって、他国で戦争することを考えるより、平和憲法を遵守《じゅんしゅ》する方が、大切だってことを教えてやろうじゃないか」

「……なるほど」

戦争を知らない者は、一生戦争を知らない方がいいに決まっている。特戦群を完膚《かんぷ》なきまでに叩きのめせば、頭の固い首脳陣も他国での戦争を想定した配備の愚かさがわかるかもしれない。政治に興味はない。ただ、少なくとも自分を利用しようとすれば、痛い目に遭うことを教える必要はある。浩志は、興奮気味の大佐に半《なか》ば呆れながらも頷き返した。

謎の官憲

一

常夏のランカウイから、真冬の東京へ。季節が逆転するだけでなく、色のバリエーションに欠けた防寒具に身を固めた雑踏《ざっとう》を見ただけでも憂鬱《ゆううつ》になる。もっとも米軍放出の使い古された黒のゴアテックスのパーカーを着た浩志も、モノトーンの雑踏によく馴染《なじ》んだ。

浩志は、例によって成田《なりた》から傭兵代理店がある下北沢まで寄り道をせずにやってきた。

「いらっしゃいませ。今か今かとお待ちしておりましたよ、藤堂さん」

質屋の看板を掲げた丸池屋《まるいけや》の古びたガラス戸を開けるや否《いな》や、池谷が帳場から声を上げた。時代錯誤《さくご》の鉄格子《てつごうし》は相変わらずだが、鉄格子の外に分厚い防弾ガラスが張られている。

昨年、鬼胴代議士の部下赤城《あかぎ》が放った特殊部隊に攻撃されたことを受けて、防備を固めたようだ。丸池屋の裏表関係なく商売が商売だけに、厳重な警備システムを用意するのは当然のことだ。

いつものように池谷の手招きに従い、浩志は奥の応接室に入った。今年五十八になる池谷は、身長一六三センチと小柄だが、自他ともに認める馬面《うまづら》のため、なぜか実際より背が高く見える。

「瀬川も奥におりますので、呼んできましょう」

池谷は防衛省情報本部の特務機関〝K機関〟の局長に就任した現在も相変わらず黒ぶちの老眼鏡をかけ、事務服を着た姿は質屋のおやじ然としている。もっとも、防衛省としても仕事の内容が内容なだけに傭兵代理店を公認することもできず、わずかばかりの上層部が知る特務機関としたのは、池谷の持つ闇の情報と引き換えにその仕事も黙認するためのものだった。もともと先祖代々の土地持ちで充分すぎるほどの資産がある池谷にとって、質屋の丸池屋も裏稼業の傭兵代理店も道楽のようなものだ。防衛省のすずめの涙のような資金提供を一蹴《いっしゅう》したのも当然だろう。池谷にとっても、特務機関局長の肩書きはともかく、資金までもらって完全に防衛省の傘下《さんか》に入ることを嫌ったに違いない。

入り口と反対側のドアが開き、女性スタッフの土屋友恵《つちやともえ》がコーヒーをテーブルにコツンと置くと、振り返りもしないでまた出て行った。女性であることにあまり興味がないのか、いつもすっぴんにトレーナーとジーンズ姿でいる。身長も一五七センチと小柄のせいか、実年齢よりも五歳以上若く二十歳前の小娘といった感じがする。

友恵の後ろ姿を追った浩志は、相変わらずの彼女の無愛想《ぶあいそう》さに苦笑を漏《も》らした。

「瀬川は呼ばなくていい」

浩志は、乱暴に閉められたドアから視線を戻すと、腕組みをして池谷を睨《にら》みつけた。

「お気を悪くされましたか。土屋君が相変わらずの無作法で申し訳ございません」

「そんなことじゃない」

「と、申しますと」

「去年のカウイン島襲撃作戦は、もともと大佐と俺が立てた作戦だ。確かに資金提供を防衛省はしたかもしれないが、飽くまでも俺たちの作戦に相乗りしたに過ぎない。作戦の詳細を防衛省のトップにまで報告する必要があったのか」

頭では、資金提供はひも付きで、詳細な報告ありきとわかっているが、自分を名指しされたことに文句を言いたかった。

「えっ、いけませんでしたか。作戦の成功を統合幕僚長が賞賛されていましたよ」

池谷は、意外とばかりに首を前に突き出した。

「池谷さんよ。自由に仕事をしているつもりでも、所詮は長年染まった官僚主義から抜け出せないようだな。俺にとって自衛隊のトップに褒《ほ》められようが、総理大臣に褒められようが関係ない、むしろ迷惑だ」

「まあ、確かに傭兵の方は、トップクラスほど信念で戦っていらっしゃる方が多いのは事実ですが。……すみませんでした」

傭兵を仲介する業者の代表が、傭兵の気持ちをわからないでは困ったものだ。

「俺が、権力者に利用されるのが一番嫌なことぐらい知っているだろう」

「何も、藤堂さんを利用しようなんて、思っていませんよ」

「今度の演習の件は、まさに俺たち傭兵を利用しようとしているのが、見え見えだ」

「それは藤堂さんの考え過ぎですよ。ＣＩＡの妨害で奇襲が失敗したにも拘わらず、作戦を成功させた藤堂さんの腕に惚《ほ》れ込み、まだ産声《うぶごえ》を上げたばかりの特戦群（特殊作戦群）が藤堂さんの胸を借りるつもりで、今回の演習は行われると私は聞いております」

自分をも納得させようとしているのか、池谷は何度も首を縦に振ってみせた。

「本当にそう思っているのか」

「もちろんです」

浩志は、池谷の自信ありげな態度を鼻で笑うしかなかった。

「まあいい。動機はどうであれ、受けた以上、こっちは、最高のメンバーであたるだけだ」

大佐の言うように実戦を経験したことがない相手とはいえ、赤子の手をひねるようにいくかどうかは疑問だ。もし、傭兵部隊が通常携行《けいこう》するような中古の武器に対し、特戦群が近代兵器の粋《すい》を集めたような装備をしてきたら、形勢が不利になることも考えられる。特に演習の場合、模擬弾（ペイント弾やゴム弾）を使うので、実戦に伴《ともな》う死への恐怖がない分、未熟な兵士にも勝算の可能性は充分ある。

「俺がリストアップしたメンバーは、揃《そろ》えられるんだろうな」

演習に必要な人数は、浩志を含めて十人。ランカウイを発《た》つ前に、予備も含め十五人のリストを池谷に送っていた。いずれも、これまで浩志とどこかの戦場で一緒に戦った仲間で、腕利《き》き揃いだ。傭兵というのは世間一般にアウトローで、仲間同士でも平気で殺し合うようなイメージがあるが、現実はその反対だ。戦場では、自分も含めて仲間を失うことは即、戦力の不足に繋《つな》がり、敗戦を招く。そのため、互いに死なせないという意識が強く、太い絆《きずな》で結ばれることになる。戦地ではコミュニケーション不足は、とかく事故に繋がり易《やす》い。浩志は、見知らぬ顔ぶれのチームを作るつもりは毛頭《もうとう》なかった。

「一つ、誠に言いにくいことなのですが、傭兵部隊に瀬川を入れることを上層部から条件を出されまして」

池谷は、両手をテーブルに置いて、深々と頭を下げた。瀬川は、過去二度の作戦で一緒に戦っているし、その実力もわかっている。頭を下げられるほどの問題ではない。

「藤堂さんにまたお叱りを受けることは重々承知しておりますが、上層部の命令で、傭兵部隊の指揮官を瀬川にするように条件を付けられてしまいました」

「なんだと！」

いくら瀬川が自衛隊でトップクラスの兵士とはいえ、傭兵部隊を指揮できるほど、経験があるはずがない。怒るより、呆《あき》れてしまった。

「先ほど、藤堂さんがご指摘された通りです。上層部は演習とはいえ、特戦群の相手が、すべて傭兵というのはまずいと考えているようです。要は官僚主義なのですね」

「指揮官が自衛官なら、問題ないというわけか。だが、瀬川では傭兵連中は動かないぞ」

「充分わかっております。作戦が始まったら、もちろん藤堂さんが指揮をお執《と》りください。だれも、瀬川が指揮を執れるとは思っておりませんので」

「めんどくさい話だ。演習は一ヶ月後と聞いたが、メンバーは集められそうか」

「一応、藤堂さんにリストアップしていただいたメンバーの所在はすべてわかっております。その内の十三人とこれまで連絡を取ることができ、残りの二人は、作戦中で連絡は取れませんでした。連絡が取れた十三人のうち七人から了解をとり、二人は保留で、後の四人は戦線から当分抜け出せないということで、断られました」

「保留の二人は、だれだ」

「マイク・キャラハンとジェット・トンプソンです。二人とも、イラクで米軍の要人護衛部隊に所属しています」

「プライベート・オペレーター（武装警備員）か。ちょっと無理そうだな」

「そうなんです。本人たちは、藤堂さんの話に乗り気なんですが、大手軍事会社と契約しているので多分無理だと思います」

「……。それじゃ、京介《きようすけ》は」

浩志は、ため息を一つつくと、寺脇《てらわき》京介の名を挙げた。今回リストアップした傭兵はいずれも傭兵代理店のリストでは、特Aクラスだ。やっとBランクになった京介では、レベルが違う。

「大丈夫です」

「また、中華レストランでバイトしているのか」

「いいえ、今度はフランチャイズの牛丼屋です」

決して差別するわけではないが、以前は中華レストランの厨房と聞いていただけに、フランチャイズという単語に落胆を覚えた。

「仕様がないやつだ。もし、九人揃わなかったらやはり別の候補を出す。それでもいいか」

「もちろん構いませんが、京介さんをメンバーに入れて、ちょうどいいんじゃないですか」

池谷が、年の割には白い歯をにっと見せて笑った。

「どういう意味だ」

「もちろん、ハンディーキャップですよ。メンバーの実力は、この私も充分知っております。少々、自衛隊にも華を持たせてあげてくださいよ」

「ハンディーキャップねえ」

「どうやら、これでメンバーは決まったようですね」

瀬川と京介の面倒は自分で見るしかないかと思案していると、それを見透かしたように池谷は話を締めくくった。

二

ランカウイに来た瀬川から、演習は一ヶ月先と聞かされていたが、事前の準備のため浩志は早々日本に帰国した。世界中に散らばっている傭兵仲間を呼び寄せるのに一、二週間かかる。全員集まったところで、演習に向けての訓練をするつもりだ。浩志はメンバー全員を知っているが、個々のメンバーが互いに顔見知りというわけではない。昨年カウイン島を襲撃したとき浩志が指揮したチームは、アフリカの傭兵部隊で一緒だったため、短時間で出撃できる準備が整った。だが、今回は自分も入れて十人集める必要があるため、選りすぐりとはいえ、顔ぶれはまちまちだ。最低でも一週間は、訓練を行いたい。演習とはいえ、負ける戦いはしたくないからだ。

早く帰ってきたのは、他にも二つ理由があった。一つは、鬼胴と片桐の始末をつけたことを喜多見殺人事件の被害者家族である都築雅彦《つづきまさひこ》氏に報告することだ。真犯人を殺したとはさすがに言えないので、死亡したことだけ話すつもりだ。もう一つは、やはり治療半ばで日本に帰った森美香の件だ。別れも告げずに帰国した彼女に未練はないと言い聞かせてはいたが、やはりその消息は気になる。何事もなければと願うばかりだ。

無事さえ確認できれば当面美香に会うつもりはないが、彼女がオーナーとして働いていた店はすぐにでも見に行くつもりだ。鬼胴の手下に爆破された彼女の店は、留守をしていた従業員の沙也加《さやか》に金を送り、修繕を頼んでおいた。自分の巻き添えをくった美香が元の生活に戻れる最低限のことはしてやりたい。この三ヶ月、一度も沙也加とは連絡をとってないので、店の修繕がちゃんと終わったかどうか気がかりだった。時計を見ると四時を回ったところだ。今から渋谷《しぶや》に行けば、開店前に店の様子を覗《のぞ》くことができるだろう。

浩志は丸池屋の近くでタクシーを拾った。

日本に帰るたびに思うことがある。タクシーの窓をかすめて行く冬景色より、街行く人々の表情の方が寒々としていることだ。戦地で戦闘が止《や》んだ路地裏の人々の方がよほど明るい表情をしている。戦闘がない平和な国で生きていることを考えれば、もっと楽な気持ちで生きていけるはずなのに。戦地で生活する人々のように、人間の最低限の権利、今日生あることに感謝するという気持ちなど忘れてしまっているのだろう。

タクシーが渋谷に着くと、店から離れたところで、車を降りた。タイの病院で美香の担当になった医師の忠告には従うべきだと思っている。今ここで彼女に会い、精神的に追いつめるような真似はしたくない。こそこそするのもばかばかしいが、店の修復が完了しているのさえ確認したら、すぐ帰るつもりだ。

辺りを気にしつつ道を渡り、とりあえず店の入り口が見えるところまで近づくと、店の隣のビルから二人の男がぬっと現れた。二人とも身長一八〇弱で、がっしりとしており、一人はどこにでもいそうな平凡な顔つきで、三十代前半。もう一人は目つきの鋭い癖《くせ》のある顔をした四十半ばの男だ。どちらもラフなブルゾンを着込んでいるが、一般人と明らかに違う匂いを放っている。

「藤堂さんですね。少し、お話をお聞きしたいのですが、お時間いただけますか」

目つきの鋭い男が、表情を和《やわ》らげて前に出てきた。口調にはどこか官憲の匂いがする。

警官は部署により、不思議とそれぞれの匂いを持つようになる。刑事部の連中は、鋭い嗅覚をもつ犬のように、組織犯罪対策部は強面《こわもて》のやくざのような匂いを持つ。だが、公安部は秘匿《ひとく》性が高いので、仲間うちでも素性《すじょう》を知らない場合が多くとらえどころがない。

「公安か、おまえら」

男たちは、顔を見合わせたものの大して表情を変えなかった。

「公安ではありませんが、ある種の国家公務員というのは事実です。訳あって身分は明かせませんが、私は田島隆英《たじまたかひで》と申します」

田島が後ろを振り向くと、後ろの男が坂巻達夫《さかまきたつお》だと名乗り、軽く頭を下げた。

「立ち話も何ですから、ミスティックに入りませんか」

「どうして、あの店のことを知っている。それにまだ開店していないだろう」

「開店どころか、爆破事件後、閉店したままです」

「なおさら、店には入れないだろう」

「店のオーナーが不在でしたので、ビルの持ち主から鍵は預かっております」

そういうと田島は、ポケットから銀色の鍵を出してみせた。

「どうやら、俺じゃなくておまえらから話を聞かせてもらう必要がありそうだな」

「了解しました」

田島は、隙のない笑顔を見せると店に通じる地下への階段を降りて行った。浩志は、後ろからついてくるもう一人の男に用心しつつ、階段を降りた。坂巻と名乗った男は、平凡な顔立ちとは裏腹に一瞬の隙も見せない動作をする。そのギャップが却《かえ》って警戒心を呼ぶ。というより、傭兵としての浩志の勘にさわった。

田島は、中に入るとまるで自分の家のように、店の照明と空調のスイッチを入れた。照明に照らされた店内は、爆破前と変わらない姿に戻っていた。沙也加は期待通りの仕事をしてくれたようだ。

「坂巻君、調理場に行って、コーヒーでもいれてくれないか」

田島が命じると、坂巻は頷いてカウンターに入った。

「オーナーに断りもなく、勝手なことをするな！」

田島の態度に、美香が大切にしている店を汚されたような気がして腹が立った。

「すみません。それでは、何かお飲みになりますか、オーナー」

「オーナー？」

「そうです。現在この店のオーナーは藤堂さん、あなたですよ。ご存じないのですか。それともしらばっくれているのですか」

「馬鹿を言うな。この店は森美香のものだ。権利書は見たことはないが、彼女からはそう聞いている」

「それでは、知らずに譲り受けたとでもおっしゃるのですか」

田島は、冷たい視線をよこした。

「彼女に会ってもいないし、第一そんなことをする理由などないはずだ」

田島が嘘をついているとも思えない。浩志は少なからず動揺した。自分が勝手にオーナーになる可能性をいろいろ推測してみたが、答えは見つからなかった。その様子を田島はじっと陰険そうな目で見つめていた。

「まあ、奥のテーブル席にでもお座りください」

田島は、ふいに表情を和らげると奥のテーブル席に向かって歩き出した。

「野郎と向かい合って話をするつもりはない。カウンターに座れ。それに、バーボンだ」

浩志は、カウンターの真ん中の席に座った。心を鎮《しず》めるには、コーヒーではなく、酒。しかも、喉がぐっと灼《や》けるやつに限る。

田島が頷くと、坂巻はカウンターの後ろの棚から、新品のジムビームを取り出した。

「それじゃない。その上の段に俺のボトルがある」

田島が苦笑すると、坂巻は浩志のターキーのボトルを取り、慣れない手つきでショットグラスを添えてカウンターにバーボンを満たした。

浩志は、無言でグラスにバーボンを満たした。

三

浩志は、ミスティックで飲むときは、いつもカウンター席の真ん中に座った。なぜなら、美香がカウンターに入るときは、いつも真ん中に立ったからだ。ショットグラスに手酌《てじゃく》で注いだターキーを一気にあおると、美香の寂《さび》しげな笑顔が脳裏を過《よぎ》った。

「私は、勤務中なのでこれで失礼します」

田島は浩志の隣に座ると、冷蔵庫から出したコーラをグラスに注いだ。

「俺が何を聞きたいかわかるだろう。まずはそっちから話せ」

浩志は、空いたグラスにターキーを満たした。

田島はコーラのグラスを空けると、苦い顔をして口を開いた。

「事情はお話しできませんが、森美香の行方《ゆくえ》を、私たちは追っています。我々の調べでは、昨年の九月にあなたとマレーシアのランカウイ島に行き、そこで病気にかかったために、タイに渡り治療を受けた。だが、十月に入り、彼女は治療半ばで病院を抜け出し日本に帰ってきましたが、その後行方不明になっています」

美香が軍用機でタイに運ばれたことは一部の人間しか知らない。それを平然と言ってのける田島の情報力は、驚愕《きょうがく》に値《あたい》する。田島は、病気と言っているが本当の理由ももちろん知っているのだろう。

「回りくどい話し方は止めろ。まず、彼女を捜す理由を話せ」

田島のあざとい話し振りが気に入らなかった。

「私の身分を話せないのと同じ理由で、それはお話しできません。あえてご説明するならば、ある事件の証人として彼女がぜひ必要なのです。彼女自身に迷惑をかけるつもりはありません」

浩志の語気が強まったために、田島は慌てて取り繕《つくろ》った。

「証人？　鬼胴が死んだことぐらい知っているんだろ。それとも彼女は、他にも事件に巻き込まれていたのか」

「鬼胴が殺されたことは、知っています。ただ鬼胴絡みなことだけは確かです」

鬼胴が片桐に殺されたことは、当然のごとく闇に葬《ほうむ》られており、世間一般にはテロの爆破事件に巻き込まれて死亡したことになっている。したがって一般論で話すなら、鬼胴は殺されたというより、事故死と表現すべきだろう。

「まず、おまえらは警官ではない。とはいえ、政府の人間に違いはないだろう。その情報力は警察の比ではないことは確かだ。なんせ、マレーシアで起きたことを知っているくらいだからな。だが、それだけの組織力を持ちながら、三ヶ月もの間、どうして日本に帰ってきた森美香一人捜すことができないんだ。おかしいだろう」

「藤堂さん、我々を買いかぶり過ぎですよ。確かに我々の組織は、情報力は持っているかもしれませんが、捜査能力は極めて低い。いかんせん、所帯が小さな組織ですから」

田島の言葉尻を捉《とら》えて浩志は、にやりと笑った。

「彼女が、国家に関わる問題に関係しているとは思えんが、本当の目的は何だ」

「どういう意味ですか」

「おまえら、内調（内閣情報調査室）だろう」

田島の顔色が、初めて変わった。

浩志の勘は当たったようだ。日本におおよそ情報機関と呼ばれるものは、防衛省の情報本部、公安調査庁、公安警察、外務省国際情報統括官組織、そして、内閣官房の下に置かれた内閣情報調査室、略して内調がある。公安調査庁、公安警察なら、捜査能力はある。所帯も大きい。外務省国際情報統括官組織は、所帯が大きいとは言えないが、海外の情報を分析するのが主体と聞いている。捜査という行為すら行わないだろう。内調は他の情報機関と違い、政府に一番近い組織でありながら、職員は二百人足らずで、しかも内調プロパーと呼ばれる正規の職員は百人にも満たない。他の職員は事案により、他の情報機関や警察からの出向者で埋めるという極めて所帯が小さい組織だ。

「どうして、我々が内調だと思われるのですか」

田島は、顔をこわばらせた。

「まずは、防衛省の幹部しか知らない情報を知っている。情報力はある。あるいは、高度な機密に触《ふ》れることができるということだ。だが、国内で身を隠している美香を捜すことができない。捜査にあてる構成メンバーが少ないからだ。おまえの言う所帯が小さいと言う言葉に繋がる。どこの世界でも情報機関は、縦割りだ。防衛省の機密を他の情報機関が握ることはまずない。それができるのは、さらに上の組織だけだ。違うか」

田島は、答えようとしなかったが、無言は何よりの答えだった。

「まあいい。どこの機関だろうと俺の知ったことじゃない。俺がどうして、この店のオーナーになったのか、もう調べてあるんだろう。説明しろ」

「藤堂さん、あなたは噂以上の方ですね。あなたに何と言われようと、我々は自ら身分を名乗ることはありませんので、あなたのご想像にお任せします。我々はある情報筋から、マレーシアで起きた事件は承知しております。そのため、森美香が麻薬中毒になったこともむろん知っているわけです。我々は証人として彼女を保護し、彼女の安全を確保することを目的として捜索しています」

「俺の噂を聞いているのなら、長話が嫌いなことも知っているだろう」

いかにも役人らしい田島の口調に少々うんざりしてきた。

「わかりました。森美香は帰国早々、この店の従業員村西《むらにし》沙也加と接触した後に、この店に来ています。その直後に、このビルの所有者に会い、権利書を書き換えたようです。そこまでは摑めているのですが、その後の足取りはぷっつりと消えてしまいました」

美香の行動からして、浩志と示し合わせたと疑われても仕方がない。

「いかんせん。藤堂さんが、村西沙也加に二千万もの大金を渡していますから、我々はあなたを疑わざるを得ません」

店の破壊された状況を考えて、沙也加に金を送ったままで金の大小を問題視される覚えはない。浩志の口座はスイスの銀行に設けてあり、管理は傭兵代理店に任せてある。沙也加に金を渡すように池谷に指示をしていた。迂闊《うかつ》と言えばそれまでだが、そもそも沙也加の姓が村西だということも田島から聞かされるまで知らなかった。

「この店を破壊された原因は、俺にある。弁償して当然だろう」

「二千万もの大金ですよ」

「傭兵を続ける限り、使い道のない金だ。何に使おうがおまえらの知ったことじゃない」

「年齢からして、そろそろ引退の時期ではないのですか」

「偉そうな口を叩くな！　死にたいのか」

確かに四十を過ぎた傭兵は峠《とうげ》を越えている。充分わかっていることとはいえ、他人に指摘されてかちんと来た。

「我々を脅《おど》されるのですか」

「俺が本当に切れる前に、消え失《う》せろ！」

田島は浩志の横顔をじっと見つめていたが、ふっと息を吐くとポケットから店の鍵を出し、カウンターに置いた。

「正直言って、あなたへの疑いは五分五分です。今後、森美香と接触されるようなことがあれば、こちらにご連絡ください」

田島は経済産業省の事務方の名刺を出した。名前や電話番号はともかく肩書きは偽装だろう。経済産業省の人間が、警察のような真似をするわけがない。

浩志は名刺を受け取らず、グラスを煽《あお》った。

二人の男は音も立てずに店を出て行った。

四

浩志はターキーのボトルがなくなるまで飲んだ。時計を見るといつのまにか十時を過ぎていた。看板も表のライトも点灯していないので、客こそ入らなかったが、沙也加も現れなかった。彼女の携帯に電話をすると、意外にもすぐ連絡がついた。店は二週間で、修繕ができたそうだ。また、修繕費は千五百万円かかり、残りは、彼女への謝礼と家賃に回すように伝えてあったが、五百万近い残金はすべて家賃として先払いしたらしい。気を良くしたビルのオーナーは年内の家賃は管理費も込みですべて決済してくれたそうだ。だが一人では店を開けることもできず、途方に暮れていたところ、昨年の暮れ、美香が突然現れ、店を浩志に譲ると言ったきり消えてしまったという。後日、豪徳寺《ごうとくじ》にある美香のマンションを訪れてみたが、引き払った後だったらしい。結局、沙也加はいつまでも現れない浩志を待ちきれず、今では別の店で働いているとのことだった。

店の戸締まりをして鍵をポケットにねじ込んだ。美香にとって新しく人生をやり直すのに、この店はあまりにも重い負担になったのかもしれない。店をどうするかは、まだ決められないが、しばらくだれの手にも渡らないようにするのが最善の策だろう。それに、この先、彼女がひょっこりと帰ってくるかもしれない。

渋谷の夜は始まったばかりだ。夜明かしで飲むことも考えたが、長年の傭兵の習性で体は睡眠を要求していた。軍人としての基礎を叩き込まれたのは、フランスの外人部隊だった。来る日も来る日も、激しい訓練に明け暮れ、夜間訓練でもなければ、夜更《よふ》かしや徹夜などしない。むろん訓練後に基地のバーで仲間と一緒に酒を飲むことはあっても、だれしも節度は保っていた。職業軍人にとっては体を鍛《きた》えるだけでなく、体調の管理も重要な任務の一つだからだ。傭兵として独立してからも浩志は頑《かたく》ななまでに日々の鍛錬《たんれん》を絶やさず体調の管理には気を遣《つか》った。だからこそ、四十を過ぎた今でも並外れた体力を持っている。また体力があればこそ、戦場を生き抜いてこれたといえよう。

ねぐらは不動産物件を豊富に持つ池谷自慢の下北のマンションをまた借りることにした。浩志は、駅に向かわず松濤《しょうとう》に向かった。松濤から駒場東大前を抜ければ、下北は目と鼻の先、ミスティックがある宇田川町《うだがわちょう》から下北までは、およそ二キロちょっとだ。外人部隊でも他の傭兵部隊でも行軍訓練ともなれば、フル装備でジャングルを五十キロ走破ということも珍しいことではなかった。夜の散歩にしても距離は短い。

宇田川町から松濤に抜ける道は、昨年負傷して森本《もりもと》病院に入院していた時、病室を抜け出し、ミスティックに通った道だ。銃撃された浩志が偶然美香の車に乗り込んだことで彼女との付き合いが始まったことも今ではなつかしい出来事だ。

時間はまだ早いが、通行人はほとんどいない。まして肌を突き刺すような北風が吹く夜、好き好んで歩く人間もいないだろう。ゴアテックスのパーカーはさすがに冷気を通すことはないが、ビルから吹き下ろす風は、容赦なく露出している頭を攻撃してくる。バーボンのほろ酔いも一度に吹き飛んでしまった。パーカーのフードを被《かぶ》れば、この忌々《いまいま》しい風も防げることはわかっているが、雨でも降らない限り、浩志は決して被ることはない。被れば、聴覚の機能を著《いちじる》しく低下させるからだ。それにミスティックを出てから、微《かす》かだが尾行されている気配を感じていた。

交差点で何気《なにげ》なく立ち止まり、タクシーを探すふりをして辺りを警戒してみたが、尾行者の姿を捉《とら》えることはできなかった。だが、長年戦場で培《つちか》ってきた第六感は警告のシグナルを発していた。少し遠回りになるが、山手《やまて》通りに出る前にわざと右折し、鍋島《なべしま》松濤公園に入ってみた。小さな公園だが、元紀伊徳川《きいとくがわ》家の下屋敷跡というだけあって、趣《おもむき》がある公園だ。当然この馬鹿寒い夜にアベックの姿もない。舗装されている道路と違い、枯れ葉が積もる公園の散歩道なら尾行者を識別しやすい。敵を確認さえできれば、迎撃するチャンスも生まれてくる。

浩志は公園に足を踏み入れてすぐ〝無音歩行〟で進んだ。傭兵に限らず、正規の軍隊でも戦闘地域で密《ひそ》かに移動する必要性から、足音を立てずに歩く〝無音歩行〟の訓練をする。要はつま先から足を下ろせばいいのだが、体重の乗せ方、バランスの取り方が問題になる。ジャングルに住む東南アジアのゲリラは、枯れ葉が積もる山道ですら、走るようなスピードで音も立てずに移動すると言われている。元々狩猟民族だったゆえだろうが、かなり訓練を積んだ兵士でさえ枯れ葉の上を音も立てずに歩くことは難しい。

公園の中をさらに進み、中央の池を廻る散歩道に入った。幸い先ほどまでの北風もおさまり、小さな葉ずれがする程度になった。依然尾行者の足音は聞こえてこない。だが確実に気配は近づいてくる。池を半周し、反対側の出口から出ることもできたが、このまま池を回り、元の出入り口から出ることにした。

浩志は急に足を止め、池の反対側を凝視《ぎようし》した。

いきなり突風のように殺気が押し寄せてきた。

本能的にしゃがみ、植え込みの陰に隠れた。その瞬間殺気はしぼむようになくなった。

ゆっくりと立ち上がり、瞬《まばた》きもせずに池の向こうを見つめた。

闇から抜け出すように人影が一つ現れた。身長一八五、六はあるだろう、がっしりとしている。足の長い体型からしても日本人ではない。胸ポケットから煙草を出すとジッポで火をつけた。だが、ライターを手で覆い炎を見せなかった。しかも、煙草を右の拳《こぶし》の中にすっぽりと隠すように吸い始めた。悪天候でも吸うことができ、夜でも煙草の火を目立たせない古参の兵士がよくやる仕草だ。そのリラックスした態度とは裏腹に、闇をも貫く鋭い男の視線を痛いほど感じた。

男が口から煙を出すのと同時に、その背後から新たな人影が現れた。煙草を吸う男の右に三人、左に二人。公園の街灯に浮かんだ影は一八〇から一九〇、パーカーやダウンと格好はまちまちだが、どれもアジア系ではなく体格もいい。背中に冷たい汗が流れるのを覚えた。浩志が感じ取っていた気配は四つ。最初に現れた男も含め、二つも気配を察知することができなかった。

浩志は後から現れた男たちを無視し、真ん中の煙草の男の視線から目を離さなかった。

男は煙草を指でつまむと、ぴんっとはじいて目の前の池に捨てた。まるで興味がなくなったと言わんばかりに男は浩志から視線を外し、公園の出口に向かっておもむろに歩き始めた。同時に残りの男たちは、まるで元からそこに存在しなかったように次々と姿を消していった。男たちの正体こそわからないが、ランカウイで水上バイクに乗り、襲撃してきた連中に間違いなかった。奴らの狙いは、浩志だった。

(俺が原因か。大佐のキャビンを弁償しなきゃな)

浩志はゆっくりと息を吐くと、苦笑を漏らした。

五

ランカウイでの襲撃。そして、渋谷での尾行。襲ってきた連中の目的は一体何だろうか。わかっていることは、六人の外人で兵役経験者、おそらく現役の傭兵だろう。だが、彼らの行動からして、個人の集まりというよりは、訓練されたチームという感じだった。
傭兵は、基本的に個人で行動をする。昔は口コミの傭兵ネットワークのようなものがあり、つてを頼って、戦地で雇われたり、別の傭兵からリクルートされたりするのが普通だった。だが、近年の戦争のあり方が著しく変わってきたことにより、傭兵の就職形態も激変した。湾岸戦争以来、イスラム圏を中心に戦争は激化し、戦費の増大を迫られた各国は兵器の近代化はするものの軍備そのものは縮小傾向にある。結果、足りない部分を民間で補うことになり、戦争請負い会社と言われる民間軍事会社や大手警備会社が、プライベート・オペレーター（武装警備員）と呼ばれる大量の傭兵を戦地に送り込んでいるのが現状だ。この傾向は年々強まる一方で、傭兵の需要を一気に高めると同時に、軍縮に伴《ともな》う退役軍人の増加がその需要にこたえるという皮肉な構造ができあがった。アメリカのブラックウオーター社はそのいい例で、元特殊部隊の兵士が多いということで米国政府の信頼を得、イラク戦争で売り上げは天井知らずの状態だ。

　傭兵代理店もこうした需要にこたえ、近年急成長した業種だが、飽くまでも個人の傭兵を派遣するための機関として機能し、組織的に傭兵を戦地に送り込む民間軍事会社や大手警備会社とは一線を画《かく》している。また、傭兵を鉄砲玉のように扱う警備会社と違い、サポートプログラムを充実させ、派遣した傭兵の作戦遂行率を高めるなど、サービスが細やかということで、傭兵代理店のクライアントは、戦地に限らず、平和な国にも多い。襲撃してきた連中は、こうした激変する世界情勢の中で生まれた特殊な傭兵集団なのかもしれない。それにしても、狙われる覚えはないし、まして戦地でない日本に彼らが来る理由もわからない。

「藤堂さん、いかがなさいましたか」

目の前で池谷が怪訝《けげん》そうな顔で覗《のぞ》き込んでいた。浩志は、朝から丸池屋の応接室で瀬川を交えて池谷と演習の打ち合せをしていたが、昨夜のことが頭から離れなくて、話に集中できなかった。

「すまん。ちょっと考え事をしていた。話を続けてくれ」

「昨夜、尾行された連中のことが気になるのですか」

「そんなところだ」

「ランカウイで、襲撃されたことは瀬川からも報告を受けております。もし、同一のグループだとしたら、由々《ゆゆ》しき問題です。六人のテロリストが、日本に潜伏していることがマスコミに知れたら日本中パニックになりますからね。とにかくこの件は、情報本部に打診して身元を割り出し、潜伏先を捜査させますので、今は演習について集中してください」

池谷は、上目遣《うわめづか》いに渋い顔をしてみせると話を続けた。

「先ほどお話をしましたように、演習は三日間予定されています。現在特戦群で選抜された隊員を十人ずつに分け、それぞれのチームと順番に演習を行っていただきます。一日目と二日目は、富士演習場で行われます。設定は、野戦ということになります。三日目は、日を置いて二日間行われた演習で優秀な者を十名選び、一週間後に長崎の端島《はしま》、通称軍艦島で行われます。ご存じのように軍艦島はかつて炭鉱の島で昭和四十年まで栄えていましたが、昭和四十九年に全島民が島を去ってから廃墟となっています。この廃墟を利用して、市街戦を想定して演習を行うわけです」

「廃墟で演習？　この先イラクに特戦群を送り込むつもりじゃないだろうな」

「それは考え過ぎですよ、藤堂さん。特戦群が海外に赴任するようなことはまずないでしょうし、もしあったとしてもテロリストに大使館を占拠されたとか、特殊な事情がある場合のみです。むしろ、今後期待されるのは、警察では手に負えない海外からのテロリスト対策だと我々は、認識しています」

「怪《あや》しいものだ。ところで武器はどうなっている」

「演習ですので、重火器は使用できません。無反動砲のペイント弾はさすがに作れませんからね。どちらのチームにも、ペイント弾を使用する銃と演習用に開発された手榴弾が支給されます。ただし、特戦群は通常装備を携行《けいこう》することになります」

「通常装備？」

「アサルトジャケットと防弾ベストです。一日目は、日中の演習ですが、二日目は夜間演習となります。そのため、特戦群は暗視スコープも使用します。それに、もし弾が防弾べストに当たっても、兵士は戦線から離脱することはありません」

「アサルトジャケットは俺たちも使うが、防弾ベストなんて傭兵は使わないぞ」

「アンフェアと思われるかもしれませんが、いつもの装備でお願いします。誠に言い難《にく》いことですが、傭兵チームの役割は、どちらかと言うとテロリストという設定ですので」

池谷は口をすぼめて、上目遣いに浩志を見た。様子を窺《うかが》うときにするこの男のポーズだが、偏屈《へんくつ》な割には気が弱いところを見せるため、どうも憎めない。

「テロリストだと、ふざけるな」

「だめですか」

「ゲリラならまだしも、テロリストはないだろう」

「失礼しました。それでは、ゲリラということでお願いします」

池谷は、恐縮そうな素振りを見せる割には事務的に話を進めた。そこがまた、浩志のかんに障《さわ》る。

「まったく、ふざけている。それより、銃はどうなっている」

「そこなんですが、さすがにこの国でＡＫＭを支給するわけにはいきませんので、皆さんには八九式五・五六ミリ小銃を使っていただきます」

「自衛隊の銃か。使ったことがない。特戦群は何を使うんだ」

八九式五・五六ミリ小銃は、自衛隊の制式銃でアサルトライフルが世界的に軽量化されるのに倣《なら》って採用された銃だ。

「それが、MP五を予定しています」

池谷はすまなそうな顔をした。接近戦の場合、小型で軽量、しかも性能がいいMP五の方が断然有利に決まっている。だが、普段アサルトライフルを持ち慣れた傭兵にとって、小型のサブマシンガンは却って使い勝手が悪い。そういう意味では、八九式五・五六ミリ小銃の方が、扱いやすいのかもしれない。それに今回呼び寄せた傭兵の中で元自衛隊員だったものは、浅岡辰也《あさおかたつや》と宮坂大伍《みやさかだいご》と田中俊信《たなかとしのぶ》の三名、むろん現役自衛官の瀬川にいたっては、八九式五・五六ミリ小銃はおなじみの銃といえよう。

「使い慣れない銃じゃ話にならない。演習前にどこかの訓練場を貸し切ってもらおうか」

「もちろんです。富士演習場を使っていただけるようにすでに手配がされています」

いたれりつくせりと言いたいところだが、防衛省の幹部がこれで何を考えているかよくわかった。戦地未経験の兵士にテロやゲリラ戦を知り尽くした傭兵と訓練させ、即席に戦争疑似体験をさせようとしているのだろう。確かに戦法は学べるかもしれないが、戦地における恐怖との闘い、いわゆるコンバット・ストレスを経験せずに訓練を繰り返したところで意味があるとは思えない。

「実戦の緊張感もない環境で、しかもおもちゃの銃で演習をしても意味がないだろう」

「おっしゃる通りです。今回の演習は飽くまでも、今後の訓練のサンプルに過ぎません。

演習の結果を分析し、普段の訓練に反映すると同時に、次回の演習につなげる布石《ふせき》にさせていただきます」

「次回の演習？」

「防衛省では、今回の演習いかんで、藤堂さんの率いる傭兵部隊と定期的に演習をしたいという意向があります」

「俺の率いる？　瀬川のじゃないのか」

「またまた。今回の指揮官は確かに瀬川になっていますが、それは単に手続き上の問題でして、実質藤堂さんの部隊であるというのは、お固い上層部でもちゃんと認識しています」

「勝手に決めつけるな。防衛省と今後も付き合うかどうかは、俺が決める」

現在、イラクやアフガニスタンにプライベート・オペレーターとして戦場に出ているだけでなく、アフリカや東南アジアのジャングルでゲリラに加わっている者、それに軍縮で職を失った者まで含めると世界中に傭兵と呼ばれる人間は、どれだけいるかだれもわからないだろう。金ほしさに戦う者、戦うことが好きなだけの者も確かにいる。だが、少なくとも今回浩志が招集したメンバーは、防衛省の鼻っ面をあかしたいと思っている者ばかりだ。日本という国家に協力したいと思っているわけではない。

「そうおっしゃると思っていました。傭兵の方は、自由を重んじる方が多いですからね。

ただこれだけは、申し上げますが、今回の演習は藤堂さんだからお願いしたわけですし、その藤堂さんが信頼されているお仲間ということがとても大事なのです」

「…………」

「傭兵としての技術はもちろんのこと、戦略的な知識や経験、それに何より、人格です。特戦群も尊敬できる相手だからこそ、戦えるのですよ」

池谷は、珍しく興奮して両手の拳《こぶし》を握りしめ力説した。浩志は、思わずなるほどと頷いた。むろん言葉通りに受け取ったのではない。この男の見かけは古びた質屋のおやじ以外の何者でもない。だが、現実は日本には本来存在すら許されない傭兵代理店を経営している。しかも防衛省の特務機関の局長になり、その存在を上層部に黙認させている手腕はただものではない。目の前にいる馬面男のしたたかさに、浩志はつくづく感心させられた。

死の予告

一

　浩志は、暖房が少々効きすぎた丸池屋を出ると、二月の寒風の心地よさに思わず両腕を上げ背筋を伸ばした。鍛え上げられた傭兵は体に贅肉《ぜいにく》をつけない。鋼《はがね》のような筋肉は極寒《ごっかん》の地でも、熱帯のジャングルでも順応できるようになっている。その代わり常人が心地よいという環境では少々息苦しくなるのが玉にきずだ。

　池谷との打ち合せは、演習場のスケジュールなど意外に確認事項が多く時間がかかった。昼飯を下北で適当にすませると、浩志は昨夜と逆のコースを辿《たど》るように松濤に向かった。打ち合せの合間に池谷から、森本病院の院長が、浩志を捜していたと聞いたからだ。どのみち今日も渋谷のミスティックに行くつもりだったので、通り道ということもあり都合がよかった。

松濤美術館のすぐ近くにある森本病院は、傭兵代理店の専属病院であるため、今日も閑《かん》古鳥《こどり》が鳴いたような状態だった。院長の森本に言わせれば、現役を退いた医者が暇つぶしにやっているということらしいが、訓練中の事故で怪我をした特殊部隊の隊員など、防衛医科大学校ですら差し支える患者を密かに治療する病院として、自衛隊からも重宝《ちょうほう》されているようだ。

「池谷から聞いていたが、どうやら怪我は完治したようだね」

森本は、会うなり浩志の腕や足を持ち上げたりして簡単な検診をした。昨年銃撃を受けた時に世話になって以来顔を出さなかったが、未《いま》だに自分の患者という気持ちがあるのだろう。白髪《しらが》にグレーの口ひげ、年齢も今年で五十九になる森本は、好々爺《こうこうや》といった穏《おだ》やかな性格の持ち主だが、ひとたび患者を目の前にすると医師としての使命感に燃える男になる。

「わざわざ来てくれなくても、電話してくれればよかったが、久しぶりに検診もできたからいいか。君のようなタイプは、病院嫌いときているからな」

「いえ、ついでがあったもので」

「実は、君も知っている河合《かわい》君のことなんだがね」

「また、面倒でも」

「いや、三週間前のことだが、いきなり怪我人を連れてきて、治療してくれというんだよ」

「怪我人？」

「都築という老人だったよ」

「都築！　どんな怪我をされていたのですか」

浩志は、思わず声をあげた。十六年前に喜多見で起きた一家殺人事件で唯一災難を免れ、事件を解決する有力な手がかりを与えてくれた人物だ。しかも、浩志の依頼で、不良少年だった河合哲也《てつや》を更生させ、現在は一緒に暮らしているはずだ。

「明らかに人に殴られた痕《あと》だったよ。顔面は腫《は》れていたし、肋骨《ろっこつ》も折れていた。高齢ということでとりあえず、二週間入院してもらったよ。警察には黙っていてくれというから、通報はしていない。河合君は、それを見越して連れてきたようだったな」

「哲也は、俺に何かメッセージを残していきましたか」

哲也には、浩志の新しい連絡先は教えていない。それに日本に帰ってきたことも知らせていなかった。

「いや、何もない。君に迷惑をかけたくなかったんじゃないかな」

半年前、暴力団の事務所から哲也を救い出したのは他でもない浩志だった。以来浩志にとって哲也は気になる存在だった。まして、少なからず縁がある都築老人が怪我をさせられたとあっては、迷惑どころの問題じゃなくなる。森本と別れてすぐに哲也の携帯に電話をかけてみたが、繋がらなかった。いらだつ思いで下北沢に戻り、小田急《おだきゅう》線に乗って成城学園前《せいじょうがくえんまえ》で降りると、駅からの坂道を一気に駆け下りた。

十六年前に凄惨《せいさん》な殺人事件が起きた都築邸は、竹林に囲まれひっそりと建っていた。その邸宅の前に都築老人の住居である粗末なプレハブ小屋があるのだが、一九〇を超す大男が怒気を表した形相《ぎょうそう》で、文字通り仁王立ちしていた。かつて哲也とつるんで悪さをしていた健司《けんじ》という少年だ。哲也と仲間の少年たちは愚かにも浩志を襲い、全員病院送りになった経験がある。だが、暗闇での乱闘だったため、浩志の顔を覚えてないらしい。浩志が小屋に近づくと、健司は手を広げて行く手を阻《はば》んだ。

「みんな出てきてくれ！」

健司が叫ぶと三人の少年が慌てて狭い入り口から我先に出てきた。

「都築さんにこれ以上暴力は振るうな！　哲也を返せ！」

健司は真っ赤な顔をして叫んだ。

「おっ、俺たちは、やくざなんか怖くないぞ！」

他の三人の少年たちも口々に叫んだ。

「何のことだ？　哲也はどうした」

「えっ……」

健司は、怪訝そうな顔つきで、浩志をじろじろと観察した。

「ひょっとして、藤堂さんですか?」

「おまえらを病院送りにしたな」

浩志がにやりと笑ってみせると、四人の少年らは一瞬息を呑んで顔を見合わせたが、次の瞬間安堵《あんど》のため息をつくとぺこぺこと頭を下げた。

「あの時は、すみませんでした。後から哲也にいろいろ聞きました」

浩志は、少年らの入院費を肩代わりするなど陰で面倒をみていた。

「すんだことだ。都築さんは、中にいるのか」

「はっ、はい、どうぞ、こちらへ」

健司は、大きな体を折り曲げるように小屋に入ると、浩志を奥へと招き入れた。昨年ここを訪ねた時は、六畳一間に二畳のキッチンがついているだけで、六畳間に都築老人と哲也は肩を寄せ合うように寝泊まりしていた。奥は農機具を収納するスペースになっていたが、今では小ぎれいな十二畳の大部屋に変わっていた。都築老人は元教育者ということもあり、哲也の不良仲間も呼び寄せ、農業をしながら大学をめざす学校のようなものを作ると言っていた。どうやら老体に鞭《むち》を打ち、教育者として再出発したようだ。

浩志が大部屋に入ると少年らは、遠慮して六畳間にひっそりと膝を抱えて座った。南に窓があるせいか大部屋は六畳間よりも明るく暖かい。窓の下に敷《し》いてある粗末な布団に都築老人は、寝ていた。幾分薄くなった白髪を乱し、体重五十キロにも満たない小柄な老人は、昨年最後に見たときよりもさらに痩《や》せて、顔色も悪い。浩志が布団の側に座ると、ふっと老人は目を開けた。しばらく夢を見るような眼差しで浩志を見ていたが、意識がはっきりしたのか、何度も頷きながら、しわがれた声を出した。

「藤堂さん、よくぞいらっしゃいました」

老人は、掛け布団をどかすと布団の上に正座し、深々と頭を下げた。怪我の心配をしていたが、外見に異常はなさそうだ。だが、腰を曲げるとき、顔をしかめていたので、まだ骨折した肋骨は完治していないのだろう。

浩志はすべて話すことはできないが、十六年前の犯人が、元刑事の片桐とS大学の新井田教授だったこと、そして、二人とも死亡していることだけ伝えた。

「そうですか。死んでいましたか。彼らは、法ではなく神様に裁かれたのでしょうね」

都築老人は、意外に淡々と事実を受け止めたようである。

「これで、十六年前の事件は終わったのですね。藤堂さんご苦労様でした。あなたにはどんなにお礼を言っても足りませんね。本当にありがとうございました」

老人は、深々とお辞儀《じぎ》をすると、布団からずり落ちるように移動し、畳の上に座り直すと、今度は畳に額《ひたい》がつきそうなくらい頭を下げた。

「都築さん、お顔をあげてください。そんなに感謝されるほどのことはしていませんから」

「違うのです。藤堂さん。あなたにこれ以上甘えてはいけないことは充分わかっておりますが、あなたしかお願いする方がいないのです」

「…………」

「どうか、哲也を助けてやってください」

「哲也を?」

聞き耳を立てていたのか、隣室にいた少年たちが大部屋に入るなり、四人とも土下座をした。

「お願いだ。藤堂さん、テッちゃんを助けてください」

健司が代表するかのように懇願した。どうやら哲也は、また何かトラブルに巻き込まれたようだ。哲也は、いつも災難に巻き込まれてしまう星の下に生まれたのだろう。

改めて老人の話を聞こうとすると、「傭兵に仏心は禁物《きんもつ》です」と口癖のように言う池谷の渋面《じゅうめん》が脳裏を過った。

二

都築老人の話によると、三週間前哲也を伴い新宿《しんじゅく》で買い物をしていたところ、やくざ風の男たちに囲まれ、哲也を連れ去られそうになった。老人は、哲也の腕を摑《つか》み必死の思いで抵抗したが、男たちに殴る蹴るの暴行を受けたそうだ。幸い通行人が騒いだため、男たちは逃走し難を逃れることができた。

老人は哲也に抱えられタクシーで森本病院に直行した。老人はそのまま二週間入院していたが、毎日見舞いにきていた哲也が退院一日前から姿を見せなくなり、以後行方がわからなくなってしまった。失踪の原因はまったくわからない。やくざに襲われたことを警察に通報するのを哲也が嫌ったため届け出はしなかった。それが、却ってあだになったと老人は悔《くや》しさを滲《にじ》ませていた。

老人から事情を聞くと、哲也から断片的に聞き出したという健司の話を聞いた。襲ってきた連中の中に浩志が解散に追い込んだ暴力団石巻《いしまき》組の組員の顔があったそうだ。健司は哲也が老人を見舞いに行く途中でやくざに拉致《らち》されたのではないかと信じている。だが、哲也は、老人に怪我をさせてしまったことをひどく悩んでいたことから、昨年仲間を救うため、単独で石巻組に乗り込んで行ったように、今回もまた無茶なことをしでかした可能性も充分考えられた。

浩志はすぐに傭兵代理店に連絡を入れて、解散した石巻組のことを調べさせた。浩志が襲撃した組員は、組長の石巻を入れて十二人いたが、全員銃刀法違反と麻薬所持の現行犯で逮捕され、今現在も収監されている。その他に構成員は十六人おり、一度は逮捕されたものの嫌疑不十分で釈放されていた。組の消滅に伴い路頭《ろとう》に迷った組員は広域暴力団御木《みき》浦《うら》組傘下の三つの組に吸収されていったらしい。相変わらず、傭兵代理店の裏社会情報は詳しい。情報の出所は、警察ばかりか、暴力団関係者の中にもいるに違いない。元石巻組の組員を吸収した組事務所は、それぞれ渋谷、六本木《ろっぽんぎ》、新宿にある。哲也らは新宿で襲われたことから、捜査は当然新宿に事務所を構える網代《あじろ》組から始めることにした。

網代組の事務所は、東新宿の職安通りに面したビルの二階にあった。通りが広く、見通しも利くため向かいのビルに拠点を設けない限り、張り込みに適しているとは言い難い。こういう場所での張り込みは、車に限る。浩志は歌舞伎町のレンタカー屋で白いセダンを借りると、ビルの斜め前に駐車し、コンビニで買ったサンドイッチを頬張《ほおば》った。

網代組の事務所が入っているビルは、怪しげなエステや焼肉屋などが入っているため、玄関には様々な人種が、出入りしている。むろん一目でその筋のものとわかる者も多い。元石巻組の組員の顔写真はあらかじめ傭兵代理店から携帯に送ってもらい頭に入れていた。長年の傭兵の習慣で、組員全員の名前と顔を覚えるとデータはすべて消去した。傭兵に限らず軍人は、作戦に関わる情報は形に残さない。敵に捕らえられ、情報を漏らすようでは軍人として失格だからだ。

張り込みを始めて四時間、時刻は午後六時半。職業柄、じっとしていることに慣れてはいるが、戦地と違い緊張感がないため、あくびが絶えない。それに、腹も減ってきた。現役の刑事だったころ、張り込みは寒風荒《すさ》ぶ夜空の下だろうと我慢強く粘《ねば》ったものだった。

もっとも大抵コンビで行動していたため、たまに世間話をして気を紛《まぎ》らわすこともできたが、一人では手持ち無沙汰《ぶさた》になる。

ふいにだれかが後部座席の窓ガラスをノックした。

いかつい男が二人、車内を覗き込んでいる。

浩志が無言で車のロックを解除すると、滑り込むように男たちは車に乗り込んできた。

「おまえら、目立ち過ぎだ」

「すみません。目立たないように暗くなるのを待っていたのですが」

侵入者は、傭兵代理店のコマンドスタッフ、瀬川と黒川《くろかわ》だった。

「何の用だ」

「藤堂さんが、組の情報を問い合わせたことで、社長が心配していまして」

「俺のことは心配するな。そう伝えてくれ」

「いえ、社長が、藤堂さんがもし何らかの事件に関わられているようだと、演習に影響が出るのではないかと心配されているようです」

「そっちの心配か」

確かに哲也の居所を一人で捜し出すのは、容易なことではない。

「俺に捜査を止めろというのか」

「とんでもない。社長は我々も手伝って、早く事件を解決するようにと命令されました」

「ほう、手伝ってこいと」

捜査は、人海戦術が一番だ。だが瀬川も黒川も自衛隊ではレンジャー課程も取得している空挺部隊のエースとはいえ、捜査はずぶの素人《しろうと》のはずだ。特務機関に出向《しゅっこう》するにあたり、特別な訓練を受けたようだが、足を引っ張らないとも限らない。

「ところで、何の捜査ですか」

「哲也が、失踪した。おそらく、やくざに拉致されたと考えていいだろう」

「えっ、哲也君が拉致されたのですか」

瀬川と黒川は、浩志が石巻組の事務所から哲也を救出する際、サポートをしていた。

「それは、いつのことですか」

「一週間前だ」

「藤堂さんが、帰国される前のことですね」

浩志は、都築老人と健司から聞いたことを二人に説明した。

「了解しました。二人とも気合いを入れてがんばります」

「足を引っ張るなよ」

瀬川は、頷くと持っていた小さなバッグから小型のインカムを取り出し、浩志に渡した。

「さすがに用意はいいな」

「それとこれも持ってきました」

瀬川は胸の内ポケットから、ベレッタを出した。

「とりあえず、しまっとけ。今回はいきなり襲撃するつもりはない」

浩志は、苦笑した。いくら傭兵代理店が防衛省外特務機関だからといっても、民間人に簡単に銃を渡す行為が、自然すぎて笑えたのだ。昨年まで傭兵代理店は闇の組織だとばかり思っていたので、銃をもらうのも躊躇《ちゅうちょ》しなかったが、今は内幕を知っているだけに戸《と》惑《まど》ってしまう。

「前回哲也を救出した時とは違う。目の前の組が、まだクロと決まったわけじゃない。慌てて行動すると却ってまずい。それに、網代組は組員が四十六人もいる。突入すれば、戦争になるぞ」

「そうですね。では、藤堂さん、正式にサポートプログラムをお使いください」

「今回も個人的なことだぞ」

サポートプログラムとは、傭兵代理店の特徴ともいうべきシステムで、作戦の遂行中にトラブルが起こった場合、傭兵代理店が派遣した傭兵からの要請で、武器などの物資ばかりか、人的な援助までする仕組みだ。むろん、浩志のしていることは私的なことなので、サポートプログラムは本来受けることはできないが、傭兵代理店こと特務機関〝K機関〟は、浩志を特別視しているらしい。

「社長が言うには、演習に藤堂さんは欠かせません。演習が終わるまで藤堂さんのスケジュールを管理するのは、傭兵代理店の責任だといっていました」

「勝手な解釈だ。だが、人手がいることは確かだ。遠慮なく使わせてもらう」

浩志の言葉を受け、傭兵代理店はサポートプログラムを稼働させた。

三

帰国してまだ三日。日本に帰れば必ず立ち寄る飲み屋にも行ってないし、ちゃんとした食事もしていない。戦地では決して文句を言ったことはないが、昼ご飯にまたコンビニのサンドイッチかと浩志はため息をついた。

新宿の網代組の捜査は、傭兵代理店のサポートプログラムを使うことにより、昨日の夜半には、態勢が整った。代理店からの応援は、コマンドスタッフの瀬川と黒川の他に昨年死亡した名取《なとり》の代わりに新しくスタッフになった中條修《なかじょうおさむ》が加わった。中條は、瀬川から連絡を受け、装備を整えた白いバンでやってくると、黒川とともに網代組の事務所があるビルの電話ボックスに盗聴器を仕掛けた。昨日借りたセダンは、そうそうに返却し、浩志は網代組のビルから三ブロック西新宿寄りの路上に停められたバンの後部で暇《ひま》を持て余していた。バンの後部には、通信機やパソコンなどの機器がぎっしりと積まれ、盗聴器の音を拾っている黒川と二人いるだけで、息苦しく感じる。瀬川と中條は、網代組のビルと道を挟んだ向かいのビルの一室を借りて、今ごろ監視活動を始めたはずだ。

「藤堂さん、土屋から新しい情報が入りました」

黒川は、パソコンのメールに添付してある画像を展開した。今やインターネットを見る環境はどこでもできる。情報の伝達は、すばやくしかも大量に送受信できるのがいい。

画面を覗くと五人の男が争っている写真が写っていた。

「三週間前に、都築さんと哲也君が襲われた時に防犯カメラで撮られた写真です」

「よく手に入れたな。襲ってきた連中のアップの写真はないか」

黒川は頷くと、何枚かある写真を順番に展開していった。すると拡大し画像処理された写真が出てきた。三人の襲撃者の顔がはっきりと写っている。

「さすが土屋は、仕事が早いな」

黒川は、同僚である土屋友恵の仕事ぶりに感嘆の声を上げた。メールには、個別に三人の正面写真も添付されていた。これは、警察かどこかのデータベースにあったものだろう。

「こいつら、網代組の人間じゃないぞ」

写真はいずれも浩志があらかじめ調べた網代組の組員ではなかった。

「現在、この三人は渋谷の大和《やまと》組に所属していると土屋のメールにも書いてあります」

「一日無駄にしたな」

言ってはみたものの、サポートプログラムを使わずに一人で捜査をしていたら、この先何日も網代組の張り込みを続けたことだろう。

「ターゲットを渋谷の大和組に変更だ。瀬川と中條は後で合流してくれ。俺たちは、先に行く」

浩志は瀬川にインカムで連絡をすると、黒川に車を出すように指示をした。

道玄坂上《どうげんざか》にある交番前の交差点を円山町《まるやまちょう》方面に入るとラブホテルが点在する地区がある。この地区でも古くから営業しているラブホテルの裏にあるマンションの三階に大和組の事務所はあった。

「この界隈《かいわい》で車を停めるスペースは、ありませんね」

黒川は、円山町の入り組んだ細い路地に車を乗り入れ、舌打ちをした。

「道玄坂の駐車場に入れる他ないだろう。下手に路駐をして、警察に目をつけられても困るからな」

「そうですね。それじゃ、そうしますか」

車は黒川にまかせ、浩志は車を降りた。よく刑事もののテレビで張り込みシーンがあるが、実際電柱の陰や民家の塀の前に立っていたらすぐにばれてしまう。少なくとも車か見張り所を設け、姿が見られないようにする必要がある。大和組の事務所が入っているマンションを遠くから観察したが、近辺に高い建物がなく、道も狭い。この界隈は夜ともなると賑《にぎ》わうが、昼間は却って人気《ひとけ》がない。車からの監視もできないし、見張り所を設ける場所もなさそうだ。しかもマンションの玄関と裏口はそれぞれ違う道に通じているため、人員も分ける必要がある。まさに捜査員泣かせの現場だ。だが、浩志たちは、法を遵守する警察とは違う。盗聴器も使うし、場合によっては、一味のだれかを拉致し、吐かせるという手もある。いずれにせよ、夜を待つ必要があった。今できることは、マンションから離れた場所で、玄関と裏口に通じる道路を監視する他ないだろう。

浩志は通行人を装《よそお》い、さりげなくマンションの裏口の鍵が掛かっていることを確認すると今度は玄関が見える場所を確認するため、一旦《いったん》ラブホテルのある広い道に出た。まるでタイミングを合わせたかのように、玄関に通じる道路から三人の男がふいに現れた。左右にやくざ風の大男が二人、包帯を頭に巻いた小柄な若い男を両側から抱えるように歩いている。

真ん中にいる男が浩志を見て反応した。

哲也だった。距離は十メートル。浩志は小さく頷き落ち着かせようとしたが、哲也は両脇の男たちの腕を振り切ろうと暴れ出した。

浩志は、舌打ちをすると三人を目がけて走り出した。右側の男が浩志に気がついた。男は懐《ふところ》から銃を出して構えたが、浩志は構わず走り寄り猛烈な体当たりを食らわせた。男は三メートルほどふっとんで、ビルの植栽《しょくさい》に頭から突っ込んだ。

「動くな！」

振り返るともう一人の男が銃を抜き、哲也の首に突きつけていた。

「小僧をぶっ殺すぞ！」

浩志は男の前に静かに立った。武器を持ち、興奮した人間に刺激を与えてはいけない。むしろ何もしないことが危機を回避する最善策だ。

「おまえ、銃を撃ったことがあるのか」

浩志は、一歩前に出た。男は浩志の圧倒的な存在感になす術《すべ》もなくたたずんだ。銃は中国製トカレフ、ロシア製と違い安全装置が付いている。男は安全装置すら解除していない。

「どちらさんかは、知らんが、動かんでもらおうか」

前の男に気を取られ油断した。音もなく背後から現れた男に、浩志は背中に銃を突きつけられた。

「手荒な真似はせんから、哲也君と一緒に来てもらおうか」

「断ると言ったら」

銃の撃鉄を起こす音がした。

「わしは、肝っ玉のある方なんだよ」

どうやら、後ろにいる男はその辺のちんぴらやくざとは違うらしい。

「仕方がない。付き合ってやるか」

植栽からヨロヨロと立ちあがった男は、背後の男に「社長」と叫ぶと、慌てて頭を下げ、なぜか目の前のラブホテルに入っていった。ラブホテルの駐車場で大きなエンジン音がしたかと思ったら、黒塗りのキャデラックのリムジンが出てきた。一昔前のマフィアじゃあるまいし、今どき黒塗りのキャデラックとは笑わせる。

ラブホテルは大和組の息が掛かっており、駐車場代わりに使っているのだろう。だとすると哲也を別の場所に移動する直前に居合わせたに違いない。間一髪《かんいっぱつ》と言いたいところだが、おかげで瀬川たちと連絡する暇もなかった。

手錠をかけられた浩志と哲也は、キャデラックの後部座席に並んで座らされた。そして、対面のシートには、二人の新手のやくざが座り、浩志が身動きできないように見張っていた。社長と呼ばれた男は助手席に座り、一人悠々《ゆうゆう》と煙草を吸っている。年は六十前後、白髪《しらが》混じりの髪を短髪にし、四角い顔をベースに太い眉毛に大きな目。まるで上野《うえの》の西郷隆盛《さいごうたかもり》像に似た男は、仕立てのいいスーツを着込み、貫禄《かんろく》も充分ある。手下に社長と呼ばれているところを見ると、大和組の組長犬飼雅彦《いぬかいまさひこ》と思われるが、組員を六十人近く抱える暴力団の頭《かしら》が銃をちらつかせるとは解《げ》せない。

車は渋谷の渋滞を抜け、国道二四六号をひたすら川崎《かわさき》方面に向かって走った。

「藤っ……」

名前を呼ぼうとした哲也の口を浩志は塞《ふさ》いだ。

「俺の名を呼ぶな」

周りにいるやくざに名前を知られるのは避けるべきだ。

「すみません」

相当殴られたのだろう。哲也の両目は、赤黒く腫《は》れ上がっていた。

「来るのが遅かったな。わるかった」

「わるいだなんて、俺、俺……よかった、よかったよお」

哲也は、つぶれた両目から涙を流し、子供のように口を開けて泣いた。

「哲也、泣くのはまだ早いぞ。おまえも今のうち休んでおけ」

そういうと浩志は目を閉じ座席に沈み込むように深く腰掛けた。

四

キャデラックは、二四六から環八《かんぱち》（環状八号線）に左折し、中原《なかはら》街道に入り丸子橋《まるこばし》を越えて多摩川《たまがわ》を渡った。中原街道を左折すると、方向感覚を狂わせるためか、何度も右左折を繰り返し、キャデラックがやっと通れる狭い路地に入り、巨大な倉庫の前で止められた。隣接する工場は、塗装工場らしく、シンナーの匂いと、コンプレッサーの音がけたたましく響いていた。浩志と哲也は車から降ろされると、キャデラックは独特の重低音を響かせ、社長と呼ばれる男を乗せたまま立ち去った。

浩志らは、二人の男たちに前後を挟まれて倉庫に入った。中に入り改めて倉庫の広さに感心させられた。まるで青果市場のような広い構内に、中身はわからないが、一五〇センチ四方の大きな木箱がいくつも無造作に置かれ、壁際に使い古された畳が山のように積んである。これらの物は廃棄物のように見えるが、なぜか引っかかるものを浩志は感じた。

倉庫の奥に危険と書かれた鉄製のドアがあった。先頭の男がドアを開け先に入ると、ものうげに早く入るように手招きした。

かつては危険物の保管庫だったのか、薬品で一部腐食した痕《あと》がある空の棚が壁際に並んでいるだけで、殺風景な十二畳ほどの部屋だった。浩志は部屋に入った途端、哲也を突き飛ばし脇に転ばせると、何事かと唖然としている男の鳩尾《みぞおち》に強烈な蹴りを入れ、外で待機していた男が慌てて握った銃を腕ごと引っ張ってドアで挟み込んで奪った。そして、ドアをすばやく開けると、男の襟首《えりくび》を摑み膝蹴りを二発食らわせ、部屋の中に引きずり込むとさらに後頭部に肘《ひじ》撃ちをして気絶させた。先に蹴りを入れた男は、なんとか立ち上がろうとがんばっているようだが、浩志は男の頭上から容赦のない踵《かかと》落としを食らわせ昏倒《こんとう》させた。二人とも二、三日は、目を覚まさないだろう。手加減しようとは思わなかった。

浩志は倒れている男の懐から銃を抜き取り、弾倉を調べるとズボンにねじ込んだ。銃は、マカロフだった。ワルサーPPを参考にし、トカレフの欠点を克服した実戦向きの銃だ。かつて日本の暴力団には中国製の粗悪なトカレフが流通していたが、最近ではロシア製のマカロフが多く押収されている。これは、ロシアと北海道を結ぶ密輸ルートが確立し、良品であるマカロフが粗悪品のトカレフを駆逐《くちく》する形で、全国に出回っているという、まさに市場の原理が働いている証拠だ。

浩志は男のポケットを調べ手錠の鍵を探し出すと、すばやく自分と哲也の手錠を外した。元刑事だけに手錠の扱いは慣れたものだ。

「哲也。安全を確認するまでここを動くな」

哲也は、声も立てずにただ頷いた。

最初に奪ったマカロフを構えるとドアを薄く開け、床に膝をつけるように低い姿勢でゆっくりと外に出た。全身の神経を集中させた。

何かがおかしい。この倉庫に人影こそないが、気配を感じる。いつもの第六感が痛いほど警報を発していた。耳を澄ませた。ドアは閉め切っているので、隣の工場の騒音は幾分ましだが、うるさいことに変わりはない。だが、騒音にかき消されながらも、どこからか、微かな息づかいが聞こえる。浩志は勘に従い、木箱の一つを銃で撃った。

木箱の中からうめき声が、聞こえてきた。浩志は、走り寄り木箱の中から負傷したやくざを引きずり出すと、首に銃を当てた。

「止めろ！　そこまでだ！」

倉庫の入り口から、姿を消したはずの社長が現れた。

「そいつを離せ、殺されたいのか」

「死ぬのは、おまえらだ」

浩志は、負傷した男の鳩尾を蹴り上げ、気を失わせると床に転がした。

「全員、顔を出せ！」

社長のかけ声に応じ、六つの木箱の中から、トカレフやマカロフを構えた男たちが現れた。浩志は、右手のマカロフで社長を狙い、ズボンに差し込んでいたマカロフを左手に持ち、木箱の男たちに向けた。

「人数は、こっちの方が多い。銃を下ろせ」

社長の言葉を浩志は鼻で笑った。そして、右手のマカロフで倉庫の片隅に置いてある木箱の上部を撃ち、被せてあった蓋《ふた》を吹っ飛ばした。

「なに！　感づかれたか」

社長は、一瞬、凶悪な顔をすると手下に出てくるように叫んだ。最後の木箱から出てきた男が持っていたのは、サブマシンガンのモデル六十一、その形状からスコーピオン（さそり）と呼ばれる銃だ。冷戦時代にチェコで作られた銃だが、全長二十七センチと小型軽量が好まれ、現在でも改良型が数多く生産されている。

「銃の数じゃないぞ。俺を一発で倒さなければ、おまえらは確実に死ぬ」

木箱程度の厚さでは、弾よけにもならない。身をさらけ出し、襲撃するタイミングを逸した以上、身動きがとれない木箱の中は格好の的になる。彼らを一分以内に殲滅《せんめつ》する自信が浩志にはあった。

「撃て！」

社長の号令で七人の男たちが一斉に銃を撃った。

浩志は倉庫に置かれた荷物を縫うように、すばやくスコーピオンの死角である左側に走った。男たちは、その動きについて行けず、浩志の後ろ一メートルを撃つのがやっとだった。浩志は、走りながら男たちの肩や腕を打ち抜いて行った。案の定狭い箱の中にいた男たちは、身動きがとれずゲームセンターの標的のごとく倒れて行った。しかも部屋にランダムに置かれた木箱は、絶好の隠れ蓑《みの》になった。ハンドガンを持った男たちを倒すのに二十秒もかからなかった。浩志はさらに左に回り込み、スコーピオンの対角線上に置いてある木箱の陰に隠れた。スコーピオンを持った男は、完全に浩志を見失い慌てて木箱から出ようと、箱をまたいだ。この瞬間を逃さなかった。浩志は疾風のごとく駆け寄ると男の足を撃ち抜き、床に崩れ落ちた男の顔面を蹴り付け失神させた。すばやくスコーピオンを拾うと呆然と立っている社長の足下に数発撃ち込んだ。

「止めてくれ！」

社長は、大声で叫んで両手を上げた。

「殺すと言っただろう。だれだおまえは」

「わっ、わかった。充分だ。わしは、大和組の組長犬飼雅彦だ」

「なんで、俺を待ち伏せした」

「おまえさんを試す必要があった。名前を聞かせてくれ」

「勘違いするな。おまえはただ答えるだけでいい」

「半年前、新宿の石巻組がたった一人のヒットマンに襲撃され、壊滅した。状況から考えて、中国マフィアの回し者と思っていた。だがその後、報復を恐れた中国マフィアから、事件には関与していないと連絡が入った。そうかといって、もともと石巻組は大阪の本家御木浦組からも煙《けむ》たがられていたから、犯人を捜すということもなかった。ところが、一月前ある方から、そのヒットマンを捜せという命令が出てな。わしらは必死で捜したというわけだ。中国マフィア以外で、石巻組が襲撃される理由がなかったから、ひょっとして哲也がヒットマンと関係しているんじゃないかと思い始めたところに、運良く哲也を見つけたというわけだ」

「そのヒットマンが俺だと言うのか。ばかばかしい」

「捕まった石巻組の連中は、新宿一の暴れ者揃いでな。そいつらを病院送りにしたんだから、よほどの腕と度胸がなきゃできない。わしが言うのもなんだが、度胸はともかく、十二人もの組員をあっという間に片付けられるような奴は、わしらの世界にはいない。とにかくおまえさんの腕は見せてもらった。それに石巻組の連中から聞いていたヒットマンの特徴とも合致する」

「それで俺を試したのか」

「哲也を囮《おとり》にと思っていたが、一週間たっても何も起こらないので、正直言って諦《あきら》めていたところだ。そこにおまえさんが現れた。もともとこの倉庫は、誘《おび》き寄せるために用意してあった。おまえさんが簡単にやられるようじゃ、それまでだし、逆にわしらがやられれば、それが証明になる」

暴力団事務所を潰《つぶ》したお礼参りはないと浩志は勝手に考えていた。というより、中国マフィアのヒットマンに変装した自分を捜し出すことなど不可能だと決めつけていた。その考えの甘さが哲也や都築老人に怪我をさせてしまった。慢心していたとしか言いようがない。己《おのれ》に無性《むしょう》に腹が立った。

「仮にそのヒットマンが、俺だとしたらどうする」

「ある方がおまえと話をしたいと言っている。わしらも内容は聞かされていない」

「……案内しろ」

哲也や都築老人に二度と手を出さないように、組織の上層部に話をつけなければならない。

「それじゃ、一緒に来てもらおうか」

「その前に、哲也を帰す」

「手下に送らせよう」

「信用できるか」

浩志は哲也を伴い倉庫を出ると、数人のやくざが表に立っていた。襲撃するチームと倉庫を警戒するチームに分かれていたようだ。浩志は男たちを無視し、交通量が多い通りまで歩いて行った。その前後をいかにもその筋の風体《ふうてい》の男たちがぞろぞろとついてきたため、通行人は慌てて道を空けた。

「俺……本当に、馬鹿だから、……ごめんなさい」

哲也は潰《つぶ》れたまぶたからまた涙を流した。

「気にするな。おまえのために来たわけじゃない。都築さんに怪我をさせた連中が許せなかっただけだ。さっさと帰れ」

浩志はタクシーを拾うと哲也を乗せ、松濤の森本病院に向かわせた。念のため、森本には哲也が着いたら連絡するように携帯で連絡を入れた。

「行くか」

浩志は、後ろにずらりと手下を控えさせた犬飼にあごで促した。

五

ずいぶん前から、暴力団の車といえば、ベンツと相場が決まっているようだが、浩志が乗っている大和組の組長犬飼の車はキャデラック、二十年以上前のフリーウッドをベースにしたリムジンだ。マニアじゃなければ、乗らない車だ。浩志は現役の刑事時代も含めて、これまで日本の暴力団と接触した記憶があまりない。暴力団は主に組織犯罪対策部の仕事ということもあるが、飲み屋で喧嘩《けんか》の末殺人事件を犯したやくざと、強盗殺人事件を起こしたやくざの手下を逮捕した経験があるに過ぎない。暴力団イコール悪の集団というイメージさえあったが、後部座席に座る浩志の右隣に悠然と構える犬飼はどこか違っていた。

犬飼が車で移動すると言って、浩志が素直に応じたのは、手下から取り上げたマカロフを返せと言わなかったからだ。むろん返すつもりなどなかったが、何も言われなかったので拍子《ひょうし》抜けした。武器を携帯させることにより、身の安全を保証したと思わせるためだろうが、逆に自分の命も狙われる可能性もあることを考えると、相当な肝っ玉を持った人物ということになる。

車は渋谷の組事務所に向かうものと思っていたが、信濃町《しなのまち》のK大学病院に乗り入れた。

「銃を預かろうか」

大学病院の玄関で車が止まると、犬飼は左手をひょいと出した。

「………」

確かに、病院に銃を持ち込むわけにはいかないが、はいそうですかと渡すわけにもいかない。

「わしは、おまえさんを信用して、銃を持ったまま車に乗せた。今度は、おまえさんが、わしを信用する番だ」

犬飼の目を覗き込んだが、陰りはなかった。浩志は、マカロフの弾倉を抜き取りポケットに入れると、二丁ともを犬飼に渡した。

「疑り深い奴だ」

犬飼は銃を足下に置くと、連れてきた二人の手下に駐車場で待つように指示をした。手下は明らかに動揺したようだったが、犬飼は気にせずに車を降り、浩志を病棟に案内した。

「手下も連れずに、襲われたら、どうする」

浩志は、犬飼の態度に感心してからからかうように聞いた。

「おまえさんに守ってもらうよ」

「俺が、おまえを襲ったらどうするつもりだ」

「それは、ありえんな。それにこの世界で長く生きてりゃ、いつかはそうなる。別に驚きはせんよ。おまえさんもそうだろ」

「そうだな」

思わず相槌《あいづち》を打ち、浩志は犬飼のペースに乗せられたことに苦笑した。

やがて、浩志は病棟の最上階、特別病棟の特等室に案内された。病室に入ると、ベッドルームと応接室が別々になっており、応接室には大きめのテーブルとソファー、それに冷蔵庫まで置かれてある。部屋には、護衛と思われる男が二人いたが、犬飼が部屋に入ると直立不動の姿勢をとった。奥のベッドルームには、点滴をうっている痩《や》せた老人が横たわっていた。小柄で痩せているため、都築老人を思い出させたが、年齢はもっと上らしく肌につやがなく、しわも多い。

「犬飼か、見つけたようだな」

老人は、目を閉じたままけだるい声を発した。

「はい」

犬飼は、まるで新米の兵隊のようにかしこまった。

「で、かごの首尾は、どうだった」

「まず、うちの一番の兵隊二人を二十秒で片付けられ、木箱の襲撃隊もたった三十秒で全員やられました」

どうやら、川崎の倉庫はただ罠を張っただけでなく、中の様子を見るための監視カメラも設置してあったようだ。

「ふっ、ふっ、ほう。そうか、おまえの一番の兵隊たちが一分もかからずにやられたか。見たかったな、わしも」

老人は、咳《せき》をするように枯れた笑いを漏らすと、ゆっくりと目を開け、浩志を見つめた。口元は穏やかに笑っているが、眼光は恐ろしいまでに研《と》ぎすまされていた。

「なかなかいい面構《つら》えだ。わしは、宗方誠治《むなかたせいじ》だ。わしにも名前は名乗れんか」

浩志ははっとした。宗方誠治といえば、神奈川に本拠地を置き、関東を二分する勢力、龍道会《りゅうどう》の初代会長だ。また、大阪の御木浦組とも親戚関係にあり、御木浦組の五代目組長の後見人でもある。現在龍道会の四代目会長に、宗方の三男で横浜《よこはま》の明知《あけち》組組長宗方陣《じん》内《ない》がおさまっている。宗方誠治は、八十九の高齢ながら、龍道会の顧問として今でも隠然たる勢力を持つ。

「藤堂浩志だ」

口が勝手に返事をしていた。枯れ木のように痩せた老人に浩志は一瞬飲み込まれていた。

「藤堂……浩志？　ほうおまえがあの藤堂浩志か。十六年前、世間を騒がせた元刑事だな」

　老人は、そういうとからからと笑った。

「大物でも、三面記事に目を通すのか」

「大きな組織を束《たば》ねるには、情報こそ命だ。噂では、鬼胴は、自爆テロでは死なずに殺されたと耳にしとる。裏では、おまえが殺したという情報が流れておるが、本当か」

　宗方は、にやにやと笑いながら聞いてきた。

　世間では、鬼胴はバリ島でイスラム原理主義者による自爆テロの犠牲になったことになっている。そもそも鬼胴は、表では与党の大物政治家の顔を持っていたが、裏では死の商人と麻薬王の顔も持っていた。不可解な死に、裏社会では様々な憶測を呼んだに違いない。

「残念ながら、俺じゃない」

「ふん。残念ながらか。まあ、おまえのおかげで、鬼胴の組織は壊滅した」

　浩志は右の眉毛をぴくんと動かした。浩志一人の力ではないが、中心となって鬼胴の組織壊滅に追い込んだことは事実だ。だが、その活動は防衛省の幹部と一握りの政府要人が知っているに過ぎないはずだ。

「どうしてそんなことを知っているのかという顔をしているな。蛇《じゃ》の道は蛇《へび》と言うでな。といっても、からくりは簡単だ。フィリピンの武器商人から聞いたと言えばわかるか」

鬼胴の密輸ルートを潰すために、浩志はフィリピンの武器商人と取引したことがある。

「たまたまその武器商人とは、付き合いがあってな。おまえさんの活躍を聞いたというわけだ。世間は狭いのう」

闇の世界は、ひょんなことから繋がりがあるものだ。

「わしらも、鬼胴の組織には手を焼いていた。政治家のくせに暴力団顔負けの薬のルートを持っていたからな。もっとも、わしは、これまでも喧嘩と薬はいかんと、口を酸《す》っぱく言ってきた。むろん、薬を扱うやくざは後を絶たないというのも、事実だが。これからのやくざは、経済で生きろといつも言っているんだ。なあ、犬飼」

宗方は、次第に興奮してきたのか、声にも張りが出てきた。

「俺に、話があるんじゃなかったのか」

年寄りの口ぶりに、いつになったら本題になるのかと浩志はいらだった。

「これだから、若いのは気が短くていかん。わしは余命半年と言われても、焦《あせ》ったことはないぞ」

宗方が半身を起こすと、慌てて犬飼が、痩せた宗方の背中を支えた。

六

「おまえら、みんな外に出ろ。客人と二人で話がしたい」

犬飼と二人の手下は、互いに顔を見合わせていたが、宗方に睨みつけられると叱《しか》られた子犬のようにすごすごと部屋を出ていった。

「手をかせ、ソファーに座る」

宗方が危なげに両足を下ろしたので、仕方なく浩志はその痩せた背中に右手を回し、肩を貸した。宗方は浩志の左肩を摑み、よっと声を出し立ち上がった。浩志は、点滴を吊るしたキャスターを左手で持ち、半ば宗方を持ち上げるように歩いた。

「歩いて、大丈夫なのか」

「だから、手下を外に出したんだ。だれもわしをベッドから出したがらんからな」

宗方を一人掛けのソファーに座らせると、浩志は向かいのソファーに腰をかけた。宗方は、ふうーと大きなため息を漏らし、心地良さそうに両手を伸ばした。

「最初に聞いておくが、石巻組を襲撃したのは河合とかいうガキのためか」

「そうだ」

浩志は目の前の老人には、何も隠すつもりはなかった。肩を貸すという行為は、信頼関係がなければできない。宗方は互いの障壁を取り除くべく、あえてベッドを降りたに違いない。その気持ちが痩せた肩越しに、痛いほど伝わってきたのだった。

宗方は、しばらく浩志をじっと見ていたが突然笑い出した。

「新宿一の暴れ馬と言われた石巻組が、ガキ一人のために潰されたのか。これは愉快だ」

ひとしきり笑うと、宗方はまた真顔《まがお》に戻った。

「襲ってきたのは一人、しかも襲撃後にガキがいなくなったと聞かされて、今時鞍馬天狗《くらまてんぐ》じゃあるまいし、子供を助けるために敵の陣中に飛び込む馬鹿もいまいと思っていたが、目の前にいるとはなあ」

「あの連中が、弱過ぎただけだ」

「おい、小僧。あんまり馬鹿にするものじゃないぞ。石巻組は嫌われ者だったことは認めるが、御木浦の舎弟だぞ。やくざの最大勢力に楯突《たてつ》いたんだ。わしが御木浦におまえのことをたれ込めば、命はないのも同然だ。なんならわしが、命令してもいいんだぞ」

さすがに関東の最大勢力を仕切っていただけのことはある。脅しは、伊達《だて》じゃない。

「それが、どうした。そういう台詞《せりふ》は、命のやりとりをしたことがない奴にするんだな」

浩志は、いかにもつまらなさそうにため息をついた。

「狙われるのは、おまえとは限らんぞ」

浩志の眼光がいきなり強くなり、宗方を圧倒した。

「今度、俺の知り合いに手を出したら、おまえの命をもらう。脅しじゃない。必ず実行する」

「そうか、やっぱり俺の命を狙うか。ついでに御木浦も狙うんだな。おまえならやるな」

宗方は、また咳をするように笑った。

「おまえは、今自由の身だろ。藤堂、俺の盃《さかずき》を受けろ」

「断る。俺は、表だろうが裏だろうが大きな組織は嫌いでね。ましてやくざは大嫌いだ」

宗方は、しばらく浩志を見つめていたが、ふうと空気が抜けるように肩を落とすと、恨《うら》めしそうに浩志を見た。

「……やっぱり、だめか。石巻組を一人で潰せる者を、なんとか手下にと思っていたが、残念じゃや」

「…………」

「わしは、今、龍道会の宗方誠治ではなく、ただの老いぼれとして話をしている。わしの独り言と思って聞いてくれ。それでどう動くかは、おまえさん次第だ」

「聞こうか」

「デビルズ・ブリゲード、日本語で悪魔の旅団という組織の名を聞いたことがあるか」

「いや」

「第二次世界大戦で、イタリアにおけるドイツ防衛線攻略特殊旅団として編成された、アメリカとカナダ軍の混成軍があった。実態は、前科者やチンピラ、カウボーイなど死を恐れぬ屈強《くっきょう》な男たちの集まりで、彼らに厳しい特殊部隊の訓練をさせたそうだ。彼らは、少数精鋭で瞬《またた》く間に膠着《こうちゃく》した戦線を突破し、ドイツ軍に悪魔の旅団と恐れられたそうだ。この悪魔の旅団、あるいは赤い悪魔とも呼ばれる秘密結社が、東西の壁が崩壊したときにできたそうだ。実態はよく知られていないが、元KGB《ケージービー》が中心となってできた組織だそうだ。一昨年死んだ元KGB長官コワルスキーは、初代のボスだったという噂《うわさ》も聞いている。自ら悪魔の旅団と名乗っているわけではないが、ロシアのマフィアの間では、この名で通っている。こいつらは、裏の世界のことなら何でもするそうだが、元スパイが作った組織だけに諜報、謀略活動に優《すぐ》れているらしい。そのため、彼らのクライアントは政治家が多く、国によっては、政府と直《じか》に契約することもあるらしい」

宗方は、ここまでしゃべると疲れたのか、荒い息をしていた。

「すまんが、冷蔵庫から水を取ってきてくれ」

浩志は、応接室の隅に置かれた冷蔵庫から水のボトルを出し、側にあったコップに注ぐと宗方に渡した。宗方は、喉を鳴らしながら飲み干すと、ソファーにもたれ込むように座った。

「悪魔の旅団は、拠点とするロシア政府内部に深く根付いているという噂がある。歴代のロシア大統領や側近ですら、彼らの影響を受けているという話も聞く。そして、時としてロシアの政治力すら利用し、今や世界中で起きている戦争や紛争に関係していると言われている。また政争にも深く関わり、政府要人や反勢力のトップの暗殺や、自殺もお手のものらしい」

「自殺がどうして関係ある」

「自殺に見せかけた暗殺という意味だ。警察が調べても、自殺としか見えない偽装をするそうだ。だから、暗殺と断定できない」

「日本にも入っているのか」

「ああ、入っていた」

「入っていた?」

「そうだ。鬼胴が契約の総代理人を務めていたそうだ」

「鬼胴が」

「偶然とはいえ、おまえさんともまんざら無関係でもあるまい。鬼胴が死んだために、悪魔の旅団は日本の窓口を失った」

「今の契約者はだれだ」

「それが、わからない。奴らは、国の高官クラスと契約する傾向がある。政治家あるいは、高級官僚であることは間違いないだろう」

「奴らは、暴力団とは手を組まないのか」

「例外的にロシアのマフィアと手を組んでいるという噂は聞いたが、彼らは、元ＫＧＢということで気位《きぐらい》が高いらしい。特に日本の暴力団のことは、はなから馬鹿にして相手にしないようだ。もっとも、ロシアンマフィアを通じて間接的に繋がっているのかもしれないがな」

「俺とどう関係ある」

「まあ、先を急ぐな。悪魔の旅団は数人の政府高官に接触したらしい。そして、信頼を勝ち得るために、デモンストレーションをするという情報がロシアンマフィアから流れてきた。経路から考えて、力を誇示《こじ》するためにわざと情報をマフィアにリークしたんじゃないかと思う」

「デモンストレーション？」

「むろん、暗殺だ。要人を暗殺することにより、クライアントを力でねじ伏せるというのが奴らの手口らしい。ロシア人らしい傲慢《ごうまん》な手法だ」

「ターゲットは」

「一人は、自由民権党の幹事長工藤進《くどうすすむ》」

「工藤代議士が……」

工藤代議士とは面識はないが、元防衛庁防衛局の局長から政治家になった人物だ。陰で傭兵代理店を支えてきたということで、池谷から何度も名前は聞かされていた。

「そして、もう一人は、明知組組長宗方陣内だ」

宗方は、そういうと苦々《にがにが》しい顔つきをした。

「息子だよ。親バカと思われるかもしれんが、この歳になっても息子のことは心配だ。まして、陣内は龍道会をしょって立つ男だ。今死なれては困る。腕の立つ人間に守ってもらう必要がある」

「それで、俺を捜していたのか」

「おまえの腕を見込んで、息子を救ってくれ」

宗方は、テーブルに両手をついて深々と頭を下げた。そこには広域暴力団を背負っていた孤高《ここう》の男ではなく、ひたすら子を思う年老いた親の姿があった。

「相手が巨大な組織なら、俺一人、用心棒に加わったところで、事態は変わらない。二人ともターゲットは、大物だ。だれにでもわかるような暗殺はしないだろう。正面きっての攻撃なら防ぎようもあるが、自殺に見せかけるというのは、スパイのすることだ。俺の出る幕はない。せいぜい信頼できる身内でまわりを固め、外部との接触を断つことだ」

「……おまえさんの言う通りだが……」

宗方は視線を落とし、がっくりとうなだれた。

「用心棒にはならないが、俺なりに動くつもりだ。新たな情報があれば、教えてくれ」

「そうか、そうか、よかった。藤堂、恩にきるぞ」

宗方は、うれしさのあまり急に立ち上がり、立ちくらみがしたのか、危うく倒れるところを浩志に支えられた。

「だが、あてにしない方がいい」

浩志は、宗方の息子のためではなく、工藤代議士のために動こうと思った。間接的ではあるが、傭兵代理店を通じて恩義があるからだ。

血の匂い

一

バーボンは、米国のアルコール法でコーンが五十一パーセント以上使用されていることが条件だそうだ。そしてライ麦の使用率が高いとよりスパイシーに、小麦を使えばスムーズに、穀物の使用比率を変えることにより、味わいも変わるらしい。

浩志は、いつものショットグラスにワイルドターキーをなみなみと注ぐと、喉にゆっくりと流し込んだ。時として、喉をちりちりと焼くのは、ライ麦かとつまらないことを考えることがある。煮え切らないものが頭にこびりついている時、普段飲み慣れているバーボンの味が妙に気になることがある。我知らず現実逃避しているのだろう。

「お注ぎしましょうか」

京介が、カウンターの向こうから訊ねてきた。身長一六六センチほどの小柄な男だが、胸板が厚く逞《たくま》しい。ワイシャツに蝶ネクタイを自前で新調してカウンターにおさまっている。〝クレイジー京介〟と仲間から呼ばれるように、普段は、スキンヘッドやモヒカンに戦闘服を着て平気で街に出るのだが、今は短く切った髪型にワイシャツのせいか、一見まともな人間に見える。ちなみに〝クレイジーモンキー〟とも呼ばれている。彼ら傭兵がニックネームとしているものは、作戦中はコードネームとして使われることがある。そのため、ニックネームは時として重要な役割を担う。

演習に参加する傭兵仲間に、渋谷のミスティックに集合するように伝えてあるため、毎晩打ち合せと飲み会を兼ねて、集まるようになった。招集をかけた仲間は、三々五々日本に集まり始め、浩志が日本に来て十日もすると、アメリカから来る予定のジミー・サンダースを除いて全員集まった。店では、瀬川を除いた八人が好き勝手に酒を飲んで騒いでいる。ただの酔っぱらいの集まりのようだが、訓練前に意思疎通を図るという意味では重要なことだ。もともと日本にいた京介は一番乗りになったのだが、店のオーナーが浩志だと知ると、バーテンを気取って毎日カウンターに入り、店の切り盛りをしている。どこかでバーテンのアルバイトもしたことがあるらしく、格好ばかりか、カクテルも作れるという腕前を披露し、仲間を驚かせた。

「京介、おまえ料理も作れるとか言っていたな」

浩志は、カウンターで手持ち無沙汰にしている京介に何気なく聞いてみた。

「藤堂さん、俺が中華レストランの厨房で働いていたことはご存じですよね。他にも洋食屋で働いたこともありますから、腕には自信があります。でも、バーテンが料理を作ったら、店の格が落ちますから、ここでは作りませんよ」

京介は、気取って蝶ネクタイを右手で直す仕草をみせた。

「おまえ、いつからこの店のバーテンになったんだ。格が落ちるだと、おまえはどう見ても厨房のあんちゃんだろうが」

浩志の左隣に座っていた浅岡辰也が、茶々を入れてきた。浅岡は、一八〇センチ、七十八キロ。元陸上自衛隊出身の傭兵である。この男もフランスの外人部隊を経験した傭兵歴十九年の猛者《もさ》であり、爆薬を扱わせたら右に出るものはない。仲間からは〝爆弾グマ〟で通っている。意外と童顔なため、馬鹿にされないようにといつも無精髭を伸ばしているせいで、いつしかそう呼ばれるようになった。

「藤堂さん、こんないい店、たちの悪い酔っぱらいの巣窟《そうくつ》にしておくのは、もったいないですから、早くオープンしましょうよ」

京介が、聞こえよがしに浩志に耳打ちをした。

「だれが、たちの悪い酔っぱらいだ。この野郎」

辰也は、酔ってはいないが、ふざけて酔っぱらいのように振る舞っている。

突然店のドアがいきおいよく開き、珍客がやってきた。

安物の白いスーツに不釣り合いな金のブランドの時計、言わずとしれた筋もの、しかも下っ端だ。男は肩で風を切るように大股で歩いていたが、目つきの鋭い男たちに注目され、呆然と立ち尽くした。

「こっ、この店は、看板も出さねえで、商売しているのか」

男は、無理矢理張り上げたのか甲高い声で、精一杯いきがってみせた。

「俺たちは、客だ。文句あるなら、オーナーにいいな」

入り口近くのカウンターで飲んでいた宮坂大伍が、酔客を装って、浩志を指差した。宮坂は、一八二センチ、元陸上自衛隊出身で射撃の腕は、ぴか一だ。〝針の穴〟と呼ばれている。むろん針の穴さえ通せるという意味だ。

「ここのオーナーだって？　えー」

いきがる男に目もくれず、浩志はターキーをあおった。

客を装った傭兵たちは、浩志が男をどう料理するか、にやにやと見守っている。

「おい、ここをだれのしまだと思っているんだ。届け出もしないで、商売はできねえぜ」

「商店街の組合には、挨拶をしておいた。文句はあるまい」

「ばかやろう。だれが、おやじの仲良しクラブのことだと言った。ここはな大和組の縄張りだ。まずは組に挨拶に来るのが順当だろうが」

「大和組だと？」

「へっ……」

「そういえば、犬飼に用がある。ちょうどいい。呼んでこい」

一週間前、龍道会の宗方の入院先から帰る時、大和組組長の犬飼には、携帯の電話番号のみ教えておいた。犬飼は察しのいい男で、病院を出る時、おおよその事情は飲み込んでいた。互いに新しい情報があれば、連絡することになっていた。

ロシアの秘密結社、悪魔の旅団のことは傭兵代理店ではすでに情報を摑んでいた。ドイツの情報機関から、同盟国の情報機関に危険情報として流されていたそうだ。だが、浩志が宗方から聞いた話はさすがに初耳だったようで、池谷はすぐに親機関である防衛省情報本部に連絡をとり、工藤代議士に対する万全の警備を依頼した。同時に、日本に潜入した悪魔の旅団のメンバーを捜索する指令が、各情報機関に伝達された。だが同じターゲットでも宗方の息子陣内に対して、政府機関は一切関わるつもりはないらしく、警官の一人も警護につけることはない。

浩志にとって、宗方に両手をついて頼まれたところで助ける義理もない。陣内を見殺しにしたところで、関わりのないことだった。だが、政府の対応に、頭で理解していてもどこか許せないものを感じていた。

「どうした。組長の名前も忘れたのか」

男は、浩志がただ者でないことを悟ると、回れ右をし、ダッシュで店を出て行った。

犬飼は、二人のボディーガードとさっきの手下を連れて、十分ほどで店に現れた。

「先ほどは、うちの若い者がご無礼を働いたようでお詫《わ》び申します」

犬飼が頭を下げると、店に最初に現れた男が慌てて頭を下げた。

浩志は、犬飼を奥のテーブルに座らせ、自分は向かいの席に座った。三人の手下は、席から少し離れたところで立っているが、相当警戒しているのか落ち着かない様子だ。傭兵仲間は、京介を除いてカウンター席に全員座り浩志らを気にするふうでもなく酒を飲んでいるが、いつでも動けるようにさりげなく身構えていた。

「堂々とみかじめ料を請求してきたが、今時いい度胸じゃないか」

「すみません。都内の繁華街はどこもそうなんですが、他の組織と縄張りが絡んでまして。ここいらも和陽会《わよう》としのぎを削っています。それだけ厳しいということですわ。そういうわけで、うちの者は焦っていまして、特にこいつは駆け出しで、客との駆け引きがわからねえようで」

駆け引きとは、みかじめ料がとれるかどうかということだ。通報されてはもともこもないが、暴力団の庇護《ひご》を求めて、自らみかじめ料を払う店もあるということだ。

「ここには二度と顔を出すな」

「もちろん、わかっています。藤堂さんからみかじめ料なんていただいたら、おやじに殺されちゃいますからね」

　おやじとは、宗方誠治のことだろう。

「何か動きはあったか」

「いいえ、陣内会長のまわりに特に怪しい者はいませんし、今のところ変わりはありませんわ」

「ガセじゃないだろうな」

「情報元のロシアンマフィアにしても、暗殺計画のガセを流したところで何の得もありません。ただ、情報が入ってから、そろそろ一ヶ月以上たちますから、計画は潰れたんじゃないでしょうかねえ」

「いや、もう一つ可能性がある。デモンストレーションの必要がなくなったんじゃないか」

「必要がなくなった？　ということは、悪魔の旅団は日本での新たなクライアントと契約をしたということですか」

「危険を冒してまでデモンストレーションをする必要はないからな」

「というと、龍道会の会長はもう安全ということになりますな」

「いや。油断させるのが、手だとも考えられる。安心するのは早いぞ」

「なるほど」

「このまま警戒を続けることだ」

「そういうことになりますか」

犬飼は、何度も頷いてみせながらも、カウンター席に座る男たちが気になるらしく、ちらちらと視線を移した。

「おやじから聞いたのですが、藤堂さんは、傭兵をされているとか」

「それが、どうした」

「ひょっとして、カウンター席の方々は、お仲間じゃないかと思いましてね」

「だとしたら」

「いえ、傭兵というのは、用心棒みたいなものでしょう。会長のボディーガードとして、雇うことはできないかなと思いましてね。藤堂さん一人でも凄いんだから、お仲間も入れれば、無敵になるんじゃないですか」

「ふざけるな」

「いえ、藤堂さんじゃなくても、だれかお仲間をご紹介していただければよろしいんで」

「奴らは、戦地でしか働かない。それに、俺も含めてやくざは嫌いだ」

「面と向かって言わなくたって、いいじゃないですか。確かに、わしらは嫌われ者ですが、ちょっとは世の中のためになることだって、しているんですよ。それに、今の龍道会の会長は、やくざの正当な経済進出をするという前会長の後継者としてりっぱに働いていらっしゃる。あの人が死んだら、わしらの業界はまた無政府状態になる。関東のやくざは、いろいろいて、うちみたいに大阪の御木浦の盃《さかずき》を受けたものも最近は多くなりましたが、前会長である誠治さんと陣内会長の宗方親子には一目置いているんですよ。なんなら、藤堂さん、会長に直接会えるように手はずをつけましょうか。うちの組は、ちょっと特別でしてね」

話し振りから大和組は龍道会の隠し駒らしく、御木浦の傘下に入ることにより、御木浦組の情報を龍道会にもたらすという、掟《おきて》破りの組織らしい。

「いや、これ以上、そっちの世界には首を突っ込みたくない」

断ったものの犬飼が意外に情熱的に語ったため、浩志はほうと感心した。

「商売抜きだったら、また来ていいですかね」

「一人で来ることだな」

浩志が冷たくあしらうと、犬飼は首をすくめてそれに答えた。

犬飼が帰ると、場がしらけたのか傭兵仲間も帰って行った。もっとも、演習前とはいえ、深酒をするものなど一人もいない。彼らは、宿泊先のホテルへ帰り、トレーニングをするつもりだろう。

二

浩志は、演習が終わったらミスティックを開店するつもりだった。京介が傭兵よりもバーテンとしての資質があることがわかったというのも、一つの動機になった。ただ、バーテンだけではあまりにも色気がないので、沙也加を呼び寄せるつもりだ。店を繁盛させ、名義を勝手に書き換えた森美香が見つかれば、すぐに返してやることができる。

店の戸締まりをすると、いつものように夜の散歩がてら、ねぐらのある下北沢に向かう。この一週間ほぼ毎日同じコースを歩いている。六人の外人傭兵は、あれ以来姿を見せない。今のところ彼らに殺意はないと思っているが、念のため、右ポケットには特殊警棒を忍ばせてある。本当は、ベレッタも携帯したいところだが、警察のやっかいにはなりたくないので諦めた。

山手通りを越え、井《い》の頭《かしら》線沿いに歩き、駒場東大前駅を横目に下北寄りの踏切を渡り、住宅街に抜ける道を通るつもりだ。時刻は、まだ午後十時を過ぎたばかりだが、この界隈《かいわい》は繁華街がないため夜は早い。駅前でも人の影はまばらだ。

駒場東大前駅を過ぎ、踏切を渡ろうとすると、運悪く遮断機が降りてしまった。仕方なく踏切の手前で待っていると、長身の男が浩志の左肩をかすめるように通り過ぎ、遮断機のすぐ手前で立ち止まった。身長一八〇前後、細身の体型でやや背中を丸めている。仕立てのいいウールのコートを着こなし、革手袋をはめた右手に飾りのついた杖を持っている。格好からすれば、金持ちの紳士といったところだ。だが、この男が通り過ぎた際、男性用デオドラントに混じり、鼻をつく独特な匂いがした。それは傭兵として、戦地で嫌というほど嗅《か》いできた血の匂いだった。

遮断機が上がると急ぐ風《ふう》でもなく、男は右足を幾分引きずるように歩き、驚いたことにそのまま直進し、目の前の駒場野公園に入って行った。道路は右にカーブを描くL字型になっており、正面は公園の入り口になる。入り口には、大きな飾りのついた鉄格子の門があり、午後四時半で閉門することになっている。だが、なぜか門は薄く開いていたようで、男はすり抜けるように中に入って行ったのだ。普段の浩志なら、歯牙《しが》にもかけずに通り過ぎるだろうが、男の放った血の匂いに強烈に引き寄せられた。しかも、日本に来てまだ十日しかたっていないのに、次々とトラブルに巻き込まれる。そもそもマレーシアにいた時に急襲されたことも考えると、すべてが見えない糸で繋がっているという気がする。目の前を通り過ぎた男をこのままほうっておいたら、ますます事態が悪化する。そんな予感すら働いた。

浩志は、注意深く辺りを見渡すと、門の隙間から中に入った。夏と違い虫の音も聞こえない。入り口近くはまだ街灯があるが、夜間開放していないため、木立に囲まれた散歩道に入れば、人界を寄せ付けない闇と静寂があるのみだ。

墨で塗りつぶしたような闇に少しずつ目が慣れてきた。夜間の戦闘では、暗視スコープ（ナイトビジョン）が使われることがある。だが暗視スコープは視界が狭く、距離感も摑み難い。外人部隊ならともかく傭兵は、そんな近代的な装備から縁遠い存在だ。鍛えれば、人間ある程度夜目が利《き》くようになる。また、目があまり役に立たないとなると不思議と聴覚や嗅覚が鋭くなるものだ。

男の姿は、まだ見当たらない。だが、血の匂いが次第に濃くなってきた。姿勢を低くし、地面を透かすように見ると、五メートルほど先に人が倒れているのがわかった。血の匂いはそこからするようだ。気温が低い時刻にも拘わらず血の匂いが鼻につくということは、それだけ大量に血が流れている証拠だ。調べるまでもなく、目の前に倒れている人物は事切れているだろう。これ以上近づいては、殺人現場に何らかの証拠を残すことになる。男の追跡を諦めて、とっとと公園の外に退避すべきだ。

背後に突然湧いた殺気を感じ、浩志はとっさに身を回転させながら前に出た。その後をシュッと空気を切り裂く音が追いかけてきた。いつの間にか捜していた男が立っていた。

「ほう、よくかわしたな」

男は正門の街灯を背にしているため、表情まではよくわからない。だが、落ち着いた口調と声のトーンからするとおそらく五十半ばといったところだろう。男は杖を左手に持っていた。杖の太さは四センチほどで、どうやら細身で反りのない刀が入った仕込み杖のようだ。

「今時、辻斬《つじぎ》りか」

男は居合いの心得があるらしい。気がつくと浩志のゴアテックスのパーカーが、左下から右胸にかけてぱっくりと切られていた。

「日本は、カッターナイフを持ち歩いているだけで、銃刀法違反で捕まってしまう不便な国だ。その点、足の不自由な私が杖を持っていてもだれにも怪しまれない。たとえ、六十センチの長さがある日本刀が仕込まれていてもな」

「あの仏は、おまえが殺したのか」

「確認もしないで、死んだとなぜ判断した」

「俺は鼻が利く、血の匂いがぷんぷんする。ついでにおまえも血の匂いがする。大方返り血でも浴びているのだろう」

「返り血は浴びていない。あそこに倒れているご仁は、この刀で殺したわけじゃないからな。どうやらおまえの鼻をごまかすには、口臭剤でも飲まなきゃならないようだな」

男は薄気味悪く笑った。

「口臭剤？　……貴様血を舐《な》めたのか！」

浩志は一瞬鳥肌がたった。

十六年前浩志を陥れた片桐とともに殺人事件を起こした新井田は、大学教授という肩書きを持ちながら、裏では、プロの殺し屋としての顔を持ち、殺人現場で血を舐めるという奇癖があった。だが、新井田は証拠隠滅を図った片桐に殺されている。

「血は、神から与えられし尊き水だ。その赤き水は生命にあふれている。それゆえ、人は血にまみれ、大量の血を流している時こそ、一番美しいのだ。わかるか」

「………」

「特におまえのような男の血は、活力がみなぎっている。後で味見をさせてもらおうか」

男は、腰を低くして右手で杖の先端を軽く握った。居合いにおける勝負は、鞘《さや》の内という言葉を聞いたことがある。刀を抜く瞬間に勝負をつけるということだ。浩志は、右手でポケットから特殊警棒を取り出し、腰の左側にあてるようにまわすと半身に構えた。

男が前傾姿勢になった。同時に浩志は、特殊警棒を体ごと強く振り、先端を伸ばした。特殊合金の警棒が、空気を切り裂いた刀を受け止め激しい火花を散らした。

「何！」

男が驚愕の表情を見せた。すかさず浩志は特殊警棒を男の首筋に振り下ろした。男はワンテンポ遅れて、刀で受けた。打撃は少ないが、男の首筋に警棒があたった。浩志は攻撃の手を緩めなかった。刃渡り六十センチの刀と、五十センチの特殊警棒では、勝負にならない。守勢に廻ったら、おしまいだ。男は、防戦一方でじりじりと後ろに後退していった。

男は大きな銀杏《いちょう》の木に背中をぶつけた。浩志は顔面に警棒を振り下ろすと、男は刀を捨て右手で警棒を掴んだ。その瞬間、左太腿に激痛を感じた。浩志は慌てて、男から離れた。見ると八センチほどの柄がついたナイフが、深々と刺さっていた。だが、不思議と痛みはすぐに消えた。ナイフもかなり細身のようだ。これなら、すぐに抜いても血が噴き出すようなことはない。この際、ナイフを抜くことよりも、相手に止《とど》めをさすことを優先させるべきだ。

敵の姿を暗闇に求めていると、不意に視界が霞《かす》んできた。同時に男の姿は消えていた。

「いかん！」

ナイフには、毒が塗ってあるに違いない。浩志は、油断なく右手で特殊警棒を構え、左手で太腿のナイフを抜いた。だが、抜けたのは柄の部分だけで、刃の部分はまだ刺さったままだ。毒をじっくりと効かせるために、刃が抜けない構造になっているのだ。

「くそっ！」

抜けた柄を投げ捨てると、浩志は、本能的に正門と反対の方角へと走り出した。男は、正門に行く途中で待ち伏せしているに違いない。

夢中で走った。散歩道から外れ、植栽をがむしゃらにかき分けて行くと、公園の塀があった。躊躇なく塀をよじ上った。フランスの外人部隊に入隊した時にさんざん訓練で乗り越えた塀の方が、よほど高かった。塀から落ちるように乗り越えると、無様《ぶざま》に尻餅をついた。左足の感覚がまったくなくなっていた。それでも、なんとか立ち上がり、塀沿いに歩いた。もはや走ることはできなかった。このままでは、見つけられてしまう。霞んだ目を凝らし、辺りを見渡した。右手の塀ごしにラグビーの白いゴールポストが暗闇に立っているのを見つけた。高校のグランドがあるのだ。迷うことなく塀を乗り越え、崩れるように座り込み、暴れる心臓を抑えながら息を殺した。

神経を耳に集中した。遠くで足音が二つ聞こえた。男以外にもう一人だれかいたようだ。まんまと罠にはまった。だが、キルゾーン（殲滅地帯）はなんとか切り抜けた。

遠くでパトカーのサイレンが聞こえてきた。もし、公園の殺人に関係しているなら、正門から逃げなかったのは正解だ。今浩志がいる場所は、公園の裏手で距離的にも、現場から離れている。近辺は、間もなく交通封鎖されるだろうが、この近くにパトカーが止められることはないだろう。

浩志は、懐から携帯を出すとメニュー画面を操作し、暗証番号を打ち込んだ。そして、最後にボタンを一つ押すとがっくりと首をたらして、気絶した。

三

ふと目を覚ますと、美香の心配顔があった。目に涙を浮かべていたが、浩志と目が合うとかわいらしい笑くぼを見せ、そっと涙を拭った。浩志が手を伸ばすと美香の姿が揺らいで辺りは漆黒の闇に変わり、公園で襲ってきた長身の男がぼうっと暗闇に浮かんだ。

「藤堂。おまえを何度でも地獄に落としてやる」

名を呼ばれた瞬間、浩志はふうと鋭く息を吐いた。

「藤堂さん」

別の男の声に気づき、こじ開けるようにまぶたを開いた。

目の前に警視庁捜査一課の刑事杉野大二《すぎのだいじ》が心配そうに覗き込んでいた。杉野は鬼胴を捜査する際に一時コンビを組み、まるで部下のように扱っていたことがある。辺りは殺風景な白い壁、ありきたりなパイプベッドに寝かされていた。おまけに手術着のようなパジャマに着せ替えられている。

「ここは、どこの病院だ」

浩志は、高校のグランドに逃げた時、傭兵代理店から渡されている携帯で、救難信号を送った。日本で使うのは初めてだったが、救難信号を受け取った代理店は、ＧＰＳで携帯の場所を特定し、コマンドスタッフが信号を発した傭兵を救助する仕組みになっている。だが、杉野がいるということは、コマンドスタッフに救出される前に一般人か警察に発見されたのだろう。

「渋谷中央病院です。藤堂さんは、昨夜救急車でここに運ばれました」

杉野の態度はいたって平穏だ。それが、却って怪しい。

「どうして、おまえがここにいる」

浩志は、杉野の出現におおよその見当がついたが、わざと質問した。杉野は、駒場野公園の殺人事件を捜査しており、公園に隣接する高校で発見された浩志を事件の参考人として考えているのだろう。

「昨夜、井の頭線沿線の駒場野公園で工藤代議士の惨殺死体が発見されました。世間には、とりあえず自殺と発表されましたが」

「何だと！」

昨夜見た死体が、まさか工藤代議士だったとは、悪魔の旅団のデモンストレーションが実行されたのだ。浩志は顔から血の気がひくのを覚えた。

「代議士には、厳重な警備がされていたんじゃないのか」

「よくご存じですね。代議士の身辺は、最近警備が強化され、警視庁から特別なチームが派遣されていました」

「それが、どうして、公園なんかで殺されたんだ」

「まったく、警備の盲点を突かれたとしか言いようがありません」

工藤代議士の警備は、普段にも増して警視庁から様々なチームが派遣され強化されていた。特に自宅の周辺には、スワットチームを配備し、不測の事態に対処できるようになっていた。だが、厳重な警備の裏をかくように、工藤代議士は国会議事堂から拉致された。さすがの警備陣も議事堂の中まで付き添うことはできない。代議士はおそらくトイレか自由民権党の控え室で拘束されたものと考えられている。議事堂は、侵入は厳しいが外に出ることは簡単だ。犯人は、マスコミか警察関係者に扮装して潜入し、議事堂内で工藤代議士をやすやすと拉致したに違いない。昨日は、カメラマンが階段から転落するという事故があり、救急車で運ばれている。今日になってわかったことだが、事故にあったというカメラマンは、どの報道機関に照会しても該当者はいなかった。カメラマンは、血の付いた包帯で顔面を覆われていたという。言うまでもなく拉致された代議士は、麻酔をかけられた上で負傷したカメラマンに巧みに仕立てられたのだろう。

「なんてことだ」

警備を強化する際、注意しなければならないのは、盲点をつくらないことだ。襲われては困る時と場所に注意を向け過ぎるあまり、普段から警備している所が一番手薄になる。特に、ただでさえ警備の厳しい国会議事堂内だ。ただ、犯人にとっては、通常の警備など恐れるに足らなかったのだろう。戦地でも、奇襲されるのは、なぜこんなところでと思われる場所こそ盲点となる。警察では、自殺と発表したそうだが、国会から拉致されたことがばれたら、警察どころか国の威信は地に落ちる。

「それで、どんな手口で殺されていた」

「それが、藤堂さんもよくご存じの手口でして」

「おい、ふざけたことを言うなよ。俺がやったとでも言いたいのか」

「そういうわけでは……」

杉野は、奥歯に物がはさまったような口調で事情を説明した。代議士は、左の耳のすぐ下から右の耳の下までを深く切られ、頸動脈切断による出血多量で死んでいた。しかも、一度首を絞められ、脳死に近い状態にされてから切られるという残酷な手口だ。

浩志は殺人の手口を聞いて、思わず顔をしかめた。十六年前と昨年に新井田が起こした殺人と似ているからだ。

「新さんが、検死をしたのか」

新さんこと、新庄秀雄《しんじょうひでお》は、鑑識課検死官室の室長で敏腕検死官としてならしている。また、浩志が十六年前殺人の容疑で逮捕された時、無実を証明しようと働いてくれた数少ない支援者の一人だった。

「首を傾げるばかりでして」

新庄の腕は日本有数と言っても過言ではない。その新庄が首を傾げるとなると相当似ているのだろう。

「そんなに似ているのか」

「いえ、首を傾げるのは別の理由でして、凶器が現場に残されていたことです」

「凶器が？」

プロの犯行なら凶器など物的証拠を残すはずはない。むろん例外はある。かつて新井田は元来変質者なのか、サインの代わりに、自分の指紋を樹脂で固まるように一ヶ所だけ残していた。

「凶器を残すとなると、ありふれたものか」

市販の大量生産されるカッターナイフなどは、犯人を特定するのは極めて困難だ。

「それが……」

どうも杉野は、腹に一物もっているような話し方をする。

「俺になんか隠しているだろ。吐けよ」

「はっ、はい。変わったナイフが、発見されました。それが……」

杉野は、再び黙りこんで浩志の顔色をうかがった。

「ナイフが、どうした」

杉野の煮え切らない態度に、浩志は次第に腹が立ってきた。

「藤堂さん、驚かないでください。凶器に藤堂さんの指紋が残っていました」

「なんだと！　なんで凶器に俺の指紋がついているんだ！」

浩志は、ベッドから飛び起きた。

「落ち着いてください。藤堂さん！」

驚いてベッドの側から離れようとした杉野の胸ぐらを浩志は摑み、容赦なく締め上げた。

「藤堂君、その件は、私が説明しよう」

眼鏡をかけて口ひげをたくわえた男が病室のドアを開けて入ってきた。

浩志は、杉野の胸ぐらから手を離し、渋面の新庄を目で追った。

四

十六年前、浩志は世田谷の喜多見で起きた一家殺人事件の容疑者として逮捕された。何と言っても、浩志の銃が犯行に使われたという事実があったからだ。その時、浩志のアリバイを信じ、真犯人を突き止めるべく働いたのが、今は亡き先輩刑事の高野《たかの》と検死官の新庄だった。当時真犯人を捕まえることはできなかったが、高野は浩志のアリバイを証明することに成功した。結果凶器となった銃が、警察内部ですり替えられたことも判明し、浩志の無実は、完全に立証された。

「私が、凶器について説明する前に、藤堂君、君の昨夜の行動を聞いておこうか」

新庄の有無を言わせぬ態度に、浩志は仕方なく昨夜の出来事を話した。

「なるほど、その男の仕込み杖に対して、特殊警棒で応戦したのか。君は確か、現役の刑事のころも、柔道、剣道、どちらも腕がたったはずだ。その君が護身用の武器を携帯しているとは、あらかじめその男に襲われることを予期していたのか」

浩志は、言うか言うまいか迷ったが、ランカウイで襲撃されたことを話した。むろん、銃で応戦したことは抜きだ。

「また、派手に襲われたものだな。傭兵ともなると、そんな物騒なことがあるのかね」

さすがに新庄も六人の男に自動小銃で襲撃された上に、最後は無反動砲で吹き飛ばされたと聞けば、目を丸くするのも当然だ。日本では考えられないことだけに、想像もつかないのだろう。側で聞いていた杉野は、口を開けたまま閉じようともしない。

「昨夜の話は、だいたいわかった。ある程度、私の推理とも合致する」

「えっ、そうなんですか。私には、さっぱりわかりません。教えてください。新庄警視」

杉野は、ひとり合点して頷いている新庄にくってかかった。現場に残された凶器に浩志の指紋があるのなら、浩志は絶体絶命だからだ。

「凶器に付いた指紋が、今回は藤堂君の無実を証明していたのだ」

新庄は、得意げな顔で説明した。

「ナイフの柄についた藤堂君の指紋を調べてみると、左手の指紋だった。だが遺体の傷口から、犯人は右利きということまでわかっている。鑑識では証拠の示す矛盾に困っていた。そこで、君が運良く病院に担ぎ込まれたというわけだ」

「運良く、ですか」

「そうだ。運良くだ。君の体内に残されていたナイフの刃が、決め手だった」

そういうと、新庄は一枚の写真を浩志の目の前に出してみせた。

「君の体内から、摘出したナイフの先だ。現物は、科捜研（科学捜査研究所）で今も分析されている。刃渡りは、六センチ、身幅は九ミリ、厚さは、三ミリ。おもちゃのようなナイフだ。だが、体内に入ると先端が開いて簡単に抜くことができないようになっている。先端が開くと同時に、中から液体が注入されるようになっていた。それから、現場に落ちていたナイフの刃を外して、代わりにこの刃の部分をあてると見事にはまったよ。おまけにナイフの柄に取り付けると、先端は閉じる仕掛けになっていた。どうだ。藤堂君、わかるかな」

新庄は、いたずらっぽい顔で笑った。

「連中は、俺が自分でナイフを抜くのを待っていたんだ。俺が焦って、指紋のついた柄を捨てることまで計算に入れていたのか」

「だが、連中も君が右手を使わずに左手でナイフを抜いたことまでは、気がつかなかったのだろう」

あの時特殊警棒を右手で持って、警戒していた。いくら慌てたからといって、武器を離すようなへまはしない。

「そういえば、ナイフには何か毒が塗ってあったはずだ」

「微量だが、君の体内とナイフの内部から、フェンサイクリジンの化合物が検出された。ただ、フェンサイクリジン以外の物質は、未知の成分だ」

「フェンサイクリジン？　エンジェル・ダストのことですか」

フェンサイクリジンは、一九五〇年代に米国で開発された麻酔薬だ。精神異常の副作用が強く使用は中止されたが、地下ではエンジェル・ダストという名の幻覚剤として使用されていた。

「そうだ。脳の新皮質の機能を阻害し、中毒になれば最終的にはよくて廃人、大抵は死んでしまうという悪魔の薬だ。君は幸運だった。ナイフの先端は、君の大腿骨に当たって、ほとんど開かなかった。だから、ナイフの中のフェンサイクリジン化合物は、君の体内にすべて注入されなかったわけだ。もし、まともに開いていたら、その場で気を失っていたかもしれない」

「少量だったのか。それでも、俺は逃げる途中で気を失ったが」

「毒物はなんでもそうだが、血液が活性化されれば、はやく効き目が出る。逃げるのに君は走ったんじゃないか」

「なるほど。しかし、眠らせてから、凶器となるナイフを握らせて、指紋をとればすんだと思うが」

浩志の質問に、新庄は渋い表情を見せた。

「君も知っているように、残された指紋からは、犯人を特定するだけでなく、様々な情報が得られる。自ら握った場合と、握らされた場合は、自《おの》ずと違いが出てくるものなのだ。それに握らされた者が、その直後に死んだ、あるいは殺されたとしよう。握らされた痕は、生体反応として残る可能性がある。それを自ら握るようにしむけたナイフを考案するとは、手口から判断して、犯人はかなり法医学の知識があると見ていいだろう。私が首を傾げるのは、今回の犯行は、結果的に殺しの手口を公開したも同然だからだ。それも高度な殺しのテクニックをね」

「手口の公開……」

浩志は、新庄の言葉に納得した。今回の事件は、組織力と高度な殺人技術を誇示した悪魔の旅団のデモンストレーションだったことは明白だ。各情報機関には、悪魔の旅団への警戒と捜査が指示されているが、おそらく警察では、上層部はともかく現場までには通達されていなかったに違いない。代議士の死は、情報の公開を渋った政府の敗北だといえよう。

　浩志は、昨日の出来事を順番に回想していった。

「新さん、現場検証は終わりましたか」

　犯人の顔が浮かぶと同時に、浩志は目覚める前に見た夢を突然思い出した。夢に出てきた男は、何度でも地獄に落としてやると言っていた。言葉を換えれば、何度でも罠にかけてやるととれる。

「午前中に、終わったよ。それが、どうした」

「何か、変わったことはありませんか」

「猟奇的な現場だ。ないという言い方もおかしいが、今のところ、新たな証拠は出ていない。後は、科捜研の分析次第だな」

「時間、ありますか」

「これからか？」

　新庄は、腕時計を見た。時刻はまだ午後三時だった。

「一、二時間なら大丈夫だ」

「現場に行きませんか」

　浩志は、そういうと、ベッドから勢いよく降りた。

「藤堂君、足は大丈夫かね」

「これを怪我とは言わないでしょ」

浩志は、左足を強く踏みならしてみた。微かな痛みはあるが、傷口も小さく怪我のうちには入らない。

新庄は、あごをひくように頷いた。

「やはり、あの凶器は、ナイフというより、注射器と考えた方が、いいみたいだね。しかも指紋を偽装する道具にもなる。まるでスパイの小道具だ」

浩志は、ロッカーから昨日身に着けていたジーパンとゴアテックスのパーカーを出してみた。ジーパンは、ナイフの刃を摘出する際に、切り裂いたのだろう、左腿のあたりが十センチ近いかぎ裂き状態になっていた。しかしパーカーは胸元が大きく切り裂かれていたので、こればかりは丸めてゴミ箱に捨てた。風通しの良くなったジーパンに穿き替えると、そのまま病室を出た。

「待ってくれ」

新庄と杉野は、慌てて浩志を追いかけてきた。凶器についた浩志の指紋の問題は、今のところ解決したが、それは新庄の考えであって、検察がどうとるかはまだわからない。浩志に逮捕状こそ出てないが、勝手に出歩いて、いいはずはない。だが今の浩志を止めることはだれにもできないだろう。表情こそ変えないが、悪魔の旅団に殺害現場を見せつけられるという屈辱に心底腹を立てていた。

「とっ、藤堂さん、検察からこの病院にいるように言われているのですが」

「おまえから、担当検事に連絡しとけ！」

浩志は、後ろからすがるようについてくる杉野を無視して、病院のロビーに降りた。

「新さん。鑑識の木村《きむら》を現場に呼んでくれ」

「わっ、わかった」

浩志の怒気を含んだ態度に、新庄は圧倒されたのか、口をぱくぱくさせた。

五

浩志と新庄は、杉野が運転する覆面パトカーに乗り、駒場野公園に乗り付けた。公園の前には鑑識のバンが一台停められていた。

浩志がバンに近づくと、後部座席から鑑識課の木村が降りてきた。

「ご無沙汰しております。藤堂さん」

相変わらずソバカスの多い顔は、緊張した面持ちをしている。ナイフのからくりを知らされてないため、凶器についた指紋の持ち主を目の前にして動揺しているのだろう。

「早かったな」

「実を言いますと、芳《かんば》しい証拠が採取できないので、まだ公園内を捜査中なのです」

正門には、黄色い立入禁止のテープが張られ、警官が一人立っていた。

浩志は、木村についてくるように手招きすると、立入禁止のテープをくぐり中に入った。正門の警官は、浩志があまりにも堂々としているため、敬礼をして見送った。

「藤堂君、何か当てはあるのかね」

遅れて中に入った新庄が、たまりかねて聞いて来た。

「とりあえず好きにさせてもらいます」

病院で閃《ひらめ》いた思いつきを話そうとは思わなかった。まさか夢をヒントにしたとは言えない。ただ日頃から浩志は、第六感を大切にしてきた。戦場という異常な空間では、あらゆる感覚が研ぎすまされていく。それだけに疲労やストレスも大きいのだが、いつの間にか野生動物のように事前に危険を察知する能力も備わることがある。これまでも勘というものに何度も命を救われた経験があった。

浩志は、昨夜の状況を頭の中で再現しながら、公園の散歩道を注意深く歩いた。現場には、被害者である代議士の遺体をかたどった枠と証拠を採取した跡のナンバープレートがまだ残っていた。

浩志は、人型をじっと見つめ、心の中で手を合わせた。事前に殺害予告を知っていただけに工藤代議士の死は悔やまれる。単に悪魔の旅団の情報を流しただけで、何もしなかった。代議士の行動パターンから敵の攻撃は予測できたとも思っている。それをしなかったのは、代議士が政府の中枢に位置する人物だったからなのか。とすれば、かつて体制側から裏切られたことを根に持つ、ただの偏狭な人間だということになる。

「藤堂君、我々はどうしたらいいんだね」

厳しい表情を崩さない浩志を、現実に戻すように新庄が問いただした。

「この一週間、俺は毎日同じ行動パターンを繰り返していた。だから、犯人は俺の行動に合わせて殺人を行ったとみていい。十六年前の事件を再現してみせ、その時無実の罪を着せられた俺をもう一度犯人に仕立てあげれば、マスコミの話題になるはずだ」

現場に再び訪れたことにより、浩志は気を鎮《しず》めるべく考えを整理した。

「実は、私も藤堂君が襲われたのは偶然じゃないと思っていた。犯人は、藤堂君がまた誤認逮捕されるようにしむけたんだ。同じ人間を二度も誤認逮捕すれば、警察の名誉は地に落ちるからね。だが、藤堂君が証拠となるナイフの刃が足にささったまま逃げてしまったから、今回はそれを免れたというわけだ」

新庄は、胸を撫で下ろす仕草をしてみせた。

「新さん。俺はそれだけじゃないと思っている。もし、犯人が新井田を真似したのなら、そっくり真似するんじゃないかと」

「うーん、それは、どういうことかね」

「犯行に対するサイン、つまり犯行を誇示する指紋」

「……なるほど、そこまでは、考えなかった。しかし、新井田の犯行は室内がほとんどで、サインとなる指紋も遺体の近くの家具などにあったが、ここは、屋外だからなあ」

新庄は、辺りを見渡した。工藤代議士の遺体は、公園の木々に囲まれた散歩道に沿って、置かれていた。

「お言葉ですが、我々もこの辺の指紋は、すべて調べ尽くしました」

木村が、二人の会話に割って入った。

「それは、飽くまでも考えられる方法で、採取したんだろ」

「むろん、そうですが」

「遺体の側で、しかも犯行とは無関係な場所に、新井田は指紋を残して来た。だから、見つけることができなかったんだ。まずは、常識を捨て去ることだ」

浩志に言われ、木村はなるほどと頭を下げた。

「とすると、手の届かない木の葉っぱの裏とか、重くて一人じゃ持ち上がりそうもない、石の下なんていう可能性もあるわけだ。これは大変だ」

新庄は目を丸くして、大きなため息をついた。

「無駄かもしれないが、価値はある」

新庄は、現場に残っている鑑識課のメンバーを集めた。木村も入れて、四人いた。全員に新たな指示を出し、改めて現場の捜査を開始した。浩志も白手袋を借りて捜査に加わったが、ふと悪魔の旅団のもう一人のターゲットである龍道会の会長宗方陣内のことが気になり、連絡役の大和組組長の犬飼に電話してみた。

「変わったことはないか」

「変わったもなにも、藤堂さんよ、警察じゃ、自殺と言っているが、本当は代議士が殺されたんでしょう、あれは。暗殺計画を知っている幹部はもう大慌てですよ。急遽《きゅうきょ》病院を変えることになりました。もうすぐ別の病院に着くころです」

宗方陣内は、もともと痛風を患《わずら》っていたが、悪魔の旅団の暗殺計画に備え、龍道会傘下の個人病院に入院し、身辺を固めていた。

「ばかな。今動けば、敵の思うつぼだぞ」

「大丈夫ですよ。藤堂さん。病院までは、防弾ガラスと鉄板で補強したベンツのリムジンに会長を乗せて、前後に兵隊を満載した車が四台も護衛についている。病院だって前会長の誠治さんと同じ、K大学病院の特別病棟だ。あの病棟は警備も厳重だ。いくら連中が悪だからって、大学病院に軍隊送ってこないでしょう。それに、病室には明知組から、腕の立つ奴が常時四人も詰めていますから、心配にはおよびません」

「今すぐ陣内の安否を確かめろ、いいな」

防備を完璧にしたと思う気持ちが、すでに慢心している。この心に隙が生じた時、攻撃する側にとってチャンスなのだ。

浩志は携帯を切ると、捜査に加わっている杉野を呼んだ。

「杉野、ちょっとつきあえ」

「えっ、また、どこかに行くんですか。藤堂さん、パトカーをタクシー代わりに使わないでくださいよ」

「うるさい。とっとと運転しろ。今日は虫の居所が悪いんだ」

ぶつぶつ文句を言う杉野を無理矢理覆面パトカーの運転席に座らせ、浩志は助手席に座った。

「信濃町のK大学病院に行ってくれ」

浩志は、ダッシュボードの上に乗っていた非常灯のスイッチを入れ、車の屋根に載せた。

「緊急だ!」

「了解しました」

浩志のただならぬ気配に圧倒され、杉野はサイレンのスイッチを入れると、後輪から白煙を吐き出させ車を急発進させた。

六

三月四日といえば、暦の上では春だが、夜の帳《とばり》が降りるのはまだ早い。時計は五時を少し過ぎたばかりというのに、街灯は点灯し、ネオンも輝きだした。

杉野の運転技術もさることながら、サイレンの威力は絶大だ。ラッシュの車列を横目に山手通りから、井ノ頭通りを抜け、信濃町の病院まで十数分という驚異的なスピードでたどり着いた。

「一緒に来るか」

「もちろんですよ」

パトカーを玄関脇の駐車スペースに止めさせると、浩志は杉野に声をかけた。銃を持った刑事が同行した方が、いいからだ。

浩志は移動中も、犬飼と連絡を取っていた。浩志に忠告された犬飼は、慌てて陣内の手下に電話をかけてみたが、だれとも連絡はとれなかったようだ。

杉野が警察手帳を見せると、受付の事務員や警備員はすんなり特別病棟へ通じるエレベータに通した。目指す最上階にだれが入院したのかわかっているらしく、もめ事には関わりたくないのだろう。

エレベータに乗り込むと、杉野が小声で訊ねて来た。

「先ほど携帯で話されていた陣内って、ひょっとして、龍道会の会長宗方陣内のことですか」

病院に着く少し手前で、サイレンを切っていたため、電話をかけていた浩志の言葉を拾い聞きしたのだろう。

「そうだ。陣内も狙われている」

「陣内もって？　えっ、どういうことですか。それって……まさか、代議士暗殺も事前に知っていたのですか」

杉野は、目を白黒させた。この男の欠点は、動揺をすぐ顔に出すことだ。

「後で教えてやる」

浩志は、エレベータのドアが開くと足音を立てないように歩いた。もっともこの階は、他のフロアーと違い、音を吸収する床材が使われているようだ。

目的の病室に着くと、ドアの横から手を伸ばし、軽くノックした。室内からは物音一つしない。ゆっくりとノブを回し、室内に入った。

「くそっ！」

四人のボディーガードは、だらしなく床やソファーに転がっていた。遅れて入って来た杉野が、床に倒れている男たちが生きていることを確認した。外傷がないところを見ると、催眠ガスでも嗅がされたのだろう。

カタンと微かに、ドアを開閉する音が聞こえた。

浩志は部屋を飛び出し、耳を澄ませたが空調の音が聞こえるだけだ。だが音の大きさから判断して、特別病棟の奥へと進んだ。突き当たりにある防火扉を開けると、三メートル先にまた防火扉があった。さっきの音はこの扉が開閉した音なのだろう。この扉も開けると、病棟の雰囲気は一変した。二重扉は、特別病棟と一般病棟を仕切る扉だったようだ。廊下の奥に患者を乗せたストレッチャーを押す二人の看護師の姿があった。一般病棟の奥にあるストレッチャーごと乗せられるエレベータに向かっているのだろう。

浩志は、猛然とダッシュした。

足音に気がついた看護師が振り返った。二人は、マスクをしているがどちらも男のようだ。二人とも、平然とまたストレッチャーを押し始めた。

「杉野、下がっていろ」

看護師の一人が、浩志らが近づいたのを見計らったように、いきなり発砲して来た。

浩志は、スライディングするように廊下を滑り、発砲して来た男に足を絡ませて、勢いよく転倒させ、起き上がろうとする相手の顔面に肘撃ちを喰らわせた。体重を乗せただけに男は顔面からおびただしい血を流し気絶した。もう一人の男は、ストレッチャーを投げ出すと、非常階段に逃げた。

「後を頼んだぞ」

浩志は、非常階段のドアを開けると身を低くし、転げるように階段を降りた。案の定、男は逃げたと見せかけて、下から撃って来た。最上階から地上階まで、男はたびたび発砲しては浩志の足を止めようとしたが、病院の緊急出入り口で弾を切らし、銃を捨てて再び走り出した。駐車場の入り口で追いつくと、男はしゃにむにパンチを繰り出して来た。大振りのパンチをブロックもせずにことごとく避けると、男の胸ぐらを摑んで頭突きを喰らわせ、ひるんだところを男の腕を押さえながら、腰車で投げ飛ばした。男は、受け身もとれずコンクリートにまともに肩から落下し、悲鳴を上げた。落ちた勢いで、鎖骨を折ったようだ。よろよろと立ち上がり逃げようとする男の胸ぐらを摑むと、男は押し殺したうめき声を上げ、口から泡を吹いてぐったりとした。口から、アーモンド臭がした。いつの間にか男は、青酸カリを口に含んでいたようだ。男が駐車場に逃げて来たことを考えると、彼らの車がここにあるか、仲間がいるかのどちらかだろう。

駐車場に人影はなく、車が十数台停まっている。一台一台調べるべく浩志は端の車から中を覗いた。二台目の乗用車を調べようとした時に、駐車場のほぼ中央に停められていたワンボックスカーが、いきなりタイヤを軋《きし》ませ、浩志目がけて突進してきた。ほんの一瞬、ジャンプし、乗用車のフロントガラスに背中を激しくぶつけて辛くもかわした。後方にジャマスクをした運転手と、作業帽を目深にかぶった助手席に座る男を見たが、二人とも人相まで確認することはできなかった。

「藤堂さん、ここでしたか」

杉野が、息を切らして駐車場にやってくると、倒れている男に気がついた。

「げっ、こいつ、死んでますよ」

「青酸カリを飲んだらしい」

「驚いたな」

「陣内は、どうした」

「眠っているだけで、命に別状ありません。病室に戻し、応援の警官が来るまで、警備員に見張らせています。それにしても、危機一髪でしたね」

「俺は帰る。杉野、おまえはここに一人で来た。いいな」

以前杉野と捜査中に死体を発見したことがある。その時も杉野に口止めをし、浩志の存在が明るみに出ることはなかった。やくざの会長とはいえ、殺人犯から救ったとなれば、マスコミがほうっておかない。そうなれば、傭兵稼業は続けていくことはできない。

「しかし、犯人を倒したのは、藤堂さんですよ」

「だれか、見ていたのか」

「いっ、いいえ……」

杉野は、きょろきょろと辺りを見渡した。

「おまえこそ、民間人と一緒に捜査していたことがばれたら、懲戒ものだぞ」

「確かに……」

「いいか、今回のことは、おまえの上司の佐竹《さたけ》だけに話して、すべて片付けるのだ」

捜査一課の係長である佐竹は、浩志の捜査能力を高く評価し、これまでも好意的に働いてくれた。

悪魔の旅団は、闇の勢力だ。表の勢力である警察がいくらがんばったところで、勝負にはならないだろう。非合法な力を顕示する者には、非合法な力で当たらなければ、勝ち目はない。

浩志は、はからずも悪魔の旅団の二度目のデモンストレーションを阻止した。とりもなおさず、旅団へ挑戦状を叩き付けたようなものだ。だが、新たな敵が明確になったことで浩志は静かに燃え上がっていた。

女の正体

一

殺風景な応接室は、沈痛な面持ちの男たちのため息で、さらに息苦しさを増していた。

「救難信号を受け取りながら、藤堂さんを救出できず、申し訳ございませんでした」

池谷は、白髪頭を何度も下げてみせた。

浩志が携帯から発信した救難信号を、傭兵代理店で受信した直後に瀬川らコマンドスタッフは現場に直行した。時間にして、わずか十分という短時間だった。だが、浩志が侵入した高校では、夜間でもビデオカメラで監視されており、おまけに警報器も設置されていた。四分後には警備会社の警備員が浩志を発見し、警察に通報していた。現場に駆けつけた瀬川らは、パトカーに阻まれ、何もすることができなかった。だが、もし、浩志を救い出し、足に食い込んだナイフを取り出していたら、却って浩志の立場を悪くする結果になったことだろう。

「しかも、せっかく藤堂さんから、情報をいただいていたのにむざむざと工藤代議士を死なせてしまい、本当に残念です」

池谷は、いつもの無表情な馬面ではなく、この男にしては珍しく今にもよじれそうな苦渋の表情を見せた。

「敵が、一枚上だったということだ」

浩志が淡白に答えると、オブザーバーのようにソファーに座る瀬川らコマンドスタッフの面々が同時に頷いた。

「情報の出所が、ロシアンマフィアということもあり、政府は真剣に考えていなかった節があります。それに肝心の警備を担当していた警察の関係者で特に現場の人間は、暗殺計画ということすら知らされずにただ警備していたということですから、敵に隙を与えてしまったのでしょう。こんなことなら、私が直接コマンドスタッフを指揮して、代議士をお守りするべきでした。返す返す残念でなりません」

「俺を呼んだのは、いまさら愚痴《ぐち》るためじゃないだろ」

「すみません。わざわざ足を運んでいただいたのに」

池谷は、気持ちを切り替えようとしているのか、背筋を伸ばし、深呼吸を何度もした。

「ご存じのように、工藤代議士は元防衛庁防衛局の局長で、私の上司でもありました。局長を辞任し、政治家に転身した後、内調（内閣情報調査室）、防衛省情報本部、そして、傭兵代理店をつなぐパイプ役として、活躍されていました。しかし、代議士の突然の死により、これらの情報機関の連携は崩れ、各情報機関は、情報を共有できなくなる可能性が出てきました。政府首脳部では、事態を憂慮し、内調を国内の調査機関のパイプ役にするように動き出しました。内調は、官房長官直属の組織であり、トップは国務大臣をもって充《あ》てられることになっていますので、総理にすべての情報がこれまで以上に入りやすくなるというわけです」

池谷が浩志の顔色を窺って来たので、わずかに頷き話を促した。

「本来ならば代議士殺人の捜査は、警察にまかせるべきでしょうが、今回の犯人は悪魔の旅団という国際的な秘密結社です。都道府県単位で分割された警察の力ではどうにもなりません。そこで、表部隊の警察とは別に、国内の情報機関が総力を挙げて捜査することになり、捜査の総指揮は、内閣情報官が執ることになりました」

「さっそく内調がしゃしゃりでてきたか」

ミスティックに現れ、経済産業省の名刺を差し出した田島という男の顔が浮かんだ。浩志は、内調の捜査官とみているが、おそらく間違いはないだろう。

「つきましては、情報本部が藤堂さんに捜査の協力を願っているのですが、いかがしましょうか」

「ここは、どうするんだ」

「情報本部の部長が、ここの存在を他の情報機関や、政府高官にも教えたくないということで、我々は、捜査に加わりません」

「おおかた、あんたがごねたんだろ」

「わかりますか」

池谷は目を細め、ずるそうに笑った。趣味と実益を兼ねて、彼は武器弾薬を集めている。私的に武器を貯蔵していることがばれた時を考えたら、他の情報機関に存在を知られるのが怖いのだろう。

「もちろん、捜査に協力する意思はあります。ただ、他の情報機関との合同捜査はもともとできませんし、今捜査に協力する暇がないからです。とにかく陸自の演習を成功させるのが、我々の現在の任務ですから。その意味では、藤堂さんが捜査に関わり、演習に影響が出るのは、私どもでは、ご遠慮願いたいわけでして」

「情報本部に協力するつもりも、義理もない。そもそも、肝心の情報も教えずに、協力しろというのは厚かましいぞ」

「肝心の情報……？　ですか」

「旅団のデモンストレーションとして、標的となった二人には、選ばれた理由があったはずだ」

池谷が、ため息を漏らし、上目遣いで浩志を見た。

「さすがですね。おっしゃる通りです。ついでに理由もすでに推測されているのではないですか」

「工藤代議士は、おそらく旅団から新規クライアントとして、接触されたが、無下に断ったんじゃないか。それと、旅団が接触した他の政治家が、工藤代議士の政敵だった場合も考えられるだろう」

「そうなんです。代議士は、自由民権党の幹事長ですから、目をつけられたのでしょう。おそらく一番はじめに接触されたのではないでしょうか。他にも数名接触を受けたと思われますが、代議士が暗殺された今となっては、恐ろしくて名乗り出る者はいないでしょう。それと政敵に関しては、考えられないこともないですが、まさか殺してまで引きずり下ろそうと思う者がいるかというと、疑問ですね」

「工藤代議士が狙われる理由は、色々考えられる。だが、龍道会の宗方陣内はどうなんだ。やくざだから、恨む奴は山ほどいても、旅団に狙われる理由は思い浮かばない」

「実は、昨年不動産会社社長が自殺するという事件がありました。ところが、これが自殺ではなく暗殺だということが後からわかったのです。別件で逮捕した暴力団幹部が、新井田に暗殺を依頼したと白状したのです。その暴力団幹部とは、龍道会傘下の西松《にしまつ》組の組長でした。新井田はフリーの殺し屋と思われていましたが、もし悪魔の旅団に属していたと考えれば、殺しの掟を破った龍道会に旅団が報復したと考えても不思議ではありません。もっとも、これは憶測に過ぎませんが」

「論理的には、矛盾はないな」

「ところで、旅団は、藤堂さんを狙っているようです。どうされるのですか」

これまで狙われる理由がわからなかった。だが、かつて旅団と取引していた鬼胴の組織を浩志が潰したとなれば、話は変わってくる。クライアントを潰されたということは同時に面子《めんつ》を潰されたことになる。闇社会では、面子を潰されるのは、信用問題に関わるためもっとも避けなければいけない事項なのだ。それにしても、ひっそりと身を隠すように滞在していたランカウイで襲撃されたことに、浩志は危機感を覚えていた。それだけ悪魔の旅団の組織力があるということになるからだ。もっとも、鬼胴を始末してから、すぐに襲われなかったのは、さしもの旅団も浩志の居所を捜し出すのに三ヶ月近くかかったということか。

「降りかかった火《ひ》の粉《こ》は払うのみだ」

「そうでしょうとも、そうなさるべきです。私たちも協力を惜しみませんから」

国際的な秘密結社相手に太っ腹なところをみせた池谷に、正直言って浩志は驚かされた。

「傭兵代理店は、当社も入れて、世界中に二十一社あります。規模の大小はもちろんありますが、みな悪魔の旅団に利権を脅かされているのが、現状です。悪魔の旅団は大きな組織かもしれませんが、傭兵代理店が一致団結すれば、旅団も敵ではありません。なんせ、世界中の傭兵代理店のリストにアップされている傭兵の数だけでも、一万人以上いますからね」

池谷は、長い前歯を見せて笑った。

「傭兵は、リストアップされているからといって、あんたらの部下じゃないぞ。勘違いするな」

「確かにそうかもしれませんが、傭兵代理店は戦場でノウハウを得た戦いのプロ集団です。その気になれば、怖いものはないと思いますよ」

「あまり自惚《うぬぼ》れない方がいい」

傭兵代理店は、どこの国の場合もそうだが、裏社会と繋がりを持っている。どこの代理店も自衛手段を持っており、掟なき戦い方も知っている分、表社会の警察や情報機関よりも底力があるだろう。反面、代理店同士は相互に契約を交わしているだけで、池谷の言うように一致団結して、戦うということはまず考えられない。悪魔の旅団が、代理店を一つずつ潰していったらどうにもならないだろう。

「それで、藤堂さんは、どうされるんですか」

「助けがいるときは、連絡する」

すでにどう動くかは、決めていた。だが、当分人の手を借りようとは思っていない。

二

若者に人気の渋谷センター街では、ファッションばかりか飲食店も世の流行に合わせて様変わりする。回転寿司が流行《はや》ったかと思えば、焼肉屋が軒を並べるといった具合だ。だが、細い路地を覗くと頑固なまでに変化を嫌い、高架下で細々と営業している焼鳥屋とかビルの一角でひっそりと間口を構える中華レストランなどは、地元の住人やサラリーマンに根強い人気を集めている。

浩志は、道玄坂を二ブロックほど上り、細い路地を左折したところにある小さな中華レストランに入った。看板は中華と書いてあるが、この店に来る客の目当ては、大盛りの皿うどんか、長崎チャンポンだ。店の内装は、浩志の学生時代となんら変わりなく、うなぎの寝床のような細長い店内にテーブル席が並べてある。

たまに渋谷に来ると、浩志はこの店で決まって皿うどんを注文した。細い揚げたての大盛り麵《めん》に、たこやいかなどの魚介類に加え、豚肉、かまぼこ、キャベツなど豊富な具材を絡ませたあんかけがかけられている。まずは、何もかけないで、二、三口頰張る。豊富な具材が醸《かも》し出す、香りと味わいが鼻孔を抜ける。思わず、進みそうになる箸《はし》を我慢し、皿の縁についているからしと、テーブルに用意されている酢、そして、ソースをかけてよくかき混ぜる。これが、この店の常連の食べ方だ。改めて、箸を進める。今度は、からしの風味と酢の酸味、そしてソースの素朴な味わいが口の中で喧嘩もせずに、よく馴染《なじ》んで生き生きと素材を引き立てる。浩志は、ものの五分もかけずに食べ終わると、お代わりをしようかと悩んだが、出撃前の体調管理と言い聞かせ、諦めた。

店を出ると、道玄坂上にある交番前の交差点を右折し、円山町に入った。この界隈は昔から、ラブホテルが多い。最近では、ファッションホテルとか、ブティックホテルとか呼ばれているそうだが、連れ込みホテルであることに変わりはない。

浩志は、ホテル街の裏手にある古びたマンションのエレベータに乗り、三階で降りた。今時のマンションは、玄関がオートロックになっているため、簡単には入れないようになっているのだが、このマンションは玄関のセキュリティーもなく、外見と同じく内装も古い。ただバブル期に造られたのか、そこここに大理石を使った大層なモニュメントが置かれ、場違いな豪華さが却ってみすぼらしく見える。廊下の突き当たりにある非常階段の近くに目的のドアがあった。むき出しの鋼鉄の板を溶接して補強されたドアには、表札どころか覗き窓すらない。ドア横のカメラ付きインターホンを押した。

「どちらさんで」

どすの利いた男の声がインターホンの安っぽいスピーカーから響いた。

インターホンとは別にドアの上には、監視カメラがついている。セキュリティーには気を配っているようだ。もっとも、セキュリティーを気にするなら、もっと、近代的なマンションに移った方がいいようなものだが、暴力団の事務所とあっては、そうもいかないのだろう。

「藤堂だ」

「どちらの藤堂さんで」

インターホンに出た男は、下っ端のようだ。

「犬飼にさっさと取り次げ」

「はっ、組長ですか、すみません。少々、お待ちを」

犬飼の名を出すと、男の声が見苦しいほど高くなり、鋼鉄のドア越しに、男への罵声《ばせい》が聞こえてきた。ドアには何重にもロックが掛かっているのか、ガチャガチャという割には、なかなかドアは開かない。

「失礼しました。藤堂さん。お入りください」

ようやく顔を出したのは、ミスティックに犬飼のボディーガードとして現れた男だ。ごつい顔に精一杯の愛想笑いを浮かべてドアを開けた。

「廊下が、狭くなっていますので、ご注意ください」

男は身長一九〇近くあり、廊下で時折頭を下げては障害物を避けながら歩く。廊下の壁と天井は、わざと物を置いて狭くしてあるようだ。これなら、襲撃されても一度に敵が押し入ることは不可能だ。

「藤堂さん、手下が、不調法で申し訳ない」

犬飼はソファーに座るように勧めると、手下に壁際の換気扇のスイッチを入れるよう命じ、おもむろに葉巻に火をつけた。

大男に案内された応接室の窓は、シャッターが降りて、昼にも拘わらずオレンジ色のシャンデリアが輝いていた。ここまでくると用心深さも滑稽だ。

「ずいぶん、用心深いな」

「臆病者とお笑いください。しかし、この間の宗方会長への襲撃ぶりを見せられた日には、これでも足りないくらいですよ」

悪魔の旅団と見られる刺客に陣内の病室にいた四人の屈強な手下は、催眠ガスであっけなく眠らされていた。さらに、病院まで護衛してきた陣内の組員は、二十一名もおり、四台の車に分乗して駐車場で待機していた。しかし、一人残らず催眠ガスでだらしなく眠らされていた。

「今日は、内密の話とお伺《うかが》いしましたが、ご用件はなんでしょう」

世間では、陣内の命を救ったのは、たまたま病院に居合わせた捜査一課の杉野ということになっているが、龍道会では浩志が体を張ったことはむろん承知している。犬飼の言葉の端々に浩志を下にも置かないという気配りが感じられた。

「まず、陣内が命を狙われた理由を教えてやろうと思ってな」

「何ですって！」

犬飼は、かけていたソファーから半身を起こし、あやうく葉巻を落としそうになった。

「落ち着け」

浩志は、池谷から聞いた、龍道会傘下の西松組の組長が逮捕された一件を話した。組長が殺人の依頼をした新井田を裏切り、警察に自供したことである。

「しかも、新井田は悪魔の旅団と関係があったらしい」

「なっ！……」

今度こそ犬飼は、葉巻を落とした。

「西松組の組長西松は、去年確かに不動産会社社長とトラブっていました。その社長が殺された時、西松も嫌疑をかけられ捕まりましたが、なるほど、そういう裏があったのか。雇った殺し屋をちくって、そいつが悪魔の旅団の一員だったとしたら、そりゃ、連中も怒りますわ。元締めである会長が狙われるわけだ。なんにせよ、自供しちゃまずいな」

犬飼は落とした葉巻を拾い、大きなため息をついた。

「自供したから、嫌疑不十分になったんだ」

「警察《サツ》と裏取引したっちゅうことですな。むろん、わしらの仁義には、反しますわ。しかも、そんなことわしら一言も聞かされてませんわ」

犬飼は、眉間に深いしわを寄せ、右眉だけ、きゅっと上げてみせた。

「まあ、あの男には、責任とってもらいましょ」

「居所は、わかっているのか」

西松は、出所後行方がわからなくなっていた。ただ、西松組が健在だということは、どこかに隠れているに違いなかった。

「調べれば、わかることです。とはいえ裏事情を知ったからには、すぐにこの世からいなくなりますがね」

犬飼は、自虐気味に鼻で笑った。

「消す前に、俺に会わせろ」

「会って、どうしますか」

「悪魔の旅団の手がかりが、欲しい」

「会長を救ってくれたばかりか、藤堂さん、お礼参りまでしてくれるんですか」

「冗談はよせ。奴らの計画を潰した俺が、今度はターゲットになる。殺《や》られる前に、殺るだけだ」

表情も変えずに淡々と話す浩志を犬飼は葉巻を吸うのも忘れ、呆然と見つめた。

「さすがに宗方顧問が、惚《ほ》れるだけのことはありますな。あんさんのような男は見たことがない」

「やくざに褒められても、うれしくない。いつごろ西松に会えるんだ」

「準備ができ次第。こちらからお迎えにあがります」

犬飼は手下に車で送らせると勧めたが、浩志はきっぱりと断り、事務所を後にした。

三

ゆるゆると長い道玄坂を歩きながら、午後のあたたかな日差しを浴びていると、春の到来を肌で感じることができる。浩志は、ゴアテックスのパーカーを切り裂き野郎にだめにされたため、傭兵代理店から、MSDFのエンブレムが付いた海上自衛隊の黒のジャケットをもらい着込んでいる。デザインこそシンプルだが、海自のジャケットは、東京なら真冬でもライナーを付けるまでもなく充分暖かい。ちなみに陸自のジャケットを最初勧められたのだが、発色の悪い薄緑は、むろん迷彩服によく合うのだが、戦地でもない日本では着ようとは思わない。

ポケットの携帯が振動したので画面を確認すると、留守電が入っていた。おそらく哲也のメッセージが入っているに違いない。哲也は、森本から浩志の携帯の番号を聞いたらしく、ここのところ毎日のように電話をかけてくる。たいていは、都築老人の体調が良くなり、お祝いのパーティーを開くので来てほしい、という内容のものだった。最初は無視していたが、次第に都築老人ががっかりしているとか、来てくれないと病気になるとか、半ば脅しめいたものになってきており、一度は顔を出してもいいかとも思い始めている。

留守電を聞こうと、携帯を左耳に当てた。その瞬間、グッチの香水、エンヴィの気品ある優しい香りが鼻孔をくすぐった。思わず携帯を折りたたみ、今しがた通り過ぎて行った、帽子を目深にかぶった女の後ろ姿を追った。特に香水の香りに詳しいわけではない。知っているものといえば、すれ違う通行人をすべて敵に回すような強烈な香りのポワゾンと森美香が好んで付けていたエンヴィだけだ。

女は、身長一七〇弱、黒いレザーのコートに、下はグレーのパンツにロングブーツ。体型は美香によく似ているが、付き合っている間、彼女がパンツを穿いたところを見たことがないので、正直言ってよくわからない。もっとも付き合っていたのが、夏の短い間ということもあったが。

まるでエンヴィの香りに引き寄せられるように、浩志は我知らず尾行を開始した。

女は、急ぐふうでもなく道玄坂を上りきり、二四六を渡ると南平台《なんぺいだい》町に入った。尾行を開始して間もなく、浩志はだれかに尾《つ》けられていることに気がついた。

南平台は時代物のマンションが多い。浩志はとりわけ古そうなマンションの玄関に駆け込むと無人の守衛室に隠れた。案の上、尾行者が一人、慌てた様子で玄関に入って来た。

浩志は守衛室から飛び出すと、男の鳩尾《みぞおち》に膝蹴りを二発くらわせ、崩れたところを延髄に肘撃ちを落とし、気絶させた。男を守衛室に転がすとすぐさま元の道に戻った。時間にして、およそ二、三十秒ロスしたことになる。

目の前の道から、女の姿が消えた。見通しがいい直線道路が続いていたので、油断した。次の交差点まで走った。道は三叉路、右折すればアラブ首長国連邦の大使館の前を通る。さらに次の三叉路まで進んだ。左に大きく湾曲しているため、遠くまで見通すことができない。この道を進めば桜丘町《さくらがおかちょう》を通り、渋谷駅に向かうことになる。腹を決めてこの道を選び、足音を立てないように走った。

カーブを過ぎると、百メートル先に次の交差点が見えた。交差点に二人の男の姿があった。浩志には、一人しか人員を割《さ》かなかったのは、尾行のメインは、彼らの五十メートル先を歩く女性にあったということだ。

「また、会ったな」

浩志は、野良猫のような敏捷《びんしよう》さで、二人の男に近づくと彼らの肩を両手で叩いてやった。

「なっ、藤堂……」

振り返った男たちの正体は、経済産業省の役人を名乗る、田島と坂巻だった。田島は驚きのあまり弛緩した間抜けな表情を見せたが、対照的に坂巻は凶悪な表情を見せた。普段サラリーマンのような穏やかな表情をしているだけに、その豹変《ひょうへん》ぶりは上司の田島より、むしろこの男の方が油断できない。

「斉藤《さいとう》は、どうした」

「斉藤というのか、人のマンションに勝手に侵入したのは」

「マンションに侵入？　どういうことだ」

「俺が知人のマンションを訪ねたら、不法侵入してきた男がいた。それで、仕方なく守衛室で休憩してもらっているというわけだ」

「なんだと！　貴様、国家公務員に暴力を振るってただで済むと思っているのか」

「そこまで言うのなら、今すぐ俺が警察に通報して、あの男を確保してもらおうか。ちゃんと身分を名乗れるか楽しみだ」

「…………」

「そもそも、行政機関の情報収集や分析をする程度の機関だったのが、情報本部を始めとした情報機関のまとめ役になって、おまえら偉くなったと勘違いしているんじゃないだろうな」

「なっ、なんでそんなことまで」

浩志の言っていることは、池谷から聞いたことだが、国家機密を扱う者として、レベル二の資格を持つ者しか知らない情報だ。現に部下の坂巻は、浩志の言っていることが理解できないようだ。四十半ばに見える田島が次長、あるいは課長クラスだとしたら、三十前半に見える坂巻は、せいぜい主任クラスなのだろう。

情報本部が傭兵代理店の存在をひた隠すため、内調の田島は、その存在さえ知らないはずだ。たとえ、知ったところで海外職業斡旋業程度の情報しか外部の人間にはわからないようになっている。まして、防衛省外特務機関などという非公式な組織ということなど、知る術《すべ》もないだろう。

「おまえは、スパイとしては二流だな。自分で内調だということを認めるんだな」

田島は、目を血走らせて浩志を睨んだ。

「あっ、女が、セルリアンタワーに入りました」

一人、女の動向を見ていた坂巻が叫んだ。

セルリアンタワーは、渋谷桜丘町にある能楽堂、レストラン、ホテル、オフィスなどがある超高層ビルだ。敷地面積が広い上に、出入り口も多い。二人で尾行するのは無理というものだ。

「くそっ、見失ったら、おまえのせいだぞ」

田島は、子供のような捨て台詞《ぜりふ》を吐いてセルリアンタワーに向けて走り出した。

彼らが、裏口に入るのを見届けると浩志はセルリアンタワーの二四六側にある駐車場出入り口に向かった。尾行を単純にまくのなら、渋谷にはいくらでも場所がある。女がホテルの入った超高層ビルを選んだ理由を考えれば、自ずとその行動は予測できる。駐車場の出口に着くと、タイヤを軋《きし》ませながら赤いスポーツカーが飛び出し、浩志の目の前に止まった。予想通り、女は自分の車をこのビルに保管していたようだ。渋谷には駐車場はいくらでもあるが、契約しない限り、長期の駐車はできない。そこにいくと宿泊施設がある駐車場は、長期使用が簡単で、しかもこのビルの駐車場は、他の渋谷の施設に比べてキャパシティーが断然大きい。

「乗って！」

運転席から女が叫んだ。

浩志は頷くと、助手席に飛び乗るように乗り込んだ。

三・二リットルV型六気筒エンジン、アルファロメオ・スパイダーは独特のエンジン音を響かせて、二四六に滑り出した。

四

森美香は、無言のままアクセルを踏み、ひたすらスパイダーを西へと走らせた。

「そろそろ、聞かせてもらおうか」

多摩川を渡り、厚木《あつぎ》街道に入ったのを機に、浩志は重い口を開いた。

「怒っている？」

美香は、帽子を脱ぎ、長い髪をほぐすと、ふっとため息をついた。憂《うれ》いを秘めた彫りの深い顔は、相変わらず美しく、寂しげな笑顔も変わらなかった。

「いや、ただ、松下由実がこの世に存在したのかどうか疑っているだけだ」

美香の本名は松下由実といい、殺された母親の復讐をするため森美香という偽名を使っていたと聞かされていた。だが、尾行していた内調の捜査官をみごとにまいた彼女の手際から、浩志は素人ではないと判断していた。それゆえ、彼女から聞かされていた過去も疑い始めていた。

「あなたに話したことは、すべて真実。ただ、松下由実は森美香とは名乗らず、静岡のある病院で今も働いている」

「…………」

「私の本名は、ごめんなさい。今は言えない」

美香が嘘をついていたことははっきりしたが、不思議と裏切られたという気持ちにはならなかった。彼女に未練はないと言い聞かせていただけに、無事な姿を見ただけで満足している自分にむしろ驚きを覚えていた。

「いくら謝っても、許してくれないと思う。ただ、あなたへの思いは嘘じゃない」

彼女自身、森美香と名乗り、浩志と出会ってからが、本当の自分だと言っていたのを思い出した。

「わざわざそれを言うため、俺を尾行していたのか」

「気がついていたの？」

「いや、ただ、すれ違うタイミングが良すぎた」

「あなたにどうしても伝えたいことがあって、それで今朝から機会をうかがっていたの。そしたら、田島に見つかってしまって。まさか、田島があなたを監視しているとは思わなかった」

「それにしても、内調に尾行されるとは、どういうことだ」

「田島が、自分から内調だと名乗ったの？」

美香は、甲高い声で聞き返して来た。

「いや、それとなく、ひっかけたら、乗って来たまでだ」

「彼は、事務屋で本来外に出る人間じゃないの。情報員として訓練をまともに受けたわけでもないから、簡単にひっかかってしまったのね」

美香は、仕様がないとばかりにため息をついた。

「なるほど、そういうおまえは、内調の特別捜査官だな」

「…………」

「どうやら、図星だな。内調のほとんどは、情報の整理屋みたいなもんだが、その中でも、捜査を専門とする十人前後の特別捜査官がいると、刑事をやっていたころ、先輩から聞かされたことがある。単なる噂と思っていたが、本当だったんだ」

浩志は、美香と初めて会った時のことを思い出した。銃弾を受けて負傷した浩志を見て、彼女は初めこそ狼狽《ろうばい》したが、すぐに気をとりなおすと、再び冷静に車を運転していた。一般人は、血を見ただけで、パニック状態に陥るが、彼女は、怪我をしている浩志に冗談すら言ってきた。おそらく、銃弾を受けた箇所を見て、命に別状がないと判断したのだろう。また、片桐と闘っている時、彼女は浩志を助けるべく片桐の銃で撃ってきた。だが、よくよく考えれば、たとえグロッグに初弾が装塡《そうてん》されていたとしても、素人がいきなり銃を撃てるはずがない。しかも続けて銃を撃つには、修練が必要だ。普通の女性ならなおさら撃った反動で、弾はたいてい上にそれてしまう。人質として捕まり麻薬をうたれていたため、片桐ではなく浩志に当たってしまったが、狙いはほぼ正確だったと言える。

「今は、とにかく何も言えないわ。あなたに却って迷惑をかけるだけだから。ただ、田島に限らず、内調の人間には気をつけて、彼らの中に裏切り者がいるから。私は、田島があなたに近づいているのを見て、がまんできなかったの」

美香の断片的な話から推測するに、彼女ばかりか浩志の情報を鬼胴サイドに流していた者が、内調内部にいたということだ。浩志が特殊部隊を編成し、鬼胴急襲作戦を決行中に大佐のキャビンに滞在していた彼女は片桐に拉致された。むろん彼女の所在を片桐が知るはずがなかった。考えられるのは、彼女の報告を聞いた内調の裏切り者が片桐に密告したのだろう。また浩志も何度も鬼胴の手下に命を狙われ、一時は美香を疑ったほどだった。身の危険を感じた彼女は、帰国しても、内調の本部に復帰せずに隠れていたのだろう。田島が彼女を追うのもそのせいで、命令に従わない彼女に内調から逮捕命令が出ているのかもしれない。それにしても自分の危険も顧《かえり》みず、浩志に危険を知らせて来た彼女の行為に、以前と変わらない深い愛情を感じた。

「忠告をありがたく受けておこう」

「よかった。私、正直言って、あなたはきっと怒って、何も聞いてくれないと思っていたから……」

「それより、体調は、どうなんだ」

「ありがとう。もう、すっかり、薬は抜けたわ。ただ、タイの病院でも言われたけど、何年もたってから、突然フラッシュバックが襲い、錯乱しないとも限らないらしいの。私、それを聞いて、自分が恐ろしくなっちゃった。たとえ、内調のことがなくても、あなたの側にいれば、必ず迷惑をかけるわ」

「俺は、別にかまわない。錯乱したところで、君に殺されるようなヤワじゃないしな」

「…………」

「手伝うことがあったら、遠慮なく言え」

「……今は、ないわ。ありがとう」

「聞くが、ミスティックをどうして、俺に押し付けた」

「あのお店は、特別なの。他人に渡したくなかったから」

「他人にも、俺にも渡す必要はない。また、ママになればいいだろ」

「………」

美香は、ハンドルからそっと右手を離し、涙を拭った。

浩志は気がつかないふりをして、外の景色を眺めた。

「このまま横浜の山下埠頭《やましたふとう》に行ってみないか」

浩志は、暮れなずむ空を見てふと横浜港を思い浮かべた。

「山下埠頭？」

「今日は、よく晴れているから、きれいな夕日が見られるはずだ」

「すてき！」

「その後、海員閣で広東《カントン》料理を食べよう」

「カインカク？　それって、どこにあるの」

「むろん、中華街さ。食通のくせに、知らないのか」

「そうなんだ。広東料理もいいけど、私は四川《しせん》料理の福満園にも行きたいな。からーい麻婆豆腐は食べたくない？」

「四川料理か。なるほど捨て難いな。それじゃ、はしごしよう」

二人は、互いの見えないバリアを壊すかのようにテンションを上げて盛り上がった。

結局、横浜港の美しい夕景を見ることなく、二人は中華街に直行し、中華料理店をはしごした。食後、運転を代わった浩志は、車を新横浜のホテル街に向けた。当然の成り行きと言えば、それまでだが、言葉よりも肉体で語り合う方がはるかに情熱的に、そして真実を見つけることができる。それを二人は何よりもよくわかっていた。

五

翌日、美香とは新横浜駅で別れた。互いに携帯の番号だけ教え合い、後は何も聞かなかった。別れ際、美香は運転席から笑顔で手を振って見せたが、赤いスパイダーのエンジン音が、いつもとは違い悲しげな音に聞こえた。

浩志は、町田《まちだ》で小田急線に乗り換えると、成城学園前駅で降りた。駅前のスーパーで、みやげ代わりに、肉ばかり八キロほど買った。育ち盛りの若者を何人も寄宿させている都築老人を思うと、柄にもないことをしてしまった。

喜多見の次太夫堀《じだゆうぼり》公園の脇を通り、老人らの住むプレハブ小屋に着いて、浩志は愕然とした。プレハブ小屋の前に建っていた都築老人のりっぱな持ち家が、跡形もなく更地になっていたのだ。

「藤堂さん！」

少年の甲高い声に振り返ると、鍬《くわ》を肩にかけた哲也が立っていた。さすがに成長期の少年は、傷の治りも早い。赤黒く腫れていた目のまわりは腫れもひき、薄黄色の痣《あざ》へと変化していた。まるで間抜けなパンダのような顔だ。

浩志は無言で両手に持っているスーパーの袋をぐいと前に突き出した。

「何それ」

と言いつつ、哲也は袋の中身をのぞいた。

「すっげー、肉だ。やったー、肉がいっぱい入っている」

哲也は鍬を放り出し、スーパーの袋を抱えて、浩志を入り口に残したままプレハブの中に駆け込んだ。

「みんな、肉だぞ。晩飯は肉がいっぱい食べられるぞ！」

哲也に群がった少年たちも歓声をあげた。浩志は、少年らのあどけなさに頰を緩ませ、勝手知ったる人の家に入って行った。

「あっ、いけね。藤堂さん、いらっしゃい」

入り口の土間に現れた浩志を見て、哲也は頭をかきながら何度も頭を下げた。

「子供たちが騒がしいと思ったら、藤堂さんがいらっしゃったのですね。どうぞ、奥にお入りください」

都築老人が、満面の笑みを浮かべ、奥の部屋から現れた。血色もよく、幾分ふっくらしたようだ。哲也が無事戻ったことにより、老人の体調も元に戻ったらしい。

奥の大部屋に用意されたちゃぶ台の前に座ると、哲也がかいがいしくお茶を持ってきた。

「藤堂さん、茶請けに漬け物食べてください」

哲也が、ちゃぶ台の上にお茶と一緒に大根の漬け物を出した。

「おまえが作ったのか」

「みんなでね。ねえ、食べてみてよ」

哲也に勧められるままに、漬け物をつまんで口に入れた。ぱりぱりと歯ごたえがあり、水分が多少少ないようだが、大根本来の味が口の中に広がった。どちらかというと、浩志が子供のころ食べたなつかしい大根の味がした。哲也の後ろで、三人の少年らが心配そうな顔で浩志を見守っている。

「うまい」

浩志が舌鼓《したつづみ》を打つと、哲也と少年たちはガッツポーズをとった。

「これね。大蔵《おおくら》大根って言うんだよ。ほんとはね。漬け物なんかより、煮物にしたら、すっごくうまいんだ」

「この子たちは、大したものですよ、藤堂さん。冬の作物として、大根をこの子たちに作らせようと思いまして、農協に青首《あおくび》大根の種を買いに行かせようとしたら、哲也に怒られてしまいました」

浩志は、ほうと感心した。半年前の哲也は、都築老人の受け売りで農業について語っていたのを知っているからだ。

「ご存じかどうか、青首大根は、病気に強く、栽培しやすいんです。それで全国的に栽培されていますが、青首大根の味は、新鮮ならまだしも、私に言わせれば、水っぽい味なんですよ」

「じいちゃん、それ、知ってて買いに行かせようとしたんだよ。藤堂さん、どう思う」

哲也は、浩志と都築老人の間に割って入るように顔を出したので、老人に後頭部をはたかれ、笑いながら頭を引っ込めた。

「これ、私の話の邪魔をするんじゃない。大蔵大根というのは、江戸時代から、作られていた大根ですが、青首大根の出現により、四十年ほど前に姿を消しました。それを近年世田谷の農家では復活させ、世田谷ブランドとして栽培しているのです。哲也はどうしたわけか、どうせ作るなら大蔵大根がいいと言いだしまして、根負けする形で作らせました」

「俺さあ、時々、農協の掲示板とか見に行くことにしているんだ。そこに大蔵大根のこと書いてあってさあ。作るならこれだなって決めていたんだ。なっ！」

哲也は振り返り、少年たちと頷き合った。かつて新大久保《しんおおくぼ》を根城に、たかり、万引きなどを繰り返していた不良少年たちには一片の陰りもなく、どの顔にも屈託ない笑顔と、キラキラと輝く目があった。都築老人が開いた、農業をしながら大学受験をさせる塾は、大成功のようだ。それに、少年らを見つめる老人の表情はどこまでも慈愛に満ち、彼自身も幸せに溢《あふ》れていた。浩志は、彼らの幸せそうな表情を素直に自分の胸に納めた。

晩ご飯は、当然と言わんばかりに味噌《みそ》仕立ての肉鍋だった。おみやげに買って来た牛肉、豚肉、鶏肉が惜しげもなく入っていた。浩志は、肉よりも少年らが丹誠込めて作った野菜に舌鼓を打った。ネギは、ほどよい甘みがあり、芳香を放つ人参は心地よい歯ごたえがあった。とりわけ大蔵大根は、哲也の言うように、しっかり煮込んでも煮崩れせずに、頬ばると大根のもつ深い味わいがずしんと腹に響くようだった。

「ところで、前の屋敷は、どうされましたか」

浩志は、老人にビールを勧められたついでに、聞いてみた。十六年前の事件の現場だっただけに気になっていた。

「とりあえず更地にしましたが、いずれ畑にするつもりです。私も含めて、六人。今の畑だけでは、手狭ですし、このプレハブも六人で住むには窮屈です。子供たちは、決して文句は言いませんが、勉強する場所としては、不適切です。とりあえず、新しい寄宿舎のようなものを作ろうと考えているのですが、なかなかどうして……」

老人は、言葉を濁して、持っていたビールのグラスをあおった。老人は酒が進んだのだろう。つい愚痴を漏らしたようだ。

「資金が足りないのですか」

「つまらん話をお耳に入れて、すみません。農協や信用金庫に頼んでいるのですが、うんとは言ってくれません。老い先短い老人に金を貸すような人間はいないということですよ。連中も商売ですからな。まあ、だめだったら、前の土地を売るつもりです」

老人は、自嘲ぎみに笑った。

浩志の胸に老人の乾いた笑いが、ちくりと刺さった。

「三千万ほどでよかったら、お貸ししますが、足りませんか」

「三千万！」

老人は声をあげた。それまでわいわいと騒ぎながら食べていた少年たちも老人の声に驚いて、二人に注目した。

「いけません。藤堂さんにそんなことされたら、まるでそれをしていただくためにお呼びしたことになります。先ほどの話は、老人の戯言、お忘れください」

老人は、ちゃぶ台に両手をついて謝った。

「都築さん。何も気にすることはありません。私はお貸しするといいました。ちゃんと返していただければ、いいのです」

本当は返してもらうつもりなどない。常に命を狙われている人間に金など不要だ。スイスの口座には、まだ一億円以上、残っているはずだ。管理している傭兵代理店に言えば、二、三日中に送金してくれる。

「私には、そんな大金、返すあてもありません」

老人は肩を落とし、ため息をついた。

「じっちゃん。俺たちを忘れていませんか」

「そうだよ。前途が明るいこの俺を忘れちゃ困るな」

「何言っているんだ、健司。俺だよ、俺。頼りにするなら、俺だよ、じっちゃん」

少年たちは、口々に自分をアピールした。

「都築さん、どうやらこの塾は、将来性があるようだ。貸すと言った俺が悪かった。五千万この塾に投資しましょう」

「五千万！」

老人は、驚いて手元のビールのグラスを落とした。

「五千万を有効に運営してください。これはビジネスです。いずれ、配当が出るようになったら、遠慮なくいただきます」

「じっちゃん。この学校は、じっちゃんの趣味だけじゃないだろう。だったら、俺たちにも責任を負わせてくれよ。俺たちもちゃんと働いて、返すしさ。じっちゃんだって、この学校を大きくして、もっと沢山生徒を取るようにしてくれよ」

哲也の言葉で、話はまとまった。

浩志は、老人らに別れを告げると、時にはこんな晴々した気持ちを味わうのも悪くないと、駅に向かう夜道を軽い足取りでたどった。

証人確保

一

傭兵部隊の最後のメンバーであるジミー・サンダースが、アメリカからやってきた。

ジミーは、浩志とはフランスの外人部隊からの付き合いだ。キューバ出身で、アメリカに亡命した後、フランスの外人部隊に入隊した変わり者である。もっとも、キューバ難民にありがちな、アメリカで食い詰めたため入隊した口で、浩志とは同期になるが、歳は六つほど若い。ジミーは、アメリカで浮浪者のような生活を送っていたため金には渋い。今回来日が遅れたのも、なかなか報酬の折り合いがつかなかったからだ。ジミーは、辰也と同じく爆弾のプロだが、時限爆弾を始めとした様々な爆弾解除のプロでもあるため、あえて彼を雇った。手足が長く痩せているため、竹と爆弾の合成語、〝ボンブー〟というあだ名で通っている。

外人部隊では、入隊するとすぐにレジオネール名という偽名を隊から強制的につけられる。これは、身元を隠すため、あるいは、入隊前の自分を捨てさせるためと思われるが、理由は定かでない。浩志も、カンザキ・ケンというレジオネール名を持っていた。ちなみに、ジミーは、ホセ・ゴンザレスという名をつけられていた。感心するのは、だれが付けるのか知らないが、日本人は、日本人らしく、イタリア人なら、イタリア人らしく名前がつけられることだ。ジミーの場合、スペイン系の黒人なのに、本名はまるっきり、アメリカ人ぽい名前だ。却って、レジオネール名の方が、よほどキューバ人らしい名前というのが笑える。

演習まで後二週間、メンバーも揃ったところで富士演習場での訓練をそろそろ始めようと思っていた。ところが、辰也や宮坂など古参の傭兵から、演習がペイント弾で行われるなら、射撃訓練よりも、ハンド・シグナルの統一を始めとしたチーム作りをした方がいいという意見が出て来た。彼らは、いずれも自衛隊出身なので、今回の演習で使用する八九式五・五六ミリ小銃のことも熟知している。彼らから言わせれば、AKシリーズを使いこなす傭兵なら、演習当日に八九式五・五六ミリ小銃を渡されても簡単に扱えるという。

自衛隊出身の傭兵には、訓練に明け暮れる自衛隊に飽き足らず、実戦の場を求めて傭兵になった者、隊の生活に馴染めずに辞めたが軍隊生活は続けたい者など、様々いる。辰也と宮坂の自衛隊を辞めたいきさつは聞いたことがないが、おそらくなんらかのトラブルが原因だろう。自衛隊の演習場での訓練に猛反対しているが、演習で特戦群と戦うと聞いただけで、小躍りしていたのが何よりもの証拠だ。ただ、彼らの言うことも一理あるので、演習場での訓練は、極力時間をかけないようにスケジュールを組むことになった。

　問題は、訓練する場所だ。十人の男が、一堂に会する場所となれば、ある程度の広さが必要になる。とはいえ、公園というわけにはいかない。マッチョな男が十人もいて、軍事訓練した日には、警察に通報されかねない。池谷に相談したところ、自衛隊の基地なら提供できるが、適当な広さを持つ場所は、彼の所有する不動産の物件にもないそうだ。考えあぐねたところ、一つだけ適当な場所を思いついた。大和組に哲也を拉致され、一緒に連れて行かれた川崎の倉庫だ。広さも充分だし、大きな騒音を出す塗装工場が隣にあるため、少々音を立てたところで、文句はいわれない。早々に大和組組長の犬飼に連絡をとったところ、二つ返事でオッケーと言って来た。やくざに借りを作る気はないが、犬飼に言わせれば、宗方陣内の命を救った浩志に、龍道会は百年分の借りがあるということで、気にしなくてもよさそうだ。とはいえ、彼らに形式上でも借りは作りたくない。ただで貸すと言う犬飼に、一日十万のレンタル料を支払うことを無理矢理承知させた。

　訓練初日、傭兵代理店で借りた二台のバンとレンタカー屋で借りた二トントラックに分乗した傭兵たちは、川崎の倉庫に乗り込んだ。

「倉庫って、聞きましたが、ちょっとした体育館じゃないっすか。それに、隣がうるさいのがグーですね。ひょっとして射撃の訓練もできるんじゃないっすか」

浩志と同じバンに乗り、倉庫に一番乗りした京介は、感嘆の声を上げた。浩志は、倉庫の隅に積み上げられた古畳を思い出し、犬飼に問いただしたところ、案の定、龍道会傘下の組員が射撃の訓練をする場所として、利用していると白状した。たまたま取引先の借金のカタとして手に入れたのだが、射撃の訓練をするために最適だと思い、転売しないでいるのだという。実際、古畳を何枚も重ねて的とし、大和組の組員に射撃の訓練をさせたこともあるらしい。ただ、ハンドガンとアサルトライフルでは、銃撃音が違う。ハンドガンを撃つ程度なら、隣の工場のコンプレッサーの騒音で充分紛れるが、八九式五・五六ミリ小銃だと三連発どころか単発でも音は漏れる可能性はある。

最後に瀬川が運転する二トントラックが倉庫に入って来た。荷台から、黒川と中條が現れ、様々な荷物を下ろし始めた。先に到着していた傭兵連中も荷下ろしを手伝い始めた。

「藤堂さん、いいものを持ってきましたよ」

荷下ろしを終えた瀬川は、八九式五・五六ミリ小銃を納めた木箱を叩いてみせた。

「もう持ってきたのか」

銃で射撃の訓練をしなくても、分解をして事前のメンテナンスをすることも大事だ。分解掃除をすることで、銃の欠点などすぐわかることがある。また、さびや火薬の汚れ、あるいは砂やホコリを拭き取ることで、使用中の思わぬ事故を防ぐことができる。

銃と聞いて、周りにいた連中の目の色が変わったが、銃を勝手に取り出すものはだれもいない。最高責任者であり、隊長である浩志の命令を全員待っていた。訓練が始まった瞬間から、彼らは軍隊としての規律を守るプロの傭兵として行動している。もっとも彼らには、事前の訓練も含めて報酬が払われることになっている。訓練時もそういう意味でもプロとして行動するわけだ。

「全員、銃を取って、メンテナンス作業をしてくれ」

浩志が英語で指示すると全員、嬉々《きき》として銃を取り、倉庫の隅にあらかじめ用意された折りたたみの机と椅子に陣取った。たった九人とはいえ、傭兵の顔ぶれは、浩志も入れて日本人が六人、フランス人が一人、イタリア人が一人に、ドイツ人が一人と国際的だ。フランス人というのは、ジミー・サンダースだ。彼は、外人部隊の五年間の兵役を勤めたため、はれてフランス国籍を取得していた。日本人が多いからといって日本語で話すことはむろんできない。これは、傭兵の常識というべきもので、同じ隊にいて、共通の言語（英語とは限らない）で会話しないと、密告、あるいは何か反乱でも起こすと思われても仕方がないからだ。

銘々弾倉を抜いたり、バレル（銃身）を覗いて汚れを確認するなど、普段から武器に親しんでいるだけあって、初めての武器でも皆慣れた手つきで扱っている。弾倉には、実弾が入っていた。瀬川によると、演習当日にペイント弾が支給されるということで、それまでは実弾で練習できるように配慮されているという。

浩志は、自分の銃の手入れを手早く済ませると、すぐ近くで手入れしている辰也をのぞき込んだ。〝爆弾グマ〟の異名をとる浅岡辰也は、弾倉から弾をすべて取り出すと、今度は弾倉の内部を布で丁寧に掃除した。そして、弾をまるで壊れ物でも扱うように一つずつこまめに布で拭いては弾倉に納めていった。浩志も、戦地で時間がある時は必ず弾丸を弾倉から取り出して掃除する。だが、ごつい体格の辰也の小さな弾丸を慈しむように扱う姿が、まるでままごとで遊ぶ幼児のように見えて笑いを誘った。

「ずいぶんと丁寧だな」

浩志は、笑いを堪《こら》えて辰也の肩越しに声をかけた。

「大抵の傭兵は、ロシア製のAKシリーズを使っているから、わからないと思うけど、西側のアサルトライフルって結構軟弱なんですよ。この銃だって例外じゃない。ジャムを起こす程度なら、まだいいけど、暴発でもされた日には、笑えませんからね」

「まあな。AKシリーズは、頑丈だからメンテナンスも簡単だ。トレーサーを撃ってバレルの掃除ができるから、初弾にトレーサーを装填している無精者をみたことがある」

トレーサーとは、曳光弾《えいこうだん》のことで白燐、マグネシウムなどの発光物質を発火させることにより、射手の目印にするための弾だ。バレル内部で発火する際に、内部の塵《ちり》を燃やしながら吐き出すことができるというわけだが、これは飽くまでもくそ頑丈に作られたAKシリーズならではの話だ。

「俺は、アフガニスタンでM十六を暴発させて、頭や腕を吹っ飛ばされたアメリカ兵を何人も見たことがあるんですよ。それ以来、AKを使う時もクリーニングはまめにするようになったんです」

浩志と辰也との会話はむろん、英語だ。メンテナンスを終えてくつろいでいた連中も、二人の会話を聞いて、慌てて銃の手入れを再開した。

二

銃の手入れが終わったら、本来実射して銃の調整をするのが一番だが、むろんそれはできない。この倉庫でできることは、瀬川も入れて十人の傭兵で二チーム作り、チーム内とチーム間の動きがスムーズに行くように訓練することだ。基本的に会話は英語でするが、作戦中に会話ができるとは限らない。しかも今回の演習では、浩志の率いる傭兵チームは、ゲリラという想定だ。ゲリラが高性能なハンドフリーのインカムを使用するはずがない。そこで、作戦中の意思の伝達方法は、ハンド・シグナルを使用することになる。

先頭を行く隊長が、手のひらを握ったり、回したりするシーンが、戦争映画ではたびたび出てくる。映画のワンシーンでは、せいぜい止まれとか、下がれとかいった観客にでもわかる簡単なものだが、軍隊で使われるハンド・シグナルは、手話に近いものだ。当然ハンド・シグナルを組み合わせれば、簡単な会話ができるわけで、偵察に出た兵士からの報告を視認できる遠方から、確認することもできる。だが、そこまで複雑化されているということは、言語が違う国、あるいは軍隊によりシグナルの持つ意味が違ってくることになる。

今回のメンバーは、様々な傭兵部隊を経験してきた者が多いが、共通しているのがイラクやアフガニスタンなどの中近東、あるいはアフリカの紛争地でアメリカ軍に従軍した経験があるということだ。例外は、自衛隊員の瀬川と、京介だ。京介は、アフガニスタンのタリバーン政権時代に反政府組織にいたため、アラビア語はうまいが数えるほどのハンド・シグナルしか知らない。他にも傭兵経験はあるが、ハンド・シグナルを自在にこなせる部隊に長く雇われたことがない。

「ハンド・シグナルは、全員の最大公約数をとって、米軍式とする。瀬川と京介以外で問題のある者は？」

むろん手をあげる者はだれもいなかったが、代わって浩志の胸ポケットの携帯が音もなく、振動した。浩志は、辰也にハンド・シグナルの講習をするように指示すると、マナーモードの携帯に出た。辰也に代わったのは、彼を副隊長にするつもりで、全員にそれとなく意思表示する意味もあるが、あえて、副隊長になりたがる奴もいるとは思えない。

「藤堂さんかね。倉庫の使い勝手は、どうかね」

大和組の犬飼だった。

「まあまあだ。欲を言えば、防音設備があれば言うことがない。十万は高かったな」

「はっはっはっ。藤堂さん、おまえさん、やくざ相手に商売するとは本当にいい度胸しているよ」

「世間話をするなら、切るぞ」

「気が短いね、ほんとに。西松のヤサがわかったので、報告しようと思いましてね」

「そうか。捕まえたら、連絡をくれ。殺すなよ」

「それが、言い難いことですが、捕まえようにも、西松の奴、城のように頑丈なところに大勢の組員に守られて立てこもっているんですよ。俺たちじゃ、とても手が出せない。そうかと言って、他の組に応援頼むわけにもいかねえし、ほとほと困っているんですよ」

浩志は、傭兵仲間の様子を見ながら、しばらく考えた。

「とりあえず、俺を迎えに来てくれ」

「手伝ってくれるんですか」

「おまえらに力を貸すつもりは毛頭ない。ただ、アドバイスはしてやる」

「藤堂さん、おまえさんのやくざ嫌いも板についていなさる。仲良くしてくれとはいいませんが、そうつっけんどんに言いなさんな」

「いつもこうだ。気にするな」

「そうですか。そういうことにしておきましょ。実は、おまえさんなら、迎えに来いと言うと思ったので、うちの若いのを迎えに行かせました。もうすぐそっちに着くでしょう。詳しいことは、そいつに聞いてください。それじゃ」

犬飼は、用件を言うといきなり電話を切った。浩志の愛想のない応対に頭にきたのかもしれない。だが、彼らに決して隙を見せない。これは、刑事時代の先輩に教わったことだ。

「辰也、頼みがある」

倉庫での訓練メニューを辰也に教え、しばらく留守にすると伝えた。

辰也は、無表情で頷いた。傭兵代理店が、防衛省の特務機関であることを知っているのは、関係者以外では浩志だけだ。傭兵代理店のこともそうだが、浩志が大きな秘密を抱えていることを薄々感じているようだ。それを口に出していうほど軽率な男でないことを浩志は知っているため、今のところほうってある。もっともたとえすべての秘密を知られたところで、辰也の場合、何の問題もない。

浩志は、傭兵歴が十九年もある辰也を高く評価していた。七年前、南米の日本人誘拐事件で、人質奪回のために組織された傭兵部隊で一緒にテロリストと戦ったことがある。それ以来、たびたび同じ傭兵部隊になることがあり、いわば戦友だ。辰也は、浩志に何度か命を救われたことから、恩義を感じているらしいが、浩志にしてみれば、同じ傭兵部隊の仲間であれば、命を助け合うのは当然のことだと心得ている。辰也も傭兵歴が長いだけに、その辺の道理はわかっているはずだが、浩志に対する態度は、いまだに馬鹿丁寧だ。

犬飼が携帯を切ってからちょうど三十分、大和組の若頭、幸田幹男《こうだみきお》という男が手下を二人従えて迎えにきた。身長百八十数センチ、体重も九十キロはありそうな大男で、短髪にサングラスをかけ、一目でその世界の住人とわかる。

浩志らが倉庫で訓練をしている間、黒川と中條が交代で倉庫の出入り口を門番のように見張ることになっているため、例の黒いキャデラックリムジンで迎えにきた幸田は、黒川に入り口で立ち入りを許してもらえず、外で待たされることになった。

民間人の施設で軍事訓練をするということで、傭兵代理店の池谷は神経質になっていた。黒川と中條の見張りだけでは満足できず、池谷は防衛省に応援を頼み、警務部隊から十名ほど私服に着替えさせた警務官を倉庫の近辺で見張らせている。彼らは、特別司法警察員であるため、警察官と同じような警務手帳を携帯し、警務官として職務執行する権限を有している。最悪、近所の住民が警察に倉庫が怪しいなどと通報し、警察官が来た場合を想定し彼らを配備したのだ。むろんこの件は、浩志も含めて傭兵の知るところではない。

浩志が、単身幸田の車に乗り込むのを辰也は憂い顔で見送った。

辰也は、倉庫の駐車場に向かって手を振って合図した。するとオフロードのバイクが一台、駐車場から抜け出し、大和組のキャデラックと同じ方角に走り去った。日本人の傭兵加藤豪二《かとうごうじ》がバイクに乗っている。加藤は、アメリカの傭兵学校出身で、トレーサーと呼ばれる追跡のプロだ。今回、浩志が招集した傭兵は京介を除いて、全員何らかのスペシャリストだ。

宮坂大伍とドイツ人のミハエル・グスタフは、スナイパー、浅岡辰也とジミー・サンダースは、爆破、イタリア人のジャン・パタリーノは、サバイバルのプロ、サバイバルとはこの場合、極限状態の戦闘を意味し、食料の調達ばかりか、武器すら身近なものから作り出すプロだ。田中俊信は、オペレーティングのスペシャリストだ。

オペレーティングとは操縦のことで、現役時代、陸自の輸送ヘリのパイロットだった田中は、ヘリコプター以外にも様々な乗り物を乗りこなす。

辰也は、浩志が単身やくざの車に乗って行ったため、浩志の身を案じ、仲間に追跡を頼んだのだ。

三

　キャデラックは、川崎から一旦東京に戻る形で調布《ちょうふ》から中央自動車道に乗り、大月《おおつき》インターで降りると深城《ふかしろ》バイパスに入り、山深い道をひたすら北に向かった。

　浩志は、乗車してから一言も口をきかなかった。車に乗った途端、なぜか不機嫌になったからだ。

　浩志の向かいに座った若頭の幸田は、仏頂面の浩志に相当気を遣っているらしく、飲み物や新聞などをしきりに勧めるが、浩志は一切無言を通した。幸田は、スポーツ刈りの頭に、何ヶ所か切り傷の痕があり、左の耳の下にもナイフで切られたような傷痕があった。年齢は、三十後半といったところだろうが、これまで相当修羅場をくぐってきたに違いない。それだけに、浩志の力量がわかるのだろう。浩志とはなるべく視線を合わせようとせず、額には暑くもないのにべっとりと汗をかいている。

「藤堂さん、組の者が都築さんと河合君に手を出したことを、まだ怒ってらっしゃるんじゃないですか」

「すんだことだ」

　浩志は、連れて行かれた川崎の倉庫で、犬飼の手下を八人も病院送りにしている。もっとも、新聞沙汰にならなかったところを見ると、どこかのもぐりの病院で治療したのだろう。気持ち的には、それでチャラと思っている。

「それなら、いいんですがね。社長には口止めされているんですが、二人に手を出したのは、石巻組から移って来た連中でして……」

幸田は、浩志の様子を探るように言葉を切った。

「いえね。一般人のそれも子供と老人に怪我させたことを知った社長は、激怒しまして、手を出した三人の指を詰めさせました」

「…………」

後始末の付け方は別として、浩志は、犬飼に意外と男気があると思った。犬飼は、都築老人と哲也に怪我させたことで、言い訳がましいことは一切言わなかった。石巻組から来た新参者とはいえ、組員の不始末は、すべて長である自分の責任と思っているのだろう。

「勝手にしゃべるな。犬飼の男が下がるぞ」

「はっ、まっ、まったくその通りで。私の心得違いでした」

幸田は、傷だらけの頭を何度も右手で叩いて、頭を下げた。

車は、青梅《おうめ》街道大菩薩《だいぼさつ》ラインに出て、北都留《きたつる》郡の丹波山《たばやま》村に着いた。東京と山梨との県境に位置する村で、これといった産業もない山深い村だが、豊かな自然を保護し、キャンプ場として夏は賑わう。

「藤堂さん、もうすぐ三時になりますが、お昼はまだですよね」

昼時に飯も食わずに、ここに来るまでに二時間半もかけている。自分でも気がつかなかったが、車に乗ってすぐ不機嫌になったのは、腹が減っていたせいだと思い知らされた。

「西松のヤサは、ここからまだ三十分かかりますが、その途中においしいそばと焼き魚を食べさせる店があるんですよ」

「なんでもいい」

と言ってはみたが、そばと焼き魚と聞いて、俄然腹の虫が鳴き出した。

店は、川のほとりにある木造の小さな店だった。五十代の初老の夫婦二人で切り盛りしているらしい。夏のハイシーズンと違い、オフシーズンは土日しか営業していないらしく、今日がたまたま土曜日だったことが幸いした。

メニューは、そばしかなく、焼き魚は売り切れだった。シーズンオフのため、仕入れも少ないということだ。シーズン中は、鮎やヤマメ、マスなど、新鮮な川魚がいつでも楽しめるらしい。そばは、ざるとかけ、しかも二八か十割そばを選ぶことができた。せっかくだから、ここは十割そばを頼むことにした。昼時をとうに過ぎていたこともあり、店の主人が注文を受けてそばをうち始めた。できるまでに二十分近くかかるという。

「悠長に飯を食っていてもいいのか」

「心配ありません。ヤサの周りは、組の者が固めています。西松の野郎も逃げ出すことはできません。組長も長期戦を覚悟しています」

給仕をしている女房が、突き出しとして木の葉の形をしたそばがきを出して来た。

「おかみさん。そばがき出して、二十分も待たされたんじゃ、堪らないなあ。これはないの、これは」

幸田は、精一杯の笑顔を見せて、右手で酒を飲む仕草を見せた。いくら作り笑いしたところで、筋ものがクレームを出したら、一般人にとって恐喝されているのも同じだ。

「……メニューには、ありませんが、日本酒なら……あります」

女房は、真っ青な顔をして幸田の顔色を窺いながら、恐る恐る答えた。

「それだよ。そうこなくっちゃ。藤堂さん、冷やですか、熱燗でいきますか」

「冷や」

車に乗っていたせいで、喉が渇いていた。それに、店の者に面倒はかけたくなかった。

「ですよね。おかみさん、冷やで、とりあえず二本」

二人の手下は、車に待たせてあった。この世界の上下関係は厳しいものだ。

浩志は幸田の酌を断り、手酌で飲んだ。喉が潤えば、次はつまみだ。まずはそばつゆを入れずに、そばがきを箸でつまんで、舌の上に乗せる。なんとも言えないしっとりした滑らかな感触とともにそばの芳香が鼻孔に抜けて行った。そばがきは、手際の良さが命だ。

どうやら、山奥に名店を見つけたようだ。

日本酒とそばがきのおかげで、二十分という時間を気にすることもなく、大盛りのざるそばが登場した。まず、そばを箸でつまみ、そばつゆにちょこんとつけ、一気に喉に流し込んだ。さすがに十割そばというだけあって、弾力があるが、喉を何とも言えない感触で過ぎて行った。あっという間に、胃に消えたにも拘わらず、口から喉にかけて残った清々《すがすが》しいそばの芳香は、鼻孔をいかんなく刺激した。

「いけるでしょう！」

心配そうに箸もつけずに浩志の様子を見ていた幸田が、浩志の食べっぷりに感心して訊ねてきた。

「うまい」

浩志は、頬を緩ませ頷いてみせた。さすがに、こんなうまいそばを食わされたのでは、返事をしないわけにはいかなかった。幸田は、浩志の返事に手を叩いて喜んだ。

浩志と幸田は、結局そばのおかわりをして三十分以上店で時間を過ごした後、車に戻った。幸田は、意外にも手下に昼飯を食べたかこっそり確認していた。時間をかけて食事したのは、手下が別の場所で食べられるように気を遣ったようだ。どこの世界でも上司というのは、気配りが大切なのだろう。

車は青梅街道を山梨方面に向けてさらに二十分走り、道路脇の山を切り開いた駐車場に停められた。駐車場には、他にも四台も車が停められていた。辺りに建物らしいものは何もない。見渡す限り山と川である。駐車している車から、防寒用のジャケットを着た犬飼が現れた。

「ご苦労さんです。こんな山奥に呼びつけてすみませんでした」

「ヤサはどこだ」

犬飼は、頷くと道路を挟んだ駐車場の反対側の崖にある山道を降りて行った。浩志は、犬飼が革靴で危なげに歩くのを見ながら後を付いて行った。

「この山道に沿って、崖を降りて行くと吊り橋があります。吊り橋を渡ったところに西松の別荘があります」

「その別荘には、吊り橋しか道はないのか」

「いえ、別荘の裏山に道があります。下流にある橋を渡って行けます。そこは、手下が固めていますので、奴らは逃げることはできません。もっとも、こっちからも攻めることができませんがね」

吊り橋と、裏山には警報センサーが張り巡らされているため、迂闊《うかつ》に近づけないらしい。試しに、手下が吊り橋と裏山の道なき道から、侵入しようとしたところ、警報が鳴り、別荘から銃撃されたそうだ。

「相手は、何人いる?」

「おそらく西松の組の者が大半はいると思います。だとしたら、二十から三十というところでしょう」

吊り橋が見える所まで来ると、犬飼はポケットから双眼鏡を出して浩志に渡した。双眼鏡で吊り橋の後方を見ると、大きなログハウスが木々に埋もれるように建っていた。侵入路を確かめるべく吊り橋を覗いてみると、吊り橋の中ほどに血痕が点々と落ちていた。

「だれか、やられたのか」

「わかりましたか。吊り橋は、狭いのでどうしても、一列に並んで歩く他ありません。それに、やけに揺れるので、両手は橋を支えるロープを握らなきゃならないし……」

犬飼は、両手でロープを握っているジェスチャーをしてみせた。

「無抵抗のところを、狙撃されたのか。確かに難攻不落だな」

浩志は、ふっと軽いため息とも笑いともつかない息を吐いた。

四

西松の別荘は、元々キャンプ場だったものを買い上げ、改装したものらしい。入り口は、長さ十四メートルの吊り橋しかなく、裏山には、山道が二本あるがどちらも大和組の組員が固めている。別荘のすぐ下を流れている川は、水深が深く急流だ。しかも二、三日前に降った雨のため増水しており、水際からの攻撃も脱出も命がけということになる。また、別荘のすぐ裏は切り立った崖になっており、素人ではおいそれと降りられるものではない。また、別荘の周りには赤外線と思われるセンサーが張り巡らされている。まさに侵入者を寄せ付けない鉄壁の防備といえよう。だが、脱出することができなければ、いつかは攻められる。犬飼が長期戦と考えるのも当然だ。

「藤堂さん、はずかしながら、二、三日で西松を捕まえるつもりでした。まさかこんなところに籠城《ろうじょう》されるとは夢にも思いませんでしたよ」

犬飼は、あごの無精髭をぼりぼりと掻《か》いて、恐縮してみせた。犬飼は、三日前にこの別荘を発見し、すぐに手下を差し向けたのだが、吊り橋と裏山からの二度にわたる攻撃に失敗し、それ以来なす術《すべ》もなくただ見張りを続けているそうだ。

「藤堂さん。おまえさんを呼んだのも、あんた戦争のプロだって言うじゃないか。だったら、何かいいアイデアがあるんじゃないかと思ってね」

「なくはない。だが、それを実行するには、経験豊かなプロの兵士が揃っていることが条件だ。いくら作戦を立てたところで、おまえらのようなずぶの素人じゃ無理だ」

「藤堂さん。武器はなんでもお貸ししますから、頼めませんかね」

「アメコミのヒーローじゃないぞ。一人で西松を生きたまま捕縛するのは、無理だ。皆殺しにするんだったら別だがな」

「皆殺しですか」

犬飼は、生唾《なまつば》をごくりと飲み込んだ。

「捕まえるより、簡単だ」

浩志は、平然と答えた。元来戦争というものは、そういうものだ。戦争で敵の捕虜を捕まえれば、捕虜を護送したり、見張ったりするのに味方の戦力を割かなければならない。合理的に戦うならば、相手を生かそうと考えないことだ。非情だからこそ戦争なのだ。よく新兵器に対して、非人道的かどうか問われることがあるが、戦争そのものが非人道的な行為だから、武器による殺し方がどうのこうのと言っても始まらない。無意味な論争をするくらいなら、戦争をしないことだ。

「ていうと、どうしたら、いいんでしょうかね」

「戦国時代の攻め方と同じだ」

「やっぱり、兵糧《ひょうろう》攻めという方法ですか」

「別荘に、どれだけ食料の蓄えがあるかわからないが、もって、あと一週間というところだろう」

「そうですかね。奴らは籠城覚悟というなら、食料も半端な量じゃないと思いますがね」

「食料が、あれば大丈夫ということにはならない。これからは、交代であの別荘に攻撃を加え、相手を眠らせないことだ。中にいる人間が多ければ、それだけ落伍者《らくご》も出る可能性がある。落伍者が出たら、攻撃のチャンスが生まれる」

「なるほど。精神的に参らせるわけですな。さすがだ」

「表と裏を固めている者は別として、攻撃に参加できる人数は、何人いる」

「表に六人、裏にそれぞれ六人ずつ配置しています。残りは、五人というところですか」

間断なく攻撃を加えるには、一日のローテーションを決めなければ、いけない。特に素人なら、一チーム四人としても、最低二チームは欲しい。

「人数が、足りないな」

「これ以上は、増やせません。なんせ、同じ御木浦組傘下の組を極秘に攻撃しているわけですから、ことを大きくするとこっちの立場が危うくなりますからね。もっとも西松もこんなところに隠れるんだから、組織を裏切ったことは自覚しているんですよ」

「それで、どっちも応援を呼べないというわけか。とにかく人数が増やせないなら、相手が餓死するまで気長に待つことだな。もっとも、その前に見張っている連中がぶっ倒れるだろうがな」

「実は、そこなんですよ。相手は、籠城しているといっても、別荘でぬくぬくとしていますが、こっちは夜露、朝露に震えながら見張り、休む時は狭い車の中だ。三日目で全員限界というざまでして」

「それで、俺を呼びにきたのか」

「面目ない」

この分では、あと二日も籠城されたら、大和組の囲みは崩壊するだろう。とはいえ、浩志一人で攻めるのは、やはり無理だ。アサルトライフルと手榴弾さえあれば、二、三十人の武器を持ったやくざが相手でも、殲滅させる自信はある。だが、手下はともかく、西松だけは生きたまま捕縛したい。

「とりあえず、周りの状況を把握したい」

浩志は、犬飼の手下に見張りがいる三ヶ所のポイントを案内させた。どの見張り所の手下も、疲労の色が濃く、体力の限界を感じさせた。これでは、二日どころか今日にでも故障者が出そうだ。

西松は逮捕された際、プロの殺し屋である新井田教授について白状することにより、超法規的手段がとられ、釈放された。自白は、S大学の教授新井田が、ドクと呼ばれる殺し屋だという内容だ。この自供により、新井田は喜多見殺人事件の犯人の一人としてマークされた。だが浩志は、新井田の背後関係などもっと詳しい情報が知りたかった。

浩志は腕を組んで攻略法を考えた。昼間は無理にしても、夜ならば潜入できる可能性もある。時計を見るとまだ五時にはなっていないが、谷間の陽が落ちるのは早い。西の空はほんのり明るいが、東の空はどす黒く塗りつぶされている。

胸の携帯が振動し、瞑想《めいそう》に落ちた浩志を現実に呼び戻した。

「浅岡です」

「どうした」

「初日の訓練が終わって、瀬川以外の全員でこれから温泉に行こうかと思っています。藤堂さんもどうですか」

まったく、いい気なもんだ。海外から来た仲間の歓迎会でもするつもりなのか。

「いや、俺は、しばらく戻れそうにない」

「そうですか。我々は、丹波山村にある村営の温泉に入ってから、近くのキャンプ場で野営訓練をするつもりですが、来られませんか」

「丹波山村？」

どうやら、辰也にはめられたようだ。加藤にでもキャデラックの後を尾けさせ、郊外に出たことを受けて、全員で後を追って来たに違いない。加藤は〝トレーサーマン〟と仲間から呼ばれるように、一度食らいついたら絶対逃さないという追跡のプロだ。やくざの運転するキャデラックを追跡するなど訳もないことだ。浩志のことを心配してか、それともこれもチーム作りの訓練と見立てた行動なのかわからないが、辰也に後を任せた以上、やつの方法で訓練を続けるまでだ。連中としても薄暗い倉庫の中で訓練するより、楽しいに違いない。

「わかった。合流する。場所を教えてくれ」

「藤堂さんが今いる地点からおよそ五百メートル山梨寄りに橋があります。その橋を渡って車で五分ほど山道を登ってください。丹波山自然キャンプ場という施設があります。現在、オフシーズンで閉鎖されていますが、勝手に使わせてもらっています」

犬飼に地図を見せてもらうと辰也たちがいるキャンプ場は、西松の別荘の上に位置することがわかった。双眼鏡で、西松の別荘の裏にある崖の上を覗いてみた。素人にはわからないだろうが、山の木々をよくみると、枝が不自然に動いた。おそらく仲間のだれかがわざと動かしたのだろう。双眼鏡の倍率を上げると、右手がぬっと現れ、同じ意味のハンド・シグナルを二度送って来た。シグナルの意味は、「ハヤク、コイ」だ。ふざけるなと思いながら、浩志は苦笑を漏らした。

「何か、おもしろい物でも見えますか」

犬飼が、双眼鏡を覗きながら鼻で笑った浩志を不思議そうに見ていた。

「いや、何でもない」

浩志は、すでに別荘の攻略法を考えていた。

五

犬飼の手下に車を借りて、仲間が待つ自然キャンプ場に入った。

「隊長、ようこそ、傭兵野外訓練場へ」

キャンプ場の駐車場で待ち構えていた辰也が皮肉たっぷりに挨拶をしてきた。浩志は頷いただけで、他の仲間を探した。キャンプ場は、山道から二十メートルほど入ったところに駐車場があり、キャンプ場そのものは、さらに奥の森の中にあるらしい。辰也以外の仲間の姿はない。全員が来ているとなるとおそらく丸池屋のバン二台に分乗してきたのだろうが、駐車場には浩志が乗って来た車以外ない。訓練された傭兵のすることだから、近くの茂みにでも隠してあるのだろう。

「藤堂さん、水臭いっていう月並みな言葉は使いたくないが、黙って一人で行動するっていうのは、おかしいんじゃないですか」

辰也は、浩志が黙って出てきたことがよほど気に障ったらしく、珍しく語気を強めて言ってきた。だが、浩志も連絡もなく後をつけられたことに少々腹を立てていた。

「おまえに説教される覚えはない」

「いつ説教したんですか。この俺が」

辰也は胸を突き出し、浩志の前に立ちはだかった。身長差では負けるが、浩志も胸を突き出し辰也の前に立った。どちらかが胸ぐらを摑めば、即、殴り合いの喧嘩になる。

「これは、俺の身に降りかかったことだ。おまえらに、演習以外のことで煩わせるつもりはない」

「それが、水臭いっていうんですよ。ここにいる連中は、クライアントがだれだなんて関係ない。藤堂さんが招集をかけたから、みんな集まっているんですよ。それに、ここは戦地じゃないが、チームとして動いている以上、隊長が隠密の行動をとれば士気に関わるじゃないですか」

辰也の言い分はもっともだった。

「少なくとも、俺と藤堂さんとは、血の絆《きずな》があると思っていたんですがね」

血の絆といわれては、返す言葉がなかった。

浩志は、作戦中に二度ほど辰也の命を救っているが、浩志自身、作戦を遂行する上で何度も辰也には助けられている。作戦中のことだから、仲間を助けるのは当たり前の行動だし、貸し借りということもない。だが命がけで互いを守ろうとする行為を仲間内では、血の絆と呼び、何よりも大切な信頼関係の証とした。

「わかった。みんなに説明しよう」

浩志が折れる形でそういうと、辰也は傷痕のある左頬を緩ませた。

「とりあえず、晩飯にしましょう。京介がほうとう鍋風豚汁を作っています」

「うまそうだな」

すでに二人の傭兵の間にわだかまりはなかった。

「俺は藤堂さんの作るキーマカレーが好きなんですがね」

「演習が終わったらな」

浩志の作る料理は、傭兵仲間には受けがいい。キーマカレーもそのうちの一つだ。様々な野菜を細かく切って、水をあまり使わず、短時間煮込んだだけのものだ。隠し味にニンニクとコーヒーを入れるぐらいで大した料理ではないが、味の良さは折り紙付きだ。

駐車場の奥の森に入ると、斜面を削って作られた小さな広場を中心に、大小様々なバンガローが建っていた。広場には、即席のかまどが作られ、その上に鍋が置かれていた。即席とはいえ、調理している炎が外部から見えないように工夫されている。敵はいないが、無断使用している関係上、気を遣っているのだろう。

西松の話をすぐにしようと思っていたが、全員、食器を持って待ちかねた様子なので、食事を先にすることにした。まるで餓えた子供のように食器を持った男たちは、京介に給仕されたほうとう鍋風豚汁を心ゆくまで楽しんだ。みそ煮込みうどんに豚肉が大量に入り、そこにカボチャなどの野菜が入っているというものだが、栄養のバランスがいいし、実にうまい。難点といえば、腹持ちが悪いことだが、具がなくなったところで、最後は餅を入れて雑煮風に食べたので、思いのほか腹は膨《ふく》れた。和食に馴染みのない外人組も、喜んで食べていたが、餅を入れた雑煮は不評だった。

食後、西松を捕縛するためにここまで来たいきさつをかいつまんで、仲間に説明した。もともと傭兵仲間から浩志が、リベンジャー（復讐者）と呼ばれていたのは、刑事を辞めても殺人犯を追っていたからだ。新たに現れた殺人犯が、かつて浩志の追っていた犯人と酷似していることと、証人としての西松を捕縛するという目的を話すと、全員なるほどと納得したようだ。

「今回のミッションは、やくざ相手の実戦で訓練じゃない。参加は自由だ」

「藤堂さん、傭兵に向かって実戦だからって断るのは野暮でしょう」

辰也が、笑いながら言うと、他の仲間も頷いてみせた。

「だけど、ギャラは、どうなるんだ」

ジミーの発言に場がしらけた。この男は、ことギャラに関してはうるさい。だが、キューバに残した家族と親戚をアメリカに亡命させるために資金を貯めていると以前聞いたことがある。仲間からは、守銭奴《しゅせんど》と陰口を叩かれていることも浩志は知っているが、無下にもできない。

「当然、特別手当は出す」

傭兵の仕事は、常に死と隣り合わせだ。ボランティアということはありえない。初めから池谷に手当は交渉するつもりだった。

食事が終わっても、後で合流するはずの瀬川が一向に現れる気配がないので、彼の携帯に直接連絡をしてみた。

「すみません。川崎の倉庫に武器を置きっぱなしにできないので、武器を回収して一旦下北に戻って来ました。今、ちょうど社長と打ち合せをしていたところです」

暴力団の倉庫を借りたのだから、当然の処置といえるが、それにしても時間がかかっている。

「浅岡さんから、西松が見つかったようだと聞きましたが、どうなっていますか」

「ああ、見つかった。今夜急襲するつもりだ」

「社長と代わっていいですか」

瀬川は、何か屈託のあるしゃべり方をして、池谷に電話を代わった。

「詳しいことは、電話ではお話しできませんが、西松をすぐにでも、確保することはできますか」

「武器が何もないんじゃ、無理だな」

「そうおっしゃると思っていました。武器に関しては、瀬川と話してください。ただし、殺しはなしですよ」

「場合による」

「今回の件は、情報本部には、まだ承認を得ていませんので、できるだけ殺しは避けてください。くれぐれも、日本は法治国家であることをお忘れなく。よろしくお願いしますよ」

池谷は、一方的に話すと瀬川に電話を代わった。瀬川には、必要な武器や機材を持ってくるように指示をした。現在午後八時二十分。車を飛ばせば、二時間で着くだろう。

浩志は、犬飼の携帯に連絡を取った。この界隈は、山間部にも拘わらず観光地のため、谷間かトンネルに入らない限り、携帯の電波がどこにいてもよく通じる。

「藤堂さんですか。待ちかねていましたよ。うちの組の者は、今日一杯で引き上げさせます。これ以上は、もう無理ですぜ。気は進みませんが、大阪の上層部にことの次第を報告し、西松を処分してもらいますよ」

思ったより、早く音をあげたのは、おそらく見張りの手下ではなく、犬飼本人だろう。

「仲間をすでに呼び寄せてある。攻撃は、三時間後に行う。それまでは、西松を別荘の外に出さないように見張りを続けてくれ。最後の見張りだ。手の空いている者も、見張りにつけさせろ」

「おまえさん、やくざをこき使い過ぎるぜ。まったく」

ぶつぶつ不平を漏らす犬飼の声にも、張りがない。

「攻撃開始前にもう一度連絡をする。気を抜くと怪我をするぞ」

浩志は、携帯を切ると鼻で笑った。

六

夜の十時を過ぎたころから、寒さは増し、霧が出て来た。霧というのは作戦上、実にやっかいなものだ。戦闘地区から脱出する際、隠れ蓑《みの》になることもあるが、攻守ともに同士討ちをする危険性がある。また、行軍する際に目印となる目標を見失い進路を誤ることもある。戦国時代では、霧が晴れたら敵陣の中にいたとか、知らないうちに敵とすれ違っていたという記録もあるが、笑い話にもならない。

浩志は、辰也が傭兵チームを連れて来たため、演習に向け、二つのチームに分けて行動をとることにした。チーム名は、昨年鬼胴を襲撃する時に結成したチーム名、イーグルとパンサーというコードネームをまた使うことにした。少人数のチームなので、通常は浩志の指揮下で全員行動するが、緊急時二つのチームに分かれ相互補完することにより、危険を回避することができる。特に撤退の時は、一方がしんがりをつとめ、先に撤退したチームは、安全を確保したところで、しんがりチームが退却するのをサポートし、そのまましんがりになる。このサポート態勢を繰り返すことにより、反撃しながら撤退することができる。我を忘れ全員が敵に背を向けて逃げようものなら、殲滅は免れない。

隊長である浩志のチームイーグルは、遊撃手（浩志は、サポート、偵察など自由に動き回る役割を遊撃手と呼んでいる）として瀬川と田中。スナイパーとしてミハエル・グスタフ、スナイパーカバーとして加藤をつけた。スナイパーカバーとは、狙撃中無防備になるスナイパーを守るためと、スナイパーの狙撃ライフルが、火器として非力ということで、それを補うための人員だ。今回、狙撃ライフルは使わないので、二人とも遊撃手となる。

日本人以外の傭兵と日本人がペアになるようにしたのは、演習においても、今回の作戦においても日本人と組ませた方が地の利がない外人にとって、なにかと便利ということと、西松を確保する際、顔の判別が外人ではできない可能性があるためだ。

パンサーチームは、リーダーを辰也とし、遊撃手として京介とジミー。ジミーは辰也と同じく爆破のプロなので、あえて辰也につけた。何人もいるなら別だが、二人しかいないため、分けずに一緒にさせた。スナイパーに宮坂とスナイパーカバーにジャン。

辰也が経験豊富な傭兵であることを知っている者が多いということもあるが、一方のチームリーダーを任せた段階で、副隊長は自ずと兼任される。異を唱える者はいなかった。

駐車場の茂みに見張りとして立たせた加藤が、鳥の鳴き声の合図を送って来た。間もなく駐車場に車が止まる音が聞こえて来た。

浩志を始めとした仲間が駐車場に向かうと、丸池屋の大型バンが止まっていた。

「おしいな、二時間を切れなかったか」

瀬川は、独り言を言いながら、バンの後部座席から大きな荷物を抱えるように取り出し、待ち構えていた仲間に手渡した。荷物は合計五つあった。

加藤は、瀬川から車のキーを受け取ると、バンを駐車場から出し、茂みの中に隠した。ちなみに浩志が借りて来た車も、すでに茂みの中に隠されている。

「ごくろうさま」

「作戦は、時間通り一時間後ですか」

朝早くから訓練と後片付けで動き回っている瀬川をねぎらってみたものの、当の本人は疲れ一つ見せない。むしろ、急襲と聞いて、張り切っているようだ。

「いや、見張り役のやくざが限界だ。二十分後にやくざを撤退させ、三十分後に出撃だ」

浩志は、瀬川の荷物をチェックし、武器を渡すために、全員を並ばせた。

「まず、個人の装備だが、ベレッタと予備弾、スタングレネード、インカム、ラペリングロープ、以上」

スタングレネードは、強烈な閃光と大きな音で、相手を麻痺《まひ》、あるいは気絶させる手投げ閃光弾で、軍や警察の特殊部隊が使う道具だ。

「えっ、アサルトライフルは、ないんですか」

京介が、驚きの声を上げた。

「連中を倒すことが目的ではない。飽くまでも西松の確保だ。逃げる者はほうっておけ。それに、殺しは、許さない。ここは、戦地ではない。法治国家で人を殺せば殺人罪に問われる」

傭兵は、アウトローで人を殺すことをへとも思わないというイメージがあるかもしれないが、それは間違っている。例外はむろんあるが、傭兵の仕事は、戦場でも納得できない戦いはしないし、殺人を好んでする傭兵も、浩志の知る限りではいない。

「それから、数が揃わなかったために全員に渡せないが、麻酔銃が四丁ある。ミハエルと宮坂、田中とジャンに渡す。この四人は、ベレッタを予備とし、麻酔銃を使ってくれ。また、できるだけ、四人を前に出し、実弾は使わないようにする」

浩志は、とりあえず麻酔銃を射撃の腕がいい四人に渡した。

「今回の作戦は、いつもの傭兵の戦い方とは違う。敵の陣地を奪うものでも、殲滅するものでもない。狙うは一人、敵のボス西松だ。そこで特殊部隊のような行動をとることになる。相手の動きを止め、電撃的に攻撃し、証人を確保。そして、速やかに退却する」

浩志は、瀬川が気を利かして持って来た西松の写真をとり出し、全員が手元で確認するように右端にいた宮坂にとりあえず渡した。

「西松の写真だ。年齢、五十二、身長一六六、体重七十一キロ、腹は出ているが、中肉中背だそうだ。特徴として、右頰に大きな傷がある。それと背中に昇り龍の入れ墨がある。確保する際、入れ墨を確認してくれ」

最後の一人が西松を確認すると、浩志は写真を受け取り、灰になるまで燃やした。

「これから、俺はやくざに引き上げるように指示をする。三台の車は、退却する際すぐ乗れるように橋の近くに隠しておいてくれ。潜入は、崖の上から降下し、別荘の裏に降りる。潜入口は、表は、イーグル。裏は、パンサーだ。突入時にスタングレネードを使い、相手の動きを止める。気絶している者にも、確実に麻酔銃で眠らせろ。もし、どうしても銃を使わなければならない時は、足を撃て、それでも武器を放棄しない奴は、右胸を撃ってもいい。ただし、撃つ前に必ず、武器を放棄するように怒鳴ること」

「それで、最悪、右胸を撃たれた奴が死んじまったら、どうするんですか」

京介にしては、珍しくポイントをついた質問をしてきた。

「不可抗力だ。俺たちは、怪我するわけにいかないからな。武器を持った奴は死んで行くまでだ」

全員、さも当然とばかりに頷いた。

浩志は、細かい打ち合せを済ませると、一人やくざから借りた車に乗った。作戦を話している時の仲間の生き生きした顔が浮かんだ。彼らは、みな戦争のプロとして、長年過ごしている。戦地ではだれでも一級の腕を持つものばかりだ。だが、自分も含めて一般社会に戻ることができない者ばかりでもある。例外は、戦力としては劣るが、料理の腕はぴか一の京介ぐらいだろう。傭兵仲間からは、〝クレイジー京介〟と呼ばれているが、却って一般社会では、普通の人に近いというのは、皮肉なものだ。浩志は、苦笑を漏らした。

七

犬飼に手下の車を返し、撤退するように言うと、

「俺たちは、手伝えないが、本当に、やるのか」

鼻水をすすりながら聞いてきた。

「すべて揃ったからな」

「見ていたら、だめか」

「流れ弾に、当たっても知らないぞ。それに、警察に通報されて、捕まったら間違いなくおまえらのせいにされるぞ。なんせ俺たちの逃げ足は速いからな」

「…………」

「いいから、さっさと帰れ」

「西松はともかく、まさか、皆殺しにするんじゃないだろうね」

「不可抗力は別として、殺しはしない。敵を無力にするための装備も準備した。それに、殺したがっているのは、おまえだろう」

「まさか。藤堂さん、今のやくざは、昔と違って、責任をとるのにめったに命のやり取りはしない。大抵は、なんらかの権利を奪うか、金でカタをつける。指を詰めることすら、今や時代遅れだ」

「あんたも含めてな」

手下に、指を詰めさせた張本人が、時代遅れというのが、笑わせる。

大和組がすべて引き上げるのを確認すると、浩志は急いで攻撃ポイントに向かった。

別荘の上の崖に行くと、全員すでにラペリングロープを木に縛り付け、降下の準備は終わっていた。

「藤堂さん、やはり、別荘の裏には、赤外線のセンサーはありませんでした」

瀬川が、一つだけ暗視スコープを持ってきたので、降下地点と別荘の裏を調べさせておいた。

「降下体勢に入れ」

浩志は、ラペリングロープを股下から右腿にくるりと回し、胸でななめに交差させ、左肩でかつぐようにして右手でささえ、崖の淵に立った。

全員降下体勢で、浩志の指示を待っていた。だが、ロープを用意している時に、かすかに聞こえていたヘリコプターの音が気になった。

「近づいて、きますよ」

二メートルほど離れたところにいる辰也も気がついていたようだ。地上部隊の傭兵にとって、ヘリコプターは脅威だ。現代のヘリコプターの戦闘能力は、凄まじい。こちらに地対空誘導弾や重機関銃でもなければ、逃げるか隠れるかのどちらかだ。もっとも、平和な国日本ではありえない話だが。

ヘリコプターの爆音は、次第に大きくなって来た。

「中止、ヘリコプターをやり過ごす」

この近くを通ったところで害はないと思うが、念のため茂みに隠れてやり過ごすことにした。

谷間を縫うように現れたのは、フランス製大型ヘリ、ＡＳ三三二だ。赤と白に塗り分けられた機体、ローター近くに小さく消防庁の文字が書かれている。

（西松の奴、俺たちを牽制《けんせい》するために、山火事とでも通報したのか）

ヘリはホバリングし、別荘の十五メートルほど上空で機体を安定させた。

ヘリの両サイドのドアが開いた。おかしなことに室内のライトが消してあり、真っ暗な室内に数人の影が動いている。

「攻撃用意！」

浩志は、不穏なヘリの動きに反応した。

インカムを通して浩志の命令を受けた傭兵たちは、銃を構え、上空のヘリコプターに狙いを定めた。ヘリまでの距離はおよそ二十メートル。ハンドガンとはいえ、充分射程距離に入っている。

ヘリコプターの両サイドから、三名ずつアサルトライフルらしき銃を持った黒ずくめの男たちが降下し始めた。

「一人も降下させるな！」

傭兵たちは、ヘリコプターから降下する男たちを狙って撃った。だが、ハンドガンで急速に降下する人間を狙撃するのは極めて難しい。攻撃に気づいたヘリの室内から重機関銃の反撃が、始まった。

「くそっ！　後退！」

ハンドガンに重機関銃では、アリが象と喧嘩するようなものだ。傭兵たちは、腹這いになり、ゆっくりと後退した。

降下する男たちにも、数発当たったはずだが、どうやら防弾ベストを着用しているらしい。男たちは地上に降り立つと散開し、別荘の窓という窓をいきなり銃撃し始めた。そして間髪《かんはつ》入れずに、手榴弾を次々と窓から投げ込んだ。別荘の内部で、何度も爆発が起こり、男たちは、二手に分かれると表と裏から、内部に突入した。

浩志は、仲間が安全な所まで後退したのを確認すると、木陰からヘリコプターの内部に狙いすまし、続けて銃撃した。重機関銃を持った男が再び現れ、浩志目がけて、反撃してきた。浩志は、かまわず相手の頭部に弾を集中させた。二発当たった。男は頭から血を噴き出し、仰向けに倒れた。倒れる瞬間、機関銃でヘリのドアを吹き飛ばした。ヘリは、堪らず上昇して、移動していった。

「やったぜ、隊長。俺たちも、別荘に行きますか」

辰也の声が、レシーバーから聞こえた。

「いや、これだけはでに攻撃されたら、必ず通報される。道路が封鎖されるのも時間の問題だ」

　第一、下にいる連中の武器にハンドガンでは、対抗できない。奴らの戦いぶりは、紛争地域の市街戦となんら変わらない。市街戦で建物に突入するのに手榴弾を使うのは、常套手段だ。当然、内部の敵を殲滅させるのを目的としている。おそらく西松組で生存者は、いないだろう。いまさら、下に降りたところで、戦いの目的は何もない。

「退却！」

　浩志は体中の血が逆流する思いを抑え、命令を下した。これまでも、戦地で退却の命令を出したことはある。敵の圧倒的な攻勢の前に敗北を予知してのことだ。だれでも、退却はしたくないものだ。だが、今日ほど、屈辱感を味わったことはなかった。

傭兵と殺人鬼

一

「盗まれた消防庁のヘリ、荒川の河川敷《かせんしき》で発見！　やくざの抗争に使用される？」

「御木浦組系暴力団西松組全滅！　抗争相手は軍隊？」

「暴力団史上最大の殺戮《さつりく》！　三十八人の組員死亡、生存者なし！」

　翌日のテレビ局は、どこも緊急の番組を流した。新聞各社が朝刊の記事に間に合わなかっただけに、レギュラー番組枠も潰した特別報道番組を競って放送した。だが、西松の別荘をはじめ、別荘に通じる吊り橋や裏山まで警察が封鎖したため、取材クルーたちは、上空のヘリコプターか別荘が見える反対側の谷からカメラを向けるしか手段がなく、警察発表も最小限に抑えられているため、限られた情報で放送されるにとどまった。

「消防庁のヘリを盗んで、攻撃するなんて、なんと大胆な連中でしょう。それにしても、夜間で、霧も出ていたそうですね。パイロットは、相当な腕の持ち主ですよ」

浩志は、今後の対策を練るために、朝から傭兵代理店を訪れていた。事前に、瀬川から報告を受けていた池谷は傭兵に一人の犠牲者もなかったことで安心したのか、まるで他人事のように、興奮していた。

「敵を褒めたところで、何にもならんぞ」

装備不足で、敵と満足に闘うことができなかった浩志は、池谷の態度に腹が立った。

「暗闇で、確認できなかったが、別荘を襲撃した連中は、俺を襲ってきた六人の外人傭兵に違いない。まだ、身元はわからないのか」

「藤堂さん、そこなんです。藤堂さんから、六人の傭兵ということで調べていたので、該当者は、いませんでした。ところが、昨夜は、ヘリから降下した六人の男の他に、重機関銃を撃ってきた男、それにパイロット。あのヘリに乗っていたのは、少なくとも八人はいたはずです」

「…………」

確かに池谷の言う通りだ。ランカウイで見た六人と、渋谷で尾行して来た六人が同じで、しかも六人が彼らのすべてと考えていたのは、早計だった。

「失礼ながら人数を絞ったために、却って結果が出なかったようです。チームの中にヘリの操縦資格を持つ者ということで、調べてみました。すると、驚いたことに該当する傭兵のグループがいくつも見つかりました」

「いくつも?」

「すみません。ちょっとオーバーでした。三つです。一つは、アフリカで主に活動している傭兵グループで、今もアフリカで活動していることを確認しました。二つ目は、イギリスの警備会社から独立した腕利きの傭兵が作ったグループです。彼らは、ヘリのパイロットを三人抱えており、イラクで米軍を護送する仕事を請け負っています」

「今もか」

「今や要人の護送には欠かせない存在となっています」

浩志は頷き、池谷を促した。指揮官クラスやアメリカ本土から来た要人の護送は、米軍ではなく、大手警備会社や軍事会社を雇うというのはイラクでは今や常識となっている。だが傭兵グループを雇っているとなると話は別だ。いくら民間委託を増やしているとはいえ、米軍の守備能力がないことを露呈するようなものだ。一般に知られていないのは、当然だろう。

「問題は三つ目のグループです。ボスニア紛争時代、NATO軍を手こずらせたセルビア軍の特殊部隊があったそうです。戦争終結後、その特殊部隊は、ムスリム勢力の報復を恐れて、国外に脱出し、傭兵として活動しているそうです」

「ボスニア紛争は、一九九五年に終結している。ずいぶん昔の話だな」

「元特殊部隊というだけあって、実態は、よくわかっていませんが、当時の構成員は、二百名以上いたそうです。年齢は、指揮官クラスが三十代後半から四十代。兵士は二十代前半から三十代前半だそうですから、指揮官クラスの大半は、年齢的にリタイヤしているとみていいでしょう。兵士で、現在も現役で活動できる者を選ぶとすれば、百人前後というところでしょうか」

「百人！」

セルビアの特殊部隊の生き残りが百人近くいたのなら、数チームの部隊に分かれて活動することができる。しかも、昨夜の連中のように凶悪な活動をしていると考えるとさすがの浩志もごくりと生唾を飲んだ。

「彼らの中にはヘリばかりか、大型輸送機のパイロットもいたそうです」

「俺は、中東やアフリカばかりか、南アメリカの紛争にも行ったことがあるが、セルビア出身の傭兵グループのことは、噂を聞いたこともないぞ」

「それは、彼らが、活動していた紛争地が、主にロシアだったからです」

「ロシア？」

「彼らは、ロシア政府に雇われ、チェチェンやウクライナで活動していたそうですから、藤堂さんがご存じないのも当たり前かと思われます」

「ロシアか」

ロシアの紛争で、ロシア政府に加担する傭兵は、まずいないだろう。逆にロシアに敵対する勢力に加担する傭兵は多く、その大半はムスリム勢力が圧倒的に多い。

「ロシアで活動していた彼らの背後に、同じくロシアを拠点とする悪魔の旅団がいると考えれば彼らの行動は納得できます。悪魔の旅団という異名は伊達《だて》じゃないのですよ。調べてみると現在チェチェンで活動しているロシアの特殊部隊でも精鋭と呼ばれているチームは正規軍じゃないらしいんです」

「そいつらは、元セルビアの連中ということか」

「どうやら、そのようです。いまさらながら、ロシア政府に悪魔の旅団は深く根付いているということがわかりました」

龍道会の宗方誠治は、噂話としながらも同じことを指摘していた。

「それにしても、殺された西松が、新井田を雇ったという事実を白状した。それだけのことで、悪魔の旅団は傭兵部隊を送り込んで来たということか」

「悪魔の旅団は、結成されてから二十年近くたつそうです。彼らは、その間確実に勢力を伸ばし、現ロシア政府の要人の中にも旅団の構成員がいると言われています。しかし、彼らの実態を知る者はほとんどいません。これは飽くまでも噂ですが、彼らには死の掟があるそうです」

「死の掟？」

「旅団の秘密を漏らせば、必ず殺されるそうです。もし、新井田が旅団に関係しているのなら、旅団が暗殺集団である傭兵部隊を送ってきたとしても不思議ではありません」

「確かに、筋は通っている。だが、新井田が旅団と関係はあるかもしれないが構成員だとはどうしても思えない。旅団が西松を殺したのは、報復というより口封じじゃないのか」

「口封じですか」

「たかが暴力団の組長が、旅団と関係する殺し屋に直接依頼するとは思えない。だれかに仲介を頼んだはずだ。そいつがむしろ問題なんじゃないのか」

裏の世界では、殺し屋を紹介するブローカーが存在する。そのブローカーこそ悪魔の旅団と関係していると浩志は考えていた。

「殺人ブローカーのことですね。隠すつもりはありませんでしたが、おっしゃる通りです。西松は、それを言えば必ず殺されると言って、白状しませんでした。私たちは、当初死んだ鬼胴のことだと思っていましたが、鬼胴は、政界における悪魔の旅団の単なるクライアントに過ぎませんでした。西松の口ぶりから、ブローカーは暴力団関係者ではないことはわかっていますが、それ以上のことはわかっていません」

浩志は、池谷がまだ自分の知らない事実を隠しているような気がしてならなかった。

「俺に隠していることは、他にないだろうな」

池谷の胸ぐらを摑まんばかりに迫った。

二

浩志は、傭兵代理店がある下北沢から徒歩で駒場野公園に向かった。

北門から入り、そのまま散歩道を右に進んで行くと、深い雑木林に入る。三月に入り、東京は急に春めいて来た。公園のどこかに咲いているのだろう、咲き遅れた沈丁花《じんちょうげ》の芳香が重い足取りを幾分軽くさせてくれた。

工藤代議士殺害事件の捜査は、遅々として進んでいないようだ。結局、発見された凶器も、確かに犯人の残したものだったが、浩志を陥れるためのトリックだとわかっただけで、新たな証拠は何も発見されていない。そもそも警察では、政治的圧力に屈する形で、殺人でなく自殺と発表している。捜査陣に身が入らないのも当然だ。そんな中でも、鑑識の木村は一人で、捜査も切り上げられた現場に、時間を見つけては足を運んでいるらしい。

現場から、十メートルほど藪《やぶ》に入ったところで、公園の作業員のような格好をした男が黙々と雑草をかき分けている姿があった。

「精がでるな」

声をかけられた作業員は、背筋を伸ばし、腰を二、三度叩くと振り返った。

「藤堂さんじゃないですか。珍しいですね」

額に汗を流して木村は白い歯を見せた。

「杉野に聞いたら、非番の日もこっちに来ているそうじゃないか。公園は、すでに開放されている。現場は荒らされ放題だ。指紋どころじゃないだろう」

「そういう藤堂さんこそ、どうしてこちらにいらっしゃったんですか」

「いや、俺の言ったことで、木村がむきになっているんじゃないかと思ってな」

浩志は、手にぶら下げていた紙袋を木村に渡した。

「いやー、ちょうどコーヒーを飲みたいと思っていたところです」

紙袋の中には、コーヒー専門店の持ち帰り用カップが二つ入っていた。

工藤代議士を殺害したのは、新井田の犯行を真似したプロの殺し屋じゃないかと鑑識課の新庄を始めとした警察の関係者に、浩志は提言していた。新井田の殺しの手口として、証拠となる指紋をわざとサイン代わりに残すことがわかっていたため、鑑識チームは、木村が陣頭指揮をとり指紋採取に全力を注いだ。だが、結局その捜索も何の成果もないまま三日で打ち切られ、木村が個人の裁量で証拠探しを継続しているに過ぎない。

「何をおっしゃいます。去年の捜査も藤堂さんがいらしたから、解決したようなものです。アドバイスは、実にありがたいと思っています」

「主任ともなると、世辞もうまくなるな」

「とんでもない。ところで、藤堂さん、本当は何をしにいらっしゃったんですか」

「手伝いに来た」

午前中、池谷から気になることを聞き出した。

昨年、新井田と思われる死体は、名古屋《なごや》港で発見された。だが、九月でまだ海水の水温も高かったせいで死体の状態はかなり悪く、いわゆる「巨人化」と呼ばれる肉体の腐敗が進行し、体内から発生したガスによる膨張現象を起こしていた。そのため県警は、死体を司法解剖せず検視で銃創を確認し、指紋採取のため死体の右手を切断した上で、焼却処分した。水死体にはよくあることだが、死体は性別がわかる程度で、顔の判別すらできないほど膨張していた。こうした死体の身元確認には、「在宅指紋」と呼ばれる被害者が普段使用していたものから採取された指紋と、死体の指紋が照合される。ところが、新井田は両腕に重度のやけどを負っていたということで、日常的に手袋をしていたため、「在宅指紋」は一切発見されなかった。警察は死体の服の中にあった運転免許証と失踪時期が一致したことで本人と確認するほかなかったが、死体から採取した指紋が、喜多見の殺人事件で残された指紋と一致したため、これまでの新井田の容疑に照らし合わせ、新井田こそプロの殺し屋で猟奇的殺人犯であったと断定されたのである。

浩志から新井田の手口を真似した殺人犯が現れたと聞かされた池谷は、新井田の死亡を再度確認するため、冷凍保存されている新井田の皮膚組織を防衛省の情報本部を通じ愛知県警から取り寄せることを思いついた。というのも、新井田は指紋こそ残していなかったが、在籍したS大学の研究室で新井田のものと思われる爪が発見されており、そこからDNAも採取されていた。これは昨年の十一月、新井田の研究室を別の教授に明け渡すと聞きつけた池谷が、コマンドスタッフを清掃員として大学に派遣し、採取したものだ。もっとも、極秘に捜査しているために採取されたサンプルが研究室に出入りしていた関係者のものと分別するのに半年以上の歳月がかかってしまった。しかも、採取した爪が新井田の所持品に付着していたというだけで百パーセント新井田のものと断定はできない。飽くまでも確率の問題だ。

池谷は県警から取り寄せた皮膚組織からDNAを採取して比べるように、防衛省の研究本部で解析を依頼した。ところが、皮膚組織のDNAは、崩壊しているため、採取できないという結果が出た。海水に長時間漬かっていたために、体内のタンパク質が分解したのではなく、逆に一部固定化されていたそうだ。原因として考えられるのは、ホルムアルデヒドなどの化学物質がDNAのアミノ基と結合したためで、死体は、ホルマリン溶液に漬かっていたのではないかと分析官は結論づけた。それが事実なら、片桐は、新井田を殺してホルマリン漬けにした後、名古屋港に死体を捨てたことになる。残暑厳しいおり、運ぶまでに死体が腐敗することを嫌った片桐は、苦肉の策として行ったとも考えられるが、ホルマリンは危険物と指定され、入手も難しい。果たしてそこまで手間ひまかけたかどうか疑問が残る。もう一つの可能性は、発見された死体は、殺人現場に残された指紋の持ち主であったとしても、殺人鬼新井田ではないということだ。もともとどこかにホルマリン漬け状態の別の死体があったという可能性が浮上してきた。

予測していたとはいえ、死体のからくりを改めて聞かされ、愕然とした。もし、後者の場合、駒場野公園で襲って来た犯人は、ひょっとすると新井田本人だった可能性も出てくる。浩志は、この話を聞くやいなや丸池屋を飛び出してきた。

「とりあえず、これまで調べた範囲を教えてくれ」

木村は歩きながら、死体が置かれていた場所を中心に半径二十メートルの範囲を、ありとあらゆる物の表面に指紋がついていないか調べたことを浩志に報告した。死体は、公園の西側奥の散歩道にあった。雑木林に囲まれた場所だったために、死体の近くは、木の上まで登って調べたようだ。

「半径二十メートルか、確かにそれ以上離れていたら、死体との関連性はなくなる。いや、二メートル以上離れていても意味はないな」

新井田なら、殺人は自分の芸術作品として、指紋を残す。死体のすぐそばになければ意味がないはずだ。やはり、今回の殺人犯は、新井田の殺人技法を真似ただけの模倣犯の仕業なのか。

散歩道を北門に戻るように歩くと小さな広場があり、二人はベンチに座ると持参したコーヒーカップの蓋を開けた。少し冷めてしまったが、コーヒーの香りが湯気とともに鼻孔をくすぐった。

「俺の勘違いだったかもしれないな。もし、今日も探して、なかったら諦めろ」

「はあー」

木村は、ため息混じりの気のない返事をした。

「藤堂さん、私は、悔しいんです。悔しくて堪らないんです。確かに、今回の事件が公になれば、警察どころか、日本の政府の安全神話は崩れかねない事態になるでしょう。でも、正義は少なくとも守れたはずです。恥をかくから、嘘をついたんじゃあ、犯人と同罪じゃないですか」

「問題は、一人一人が正義を守る気持ちがあるかどうかだ」

浩志は、木村に聞かせるわけでもなく、独り言のようにつぶやいた。

「私もそう思います。しかし、工藤代議士は、自殺と断定されています。たとえ犯人を特定できても、逮捕はできませんから悲しいですよね」

しばらく二人は、無言でコーヒーを啜《すす》った。

「ところで、この公園の歴史を藤堂さんは、ご存じですか」

木村は、重苦しい空気を振り払おうとしてか、話題を変えた。

「確か、今の筑波《つくば》大学の前身だった東京教育大学農学部の試験場だったと聞いたことがある」

「さすがですね。私は、ここの捜査をするまでは知りませんでしたが、最初は、明治時代の東京農林学校だったそうです。その後、東京帝国大学、農科大学などを経て、東京教育大学農学部になり、筑波大学の移転に伴い、公園になったそうです」

「よく調べたな」

「公園の管理人に聞きました。それから、この公園に田圃《たんぼ》があるのをご存じですよね」

「ああ、今でも筑波大学付属の中高生が田植えをしていると聞いたことがある」

「驚いた。やっぱり、藤堂さんは敏腕刑事だったんですね。情報力が違うな」

「笑わせるな」

「でも、明治時代、ケルネルというドイツ人が近代農業を伝えるために稲の研究をした田圃で、今でもケルネル田圃と呼ばれていることはご存じでしたか」

「いや、知らなかった」

「この公園は、自然を残す公園というより、日本の近代農業の発祥の地として、むしろ知られていて、そのためにケルネルが作った田圃が保存されているんですよ」

「馬鹿に詳しいな」

「気分転換に、田圃を見に行ったら、水田の碑という石碑がありましたから」

「この公園を象徴する石碑ということか」

浩志は、はっとした。新井田の指紋は常に死体の近くにあるものだと思っていた。それは、死体そのものが、彼の考えるところの芸術作品とすればの話だ。だが、死体ではなく、殺害方法も含めて作品と考えるのなら、死体の近くでなくてもいいはずだ。

「その石碑は調べたのか」

「えっ、いいえ、現場から離れていますので、関係ないと思って」

木村の顔が真っ青になった。

「案内しろ！」

案内された場所は、田圃を見下ろす土手の上にあった。確かに死体があった所からは五十メートル以上離れている。さっそく木村は、水田の碑と彫り込まれた石碑を調べ始めた。

「ありました！」

木村は、石碑の文字盤の左下に樹脂で付けられた指紋を発見した。

「しかし、どうして、ここにあるとわかったのですか」

「新井田は、これまでの殺人を芸術作品と見立てている。我々は、今までそれは死体そのものだと思っていた。だが、奴は死体とその現場、つまり殺人という行為そのものを作品としているにちがいない。中野《なかの》の殺人事件を思い出してみろ」

「そういえばあの事件では、被害者は両手を広げてベッドの上に寝かされ、両手首から流された血は、まったく同じ量だけ血溜まりが床にできていましたね。検死官の新庄さんですら、あの血痕を見て、神業《かみわざ》と言っていました」

「新井田は、この公園自体をキャンバスに見立てて、殺人を行ったんだ」

浩志は、犯人が新井田だとすでに確信していた。

「藤堂さん、お言葉ですが、あくまでも新井田の犯行を真似た犯人のことですよね」

「……まあ、そういうことだ」

警察では、事件現場に残された指紋と名古屋の遺体の指紋が一致したことで、遺体は新井田であると断定している。だが、浩志はすでに新井田は生きているという確信すら持っていた。

三

翌日の午後、浩志は、傭兵代理店の応接室に座っていた。

「やはり、新井田が生きていたということでしょうか……」

池谷は、浩志に新井田が生きていると聞かされ、沈痛な表情で頷いてみせた。

昨夜遅く、採取した指紋が新井田の犯行とされる一連の殺人現場に残された指紋と一致したと、木村から報告を受けていた。むろん、名古屋港で見つかった死体の指紋とも一致した。

「新井田は、もともと自分の指紋を事件現場に残していたわけじゃなかったんだ。あらかじめホルマリン漬けにしてあった死体から写し取った指紋のスタンプに、樹脂を付けて指紋を残した。インクなどを使わずに樹脂を使ったのは、半永久的に残すためだったのだろう」

「使われた指紋は、少なくとも十六年前から同じものが使われていますが、何か意味があるのでしょうか」

「指紋の持ち主は、おそらく新井田にとって意味がある人物だったのだろう」

「うーん。……意味がある人物ですか」

「色々考えられるが、銃創があったということは、例えば、新井田が初めて殺した人間。あるいは逆に殺された近親者。ホルマリン漬けにしてまで保存するとなると、親兄弟などの血縁関係という線が考えられる」

「なるほど、記念すべき死体といったところですか。それにしても、片桐はどうして、藤堂さんに新井田を殺しただなんて嘘をついたのでしょうか」

「片桐が嘘を言ったとは思えない。奴は少なくとも新井田を消そうと銃で撃ったに違いない。新井田は瀕死《ひんし》の重傷を負ったもののなんとか助かったのだろう。当時、新井田には警察の手も伸びていた。それに、生きていれば、また命を狙われる可能性もあった。そこで、保存していた死体を身代わりにして名古屋港に捨てた。それで身の安全を図ったとしたらつじつまが合う」

浩志は、あの夜、駒場野公園で襲ってきた男が足を引きずっていたのを鮮明に覚えている。男は仕込み杖を持つために、演技をしていたのではなく、自らも足が不自由だと言っていた。銃で撃たれた後遺症かもしれない。

「愛知県警では、死体に銃創があったと検死で、確認していますが、死体を銃で撃ったものじゃないですよね」

「死体を撃ったところで、ただ、銃弾の穴が開くだけだ。生活痕（生きているときの反応）があってこその銃創だ。偶然とはいえ、銃で撃たれた死体を新井田は保存していた。だからこそ使う気になったんだ」

「なるほど、しかし、西松が殺された今となっては、新井田に接触する手段はありませんね。どうやって、新井田を見つけるつもりなんですか」

「捜査は、地道なものだ。とりあえず、名古屋港で見つかった死体の身元を洗い出そうと思っている」

「ちょっと、待ってください。新井田は、S大学の教授をしていましたが、失踪後調べたところ、大学に届けられていた住民票や履歴書も、すべて偽物だとわかりました。結局、新井田の戸籍すら警察では見つけることはできなかったと聞いています。生きている人間ですら、身元を割り出すことができないのに、どうしてとうの昔に死んだ人間の身元がわかるんですか」

「さっき自分で言っていたじゃないか。記念すべき死体だと」

「しかし、たとえ新井田が初めて殺した人間だったとしても、調べようもありませんよ」

「だれが、そっちだと言った。俺は、血縁者じゃないかと思っている」

「血縁者ですか……。藤堂さん、それはちょっと論理の飛躍というものでしょう」

「むろん確証はない。新井田は同じ指紋スタンプを十六年前から使っている。原型となる型もあるのかもしれないが、予備も含めて大量に作ってあるのだろう。死体も十五年以上ホルマリン漬けにされていたと考えていいだろう」

「藤堂さん、分析官に改めて問い合わせたのですが、死体を長年ホルマリン漬けにすると組織が収縮して、部分的に崩壊してしまうそうです」

「だが、サンプルからは、ホルムアルデヒドが検出されたのだろう」

「いえ、特定はされていません。ただ化学物質を使われたというだけで、分析官によれば、初めはホルマリンに漬けて死体の防腐と組織の固定化処理を行い、その後で、ホルマリンを洗浄してアルコール漬けにしたか、冷凍保存したかどちらかだろうと言っていました」

「どちらにせよ。医学的あるいは、化学的な知識がないとだめだな。それにしても殺しを芸術と見立てたサインの代わりとして指紋を使っていたことを考えると、新井田はかなり死体に敬意を払っていたと考えてもいいのじゃないか」

「なるほど、恩人という可能性も考えられますが、親兄弟と解釈した方が素直でしょうね」

「そこでだ。条件を出すから、友恵に死体の身元を調べさせてくれ」

「警察には、通報されないのですね」

「警察に逮捕させたくはない」

浩志はきっぱりと言い切った。

「新井田を始末されるというのですか」

「今度は、殺しはだめとは言わせないぞ」

「…………」

池谷は、腕を組み、目を閉じたまましばらく地蔵のように動かなかった。

「わかりました。全力で調べましょう。ただ、その情報をどう使われるかは、私は聞かなかったことにします」

「よし、条件の一は、年齢五十前後で、背中から撃たれて死亡した男。その二、死亡したのは今から、十六年から三十年前。その三、男は、猟奇的殺人事件の何らかの関係者。その四、職業は、芸術家や医者など知的な職種。これは、新井田が殺人を芸術に見立てているということからの発想だが、線としては細い。それに条件の一と二は、世間的には単に失踪ということになっているかもしれないな」

「それにしても、二番目の条件は、死亡にせよ失踪にせよ、ちょっと範囲が広すぎますね。もう少し絞り込めるといいんですがね」

「これでも絞り込んだつもりだ。なんとかこれで調べてくれ」

「わかりました。土屋くんに、各警察署のデータベースと新聞各社のデータベースを調べさせます。ただ、新聞社はともかく警察のむかしのデータは、デジタル化されていない可能性がありますね」

「だからこそ、頼んでいるんだ」

池谷は、両手を上げ、肩をすくめてみせた。

「俺は、訓練に戻る。わかり次第、連絡をくれ」

何が起ころうと、演習の日程に変更はない。浩志は、仲間が訓練を続ける川崎の倉庫に向かった。

四

川崎の倉庫は、中原区の住宅地の中にある。付近に大手電気メーカーがあり、かつては工業団地というイメージすらあったが、今では倉庫や空き地はマンションやアパートに軒並み建て替えられている。とはいえ道幅が狭く入り組んだ所にあり、最寄りの駅からバスで十分、朝の通勤時間では、倍の二十分はかかるという不便なところだ。

浩志は、歩く時間ももどかしくタクシーを拾った。倉庫での訓練を始めてから三日になるが、ここに来るのは初日と今日でまだ二回だ。タクシーが倉庫の前に通じる道に入った途端、浩志は路駐している車が気になった。タクシーに倉庫の前をそのまま素通りさせると、次の交差点でまた路駐の車があった。二台ともボックスタイプのバンだった。倉庫のあるブロックをぐるりと一周させ、元の道に戻るとそこで降りた。浩志は用心深く辺りを見渡すと、最初に見かけたバンが見えるビルの陰に身を隠した。

浩志は、辛抱強く見張った。時計を確認すると午後五時十分、張り込みを始めてから一時間半たった。浩志のいるビルと反対側の交差点の角から、黒のニット帽に厚手のジャケットを着込んだ二十代後半の男が、路駐のバンまで来ると、辺りを気にしながら後部ドアから乗り込んだ。すると今度はグレーのブルゾンを着た、やはり二十代後半の男が車から降りてきた。最初の男もそうだったが、この男も、短く刈り上げた頭を隠すようにニットの帽子をかぶっている。二人とも一八〇を超す体格を持ち、訓練された兵士特有の規則正しい歩調を刻みながら歩いている。男は、浩志が尾行しているとも知らずに近くの工場の敷地に入って行った。工場は、操業していないのか人影はない。男は、非常階段を上りきると屋上に建てられた小さなプレハブ小屋に入った。小屋は、傭兵が訓練をしている倉庫の入り口が、よく見渡せる位置にある。路駐している車の数だけこうした見張り所が設けてあるに違いない。

浩志は、足音もたてずにプレハブ小屋に近づくと、壁に耳をあて、中の様子を窺った。二人の男の会話が聞こえてきた。プレハブの壁が薄いこともあるが、男たちは、人目がない場所だけに何の警戒心もないようだ。

「それにしても、基地の外で、なんで訓練なんかしなきゃならないんだ」

「同じことを何度も言うなよ。今回の警備は、異例ずくめだからな。そもそも、警備に保安部隊じゃなくて俺たちがかり出されたのも、俺たちが警察権（警察官職務執行権）を持っているからだ。住民から訓練のことを警察に通報されても、俺たちだったら、警察に対処できるだろ」

答えた男は、何度も愚痴を聞かされているのだろう。うんざりしたような口ぶりだ。

「機密の特殊部隊か何か知らないが、迷惑もいいとこだ。俺たち、警務隊を何だと思っているんだ。そもそも警備している対象もよくわからないで、仕事をするなんて最低だ。それに、兵士の中に外人が三人もいるなんておかしいとは思わないのか。ひょっとすると、あの特殊部隊は米軍と合同訓練をしているのかもしれないぞ」

「冗談言うなよ。川崎のこんな倉庫で、米軍と合同訓練なんてするわけがない。外人兵士は、たぶん米軍のグリーンベレーの教官でテロ対策の訓練でもしているんじゃないか」

「陸自の特殊部隊が、テロ対策の訓練をしているのか」

「そうだ。今は何かと中近東情勢が騒がしい。特に基地で米軍の兵士に訓練されているところをマスコミにでも知られたら、海外派遣を前提に訓練とか言われて大変なことになるからな。それにこの件は、どうやら特戦群がからんでいるらしいぞ」

「特戦群！」

「さっき、飯沼《いいぬま》と交代する前に浅井《あさい》陸曹長から聞いた」

「なんだそれを先に言えよ」

浩志は、倉庫を包囲している連中の正体を知り、そっとこの場から離れようとした。

「しかし、内調も警備に口出しをするというのは、解せないな」

（内調！）

「浅井陸曹長も、気に入らないと言っていたぞ」

慌てて耳を澄ましてみたが、内調の話はそれ以上出なかった。

浩志は、プレハブ小屋から離れると、最初に見た交差点近くの大型バンの後部ドアを荒々しく開けた。後部座席には、飯沼と呼ばれた最初にバンに乗り込んだ男と四十前後の別の男がいた。浩志は、呆然とする二人の男を睨みつけ、自衛隊式敬礼をすると、バンに乗り込み、ドアを閉めた。

「私は、君たちが警備をしている部隊の隊長の藤堂一等陸尉だ。浅井陸曹長は、君か」

浩志は、年長の男にあたりをつけ、諸外国でいう大尉クラスがこの際妥当と思い、一等陸尉を名乗り、後部座席に座った。

「はい、浅井は、私であります」

一等陸尉は、陸曹長の四階級上だ。浅井陸曹長は、慌てて立ち上がり、天井に頭をぶつけながらも、敬礼を返してきた。もう一人の男も慌てて敬礼をし、「飯沼三等陸曹」と名乗ると背筋は伸ばしているものの中腰の妙な姿勢で立った。

「楽にしろ」

浩志の命令に、二人はまた席に着いた。

「失礼でありますが、藤堂一等陸尉は、どうして私のことをご存じなのですか」

「君は、ここの警備の責任者か」

浩志は、怒鳴るように言って、質問をはぐらかせた。

「はい、そうであります」

浩志の剣幕に浅井陸曹長の顔が青くなった。

「君たちは、隠密に我が部隊を警備するように命令を受けているな」

今度は、諭《さと》すように落ち着いた声で話しかけた。

「はい」

「だが、君たちの隠密警備は、素人も同じだ。基地内の行動ならともかく、基地の外に出たら、こんな警備じゃ、却って住民に怪しまれるぞ。そもそも見張り所での監視がたるんでいるぞ」

「はっ、申し訳ありません」

「試しに、部下に見張り所の一つを調べさせた」

「えっ！」

浅井陸曹長の顔が青から白に変わった。

「工場の屋上にあるプレハブだ」

「………」

「中で監視している連中は、外にいる私の部下に気づくこともなく、話に夢中だったそうだ。しかも、会話は、外まで聞こえたそうだ」

浅井陸曹長は、恥ずかしそうに顔を真っ赤にした。

「まあ、あんなところで、立ち聞きする者もいないから、油断したのだろう。だが、聞かれれば、即、機密漏洩《ろうえい》になる。厳罰ものだぞ!」

「はっ、二度と過《あやま》ちを繰り返さないように、厳重に注意します」

「飯沼三等陸曹、席を外してくれ」

飯沼三等陸曹は、浩志の命令に素直に応じ、敬礼をして車から降りて行った。

「浅井陸曹長、内調が今度の警備に口出ししていると聞いたが、本当か」

「藤堂一等陸尉のお耳にまで、達していましたか。本当であります」

「内調のことを君の部下は知っているのか」

屋上で聞いたにも拘わらず、浩志はとぼけて聞いてみた。

「いえ、責任者の私だけです」

案の上、本来責任者のみの情報だった。そもそも陸自の警務隊に内調の人間が簡単に名乗るはずがないからだ。

「詳しく、話を聞こうか」

「今回の警備は、当初我々警務隊だけで行う予定でしたが、急遽、内調も警備に加わることになりました。責任者は、田島隆英という内調の捜査官です。ここから二百メートル東の交差点に停車している車に内調の方が詰めています」

「田島が?」

「田島さんをご存じなのですか」

「まあな」

美香は田島のことを、事務屋だと揶揄《やゆ》していた。とはいえ、捜査官でないとは言ってなかった。それにしても田島は、美香を確保するのに必死なのはわかるが、しつこくつけ回されてうんざりだ。

「今日のことは、私はだれにも報告しない。君も飯沼三等陸曹に他言無用と厳命したまえ」

「はっ、了解しました」

浅井陸曹長は、浩志のことを完全に信じたようだ。人がいいと言えばそれまでだが、セキュリティーに対する危機感に欠け過ぎている。この男に限らず自衛隊全体に言えることで、危機管理体制が甘いのだ。米軍が、自衛隊という友軍の機密漏洩に嘆くのも頷ける。

五

警務隊の責任者である浅井陸曹長は、内調が一緒に警備をしていると信じていた。警務隊の任務は、傭兵たちがひそかに倉庫で行う訓練に対し、近隣の住人の苦情や、通報で警官が来た場合に対処するためだ。だが、内調が同じ目的で警備を行うとはとても思えない。そもそも住民に通報され、警察が来ても、警察官職務執行権を持たない内調の捜査官は、役に立たないどころか、自ら名乗ることすらできない。いずれにせよ浩志は、内調の田島という人間に強い不信感を抱いていた。

浩志は、倉庫の入り口を警備している黒川に手をあげて挨拶を送ると、黒川は軽い会釈を返してきた。だが、その表情は硬く、疲れがにじみ出ていた。それもそのはずで、中條と二人で交代もせず三日間も入り口の警備をしている。疲れて当然だ。倉庫での訓練もこの辺が潮時だろう。

倉庫に入ると、辰也を先頭に銃を構えて隊列を組む訓練をしていた。辰也が両手でハンド・シグナルを送ると、矢のように尖《とが》ったアローヘッド型、両手でダイヤモンドを作るとダイヤモンドヘッド型という具合に、傭兵たちは次々と隊列を変えて進む訓練を繰り返した。まるで新兵が行うような基本的な訓練だが、チームワークを養う上では重要なことだ。一番心配された京介も、一糸乱れぬ行動をとっている。この訓練を見たら、特戦群の連中は、さぞ驚くことだろう。なんせ、彼らはゲリラになりすました傭兵を相手に戦うと思っている。傭兵のチームが寄せ集めのゲリラどころか特殊部隊顔負けの機動力を持っているとは夢にも思わないだろう。そういう意味では、自衛隊の基地で訓練をしなかったのも意義があったといえる。

辰也は、浩志を確認すると、手を挙げ、拳を握りしめた。後ろに続く傭兵は、ただちに姿勢を低くし全方位に銃を構えて、静止した。

浩志は、撤収の合図をハンド・シグナルで送ると、辰也が、同じサインでチームに命令を下した。傭兵は散開すると、全員無言で各自の荷物をまとめ始めた。浩志は、辰也にハンド・シグナルで倉庫が監視されていることを教えると、初めて口をきいた。

「辰也。訓練は、どんな調子だ」

飽くまでものんびりした口調だ。

「まあまあというところですかね」

辰也も浩志に口調を合わせて答えた。

「とりあえず、訓練は、あと一週間ここで行う。大したことはここではできないが、がんばってくれ」

「了解」

「今日の訓練は、この辺でいいだろう。久しぶりに、ミスティックで羽を伸ばしてくれ」

「藤堂さんは、どうされるんですか」

「俺は、ここで人と会う約束をしている」

浩志は、この場に残るようにサインを出すと、辰也は頷いてみせた。

十分後仲間の傭兵たちは、いつものように三台の車に分乗し、倉庫を後にした。

倉庫の明かりが消え、傭兵の訓練が終わったと判断した警務隊の車両も姿を消した。

傭兵たちが出て行ってから、一時間近くたった。

隣接する塗装工場の操業も終わっているため、倉庫周辺の街の様子は昼間と一変し、水を打ったような静寂に包まれている。

赤いスポーツカーが一台、くぐもったエンジン音を響かせながら、倉庫の前で止まると、軽い警笛音を鳴らした。

倉庫のシャッターが開けられ、赤いスポーツカーが中に入ると再びシャッターは閉じられた。すると隣接する工場の暗闇から、次々と黒い影が飛び出し、倉庫の敷地内に侵入していった。

浩志は、倉庫の真ん中に停められた赤いスポーツカーに寄りかかり、じっと待った。裏口で微かに金属音がした後、ドアが音もなく開く気配がした。すると今度は、表のシャッター脇にあるドアがガチャガチャと音を立てて開き、三人の男が乱入してきた。

「待っていたぞ。田島」

浩志が乱入者に声をかけると、倉庫の照明がつけられた。

三人のうちの一人は、内調の田島だった。

「森美香が、ここに来たはずだ。引き渡してもらおうか」

田島は、悪びれる様子もなくふてぶてしく言った。

「捜査権もないくせに、偉そうな口をきくな。しかも、不法侵入だ。出て行け」

「渡すつもりがないのなら、強制執行するまでだ」

田島は、ジャケットから銃を取り出すと、他の二人も銃を出した。

「いつもの顔ぶれではないな。おまえはともかく他の連中は本当に内調の人間か。そもそもおまえらに銃の携帯は許されないはずだ」

「そんなことは、どうでもいい。藤堂、自分の立場をよく考えろ！」

田島が吐き捨てるように言うと、倉庫の裏手から四人の男が銃を構えて現れ、浩志を取り囲んだ。田島と一緒に侵入してきた二人の男もそうだが、新たに現れた男たちの風貌は、内調どころか、あきらかに暴力団関係者だ。

浩志は、男たちをまったく気にする素振りも見せずに鼻で笑った。

「一ついいことを教えてやろう。美香を返せという前に車をよく見てみろ」

赤いスポーツカーのエンブレムは、「H」、そして、ナンバープレートには、「わ」の記号があった。

「レンタカーだと！」

田島は、ナンバープレートと浩志を何度も見返した。

「美香の車は、アルファロメオのスパイダーだ」

「きさま、だましたな」

「馬鹿が。勝手に勘違いしたのは、おまえだ」

田島は、歯ぎしりをし、凶悪な顔になった。

「美香は、内調にモグラがいると言っていた。おまえは、その辺の事情を知っているだろう。聞かせてもらおうか」

「藤堂、図に乗るな！　何様のつもりだ」

浩志は、右手を軽くあげた。

途端に裏口から、瀬川を先頭に七名の傭兵が八九式五・五六ミリ小銃を持って現れ、浩志を取り囲んでいた四人の男をあっという間に取り押さえた。

「どうする田島」

浩志は、にやりと笑った。

田島は悲鳴を上げると、二人の男らと先を争って外に飛び出し、路上に停められていたバンに乗って逃走して行った。バンが狭い路地を抜け出すと、ライトを消したバイクがその後を追っていった。

「加藤も張り切っていますね」

路地に出てバイクを見送った浩志は、辰也に笑顔で頷くと右手を出した。辰也も笑顔で応え、浩志の差し出した手を右手ではたいた。浩志は、トレーサーの加藤が田島のアジトを突き止めたら、後は池谷を通じ、防衛省の情報本部に任せるつもりだった。

代理店の危機

一

富士演習場での演習を一週間後に控え、倉庫での訓練を終えた傭兵は、一旦解散した。二日後に静岡県御殿場《ごてんば》の東名高速道路のサービスエリアで集合するように浩志が指示を出したので、各自しばしの休暇をとっていることだろう。

浩志はというと、瀬川と一足先に下見を兼ねて富士演習場を訪れていた。演習場は、二つに分かれている。静岡県側は東富士演習場、山梨県側は北富士演習場と呼ばれ、それぞれ八千八百十四万五千平方メートル、四千六百八十一万三千平方メートルと広大な敷地を有する。東富士演習場の南西の端にある陸上自衛隊駒門《こまかど》駐屯地から、瀬川の運転する七三式トラックの助手席に乗り、演習場を北上した。

「思ったより、冷えるな」

ヒーターが故障しているのか、車内は外気と変わらない冷蔵庫のような寒さだ。三月に入り、都心では気温が高い日が続いていたため油断していたが、富士の裾野に広がる演習場では、雪こそないものの気温は都心の真冬と同じだ。いつも着ている海自のジャケットを着込んでいたので寒くはないが、手袋をしてこなかったので、ポケットから手を出す気にはなれなかった。

「夜になれば、氷点下になります」

瀬川の言葉に、もう少し早めに現地での訓練をするべきだったと少々後悔した。もっとも今回、夜戦の訓練はあるが野営することはないので、さほど心配していない。

ハンドルを握る瀬川は、革の手袋に陸自の制服を着ている。驚いたことに、諸外国でいう少佐クラスの三等陸佐の階級章を両肩につけ、レンジャー徽章《きしょう》、空挺徽章、上級指導官用格闘徽章など、様々な徽章と訳のわからない防衛記念章といわれるリボン状の徽章を胸にびっしりと貼り付けていた。傭兵代理店は、一部の自衛隊幹部と政府高官しか知らない組織だ。それゆえ、コマンドスタッフも、セキュリティーレベルの高い人材を置く必要があったのだろう。おそらく瀬川は、三等陸佐でもセキュリティーは、レベル一クラスに違いない。そういう意味では、浩志も民間人でありながら、国家機密レベル一、二クラスを保持する特別な人間といえる。

駐屯地の入り口こそ警備の自衛官がいたが、演習が行われていないため場内は人っ子一人いない、地平線が見えるほどのだだっ広い野原だ。日露戦争後、日本陸軍がこの地域を演習場として開発したが、第二次大戦後、米軍の演習場として没収され、現在は自衛隊に使用転換されている。だが、演習場のへそに位置する東演習場の北西に米軍基地キャンプ富士があり、海兵隊による砲撃演習が一年中行われている。

いたるところに穴が開いた草木も生えない荒れ地が見えてきた。砲撃訓練の着弾地だ。米軍は、北演習場から県道一〇四号を越え、この着弾地目がけて砲撃訓練をする。それゆえ、住民や平和団体の反対運動も激しい。米軍にしてみれば、砲撃訓練には距離が必要ということなのだろうが、美しい富士の裾野を他国の軍隊に破壊されるということに浩志は憤《いきどお》りを覚えた。米国は広いのだから、訓練なら自国ですませて来いと言いたくなる。

「瀬川、ここを米軍が使うことをどう思う」

腹立ちまぎれに浩志は、自衛官である瀬川に愚問と承知の上で訊ねた。

「自衛官の私に、答えろと、おっしゃるのですか。しかも、友軍である米軍のことですか」

瀬川は、仏頂面をしてみせた。

「いいから、答えろ」

「Ｆｕｃｋ　Ｙｏｕ！　で、どうですか」

「いいぞ」

「本音は、いつだってこれですよ」

瀬川は、右手の中指を立てて見せた。本音を吐いて清々したのか、瀬川は、しばらく米兵とのトラブルを愚痴った。普段こうした話題は、なかなかできないのだろう。浩志は、ひたすら聞き役に徹した。

「実は、一旦駐屯地の外に出て、国道を使って目的地に行くのが早いのですが、昨夜特戦群の司令部から、最終的な演習の内容を記載した書類が届きまして、この演習場全体を見ていただいた方がいいと思いました」

米軍の話題が一段落すると、瀬川が意を決したように話し始めた。

「全体？」

「当初、第一日目と、第二日目に分けて、訓練を行うというものでしたが、二日続けて、行われることになりました」

「訓練に野営が入ったのか」

「両チームとも、前日の夜中に出発して、演習場を周回するように三十キロの行軍の後に、北演習場に作られた仮設の補給基地を目指します。先に基地を奪ったチームは、基地内に用意された弾薬と水を補給できます。遅れたチームは、基地を攻撃することになりますが、限られた弾薬で、戦う以上、持久戦はできません。最終的にどちらかのチームが生き残り、補給基地を奪取した時点で演習が終了することになります。私も、この演習の責任者から内容を聞かされて、正直驚きました」

「意味がわからん」

「つまり、両軍とも、銃の他は、食料が、一食分、水は、一リットル。弾薬は、予備が二カートリッジと、二つの手榴弾。それと、二十キロの砂袋。それが全装備です。目的の基地に着くまでには、精神と肉体は限界の状態になっているはずです」

「馬鹿な！」

充分な水や食料も持たずに、夜を徹しての行軍は、半端じゃない。フランスの外人部隊でも行軍訓練は過酷なものだったが、食料はちゃんと与えられる。なぜならたとえ訓練といえども栄養不足は深刻な問題で、特に水不足は死に直結するからだ。一日に必要な水が、三リットルとすれば、今回の演習は、サバイバル訓練も兼ねることになる。

「どうして、こうなったかというと、特戦群の司令部が藤堂さんのご意見を聞いたらしいのです」

「俺が、いったい何を言ったというんだ」

「社長に、コンバット・ストレスもない演習は、意味がないとおっしゃいましたね」

「……確かに」

浩志は、渋々認めた。

ハードな行軍の後に戦闘訓練をすれば、だれだって死にものぐるいになる。

「ただ、私はこの条件でいけば、傭兵チームと特戦群チームは、公平な装備で戦えると思います」

砂袋も含め支給される最低限の装備だけでも、三十キロ以上にはなる。そこで、暗視スコープなどの装備、まして、防弾チョッキを着て歩けば、たちまちばててしまうだろう。当然特戦群としても、装備の軽減化を図るに違いない。

「なるほど。気に入った」

装備の優劣はともかく、浩志は戦場ではないところで、はたしてコンバット・ストレスのような極限に近い状態が生じるのか興味を持った。

二

特戦群との演習は、仮設の補給基地を目指し三十キロの行軍を行い、遭遇した敵と戦うというシナリオだった。過酷な行軍訓練は、どこの軍隊でもすることで珍しいことではない。模擬弾を使用した交戦訓練も時には行われる。また、サバイバル訓練も上級の訓練として行われるが、ただ、これらをすべて同時に行うというのは、前代未聞だろう。

「今向かっているのは、仮設の補給基地です。まだ建設中ですが、まわりの地形だけでも見てください」

「俺だけみて、不公平にならないか」

「建設途中だから、お見せできるのです。もっとも司令部からは、視察は本日のみと指定されています。それに、特戦群の隊員は、この演習場の地形は熟知していますから、少しでも藤堂さんに見ていただきたいのです」

特戦群の隊員になるには、レンジャー資格を持つ、三等陸曹以上の階級であることが要求される。それゆえ、模擬演習や、各種訓練などで富士演習場を我が庭のように熟知している隊員ばかりなのだろう。その意味で傭兵チームに地の利はない。

地形のキーポイントを確認しながら走ったため、時間がかかったが、起伏のある演習場をまるで自家用車のように七三式トラックを走らせること五十分。トラックは北富士演習場の北西に位置する場所で、数台の重機が作業をする窪地に着いた。

「これが、仮設の補給基地なのか」

浩志が驚くのも当然で、大型の油圧シャベルやバックフォーなどの重機が、地面を掘り返していた。また一部はすでに完成しているのか、ブルドーザーで埋め戻しの作業をしている。

「作戦上、仮設としていますが、恒久的な訓練施設を作るようです。それに、上空から見て、わからないようにするために、ほとんどの施設は、地下になっています」

「海外に訓練の実態を知らせないためか」

「海外どころか、一番怖いのは日本のマスコミですよ。陸自で初めての特殊部隊ですから、どんな情報でも、外部に漏らすわけにはいきません。それに完成後は、米軍にもこの施設を使わせないようにするそうです」

「海兵隊にとっても格好の訓練所になるからな」

どうやら、またしても国家的な機密のようだ。瀬川がなんの懸念もなく話すため、ことの重大さに浩志はぴんとこないが、自衛隊の幹部、あるいは政府の考えていることはよくわかる。テロリストの占拠が主に想定された、補給基地を利用した攻撃や守備の訓練は、将来特戦群が海外で作戦行動をとることを前提にしているからだ。

「政府は、富士演習場を海兵隊の訓練施設として気前よく貸しているようですが、実は違います。特に昨今の歴代首相は、タカ派ですから、アメリカにしっぽを振っているようで、実は、アメリカの核の傘から逃れたいと思っています」

「だから、閣僚は、ことあるごとに憲法改正だとか、核保有の研究をせよとか、御託《ごたく》をならべるんだ。戦争の怖さも知らないおぼっちゃま連中には、核保有の愚かさなど百回死んだってわかるはずがない」

「まあ、そうですよね」

瀬川は、浩志のいつにない激しい口調に戸惑っているようだ。浩志も瀬川の表情に、いつしか感情を昂《たかぶ》らせてしまった自分に気づかされた。着弾地を始めとした演習場の荒れ地を見たせいなのだろう。自衛隊は、抑止力のために戦闘訓練をするという前提はあるが、欧米の要請に基づき、海外で活発な活動をするようになれば、いつしか日本は戦争当事国になるだろう。そうなれば、浩志が中近東やアフリカで見てきた紛争地の光景が、日本でも再現されるか、あるいは米英のようにテロの標的になるのは確実だ。

浩志は、一つため息をつくと、周りの地形を頭に入れるべく、窪地を見下ろす小高い丘の頂《いただ》きに向かった。

背中に刺すような視線を感じ、振り返った。

窪地の反対側に停められた七三式トラックの前に二人の自衛官の姿があった。

「藤堂さん、特戦群の指揮官が来ました」

瀬川は、工事中の窪地を迂回すると、先方もこちらに向かって歩いてきた。

浩志が丘を降りてくると、二人の自衛官と瀬川が敬礼を交わしたところだった。

「藤堂さん、こちらが、長峰《ながみね》一等陸佐です」

瀬川はまず年配の自衛官を紹介した。一等陸佐は、諸外国でいう大佐に相当する。身長は一七五、六センチ、歳は四十七、八か。年齢的にも特戦群の現場でのトップだろう。自衛官では珍しく口ひげを伸ばし、眉毛が太い。よく日に焼けているため、日本人というより、アラブ系の顔を思わせる。敬礼をした後、にこやかに握手を求めてきた。浩志がそれに応えると力強く握り返してきた。

「藤堂さん。噂は、かねがね上官から聞かされています。今回の演習に参加していただき感謝しています」

短い言葉から長峰一等陸佐の誠意を感じ、陸自初の特殊部隊の幹部としての人格も垣間見た気がした。

「それから、こちらが、一色《いっしき》三等陸佐です」

鋭い眼光に頑丈そうなあごを持った三十代半ばの男だ。先ほどの視線の持ち主なのだろう。長峰一等陸佐と違い、敬礼をした後のアクションは何もなかった。そればかりか、浩志や瀬川に敵対心むき出しの目つきをしている。年格好ばかりか、階級も瀬川と同じだった。おそらく、今回戦うことになる二チームのうちのどちらかの隊長なのだろう。

二人の特戦群の指揮官とは、それ以上言葉を交わすこともなかったが、長峰一等陸佐は、視察を終えると浩志に敬礼をし、待たせてあった七三式トラックに乗りこんだ。一色三等陸佐は、長峰一等陸佐にならったものの、おざなりの敬礼だった。

浩志らも、充分に視察を終えると、七三式トラックに乗りこんだ。

「藤堂さん、一色の馬鹿野郎の態度、お許しください」

浩志は気にもとめてなかったが、瀬川はどうにも腹の虫が治まらないようだ。

「あいつは、実は同期なんですよ。何かというと、私のことを勝手にライバルだと思っているようで、鼻持ちがなりません」

「気にしなきゃ、いいだろう」

「むろん、そのつもりですが。あいつは、私が傭兵代理店に配属になり、特殊任務に就いていることも知らないで、特戦群の指揮官になったぐらいで有頂天になっているんですよ。要は、あの馬鹿は、藤堂さんというより、私を見下していたんです」

「傭兵代理店のコマンドスタッフは、特戦群の指揮官より、上なのか」

「当たり前じゃないですか。特戦群の指揮官になったところで、退官するまで、実戦に出ることはまずありませんよ」

「まあ、よほどのことがない限りな」

もし、あるとしたら日本は、重大な局面に立たされることは間違いないだろう。

「そこいくと、私は、すでに二度も海外で実戦を経験しています。いや、待てよ。下北と新宿の戦闘を入れれば、四度か。いやまて、この前の丹波山の件も含めれば、五度だ。そうだ。ランカウイで襲撃されたな。あれは、怖かったけど、あれも実戦といえば、実戦だな。えーと」

「瀬川。いいから、エンジンかけろよ」

浩志は、子供のように両手を使って数える瀬川の胸をはたいた。

「すみません。それにしても、私と黒川は、まったく実戦経験のない自衛隊の中で、たった二人の実戦経験者なのですよ。すごいことなんですよ」

先ほどまでの憤りはどこかに飛んでしまったらしく、瀬川は鼻歌まじりに運転を始めた。

「藤堂さんと一緒にいると、本当に、わくわくしますよね」

浩志は、瀬川の横顔を見て半ば呆れたが、瀬川が傭兵の世界に近づいているということにどこか不安と、期待が入り混じった複雑な心境になった。

三

「藤堂さん、どうしましょうか」

駒門駐屯地で私服に着替えた瀬川は、愛車のランドクルーザーを運転しながら、はずんだ声で唐突に訊ねてきた。

「何が」

「何がって、もう十二時ですよ。昼飯はどうしますか」

「昼飯か」

下北沢を朝の五時に出てきた。朝飯は、東名高速道路のサービスエリアですませたが、時間が早かっただけに胃腸は、すでにリセットされている。

「せっかく、遠出しているんだから、おいしいもの食べましょうよ」

「まかせる」

「それじゃ、二段重ねのうな重を出す店か、高さ十八センチのかき揚げ天ぷらを出すそば屋か、あるいは、ちょっと小田原《おだわら》まで足を延ばせば、分厚いわらじトンカツを出す店もありますが、どうしましょうか。ちなみに支払いは、会社持ちですので遠慮なさらないでください」

「……まかせる」

腹にずんとくる三択。どれを選んでも、食べた後カロリーを消費するための運動をしなければならないだろう。

「わかりました。それでは、二段重ねのうな重にしませんか。いかんせん、これが一番高いですから」

瀬川は、ひとり頷くとアクセルを踏み込んだ。この男は、戦闘ともなれば、鬼のように働くが、日常生活では軍人の片鱗も見せない。もっともこの男の場合、普段はどちらかというと頼りないくらいだ。平時にあっては、決して目立ってはならない傭兵としては、もってこいの人間だが、ある意味性格破綻《はたん》者なのかもしれない。

「ちょっと、待ってください」

瀬川は、ポケットからマナーモードで振動する携帯を取り出した。

「……はっ、はい。了解しました」

「どうした」

瀬川は、青い顔をして大きなため息をついた。

「社長が、藤堂さんと一緒にすぐ戻れと……」

「俺もか。何の用だ」

浩志の質問に瀬川は、もう一度大きなため息で答えた。

「すみません。昼時とはわかっていましたが、捜査に……」

池谷は、まるで野生動物のような食欲を見せる男たちを目の当たりにして、あきれ顔で口を閉ざした。牛丼をひたすらかき込む浩志と瀬川にとって、池谷の声など聞こえるはずなどなかった。

池谷も無駄と悟ったのか、女性スタッフの土屋にお茶を頼んだ。

二つ目の牛丼を平らげると、浩志はようやく目の前に座る池谷と視線を合わせた。

「話を聞こうか」

「まず例の内調の田島の件をご報告します。加藤さんが尾行して突き止められた所は、関東中央連合会神宮《じんぐう》組の事務所でした」

「すると、一昨日捕まえた四人の男も組員か」

「全員神宮組の構成員でした」

「それにしても、内調の捜査官がどうしてやくざとつながっているんだ」

「藤堂さんならご存じでしょうが、内調はプロパーが四十パーセント、残りは検察庁や公安庁、防衛省など、官庁からの出向者です。田島は、検察庁から出向した警察官僚でして、暴力団とは、もともとつながりがあったようです。それに、彼は捜査官ではありません。事務官です」

「内調と暴力団か。関係はわかったのか」

浩志は、美香から聞いた内調のモグラの件は池谷に話していない。むろん彼女が内調の捜査官かもしれないなどと言うつもりもない。

「そこまでは、さすがに情報本部でもまだ調査中で、わかりません」

「えっ、まだわかってないのですか」

それなら、急ぐ必要はなかったとばかりに瀬川が、口を挟んだ。

「捕まえて、吐かせればいいだろう」

「確かに、そうかもしれませんが、情報本部は、田島を泳がせて背後関係を調べるつもりのようです。暴力団と関係しているからといって、悪魔の旅団と関係しているとは限りませんから」

田島が倉庫に侵入してきた際、ひょっとすると外人傭兵か少なくとも悪魔の旅団の関係者を引き連れてくるものと浩志は期待していた。辰也に密かに指示を出し、武装した仲間に援護を頼んだのもそのためだった。だが、田島が連れてきた男たちは、予想に反しやくざ者だった。内調のモグラが田島で、悪魔の旅団の手先と睨んでいただけに悄然《しようぜん》とした。それゆえ、トレーサーの加藤に尾行させ、田島の行く先がわかっても自分でことを進めようとは思わなかったのだ。

「わかった。それで?」

浩志は、池谷に本題に入るように促した。

「傭兵代理店が、情報本部から独立することになりました。午後一に情報本部長から直々に要請がありました。以前も非合法組織だったので驚くことはありませんが、問題は、コマンドスタッフの処遇です」

「私のことですか」

それまで、人ごとのように話を聞いていた瀬川は、大きな声をあげた。

「これまで、コマンドスタッフは選《え》りすぐりの自衛官を出向させ、任務につけていたのですが、それができなくなる可能性が出てきました。特に瀬川は表向きには、今回行われる演習で傭兵チームを率いる隊長を務めることになっています。基地以外の場所で勤務するのは、難しいでしょう」

「それは、半永久的な措置か」

「暫定的ということです。以前、お話ししましたように日本の情報機関のてこ入れが内調を頂きとして進められています。むろんこれは、首相を始めとした政府首脳の意向によるものです。ですが、田島の捜査を進める上で、内調から圧力がかかる可能性が出てきました。そこで、情報本部は、傭兵代理店を元のフリーの組織として外部に置くべきだと考えたようです」

「老婆心じゃないのか」

「実は、情報本部の幹部が、内々に田島の身辺調査を内調に打診したところ、にべもなく断られたそうです。しかも、情報本部が独自に進めている工藤代議士暗殺事件の捜査も止めるように言ってきたそうです」

「命令ではないのだな」

「彼らは、政府首脳に近い存在というだけで、現在命令が出せる立場ではありません。実際、彼らが日本の情報機関のトップに立つには、法律の改正も必要になります。ただし、彼らの上に立つ人物が動けば、どこの省庁も無視するわけにはいきません」

「首相のことか」

「あるいは、その側近ですな。やっかいなのは、今どこの情報機関も内調には、情報を開示する義務があるということです」

「そこで、情報本部は、ここととりあえず縁を切ることにしたのか」

「そういうことです。黒川と中條にもすでに命令が出されています」

池谷は、瀬川に向き直ると、厳しい表情で命じた。

「瀬川、ただ今より空挺部隊の任務に戻り、所属する上官の命令に従ってくれ」

「了解しました」

さすがに、現役の自衛官だけあって、命令とあらば瀬川は一言も苦言を呈さなかった。

四

瀬川が出て行った後、重い空気が応接室に残された。

池谷は息が詰まったのか、空気の入れ替えをするようにドアを開け、土屋にコーヒーを頼んだ。

「藤堂さん、演習の件ですが、日程が一週間順延になりました。藤堂さんがこちらに着かれる直前に情報本部から連絡がありました。特戦群の総指揮官からの要請だそうです」

「俺の方は、構わない。拘束料さえ払ってもらえれば、連中も文句は言わないからな」

呼び寄せた仲間には、演習はむろんのこと、演習当日まで一日ごとに拘束料を支払う契約になっている。演習が延びれば、それだけ拘束料も多く入ってくるため、文句どころか大喜びするだろう。特にジミーを始めとした外人の傭兵は、ギャラにはうるさい。辰也が言うように浩志の人徳だけでは納得させられるものではない。

「藤堂さんの言葉に刺激された司令部は、過酷な演習を想定したのですが、現場から待ったがかかりました」

「おじけづいたのか」

「いえ、そうではなくて、今回演習内容を大幅に変更したために第一回目の野戦をイメージした演習と二回目の市街戦をイメージした演習の内容が違いすぎるというのです。当初できるだけ多くの隊員に経験させるつもりでしたが、この際、さらに人員を絞り、同じメンバーで演習を行うことになりました。現在の二十名から十名に絞り込む作業に、一週間かかるということです」

「俺は、最初からその方がいいと思っていたがな。特戦群といえども、まだ所帯は小さい。野戦専用だとか市街戦専用のチームを作ったところで意味がない。どんな環境でも戦える少数精鋭の部隊を作り出すことが大事だ」

「おっしゃる通りです。藤堂さんと同じ意見が現場のトップからあり、司令部も考えを改めたようです」

浩志は、長峰一等陸佐の顔を思い浮かべた。温厚な表情の下に確かな信念を感じさせる人物だった。おそらく、彼が部下や部隊のことを考えて提言したのだろう。

「とにかく、一週間という時間ができました。余分に訓練されますか」

「訓練した方がいいに決まっているが、モチベーションは下がるな」

紛争国においては、戦地に向かう前に訓練を続けるのは当たり前のことだ。だが、戦地ではなく演習が目的の訓練ということを考えると、緊張は長続きしない。だれた訓練をするくらいなら、いっそ止めた方がいい。

「そうでしょうなあ」

池谷は、上目遣いに浩志を見た。この仕草をした時、池谷は何かよからぬことを考えていることが多い。

「何を考えている」

「これから一週間。私が、クライアントになろうと思いますが、どうでしょうか」

池谷は、口を真一文字に結び、真剣な眼差しを向けてきた。

「仕事による。それに他の皆はどうする」

「藤堂さんが、必要に応じて人員を決めてください」

「内容を聞こうか」

「工藤代議士暗殺事件の捜査、ならびに田島の捜査です」

「一週間で、二つの事件の捜査ができるか」

浩志は、吐き捨てるように答えた。

「もちろん、演習が終わってからも引き続き捜査を継続してほしいと思っています」

「情報本部はどうした」

「あてになりません。それに、この会社のことを知っている情報本部長が近々更迭《こうてつ》されることになりました。防衛省大臣から、今日辞令があったそうです。後任は、防衛省関係者ではなく、元内閣情報官が任命されるそうです」

内調は、長と名のつく官職を置かずに、内閣情報官という役職が組織のトップに立つ。

「それで、慌てて縁を切ると言ってきたのか。情報本部で他にもここのことを知っている奴はいるのか」

「副本部長もご存じですが、今度任命される本部長には、口が裂けても私どものことは話さないことになっています。とにかく情報本部は、なし崩し的に内調の傘下に入ってしまいます。それはそれで政府の方針なら致し方ありません。しかし、そのドタバタで、捜査もいきおい中止に追い込まれるでしょう」

情報本部が、捜査から手を引けば、残るは警察に頼らざるを得ない。しかし、悪魔の旅団の犯行とわかって捜査している情報本部と違い、背後関係を知らずに捜査している警察では、事件が迷宮入りする可能性が出て来る。そもそも、警察では、政府からの要請で工藤代議士は自殺したことになっている。それは、事実上、すでに捜査中止になっているのも同然だ。

工藤代議士暗殺事件にしろ、田島の件にせよ、どちらも浩志は関わっていた。特に工藤代議士が殺されたことについては、暗殺計画を事前に知っていただけに、多少の責任は感じている。また、田島の件は、ひょっとすると美香の助けになると思えば、興味はあった。

「わかった。引き受けよう」

「ありがとうございます。私は、とにかく工藤代議士の敵《かたき》を討ちたい。私が今日あるのも工藤さんのおかげですから。もし、犯人が、藤堂さんが追っている犯人と同一なら、おっしゃる通り、殺しはなしだなんて言いませんよ。犯人には、しかるべき制裁を加えてください。それに田島ですが、私は工藤代議士の事件となんらかの関係を持っているのではないかと思っています」

池谷は、いつになく熱く語った。工藤代議士は、池谷が防衛庁の情報局に勤めていたころ、情報局の局長だった。その信を得て、傭兵代理店なる秘密組織を作り上げたのだから、池谷にとって、なくてはならない存在だったのだろう。

「先日、藤堂さんは、名古屋で発見された死体の身元を調べる条件を出されましたが、あちらの方は、まだ調べがついていません。そこで、とりあえず、田島を調べ、その背後関係を調べてほしいと思っていますが、どうでしょうか」

「死体の身元を探るのは、あくまでも新井田を洗い出すためだ。それが、できなければ、どのみち工藤代議士の捜査は、何もできない。田島を捜査する他ないだろう」

捜査となると、聞き込み、張り込みを始めとした地道な活動が必要になる。傭兵チームに捜査経験者は、浩志しかいない。他の傭兵をアシスタントにつけても新米刑事と変わらない、いくら頭数を揃えたところで捜査が進展するとは思えない。

「念を押すが、俺は、確かに元刑事だったが、今は傭兵だ。それを承知で仕事を依頼するのだな」

「もちろんです。私は藤堂さんを全面的に信頼しています。でなければ、我が国の首相も知り得ない機密事項を話したりはしません」

言いたいことはわかるが、首相なんて国家の機密のほんの一部を知っているのみで、重大な機密は、その多くを官僚が握っている。

「藤堂さんにお願いするのは、情報本部や警察にできない捜査の仕方が傭兵にはできると思っているからです。念を押されたのは、そのおつもりだからでしょう」

「そういうことだ。情報はもちろん、武器の調達も必要だ。なんせ、非合法な組織のボスからの依頼だからな。法律に沿った行動をとるつもりはない」

「その非合法な組織のボスというのは、止めていただけませんか。まるでマフィアか何かの犯罪組織のようで聞こえが悪いですから」

「池谷さんよ。一つ忠告しておくが、あんたが正義を自認し行動をとっていることはわかる。だがこれからは、きれいごとばかりじゃすまなくなる。時には泥にまみれる覚悟もしないとな」

コマンドスタッフを奪われ、戦力をまったく失った今となっては、浩志を頼らざるを得ないだろう。だが、傭兵のクライアントになるには、それなりの覚悟が必要だということを知っておくべきだ。傭兵は、戦地であれば躊躇なく敵兵を倒す。つまり合法的な殺人者なのだ。しかし、本来殺人に合法、非合法の区別はない。それを理解し、己も同じ罪に問われるという覚悟がなければクライアントになる資格はない。

「覚悟は、しています」

池谷は、拳を握りしめ、ゆっくりと頷いた。

五

女性スタッフの土屋が、応接室のドアを勢いよく開け、いつものようにコーヒーカップをこつんと音を立てて、テーブルに置いた。

「もう一つ、お願いしたいことがあります」

池谷は、土屋がドアをバタンと大きな音を立てて出て行くのを待って話を進めた。

「これは、今晩中にぜひともすませておきたいので、傭兵の方々を至急招集してください」

下北の賑わいも一段落する夜中の一時、丸池屋で忙しく立ち働く傭兵たちの姿があった。

「それにしても、すごい武器だな。種類も沢山あるけど、量も半端じゃない。やっぱり傭兵代理店は、すごいな」

京介は額に汗を流しながら、地下通路の天井に取り付けられたレールからぶら下がる滑車に、ベレッタやガーバメントなどが入ったケースを縛り付けた。レールは、丸池屋の地下から始まり、二軒隣の電気工事会社の倉庫に通じる地下通路の端まで渡してある。

「このケースで最後だな」

辰也は、武器のチェックボードにケースナンバーを記載すると、京介に倉庫の地下まで運ぶように指示をした。武器の運搬は、辰也と京介、それに加藤が担当している。

電気工事会社の倉庫では、武器庫から積み出した武器やパソコンなど、傭兵代理店として使用していたものを残らず、三台のバンに積み込んでいた。この作業には、宮坂と三人の外人傭兵が担当している。

一方、空になった武器庫の棚には、丸池屋で扱っている質草を浩志と田中が並べていた。

「よくもこんながらくたを沢山集めたな」

浩志は、最後のルイヴィトンのバッグを棚に置くと、背筋を伸ばした。丸池屋の倉庫に山積みされていた段ボールを空になった武器庫に運び、中からバッグや小物などを種類別に並べた。武器を搬出しながらの作業だけになかなかはかどらなかった。

「藤堂さん、ここにあるものは、すべて本物のブランド品ばかりですよ。いくらで売れるかわからないけど、一千万は下らないと思いますよ」

「理解できん」

田中に言われて、浩志は、ふんと鼻をならした。ブランドものに一切興味がない浩志にとって、たかがビニール製のバッグが十万、二十万するというのは愚の骨頂だ。丈夫で実用的な米軍が使用している迷彩色のポーチの方が、はるかに価値がある。

「田中さんが、おっしゃる通りです。今度質流れ大市がお台場《だいば》で開かれるので、そのために集めた商品です。全部売れれば、二千万は儲かりますよ」

池谷は、質屋も傭兵代理店も道楽だと言っている割には、金勘定には長《た》けている。先祖伝来の土地持ちのくせに、さらに金儲けの才がある。ますます金持ちになるはずだ。もっとも、池谷に言わせれば、儲けた金は傭兵代理店で費やしているそうだが、本当かどうか疑わしい。

「宮坂、積み終わったか」

浩志は、ハンドフリーの高性能インカムで宮坂を呼び出した。作業にあたって、全員がインカムを装備していた。

「終わりました。いつでも出発可能です」

「辰也も準備できたか」

「準備完了」

「よし、辰也先発してくれ。宮坂、辰也の五分後に出発だ」

浩志は、指示を出すと、傍らの田中に行くぞと声をかけた。武器庫の片隅で、腰を下ろしている池谷は、精彩を欠いていた。手足とも言うべきコマンドスタッフを奪われた池谷は、内調の手入れを危惧《きぐ》し、武器を安全な場所に移すべく手をうった。武器フリークの池谷にとって、手元に武器がないのは、コマンドスタッフを失ったことに匹敵するほど、ショックを受けることに違いない。

「くれぐれも注意してくださいよ」

浩志と田中が、地下通路に入ると、池谷の声が追いかけるように背中に響いてきた。

電気会社の倉庫に着くと、宮坂がハンドルを握り、ミハエルが助手席に乗っていた。ジャンとジミーの外人傭兵は、バンの後部に窮屈そうに乗っていた。

「ジミー、こっちに乗れよ」

一七八センチと他の二人の外人に比べ小柄なジミーは、軽いステップを踏みながら浩志たちのバンに乗ってきた。

「藤堂さん、環七ですごいパトカーの車列とすれ違いました。場所は、世田谷通りの交差点。北上しています」

　辰也の叫ぶような声とパトカーのサイレンが、インカムから聞こえてきた。

「了解。宮坂、先に出ろ！」

「了解！」

　辰也を偵察も兼ねて先発させてよかった。経験豊富な傭兵らしく憶測を挟まず、正確な報告だけしてきた。これは、偵察の鉄則だ。パトカーの車列が、たとえ見当違いな事件で走っていたとしても、それは構わない。必要なのは、指揮官に的確な判断ができる事実のみの情報だ。

　宮坂らを見送った後、浩志らは慌てることなく倉庫から車を出した。目撃者がいた場合を考え、印象に残らないように行動するためだ。パトカーのサイレンが次第に近づいてきた。車を環七方面に向けず、一度茶沢《ちゃざわ》通りに出て三軒茶屋《さんげんぢゃや》方向に走らせた。すると、東北沢方面から来るパトカーが、バックミラーに映った。おそらく環七から来るパトカーは、成城《せいじょう》署、東北沢から来るパトカーは、渋谷署から来たのだろう。どちらも丸池屋を目指しているとすれば、相当な出動態勢だ。

「危なかったですね。やっぱり、パトカーは、丸池屋に向かっているんじゃないですか」

　ハンドルを握る田中は、大きく息を吐き出した。

「…………」

浩志は、事実とわかるまでは、決して断定しない。ただ、危険を回避するために最大限の行動をとるまでだ。

「皆様、ご苦労さまです。お客様がお見えになりましたので、当社からの連絡は、これにて終了します」

インカムから、土屋の落ち着いた声が聞こえてきた。

「お客様が、笑えますね」

田中は、土屋の連絡に笑っているが、浩志にとって笑える状況ではなかった。傭兵仲間は、日本にある傭兵代理店が非合法な組織だという認識しかない。そこで、浩志から、たれ込みのために警察の手入れがあるかもしれないと聞かされ、武器の引っ越しを素直に手伝ったまでだ。しかし、浩志は一連の情報機関の動きを知っていただけに、危機感を募らせていた。警察を迅速《じんそく》に動かすことができる組織はそうそうあるものではない。内調が検察庁を通じ、警視庁を動かしたことは容易に想像できた。

浩志らが乗るバンは、二四六から旧山手通りを抜け、明治通りから古川橋まで出ると、今度は狭い路地を縫うように芝浦《しばうら》埠頭に入り、大手運送会社の倉庫のすぐ隣にあるこぢんまりとした倉庫の前で停められた。倉庫には大きなシャッターがあり、浩志がインカムで呼びかけると、シャッターはゆっくりと持ち上がった。田中が、バックで車を倉庫の中に入れると、シャッターは再び下ろされた。中には、先発の二台がすでに停められており、傭兵たちは、倉庫の床に思い思いに腰を下ろし、缶コーヒーを飲んで休んでいた。

「藤堂さん」

辰也が投げてよこした缶コーヒーを受け取ると、浩志はプルトップを開け、一気に喉に流し込んだ。糖分の少ないよく冷えたブラックコーヒーだった。作業中、水分をとらなかったため、しみ込むように喉を潤した。

浩志は、池谷から聞いた倉庫の一番奥の柱に備え付けられたヒューズボックスを開けると中を覗いた。五つのブレーカーが並んでおり、池谷から教えられた通りにカチャカチャと上げたり、下げたりした。するど、ヒューズボックスの中にグリーンの小さなライトが点灯した。よく見ると、ライトの下に五センチほどの幅で、一ミリ程度のスリットが開いていた。そこに池谷から預かったカード型キーを差し込むと、ヒューズボックスの左側にあるコンクリート製の壁がずずっと音を立てて、開いた。

「すっげーえ」

後ろで、様子を見ていた仲間から感嘆の声があがった。

壁の後ろには、地下に通じる階段があった。三メートルほどの長い階段を降りると、どん詰まりに鉄の扉があった。扉の横に小さなボックスがあり、二枚目のカードをボックスのスリットにスライドさせると、扉は、ガタンと音を立てて開いた。

浩志は、頑丈そうな扉を開け、入り口近くの電気のスイッチを入れた。

倉庫の地下室は、十二、三メートル四方の部屋になっており、天井の高さは、二メートル四、五十センチはあるだろう。そこには、様々な形の木箱や段ボールが二十ケースほど積み上げられていた。箱には、すべてローマ字と数字が組み合わせられた記号が記されてあった。

「何！」

浩志は、いくつかの箱を見たが、すべてが武器の製品番号だった。遅れて降りてきた仲間も、武器の箱を見つけ、驚くやら首を傾げるやらしている。

「藤堂さん、丸池屋は、いったいいくつ武器庫を持っているんでしょうね。武器の数じゃ、欧米の傭兵代理店に負けてないですよ」

驚きを隠さない辰也の言葉に、浩志は頷くより他なかった。池谷から、倉庫の存在を知らされ、鍵を渡されたが、すでに武器が保管されているとは聞かされていなかった。池谷からは芝の空き倉庫とだけ言われてきた。ひょっとすると、辰也の言うように、武器倉庫が他にもあるのかもしれない。あるいは、ここはあまり使われないため、武器のことを忘れていたのかもしれない。いずれにせよ、武器収集もここまでくると狂気の沙汰だ。クーデターでも起こすのかと言われても仕方がないくらい武器がある。

「最後の力仕事だ。これが終わったら、飲みに行くぞ」

浩志は、早く仕事を終わらせるべく、全員を階上に追いやった。

裏切り者

一

傭兵代理店の社長池谷の要請により、工藤代議士暗殺事件、ならびに田島がからむ内調の捜査が始まった。

　情報本部からの最新情報では、田島は関東中央連合会神宮組の事務所に三日前までいたらしい。だが、よくよく池谷から情報を聞いてみると、昨日から田島に見張りもつけておらず、事実上捜査は、打ち切られていた。そもそも、情報本部の捜査官は、警察官職務執行権を持っておらず、そういう意味ではもともと、ただの調査官に過ぎない。活動の基本は、防衛省に関係した犯罪の捜査や防止に留まり、警視庁の刑事のように積極的な警察行動はむろんできない。池谷によれば、捜査命令を出した情報本部長が解任されたことにより、田島の捜査が、防衛省になんら繫がりを見いだせないと判断した捜査担当者が、新任の本部長対策として、捜査の打ち切りをしたらしい。

欧米の情報機関と日本の情報機関の違いは、警察官職務執行権（司法警察権）を持つか否かということだろう。アメリカの情報機関の代表は、何と言ってもCIA（中央情報局）とFBI（連邦捜査局）が一般によく知られる。CIAは大統領直属、かたやFBIは司法省下の組織だ。厳密に言うと、あらゆる司法警察権を持ち合わせているとは言えないが、武器を携行し、逮捕権も持っている。また、ヨーロッパの情報機関で有名なのは、テレビ映画でなじみ深い英国のMI6（情報局秘密情報部）だろう。一方MI5（情報局保安部）は、むしろ日本型情報機関と言えるかもしれない。彼らは、国外で活動するMI6と違い、司法警察権は持っておらず、ロンドン警視庁が逮捕等を担当する。現在では、国内で頻発するテロ対策に奔走しているそうだ。

「藤堂さん、やっぱりここにはいないようですね」

六本木七丁目、首都高速三号線越しに六本木ヒルズ森ビルタワーを望むビルの屋上に浩志と辰也はいた。浩志たちがいるビルの北側に位置する雑居ビルの四階の窓には、株式会社大晶《だいしょう》貿易と文字が書かれている。この会社の真の姿は、関東中央連合会神宮組の事務所だ。田島の姿を求めて、昨日から張り込みをし、事務所の電話も電話ボックス経由でモニターしている。今日も夕闇迫る午後五時を過ぎようとしていたが、田島の姿はおろか痕跡すら見いだせない。

「田島って野郎は、内調を首になりましたかね」

「わからん。だが、もう戻れんだろう」

内調が、田島を現在どういう形で扱っているのかわからないが、やくざとの関係が情報本部によって明らかにされた以上、職場に復帰しているとは思えない。

「いっそ、あの組を襲ってみるのはどうですか」

「襲うのは、簡単だ。だが、もし見つからなかったら、田島は地下に潜るぞ」

「テロリストと同じですね」

「田島が、またここに戻ってくるかもしれない。今のところ待つしかないだろう」

「なるほど、大変ですね。我々傭兵も見張りや監視は仕事のうちだが、やっぱり刑事にだけはなりたくないな」

辰也は、フェンスの隙間から双眼鏡で神宮組の事務所を監視しながら、のんきなことを言っている。

映画やテレビの警察ものは、犯人の監視を始めて一週間前後、最短数時間で事態が進展する。むろんそうしないと話の面白みがないからだ。だが、実際の現場では、窃盗団のアジトを発見しながらもなお一年近く監視した上で、ようやく犯罪を特定し、逮捕に踏み切るということもざらだ。捜査というのは、実に地味でひたすら忍耐を要求される。

「ぼやくな辰也。あと三十分で交代してやるから」

浩志は、苦笑するとコンビニで朝飯と一緒に買った朝刊を何気なく見た。

工藤代議士急逝《きゆうせい》に伴い、与党の自由民権党の幹事長が時期首相候補と言われていた寺《てら》部治朗《べじろう》元外務大臣に決定した記事が、一面に載っていた。寺部は、元財閥の家系で父親も大臣だったという世襲議員だ。金と力はあるが、皮肉な性格で、人を揶揄《やゆ》することが多く、人権をないがしろにした発言で何度もマスコミに叩かれている。だが、世のおばさん連中には、歯に衣《きぬ》着せないしゃべり方が受け、意外と人気がある人物だ。

「藤堂さん、そいつどう思いますか」

浩志が新聞を読んでいるのを横目でちらりと見ると、辰也はまた話しかけてきた。

「寺部のことか。そもそも世襲議員というのは、生理的に受けつけない」

「生理的に受けつけないは、よかったな。それじゃ、選挙のとき、ポスターに世襲議員かどうか書いてもらわないと」

言われてみれば、住民票はこの数年マレーシアにあり、日本で選挙の投票などしたことがない。

「おまえでも、選挙に行くのか」

「当然でしょ。日本にいればですが。俺も世襲議員は好きじゃないですね。大体が金持ちのおぼっちゃんで、苦労をしてない。特にそいつは、外務官僚あがりで、頭もいい。鼻持ちならないですよ。まったく」

新聞にプロフィールまで載っている。

(国立大学卒業、外務省出身。衆議院議員に九回当選。六十五歳、英語、ドイツ語、ロシア語が堪能……)

ロシア語に堪能という文字に、浩志はひっかかりを感じた。それだけで、ロシアの秘密結社悪魔の旅団と結びつけるのは、短絡というものだが、工藤代議士の後釜《あとがま》に座っているのが気に入らない。

浩志は、さっそく池谷に電話をしてみた。

「悪魔の旅団が接触した政府高官は、わかったのか」

「その件でしたら、候補者は、何人かピックアップされていますが、実際に調べることは不可能ですよ、藤堂さん。聞いてまともに答える人間はいませんし、答えたら、工藤代議士の二の舞ですからね」

「今度幹事長になった寺部治朗はどうだ」

「寺部代議士ですか。可能性はありますね」

「寺部と工藤代議士の関係はどうだった」

「関係ですか……」

「そうだ。なんでもいい。幹事長になりたかった寺部にとって工藤代議士は邪魔じゃなかったのか」

「まさか寺部代議士が悪魔の旅団と接触し、工藤代議士の暗殺に関わったとお考えなら、それはありえませんよ。実力ナンバーワンと言われている寺部が幹事長になったのは、当然のことでして、工藤代議士も元を正せば、鬼胴代議士を追い落とすために、幹事長になったいきさつがあります。党内が安定すれば、工藤代議士は勇退される予定でした。殺さなくたってそのうち手に入るポストでしたから」

「それじゃあ聞くが、今、政局は安定しているのか」

「それは……」

池谷は、黙ってしまった。

前首相が前年の十月に退陣した。後任の堀原《ほりはら》首相は、任命した大臣の相次ぐスキャンダルと自らの失政で、半年足らずで支持率を急落させている。この分だと、次回の衆参議員選挙の敗退は不可避とも言われている。政局は安定するどころか、破局に向かっている現在、工藤代議士が勇退できる状態ではなかったはずだ。

「おっしゃる通りです。しかし、寺部代議士が、そこまでする方とは、にわかには信じ難いです。寺部代議士は、血筋の良さでは天下一品です。あの鬼胴のように成り上がり者ではありません」

「捜査に、先入観は無用だ。寺部の情報はなんでもいい、とにかくかき集めろ。捜査の手がかりは、ほとんどないのだぞ。可能性のある議員を片っ端から調べる必要があるだろう」

浩志は、電話を荒々しく切った。池谷は、しょせん政府の関係者だった。それだけに政治家の気質を把握していると自信を持っているのだろう。だが、それこそ先入観というものだ。政治家はなんにせよ権力を持つ。権力を握っている人間は、とかく欲が出る。政治家の血筋の良さなんてのは、親の代から泥にまみれていると思った方がいい。

「辰也、俺は、他の場所を監視するため、俺のチームを連れていく。おまえのチームだけで、ここを監視してくれ」

「了解！」

浩志は、辰也の肩を叩くと、ビルの屋上を後にした。

二

寺部代議士の祖父寺部龍太郎《りゅうたろう》は、関西の金融財閥寺部一族の嫡流《ちゃくりゅう》で、財閥の基盤である寺部銀行の資本力を元に立ち上げた満州鉱山で巨万の富を築いたが、戦後の財閥解体と満州鉱山の閉山で国外の財産のすべてを失った。また、寺部銀行も戦後、大手銀行に吸収合併されてしまうが、龍太郎は政治家としては活躍した。戦後自由民権党の議員として大臣を歴任し、副総裁に就任直後の一九五六年に死亡した。龍太郎の死後、息子の龍一《りゅういち》は父親の選挙区から立候補し、初当選している。同じように当代の寺部治朗は、父親の龍一が一九七九年に死亡すると、選挙区を受け継ぎ衆議院議員になっている。現在、寺部代議士は、祖父の遺《のこ》した、敷地が二百八十坪もある南麻布《みなみあざぶ》の邸宅に住んでいる。

「藤堂さん、もう一周しますか」

運転席の田中は、助手席に座る浩志に訊ねてきた。

現役時代陸自の輸送ヘリのパイロットだった田中俊信は、辰也と同じ三十八歳だが、ふけ顔のため、浩志よりも年上に見える。愛想のいい中年男のような顔を見ていると、動力のついたものならなんでも乗りこなす、操縦のスペシャリストとは思えない。元来操縦オタクで、学生時代から免許の取れるものは車だろうがバイクだろうがなんでも取ってきたそうだ。それが高じて自衛隊に入ったという変わり者だ。自衛隊では民間より、様々な免許を得る機会に恵まれているからだ。ちなみに〝ヘリボーイ〟の愛称で通っている。

「いや、その道を右折して、有栖川宮《ありすがわのみや》記念公園の脇で停めてくれ」

浩志は、丸池屋のバンに加藤を除くチームイーグルのメンバーとともに乗り込み、寺部代議士の自宅を張り込むつもりで麻布までやってきた。だが、正面玄関と裏口に警察官の護衛ボックスが設置され、定期的に敷地周辺をパトカーが巡回するというものものしい警備態勢がしかれていた。自由民権党の幹事長に就任したこともあるのだろうが、工藤代議士が暗殺されて日も浅い。警備を担当する警視庁も過敏になっているのだろう。

「あの警備じゃ、迂闊に近寄れませんね」

寺部邸のある南麻布は、高級住宅街だ。周辺に屋敷内を監視できる高いビルもない。それにドイツ、フランス、ノルウェーなどの大使館も近隣にあり、車を長く駐車すると、警備の警官に怪しまれてしまう。

「監視カメラに気づいたか」

考え込んでいた浩志は、だれに聞くともなく訊ねた。

浩志は答えも待たずに、バンには乗らずバイクで待機している加藤に連絡した。

「加藤、屋敷の周辺にある監視カメラの位置を確認してくれ」

「了解！」

加藤は、二五〇ＣＣのオフロードバイクのエンジン音を残し、バンの横をすり抜けて行った。

「正門の左右に一台ずつ確認」

加藤からの報告がさっそくインカムから流れてきた。

「カメラの形式は、有線か無線か」

「暗いので、よくわかりません」

「よし、時計回りに、偵察して報告してくれ」

無線の監視カメラが設置してあるテロリストのアジトに奇襲をかける際に、妨害電波を出してカメラを無力化したことがあると、浩志は、以前ミハエル・グスタフから聞いたことがあった。ミハエルは、傭兵になる前は、ドイツの特殊部隊に所属していた。身長一九二センチ、体重九十六キロ、〝ブルドーザー〟のあだ名は伊達じゃない。部下に無謀な命令を出した上官を殴り、除隊したそうだ。だが、クラシックの鑑賞が趣味で自らもピアノを弾くという繊細さを持ち合わせている。

十分後、偵察から戻った加藤から、監視カメラは、確認できるだけで八台あったと報告を受けた。

「ミハエル、無線の監視カメラの映像は盗めるか」

「できないこともない。だが、監視カメラの電波にスクランブルがかけられていたら難しい。ここは政府要人の屋敷だからな、おそらくスクランブルはかけてあるだろう。むろん無線の監視カメラという前提だが」

後部座席に座るミハエルは、肩をすくめてみせた。

「それなら、ここの監視カメラを無力化するならできるか」

「外部だけで八ヶ所、おそらく塀の内側にも数台設置してあるだろう。とすれば有線じゃなくて、無線のカメラを使うはずだ。妨害電波で簡単に無力化できる」

浩志は、ミハエルの答えを聞いて一人頷いた。

午前一時、寺部邸の正門近くの路上で、二人の外人が酔っぱらって大声でわめき散らすという騒ぎが起こった。二人とも手にはウイスキーのボトルを握りしめ、酩酊《めいてい》状態だった。付近をパトロール中のパトカーが現場に駆けつけ、二人をなだめようとするが、一人は白人の大男でドイツ語をまくしたて、もう一人は南米系の痩せた男でなぜかフランス語を話している。警官は、酔っぱらいに扮したミハエルとジミーに、丁寧な対応をしている。近くにドイツとフランス大使館があるため、大使館関係者かと疑っているようだ。

「妨害電波を出します」

寺部邸の裏門近くの路上に停められた大型のバンの中で、傭兵代理店の土屋友恵は、隣に座る浩志に目配せをして無線機のような機械のスイッチを押した。同時にバンの後部から全身黒い服で身を包んだ加藤が飛び出し、驚くべき跳躍力を見せ、寺部邸の塀を乗り越えた。この男は、身長一六七センチと小柄だが、驚異的な運動神経の持ち主だ。徒歩でもバイクでも、追跡の技術は傭兵仲間では、特異な存在だが、潜入に関しても右に出るものはおそらくいないだろう。本来、軍事行動では、最低でも二人バディー（組み）を基本とするのだが、一緒に行動すれば、加藤の足手まといになるだけなので、浩志は一人で潜入するように命じた。

加藤は、庭の植栽の陰に身を潜め、ナイトビジョンで赤外線警報装置のセンサーを確認すると、センサーを避けて一気に庭を突っ切り、建物に潜入した。

「トレーサーマン。そのまま直進してください。監視センターは突き当たりの部屋です」

友恵が、加藤をあだ名で呼ぶのは、コードネームとして使用しているからだ。彼女はパソコンの画面に映る建物の平面図とその上を移動する加藤から発信されたシグナルを確認しながら、インカムで指示を出した。友恵は、事前に寺部邸の警備システムを調べ、警備を請け負っているジャスティー警備保障のサーバーをハッキングし、セキュリティーデータをダウンロードしていた。

浩志らは、夕方に寺部邸の下見を終えると、六本木で見張りを続けていた辰也のチームに、芝の傭兵代理店の武器倉庫で合流するように指示を出し、装備を整えた。また、天才ハッカーでもある友恵も招集した。

大型バンの近くには、もう一台バンが停められており、辰也を筆頭に四人の仲間が、ベレッタと催涙弾、そしてガスマスクを装備して待機していた。むろん、加藤が思わぬ事故や敵に遭遇した時に備えてのことだ。

「監視センターに潜入」

監視センターは、無人だった。加藤は催眠ガスを用意してきたが、必要がなかった。もっとも、この時間無人になることは、友恵が事前に警備会社のデータから調べていた。

「妨害電波解除」

友恵は、沈着冷静に加藤の報告に対処している。

加藤は、リュックからパソコンを取り出した。次に監視映像のライブラリーから、この三ヶ月間の監視映像が入ったＤＶＤを取り出し、パソコンにコピーをした。映像は圧縮されているため、一月に一枚のＤＶＤ盤に納められていた。高速ドライブでコピーしたため、八分で作業は終了した。

「コピー完了」

「妨害電波、入れます」

友恵が妨害電波のスイッチを入れた途端、加藤は監視センターを飛び出し、庭に出ることができた。だが、運悪く庭には警備員らしき男が、二人うろついていた。

「イーグルマスター、障害物に遭遇。排除の許可をお願いします」

イーグルマスターとは、チームイーグルの隊長である浩志のことだ。浩志は、自分のあだ名〝リベンジャー〟をコードネームとしてはあまり使わない。いつまでも復讐者ではないからだ。

「トレーサーマン、待機！」

浩志は、潜入した形跡も残すつもりはなかった。

イタリア人のジャン・パタリーノは、髪を整えスーツ姿で黒いセダンに乗り、ドイツ大使館の近くで待機していた。身長は一八八センチ、年齢は三十二歳、端整な顔立ちに長髪と、外見は傭兵というよりモデルのような容姿をしている。一見優男《やさおとこ》風だが、野戦で役に立つサバイバル術に秀でている。また射撃の腕も申し分ないが、この男の経歴で特筆すべきは、外科医の資格を持つことだ。どこの世界でも傭兵部隊に軍医などいない。だが、ジャンが部隊に参加していれば、軍医を従軍させているのも同じだ。ちなみに仲間からは〝ドクターJ〟と呼ばれている。

「ドクターJ、出番だ」

「了解！」

ジャンは、ミハエルとジミーのもとに車を走らせた。

浩志は、手袋をしてウイスキーが入った瓶を握るとバンから降り、寺部邸の庭目がけて瓶を投げ入れた。瓶ははでな音を立てて割れ、加藤の目の前にいた警備員を庭の奥へと追いやった。加藤は、間髪を入れず塀を乗り越えると、バンに飛び乗ってきた。酔っぱらい外人を作り出すのに用意したウイスキーを余分に買ってきたのが役に立った。

「撤収！」

浩志は助手席に加藤が座ると同時に、バンを発進させ、全員に撤収を告げた。辰也のバンも浩志のバンに続いて動きだし、ミハエルとジミーを迎えに行ったジャンは、取り巻く警官にイタリアの大使館員だと名乗り、二人を連れ去った。

三

芝の傭兵代理店の倉庫は、百六十平米ほどで、この界隈では比較的小さい方だ。だが、その地下には百二十平米の秘密の地下倉庫がある。しかも、空調が完備された武器庫だから驚きだ。下北沢の丸池屋が、現在も警察ないしは公安警察の監視下にある可能性があるため、傭兵代理店のすべての機能は、芝の倉庫の地下に移してあった。

「自由民権党の灰原《はいばら》代議士と第一秘書ですね」

地下倉庫の片隅に置かれたパソコンのキーボードを叩きながら土屋友恵は、隣の席で見守る浩志に聞こえるように、チェック作業を進めている。昨夜寺部邸から盗み出した監視カメラの記録映像を、日付を逆にたどり、情報本部のデータベースと照合するという地味な作業だ。朝の七時から作業を進め、二時間半かけて三週間分の照合は終わったが、今のところ怪しい人物は見当たらない。もっとも、すべての人物の身元が確認できるわけではないが、浩志の第六感を刺激するものが今までなかった。

「十分、休憩しよう」

友恵は、パソコンの画面を一日中見ていても平気というが、浩志はすでに目頭をつまむと痛みを感じるほど疲れてしまった。

浩志は、その場でストレッチ運動をして筋肉をほぐした。他の仲間は、また六本木の暴力団の監視に戻っているが、過酷な演習に備えて、昨日から交代でロードワークを始めている。浩志も昨日の朝は、十キロのロードワークをこなしたが、今朝は、監視カメラの映像チェックのためできなかった。普段から十五キロ近いロードワークをするので、一日ぐらいさぼったからといって体力が落ちるわけではないが、コンディションは確実に落ちる。

いつの間にか友恵は地下室から消えたと思ったら、五分後コンビニの買い物袋を提げて戻って来た。

「藤堂さん、コーヒー飲みますか」

友恵は、ニコリと笑って、コーヒー缶をテーブルに置いた。いつもは、無表情を通しているが、笑えばどちらかと言えば美人だろう。化粧気もなく、本人は女性として振る舞うことにあまり興味がないのか、ジーンズにトレーナー、靴もすり切れたスニーカーをいつも履いている。そのせいか二十六という年齢の割には、子供っぽく見える。

「藤堂さん、今付き合っている人、いますか」

「……別に」

友恵の言葉に、浩志は飲みかけのコーヒーを噴き出しそうになった。

「藤堂さんて、いつ見ても寂しそうだから、私付き合ってあげてもいいですよ」

今度こそ、まともにコーヒーを噴き出した。友恵は、去年まで傭兵代理店のコマンドスタッフの名取《なとり》と付き合っていたが、名取は鬼胴が送り込んだ特殊部隊の奇襲により死亡している。半年ぶりに友恵と一緒に仕事をしているが、恋人を亡くした影はどこにもない。それが、彼女の強さなのか、あるいは根っからドライな性格なのかわからない。

「何も、こんなおやじを相手にしなくてもいいだろう」

「おやじだから、いいんじゃないですか。今時、若いっていうのは、ステータスじゃないんですよ。それに、外見ちょっと悪そうに見えるのもいいな」

友恵の言っていることが、浩志にはどうにも理解できなかった。

「続けるぞ」

とにかく、この作業をさっさと終わらせるに限ると、浩志は休憩を切り上げた。

「もう、この作業服の人たち、いっつも紛らわしくていやだな」

友恵は、画面をのぞき込み膨れっ面をした。

寺部邸では、先月風呂場の改修工事をしたらしく、作業服を着た男が、毎日のように三、四人出入りしていた。しかも、作業帽で顔が隠れることが多く、同一人物かどうか確認するのに、手間取った。結果的に五人の男が、作業にたずさわっていた。

浩志も友恵に言われるまでもなく、この男たちが気になっていた。

「この作業員たちの会社は、わかるか」

「わかりますよ。肩に会社のロゴマークの刺繡《ししゅう》がありましたから。株式会社ユニット施工です」

ユニット施工なら、中堅の水回り専門の施工業者だ。怪しむ余地はない。だが、何か元刑事の琴線《きんせん》に触れるものがある。

「面倒だが、この連中が現れた映像だけ抜き出して、今度は、日付順に見せてくれ」

二月六日、メガネをかけた作業服の男が一人現れる。五日後の二月十一日、三人の作業員が現れ、風呂場の解体作業を始めた。この日から、一週間かけて作業は解体から施工まで行われ、作業の内容により、作業員の顔ぶれが変わる。最後に初日に訪れた作業服の男がまた一人で現れるのだが、それは、今月に入ってからのことで、十日前のことだ。普通に考えれば、最初に現れた男は、営業かなにかで、改修前の風呂場を見に来たのだろう。そして、最後に再び現れたのは、工事が完了し、集金がてら挨拶に来たと考えれば、つじつまが合う。だが、工事が終わってから再び現れるのに、一週間以上間が空いている。しかも、タイムコードを見てみると、男が現れたのは、午後九時という遅い時間だ。

「三月四日！」

十日前、しかも三月四日というのは、龍道会の会長宗方陣内がK大学病院で襲われた日だ。駐車場で犯人の車にひかれそうになったシーンが脳裏を過《よぎ》った。すでに日も暮れていた。しかも一瞬の出来事ではっきりとは見てないが、あの時、運転手は、マスクで顔を隠し、助手席の男は作業帽を目深にかぶっていた。

「映像から、この男だけ取り出して、もっとよく見えるようにすることはできるか」

「できますけど、ユニット施工が何か絡んでいるのですか」

「ユニット施工は、おそらく関係ない。本当に工事をしたに過ぎない。最初と最後の男は、ユニット施工のユニフォームを着ているだけじゃないのか」

友恵は、頷くと映像の中から角度が違う画像を抜き出しては、正面と横顔に分類し、パズルでもするように帽子のつばや、建物の陰で欠けている顔の部分をつなぎ合わせて一つの画像に仕上げていった。メガネは、流行のレンズの小さいもので、それだけにフレームが邪魔になって顔の表情が摑み難い。

「メガネを取ってくれ」

友恵は、ペンタッチのマウスでメガネの縁を丁寧にレタッチして消して行った。デジタルならなんでもこなすこの女性の手腕には、いまさらながら驚かされる。出来上がった男の顔は、どこにでもいるサラリーマン風の顔だった。

「坂巻！」

内調の田島の部下である坂巻だった。絶句する他なかった。何の変哲もない、いつも脇役に甘んじるような顔に、浩志は二度も遭遇していた。もし、K大学病院で逃がした犯人が同一なら、三度ということになる。

美香から、内調にはモグラがいると聞かされていた。だれかはわからないが、情報が外部に漏れていることは確かだと言っていた。現に美香は二度も拉致されたが、浩志以外に居場所を知っていたのは、内調だけだったらしい。浩志は、当初田島が怪しいと睨んでいたが、美香に言わせれば、田島は小悪党で逮捕する価値もないらしい。もし、田島の部下である坂巻がモグラで、しかも悪魔の旅団の手先だったとしたらどうだろう。上司である田島から、よりセキュリティーの高い情報を得ることは可能だろう。そして、情報漏洩《ろうえい》を察知した美香を上司である田島をけしかけて捕まえようとした。あるいは、脅して命令していたのかもしれない。いずれにせよ、坂巻が悪魔の旅団の関係者だとすると、これまでばらばらだった事件が繋がりを見せる。

浩志はしばらく考えた末に携帯を取り出し、まだ一度もかけたことがない電話番号を表示させた。

四

大都市東京でも、番地から正確な位置を特定できない場所は、いくらでもある。十号埋め立て地として造成された江東区有明《ありあけ》は、国際展示場や有明病院、ホテルなどランドマークとなる施設があるにも拘わらず、周辺には未だに雑草が生える広大な空き地が広がり、番地を言ったところで、タクシーの運転手でさえ皆目見当がつかないだろう。もっとも埋め立て地は今後も増え続ける。江東区はよほど大規模な都市開発でもしない限り、砂漠のような不毛な土地を今後とも抱えることになるのだろう。

「ここは、東京でも星が沢山見えるのね」

美香は、電動トップを格納したスパイダーの運転席で背伸びをしながら、空を見上げた。午後十一時、三月といえども海風は肌を刺すように冷たい。だが、彼女は、潮風に惹かれたのか、ブレーキをかけるのと同時に電動トップを開け、外気を取り込んだ。

「一番近い病院の建物でも、百メートル以上離れている。後は何もないからな」

浩志も助手席から空を見上げた。

浩志は、美香とお台場で待ち合わせ、彼女の車に同乗すると有明病院の裏手に広がる空き地の真ん中で車を止めさせた。途中立ち寄ったコーヒー専門店で、ラージサイズのコーヒーを三つ頼んだ。専門店の紙袋から紙製のカップを一つ出すと、美香に渡した。

「ありがとう。東京で、すてきな星空に、おいしいコーヒーなんて、なんだか贅沢《ぜいたく》ね」

浩志も、自分のカップを取り出し、蓋を開けた。コーヒーの温かい香りが、心地よく頬をなでた。そして、身を乗り出すと残りのカップを蓋付きのまま、なぜかボンネットの中央に置いた。

きた。

「時間は、大丈夫？」

美香は、ボンネットの上に置かれたコーヒーカップを不思議そうに眺めながら、訊ねてきた。

「さて、どうだか」

浩志は、そっけなく答えた。

「私のこと、やっぱり怒っているのでしょう」

美香は、両手でコーヒーカップを持ち、上目遣いに話しかけてきた。

「あなたのことを二度も騙《だま》したんだから、当然ね」

美香は、いつもの憂いを秘めた笑顔を浮かべた。

「仕事だった。……だろ」

「きついな。その言い方。私、できればあのまま……あの時の森美香のままでいたかったな」

美香は、夜の女になりきり、鬼胴の懐に飛び込んで何年も潜入捜査をしてきた。おそらく厳しい訓練を受けたに違いないが、身分を偽り、酔っぱらいを相手にするのは屈辱の日々だったに違いない。そこに、浩志は、割り込むように鬼胴を追いつめ、決着をつけた。だが、その代償として、彼女は麻薬中毒にされてしまった。いくら仕事だからといっても、浩志が現れなければ、そんな経験はしなくても済んだはずだ。謝るべきは、自分だと浩志は思っている。

「タイの病院で、思ったの。命がけで私を救ってくれた人がいる。その人と一緒に暮らせたらって」

「…………」

「あなたの言いたいことは、わかっている。あなたは、片桐と決着をつけるためで、私を救ったのは、ついでだった。でしょ?」

「どうして、そう思う」

「私はこれまで、あなたに何度も、愛しているって言おうとしたけど、あなたは、いつもそれを聞きたがらなかったから」

美香は、浩志から視線を外した。その瞳に大粒の涙が浮かんでいた。

「そうかもしれない。俺に愛という言葉は、不似合いだからな。それに、俺と一緒にいたら、命がいくつあっても足りない。時には、守ってやれない時だってある。美香の腕じゃ、自分を守るのも危ういからな」

片桐と最後の闘いをしている最中に、美香はグロッグで発砲してきた。だが、片桐に当たるどころか、かすり傷だが、浩志に命中させている。

「……それって、私の射撃の腕のこと?」

美香は、右手で涙を拭うと、いたずらっぽく笑った。

「だって、あの時、私、麻薬のせいで朦朧《もうろう》としていたし、グロッグ扱うのも初めてだったんだもん」

「俺には、当たったぞ」

「ごめんなさい！　もう、意外に根に持つタイプなんだな。わかりました。白状します。確かに私は、下手です。射撃は苦手です。でも、なんとかあなたの役に立とうと、本当に必死だったんだから」

美香は、笑いながら怒ったふりをした。

「いや、感謝しているよ。自慢の傷痕コレクションが増えたからな」

美香は、コーヒーカップを足下に置くと、浩志にそっと体を預けてきた。

「あなたって、やさしい人ね。母親が言っていたわ。本当に強い人は、やさしい人だって。私、タイの病院を勝手に抜けたのは、帰国命令が出たからなの。もちろん、それを無視することも、拒否することもできたわ。でも、足手まといになって、あなたに大けがさせてしまった自分が許せなかった。それに、一人で病院にいるのに耐えられなくなってしまったの。結果的にあなたをまた裏切ってしまった。それでも、あなたは、私を責めるようなことは言わないのね」

浩志は、美香の背中に右手を回し、やさしく抱いてやった。彼女の体から控えめに香る、エンヴィの芳香が鼻孔をくすぐった。

「俺には、人を責める資格はない。それだけのことだ」

格好をつけるつもりはない。戦場であっても人を殺した経験を持つ者に、正しいという言葉は不似合いだ。裏切られたところで、しょせん身から出たサビだ。

「一つ、聞いていい。あなたは、内調のモグラを捜査しているけど、だれかの依頼があったの？」

「依頼？」

確かに池谷から、捜査は依頼されたが、もともと悪魔の旅団から襲撃を受けたことに発端がある。

「クライアントなら、確かにいる。だが、降り掛かった火の粉を払う必要があっただけだ」

浩志は、これまで悪魔の旅団が関係すると思われる事件をかいつまんで説明した。つまらない意地かもしれないが、美香のためにもなるとは、口が裂けても言いたくなかった。

「やはり、あなたと関係していたのね」

美香は、一連の事件に浩志が関係していたことを察していたらしい。

「質問なら、俺にもある」

「何？」

「君は、内調とは言わないが、組織から逃げていると言っていたな」

「ええ……」

「それは違うな。今もモグラの特定と、その背後関係を調べる正式な捜査をしているはずだ。君が未だに都内にいるのは、捜査を続けているからだ。違うか」

「………………」

「それに、内調が、君を本当に拘束したいのなら、公安警察を動かすはずだからな」

「……あなたに嘘はつきたくないけど、どうしても言えないこともあるの」

「わかっている。俺は、捜査をしているうちに気が付いたが、内調のモグラと思われる人物は、悪魔の旅団の手先、あるいは協力者だ。その人物を通して悪魔の旅団は鬼胴を窓口にしていた。だが、あいつは、案外小物だったので、悪魔の旅団は、鬼胴を切り捨てた」

「どうして、そう考えるの？」

「悪魔の旅団が鬼胴を守るつもりなら、むざむざランカウイで死なせることはなかった。俺は、片桐がＣＩＡを利用した変質者だとつい最近まで思い込んでいた。だが、奴こそ悪魔の旅団が、鬼胴に送り込んだエージェントだったんだ。だからこそ、鬼胴を始末した。悪魔の旅団の情報が流れないようにするためにな」

「それ、真実だとしたら、すごい情報ね」

美香は浩志から離れ、じっと見つめてきた。その瞳には、好奇心と驚きが混じっていた。

「片桐の鬼胴への恨みは、確かに真実だったのだろうが、奴は、クールだ。何年もかけて恨みを晴らすようなタイプじゃない。奴は、悪魔の旅団のエージェントとして、鬼胴の下で働いていた。つまり、鬼胴は悪魔の旅団の力で、権力と富を得たわけだ。そして、自ら特殊部隊を作り、武装化していった。当然高い報酬を要求する悪魔の旅団が邪魔になり、契約を打ち切ると同時に、片桐も追い出した」

「でも、片桐は、フランスの外人部隊にわざわざ入隊したでしょう。もし、彼が悪魔の旅団のエージェントなら、そんなこと必要なかったんじゃないの」

「さっき言っただろう。鬼胴への恨みは本物だって。おそらく、契約を打ち切られた悪魔の旅団は、片桐に制裁を加えようとしたに違いない。監督不行き届きとしてな。だが、片桐は、古巣のＣＩＡの手先になり、その情報と引き換えに、悪魔の旅団に命乞いをしたのだろう」

「ダブルエージェント……か。片桐が鬼胴を恨んでいたのは、自分を首にしたことじゃなくて、悪魔の旅団から、抹殺されそうになった怒りが原因だということね」

「そういうことだ。片桐は、刑事として死んだことになっている。どのみち、日本では、働くことはできなくなっていた。外人部隊に入れば、身分の洗浄ができる。新たに高原《たかはら》という名で、活動するつもりだったのだろう。だが、俺が外人部隊まで追いかけていったから、慌てて脱走した。あるいは、最初から、すぐに脱走するつもりだったのかもしれない」

浩志は傭兵となり、十四年もの間、犯人を追い求めた。そして、それは、去年片桐を殺すことにより、一旦は幕を閉じたかのように見えたが、実は、最初から戦う相手は、非情な殺人鬼ではなく、悪魔の旅団という巨大な犯罪組織だったのだ。

五

海風は止んだが、大気は冷えきっていた。体の芯まで冷えきらないように、浩志は電動トップを上げ、ヒーターを入れた。美香は名残惜しむように、閉じられて行く夜空をじっと見つめていたが、天井が完全に塞がると小さなため息をつき、残りのコーヒーを啜った。

「ところで、ボンネットの上のコーヒーカップだけど、あれ何?」

「お守りさ」

「お守り?」

「今に、わかる」

浩志は、空き地の北の方角から、六つのヘッドライトが近づいてくるのを見ていた。

三台の黒い車は並行に走り、砂煙を上げながら近づいてくると、スパイダーを取り囲むように止まった。

浩志は、美香に車から出ないように言うと、助手席のドアを開けた。それに呼応するかのように、三台の車のうち左右の二台から、やくざ風の男たちが降りてきて、浩志を取り囲んだ。いずれも凶悪な人相をした男が六人、浩志を威嚇《いかく》するように睨《ね》めつけている。

「坂巻。さっさと出て来い」

浩志の呼びかけに、残りの真ん中の車から、田島と坂巻が降りてきた。

「小物も一緒か。捜す手間が省けた」

「小物で、悪かったな」

田島は、吐き捨てるように言った。

「やっぱり、おまえだったのか。俺のことを美香が調べられるはずがないからな」

田島の後から降りてきた坂巻は、田島を押しのけ前に出てきた。これまでの田島の部下としてのおとなしいサラリーマン面はなりを潜め、目付きの鋭いくせのある顔に変わっていた。

美香は、内調の坂巻のデスクに直接電話し、田島との関係をばらすと脅し、逃亡資金として一千万円要求していた。むろん、浩志の入れ知恵だ。

「どうして、私のことがわかった」

「元刑事の勘だ。俺は仲間とともに西松の別荘を襲撃するつもりだった。だが、元セルビアの傭兵に先を越された」

「何！　奴らのことも知っているのか」

「図星だったな。俺たちが、丹波山村に急行したことは、だれも知らないはずだった。後でわかったが、川崎の倉庫は、田島に見張られていた。迂闊にも田島に尾行され、西松の居場所がばれてしまった。そこまでは、わかった。だが、田島は、神宮組のチンピラを操るのがせいぜいの小物だ。元セルビアの傭兵を動かすほどの力はない。とすれば、内調に別のモグラがいることになる。それは、おまえだ」

「ほぼ正解と言っておこう」

「それと、わざわざ外人傭兵部隊まで使って、西松を殺したのは、新井田に殺しの依頼を仲介したのが、おまえだからだ」

「なかなか、いい勘をしているな。さすがと褒めておこう。本部がおまえを欲しがるのも無理はない」

「本部？　悪魔の旅団の本部のことか」

「これは、驚いた。だが、悪魔の旅団というのは、止めてくれ。あれは、ドイツの諜報部が勝手に付けた不名誉な名だ。我々は、組織のことをブラックナイトと呼んでいる。そのうち上層部からも直接連絡があるだろう」

「それは、ロシアからということか」

「まさか。本部は関心があるというだけで、おまえごときにロシアの幹部が動くものか」

「おまえ以外にも、組織のメンバーは日本にいるということか」

「欧米に比べたら、所帯は小さいがな。だが少数精鋭と言っておこう。まあ私と違って日本のボスは、力を持っているからな」

「何が力だ。くだらん。俺に何の用だ」

「おまえは、鬼胴の組織を壊滅させた力量を買われ、戦闘部隊の幹部候補として、二度のテストに合格している。だが、その一方で、我々の仕事を邪魔している。まあ、知らないでやっているということで、今のところ我々は、問題視していないがな」

「二度のテストとは、どういうことだ！」

「一度目は、ランカウイ島でセルビアタイガーに攻撃させた。二度目は、ドクに駒場野公園で襲撃させた」

「連中は、セルビアタイガーと呼ばれているのか」

「セルビアの元特殊部隊出身者で構成された傭兵チームだ」

ランカウイ島で、セルビア人の傭兵に襲撃させたのは、浩志の戦闘能力を知るためだった。とすると、二度目の駒場野公園で新井田に似た殺人鬼に襲わせたのは、何の意味があるのか。

「一度目は、わかる。二度目の意味を聞こうか」

「詳しく聞きたかったら、三度目のテストを受けることだ」

「三度目？」「質問は、受け付けないぞ」

それまで坂巻の顔色をうかがっていた田島が、急に元気になり、やくざ風の男たちに手を挙げて合図を送った。男たちは、いっせいに懐からナイフを取り出した。

「これが、テストか。笑わせるぜ」

浩志は、右からいきなり切りつけてきた男の腕を返し、ナイフを奪い取った。そのまま腕を逆方向にねじ曲げ、男の右腕の関節を外した。そして、一拍遅れて左からナイフを突き入れてきた男の腕の筋を奪ったナイフで切り、男が落としたナイフを左手に摑んで、男の太腿に深々と突き刺した。

一瞬の早業に唖然とする男たちに浩志は、ナイフを両手に構え、反撃に出た。男たちが動揺している今が、攻撃のチャンスなのだ。浩志は、一度に六人の男が襲いかかった場合は、素人相手でも危ないことを充分に計算していた。三人目は、あえてナイフを持ち慣れた男を標的にした。男の鋭い突きを左手でかわし、同時に右手のナイフで顔面を浅く切り裂いた。戦いに勝つ最良の方法は、相手に恐怖心を与えることだ。この場合、相手を気絶させるよりも、怪我を負わせ、残りの敵に見せつけることだ。そのため、打撃系の技はあえて使わなかった。怪我を負った男たちは、もがき苦しみ、泣き叫ぶ者もいた。

「どうした。この程度のかすり傷で、怖じ気づいたか」

残りの三人は、負傷した仲間の姿に戦意を喪失させ、後ずさりし始めた。

「他愛もない。田島、しょせんこいつらは、チンピラだな。下がらせろ」

坂巻は、悶絶する男たちを始末するように、田島に命じた。無傷の三人は、負傷した三人を車に乗せた。

「目障りだ。おまえらも車の中で待っていろ！」

坂巻は、無傷の男たちに向かって田島の頭越しに命令した。

「田島、おまえもだ。言っておくが俺の車には乗るなよ。不愉快だ」

田島は、苦々しい顔をして頷くと、右側に停められた車に乗った。

「これで、ゆっくり話ができる。チンピラ相手とはいえ、よく戦ったな。一応テストは合格ということにしておこう」

「俺はテストを受けた覚えはない。さっきの質問に答えろ」

「新井田のことか」

「奴は、本物の新井田なのか」

「難しい質問だな、それは。十六年前に喜多見で殺人事件を起こした犯人かと聞かれれば、答えは、イエスだ」

「もったいぶるな」

「新井田は、長年ブラックナイトと専属契約をしているが、フリーのプロの殺し屋だ。我々には守秘義務というのがある。新井田のプライバシーを話すわけにはいかない」

「殺し屋にプライバシーもくそもあるか！」

「新井田に依頼したテストの内容なら、話してやってもいい」

「聞こう」

「おまえを殺すつもりで襲うことが一つ、殺人の罪を着せることが一つだ」

「俺に、なぜ、罪を着せる必要があった」

「殺人罪に問われたおまえを、我々は助け出す予定だった。これも一つのリクルートの方法だ。悪く思うな」

「馬鹿な。そんな子供じみた手で、仲間にするつもりだったのか」

「恩を着せれば、契約金はいらないからな。だが、おまえは、我々の予想を遥かに越えた働きを見せてくれた。それに、優れた傭兵チームを指揮していることもわかった。そこで、我々は、おまえとおまえの率いるチームごとブラックナイトに迎えることに決定した」

「断ると言ったら」

「おまえは、馬鹿か。ある程度我々のことをわかっているなら恐ろしさも知っているはずだ。悪いことは、言わん。セルビアタイガーのように我々の戦闘部隊に所属すれば、贅沢ができるぞ」

「くだらん」

浩志は、一言で切り捨てた。

坂巻は、懐から見たこともない小さな拳銃を取り出した。

「俺が、なんで組織のことをべらべらしゃべっていると思っているんだ。断れば、死ぬしかないんだぞ」

「俺に、おもちゃのピストルを向けてか」

「馬鹿にしない方がいい。この銃は、チェコ製で九ミリマカロフ・ピストル弾を使用しているから威力はある。もっとも、名前はケビン。アメリカ映画の『ホーム・アローン』の主人公ケビンからつけられたそうだ。小さくても大きな敵をやっつけるということらしいがな」

ホーム・アローンは、主人公の子供が二人組の泥棒を撃退するというコメディーだ。

「勘違いするな。どんな銃でも至近距離から撃てば、殺傷能力があることぐらい、だれだって知っている。俺が言ったのは、動けば、おまえは死ぬということだ」

「素手で、俺に勝てると思っているのか」

坂巻は、強がったものの、ゆっくりと半歩後ろに下がり、浩志との距離を開けた。

「動くなと言っただろう。もっとも、おまえが、俺から十メートル離れたところで、俺はおまえを確実に殺すことができる」

「自爆でも、する気か」

坂巻の顔が青ざめた。

浩志は、それを鼻で笑った。

「スパイダーのボンネットに置いてあるコーヒーカップを見ていろ」

浩志は、小声で「宮坂、撃て」と言った。次の瞬間、コーヒーカップは、パシッと音を立てて、破壊された。後には、コーヒーカップの底の部分と中身のコーヒーがスパイダーのボンネット上にぶちまかれるだけだった。

「ここから、半径二百メートル内に、四人のスナイパーがおまえに照準を合わせている。おまえが引き金にちょっとでも触れれば、おまえの頭は、あのコーヒーカップと同じ運命をたどる。スナイパーは、それぞれ違う方角から狙っている。しかも二人は、あの病院の屋上にいる。死角はない。この広場にいる限り、ものの陰に隠れても無駄だ」

宮坂とミハエルに狙撃銃M四〇A三を持たせ、広場の北東の角と南東角に駐車している車の陰にそれぞれ待機させている。また、スナイパーほどではないが、やはり射撃の得意な田中とジャンに、狙撃用にカスタムメイドされたSR一六M四を持たせ、広場の西に位置する病院の屋上に待機させた。MP五で武装した辰也を始めとした残りの四名は、万一ヘリからの攻撃にもそなえスティンガー（携帯式地対空誘導弾）も用意し、広場の西側のバンの中で待機させている。全員インカムを装備し、浩志からの指示を待っていた。

「ブラックナイトに飽くまでもたてをつくわけだな」

「簡単な質問だな、それは。答えは、イエスだ」

浩志は、坂巻の真似をして、もったいぶった言い方をした。

「馬鹿にするな！　これから先、おまえはいつでも死の恐怖を味わうことになるぞ。しかも、俺の言ったことを第三者に言ってみろ、その場でおまえはこの世から消滅するぞ」

「それは、こっちの台詞だ。おまえとの会話は、インカムでモニターしてある。俺だけじゃない、美香や俺の仲間に手を出してみろ、マスコミにブラックナイトのことをばらすぞ」

「なんだと……。ふん、まあ、痛み分けということか」

「俺の腹は痛くない。それに、田島やチンピラにまで、さっきの会話は聞かれている。いまさら、秘密でもあるまい」

「余計なお世話だ」

坂巻は、ケビンを懐にしまうと黒い小さなケースを別のポケットから取り出した。

「始末は、つけるつもりだった」

坂巻はにやりと笑い、黒いケースに付いている小さな赤いボタンを押した。すると、坂巻の車の左右に停められたやくざの車が、二台ともガソリンタンク付近が爆発し、あっという間に大きな炎と化した。

「なんて、ことを!」

「これが、ブラックナイトのやり方だ。藤堂、覚えておけ」

坂巻は、自分の車に乗ると、砂塵を上げ広場から走り去った。

「加藤に追わせますか」

辰也の声がインカムから流れた。

「ほっとけ。あいつは、もう内調には戻れない。それにブラックナイトの秘密を漏らした。あいつの始末は、ブラックナイトがするさ」

浩志は、坂巻の車のテールランプが見えなくなると、全員に撤収を命じた。

振り返ると美香が笑顔で立っていた。

「これで、内調に戻れるな」

「私、内調なんて知らないわ」

「どうせ坂巻のことは、内調で調査を始めていたのだろう。それに……」

美香がいきなり抱きついてきた。

「心配させないで、車の中で、何度も悲鳴を上げそうになったわ」

「すまん」

浩志は、両手で美香を抱きしめた。

「お願いがあるの！」

美香は、潤んだ瞳で何か必死に訴える表情をみせた。

「どうした」

「ボンネットの上、掃除してくれる？」

二人とも噴き出して互いを見つめると、どちらからともなく唇を合わせた。

六

二日後、胸に三発の銃弾を受けた坂巻の死体が、羽田《はねだ》空港に近い海岸沿いの空き地で見つかった。朝刊には、住所不定の浮浪者と掲載されたが、美香がその昼過ぎ、坂巻の死を携帯で知らせてきた。しかも、情報もとは内調だと暗に身分を名乗った。さらに驚いたことは、内調のトップである内閣情報官が浩志に内々に会いたいと言っているという。内閣正副官房長官や内閣危機管理監を陰で支える人物が、直接会いたいというのだ。今度の一件で、浩志に礼がしたいというのだが、民間人が政府の情報機関の秘密を握っていることに不安を抱き、口止めしたいのが本音だろう。断ろうかとも思ったが、浩志は思うところがあり、会うことに決めた。

約束の時間は、午後八時、場所は、渋谷のミスティック。

浩志は、五分遅れで店のドアを開けると、カウンターの席に一人ビールを飲む白髪で黒ぶちのメガネをかけた男が座っていた。浩志を見るなり、柔和な表情をみせ席を立った。身長は、浩志より少し低い程度だが、腹の出具合からして、八十キロ以上はあるだろう。黒ぶちメガネのせいか、正面から見る杉本《すぎもと》はたぬきそのものの姿をしている。

「待っていたよ。藤堂君。内閣情報官の杉本秀雄《ひでお》といいます」

気さくに呼びかけ、杉本は握手を求めてきた。いかめしい官僚を想像していただけに少々肩すかしを喰らったような気分になった。内調のトップは、高級官僚ということになり、公の存在だけに杉本は堂々と名乗ってきた。

杉本は、よっこらしょっと腰を下ろしながら、浩志に隣の席に座るように勧めた。勧められた席は、いつも浩志が座るカウンターの真ん中の席だった。見かけによらず、外交手腕に長けた人物らしい。

「いらっしゃい」

胸元が開いたベージュのブラウスに、ダークブラウンのスカートを穿いた美香が、調理場から顔を出した。

「最初は、ビール、それとも、いつものにする？」

美香の明るい声に、まるでこの半年間、何もなかったような錯覚を覚えた。

「いつもの」

美香は、ショットグラスに浩志のボトルからターキーをなみなみと注いだ。

「それじゃ、まずは、乾杯といこうか」

杉本が、自分のグラスに手酌《てじゃく》でビールを注ぐと、勝手に音頭をとった。

「私にもいただけます？」

美香がグラスを差し出すと、杉本は自ら酌《しゃく》をした。

「乾杯！」

杉本がグラスを高く上げたのを無視すると、美香が、杉本と浩志のグラスに自分のグラスをあてて、乾杯と言ってグラスを上げた。

美香の気配りに苦笑すると、浩志はターキーを煽《あお》った。いつもの心地よい刺激が喉を通り過ぎると、空きっ腹の胃壁にどんっとぶつかるようにアルコールがしみ渡った。

「さて、どこから、話そうか。そうだ、まずは簡単な自己紹介から」

「手短にな」

長話を予感した浩志は、杉本の出ばなをくじいた。

「私は、今の職に就いてまだ、一年しかたっていない。なんせ、内閣情報調査室といってもお役所でね、長である内閣情報官も三、四年の任期しかない。相原《あいはら》君も」

「情報官！」

美香が、大声で杉本を咎《とが》めた。どうやら彼女の本名は、相原というらしい。

「すまん、すまん。彼女は、実に用心深い性格でね。もっともそれが仕事だから仕様がないが、この私にさえ今どこにいるか教えてくれない。正直言って、彼女に会ったのも半年ぶりだよ」

「……続きはどうした」

「すまない、森、美香君は、前情報官が直接辞令を出し、藤堂君も知っての通り、五年もの間潜入捜査をしてきた経緯がある。恥ずかしい限りだが、一年前、引き継ぎはしたものの、未だに右も左もわからないというのが本音だ。森君の使命は、鬼胴の武器及び、麻薬の密売の捜査だったが、彼女の捜査が進むうちに、外国の犯罪組織が絡んでいるということも少しずつわかってきた。だが、内調では、森君をサポートすることができず、捜査は難航していた。そこに、君が突然現れ、瞬《また》く間に鬼胴を追いつめたというわけだ」

美香が、空いたグラスにターキーを満たしてくれた。目が合うと、杉本の話が長くてすまないとばかりに肩をすくめてみせた。

「だが、彼女は、片桐にさんざんな目に遭わされた。そこで、彼女は内調に裏切り者がいると確信したらしい。以来捜査報告は、彼女の上司を通さず私に直接上げることにし、帰国した彼女は内部の者にさえ、職場を放棄した捜査官ということになっていた」

美香は、聞くに堪えないとばかりに厨房に消えた。

「恥ずかしながら、内調というのは、他の情報機関の情報を取りまとめるのが主たる業務で、森君のような特別捜査官は、今やほとんどいない。一時はチームまであったらしいが、所詮、トップの情報官の任期が他の役所と同じく短いので、情報機関としては、特殊な人材を維持できなくなったというのが、正直なところだ。結果的に、今回もまた、藤堂君に助けられ、事件は解決したというわけだが、潜入捜査をしていた彼女の処遇に困ってしまった。彼女には、これまでどおり特別捜査官として働いてもらいたいのだが、一人ではどうにもならない。そこで、藤堂君の腕を見込んでサポートしてくれないか」

杉本は、深々と頭を下げた。意外な申し出だった。せいぜい国家機密は口外しないでくれと、懇願されるものとばかり思っていたからだ。だが、浩志の思惑と期せずして、一致した感はあった。

「俺は、へそまがりでね。権力を持つ奴とは反りが合わないんだ」

「そこをなんとか」

杉本は、カウンターに手を突いて、再び頭を下げた。

「俺の条件を聞き入れるなら、話に乗ってもいい」

「……とりあえず、条件を聞かせてくれ」

「まず、俺はだれの命令も受けない。捜査の依頼という形で受けたとしても、受けるかどうかはこちらで決める」

杉本は、しばらく腕を組んで天井を見上げていたが、こっくりと頷いてみせた。

「美香から、ブラックナイトのことは聞いたか」

「聞いた。だからこそ、君に頼んでいるのだ。今ある既存の組織では、ブラックナイトには対抗できない。たとえ新たに組織を作るにしても、ブラックナイトの存在を証明しない限り国民の同意は得られないだろう」

ブラックナイトに対抗するには、警察で言えば、特殊急襲部隊ＳＡＴの攻撃力を持ち、各捜査課の捜査能力を併《あわ》せ持った組織ということになるだろう。機動力があり、独自の判断で捜査ができ、その上、軍隊並みの攻撃力ともなると、日本では新たな法律を作るか、解釈を変えない限り実現は無理だ。

「相手は、巨大な組織だ。俺一人では、対抗できない。作戦によっては、俺がチームを編成し、指揮をとる。だが、仲間を無報酬で使うことはできない。その都度、報酬は請求する」

「当然だ」

杉本は、二つ返事をした。美香に一昨日の浩志と仲間の働きぶりを聞いていたのだろう。元々浩志の持つ組織力に期待していたのかもしれない。

「俺の仕事ぶりは、聞いたらしいから、念を押すまでもないが、非合法な方法を取る場合もある。その際、一切干渉するな」

「もちろんだ」

杉本の考えがわかってきた。ブラックナイトという毒に対して、浩志の傭兵チームという毒で対処するつもりなのだ。干渉しないということは、逆に何があっても助けないということになる。非合法な手段を使ったとしても、政府としては一切の責任を負うことはない。これほど、便利な方法も彼らにとってはないだろう。

「俺との連絡場所は、この店。連絡員は、森美香だ。美香には、これまで通りこの店のオーナーに扮してもらう」

「なるほど、だが、それは、森君に聞かないとな」

老人のように杉本は小刻みに頷くと、厨房の美香を呼んだ。

「藤堂君が、この店を連絡場所にして、君を連絡員にしてほしいと言っている。むろんこの店のオーナーとしてだが」

「私は、依存はありませんが……」

浩志は、持ってきた書類を美香に渡した。

「これって……ありがとう」

書類は、店の権利書だった。店のオーナーは、以前と同じ森美香になっていた。浩志がテナントのオーナーに新たな契約書を作らせたものだ。美香は、書類を食い入るように見つめていたが、目を潤ませながら、浩志に笑ってみせた。

「最後に、これは条件ではない。忠告だ」

浩志は、空いたグラスをカウンターに置いた。

「防衛省の情報本部から、内調は手を引け」

「よくご存じで、しかし、それは」

「今、情報本部は機能が停止しているそうだ」

「驚いた。そんなことまで……」

「不慣れなことはするな」

「わかった。だが私の一存ではできない。時間をくれ」

杉本は、口元をおさえて渋い表情を見せた。

「これは、死んだ坂巻から得た情報だが、下北沢に丸池屋という質屋がある。その店が裏では欧米にあるような傭兵代理店を営み、しかもその実態は情報本部の特務機関だと彼は、報告していた。私は直接、前の情報本部長に確認したが、ばかばかしいと一蹴されたよ。しかし坂巻は、質屋の倉庫に大量の武器が隠されていると、勝手に公安警察に通報した。結果、がせとわかり、私は公安警察からえらい抗議を受けて大恥をかかされたんだが、傭兵代理店というのは、本当に存在するのかね」

「どうして、俺に聞く？」

「君自身、傭兵だし、君にはなぜか武装した傭兵を動かす力があるようだ。日本のような国でなんの後ろ盾もなく、まさかそんなことはできないだろう。坂巻は、結果的に殺されてしまったが、傭兵代理店を潰して、君の動きを封じたかったのじゃないかといまさらながら思えるんだ」

「世の中、すべてに裏はある。一般人はそのほとんどを知らずに生きている。逆に知らないから生きていられる。秘密を知って、寿命を短くしたいのか」

「内閣情報官である私を脅す気かね」

杉本は、メガネの奥から鋭い視線を送ってきた。

「事実を言ったまでだ。自分の命を守る自信はあるのか」

「確かに、四六時中、ＳＰをつけるわけにはいかない。私は、ただ、一部の情報機関が特別な力を持つことを危惧しているのだよ。暴走した時の歯止めが利かなくなる」

「暴走は、させない」

「では、君が暴走しないという保証は」

「ない。その時は、俺を殺せ」

この十六年間、ある意味見えない敵を追って、さまよい続け、去年ようやく黒幕の鬼胴とその組織を潰し、犯人である片桐とも決着をつけた。とはいえ、それは単に復讐を遂げたに過ぎなかった。けりをつけた後、残ったものはむなしさだけだった。だが、今はブラックナイトという真の敵を見いだし、戦う理由も見つけることができた。死は、もとより覚悟の上だ。

浩志は、カウンター席から腰を上げ、ジャケットのポケットからＤＶＤディスクを出すと杉本の目の前に置いた。

「これは？」

「自由民権党寺部代議士の屋敷内の防犯ビデオの映像だ。三ケ月分しかないが、坂巻が出入りしていた。よくみれば、その他にもくさい連中は映っているはずだ」

「……どうして、これを」

杉本の顔がこわばった。

「目的を聞いているのか」

「目的もそうだが、どうやってこれを手に入れたんだね」

「くだらん質問はするな。あんたが使えなきゃ、他に渡すまでだ。データのコピーはしてある。何なら、マスコミに渡してもいいんだぞ」

「わかった。おおいに参考にさせてもらうよ」

浩志は、当初池谷に渡そうと思っていたが、首相に一番近い機関に渡すことに決めた。政府に何らかの動きがあれば、杉本を判断する材料になるからだ。これで、内調が敵になるのか味方になるのかはっきりするだろう。むろん、敵になるということは、日本政府を敵に回すことになる。

闇の演習

一

　富士の裾野には、大小様々なキャンプ場があり、テントを張るためのサイト（設置エリア）を中心としたキャンプ場から、豪華なバンガローを設置しているキャンプ場まである。御殿場の陸上自衛隊駒門駐屯地に二キロと離れていないマウント・フジキャンプ場は、一万六千平方メートルの敷地にバンガローではなく、大小のトレーラーハウスを設置したアメリカンスタイルのオートキャンプ場で、四月から九月までの半年間営業している。あとの半年は、管理人を常駐させないため、十名以上の予約がとれた場合のみ、変則的に営業している。

　工藤代議士殺人事件の手がかりとするべく、池谷が依頼してきた二つの捜査のうち田島を手がかりにした内調の捜査は、坂巻の死を確認したことにより終了した。もう一つの殺人犯である新井田の捜査は、昨年名古屋港で発見された死体の身元が未だに判明せず、調査は引き続き傭兵代理店にまかせ演習前の捜査は手つかずのまま一旦打ち切ることにした。

浩志と傭兵仲間は、昨夜マウント・フジキャンプ場で瀬川と合流し、演習までの一週間をここで調整することになった。文字通りキャンプインしたわけだ。

「やっぱり、標高六百メートルともなると、朝の気温が違うな」

辰也がアルミ製のコーヒーカップを二つ持ち、白い息を吐きながら、トレーラーハウスから現れた。浩志と辰也は、中型のトレーラーハウスを借り、後の八人は、大型のトレーラーハウス二台に分かれて、宿泊している。

浩志は朝のロードワークをこなすため、十分前から自分のトレーラーハウスの前でストレッチをしていた。

「藤堂さん、初日から飛ばし過ぎですよ。まだ、六時前ですよ」

辰也は、トレーラーハウスの横から張り出された、タープの下に設置されているテーブルにコーヒーカップを置き、木のベンチに座った。

「サンキュー」

浩志は、辰也の向かい側のベンチに腰を下ろし、コーヒーを啜った。

「俺はおまえらと違って、二日もロードワークをさぼったからな」

それに、年だからと、続く言葉をコーヒーと一緒に飲み込んだ。

普段から鍛えているせいで、体力の心配はしていない。だが、今朝方左の膝と右肩の古傷がうずくのを覚えた。どちらも、寒さで筋肉がこわばっているせいだと思うが、三、四年前から冬になると鈍痛を感じるようになった。そのため、二年前から、冬は常夏のランカウイで大佐のキャビンに居候するようになっていた。

「いよいよ、一週間後ですね。俄然やる気が出てきましたよ」

「特戦群のチームの隊長をこの間見かけたが、向こうも相当気合いが入っている。傭兵ごときと思っている分、負けるわけにはいかないだろう」

浩志は、瀬川と演習場を下見した時会った、一色三等陸佐の軽蔑《けいべつ》を込めた眼差しを思い出した。

「そうでしょうね。特戦群といえば、陸自のエリート中のエリートだ。本気を出せば、アメリカを敵に回しても怖くないという連中ばっかりだ。どうせ俺たちのことはクズだと思っているに違いないですよ」

「おまえは自衛隊のことになると、いつもつっかかるが、演習では個人的な感情は出すなよ。おまえは、副隊長なんだからな」

「すみません。つい昔のことを思い出してしまって」

辰也は、陸自の戦車部隊を三年で辞め、浩志と同じくフランスの外人部隊で五年の任期終了後、フリーの傭兵となった。

「現役のころ、結構、上官にいじめられましてね。それで辞めたんですよ」

二十年前、入隊二年目ではあるが、辰也は体力と武器の扱いで同期の間で群を抜いていた。ある時、訓練中に上官が「おまえらのような半端な奴は、戦地では役に立たないぞ」と怒鳴られたことに反発し、辰也はそれなら上官は戦地の経験はあるのかと質問した。以来、一年にわたる上官による執拗ないじめを受け、辰也は自衛隊を辞めたということだ。

「自衛隊で実戦経験のある者などいない。上官や教官に戦争経験を問うのは、愚問というものだ」

「今から思えば、そうなのですが、当時は、自分が同期では一番優れていると天狗になっていたから余計反発したんですね。なんせ、戦地じゃどうだとか、戦闘が始まったらどうだとか、まるで戦争経験者みたいなことを平気で言う上官でしたから」

「専守防衛を看板にしている自衛隊なんだ。戦地を経験している兵士がいることがおかしい。瀬川から聞いたが、自衛隊の訓練は世界ではトップレベルだ。瀬川を引き合いに出すまでもないが、実戦ともなれば、相当な戦力があることは間違いない。にも拘わらず、自衛隊の幹部クラスの中には、戦争未体験ということにジレンマを感じているのだろう。未体験であることをむしろ誇りに思う空気があってもいいと思うがな」

「それは、藤堂さんが戦地を経験しているからこそ言えることですよ」

「……確かに、そうかもな」

　話が一旦途切れたので、浩志が腰を上げようとしたところ、辰也の表情が微妙に変化し、呼び止めるように声をかけてきた。

「ところで、藤堂さん。演習が終わったら、どうされますか」

「予定はないが、しばらく日本にいるつもりだ」

「そうですか、奇遇ですね。聞いたところ、今回参加する仲間は、全員しばらく日本にいるつもりらしいですよ」

「………」

　辰也の意味ありげな表現が気になった。

「特に、外人三人組は、急に日本語に興味を持ったようで、日本語を教えろとうるさいのなんのって」

「辰也、長話が嫌いなことは知っているよな」

「すみません。この間、藤堂さんとブラックナイトの坂巻とかいう奴の会話をここにいる全員インカムを通して、聞いています。もっとも、外人三人組は後で俺が英語に翻訳して聞かせましたが。藤堂さんが、改めて信念で戦っていることを俺たちは知りました」

「俺は、信念で戦ってきた覚えはないぞ」

「藤堂さんは、傭兵仲間からリベンジャーと呼ばれていたじゃないですか。犯人を戦場に追い求めて闘ってきたから、大佐がそう名付けたと聞いています」

「リベンジャーは、復讐者だ。その名のごとく俺が戦ってきた理由は、私怨だ。信念なんて偉そうなものじゃない」

「それじゃ、聞きますが、これからも、ブラックナイト相手に戦うつもりなんでしょ?」

「……ああ」

「だったら、俺たちも、その戦いに参加させてください」

「何をいまさら」

「何をいまさらって、冷たいじゃないですか」

辰也は、机を叩き、アルミ製のカップが一センチほど宙に浮いた。

「だから、そう言っているじゃないか。最初から、そのつもりだと」

「えっ、そうなんですか」

辰也は、目を点にして固まった。

「ただし、おまえらをいつも雇うほど、俺にもクライアントにも金はない。必要な時だけ、助けてもらうことになる」

「藤堂さん、それこそ、冷たいというものですよ。湾岸戦争以降、俺たち傭兵は、仕事にあぶれないから、確かに金回りもよくなった。それに食うために働くことが多いことも認めますが、もともと俺も含めて今回参加している仲間は、信念のある戦いをしてきたつもりです。金うんぬんじゃない」

「だが、すきっぱらじゃ、戦えないだろう」

「仕事の心配はしなくても大丈夫ですよ。例えば、外人三人組は、それぞれ母国語を教える仕事に就くと言っていたし、田中は、航空運送の仕事に就くと言っていました。京介は、どこかのレストランで働くなんて具合です」

どうやら、浩志と別行動をとっている間、仲間うちで話し合っていたらしい。

「おまえは、どうなんだ。戦争バカのような俺と同じで、傭兵以外の職に就けるのか」

「戦争バカは、確かに言えてますね、藤堂さん。私の専門は、爆弾ですよ。機械のことなら、自信があります。自動車の修理とかバイクの修理はおてのものです。加藤と一緒に修理工場を始めるつもりです」

「………………」

潰しの利かないのは、どうやら自分だけらしい。

「これでも、まだ何か問題ありますか」

「いや、ありがたい提案だと思う」

演習が終わったら、ブラックナイトへの対処を仲間には話すつもりだった。命がけの仕事になり、しかも報酬はあまり期待できない。正直言って、二、三人の賛同者が現れたらと淡い期待を抱いていただけに、辰也の提案には正直驚かされた。

「それじゃ、オーケーですね」

「くどい」

「みんな、聞いたか！」

「聞いたぞ！」

「イエーイ！」

隣接する二台の大型トレーラーハウスから、仲間が奇声を上げながら現れた。

辰也は、胸ポケットから、高性能インカムを取り出し、浩志の目の前で振ってみせた。

浩志は、鼻で笑うと、右手を大きく上げた。辰也はベンチから立ち上がり、右手を上げて浩志の手を叩いた。すると仲間が次々とそれに倣《なら》い、浩志の手を叩いていった。

二

演習は、二回に分けて行われる。一回目は、富士演習場で野戦をイメージしたもので、午後の五時に始まり、翌日の午前五時までの十二時間という時間制限がある。時間内で最終的に基地を確保し守備につくか、相手チームを全滅させたチームが勝ったことになる。

装備は、八九式五・五六ミリ小銃に九ミリ拳銃。銃の他は、食料が一食分、水は一リットル。弾薬はそれぞれ予備のカートリッジ二つと、二発の手榴弾。それと、二十キロの砂袋。この装備で、夜を徹して三十キロ移動し、北演習場に作られた仮設の補給基地を目指す。補給基地では、水と弾薬の補給ができる。先に着いたチームが補給基地の守備に就き、遅れたチームは、水もなく弾薬も少ない状況で、攻撃をしなければならない。だれが見ても、先に基地に着いた方が有利に展開する。

浩志は、この演習の立案者は、戦闘訓練をかなり積んだ者か、あるいは実戦経験のある人物だと思っている。模擬弾を使った演習に、緊張感を持たせるために、肉体の限界状態を作りだすように工夫されている。最大の難点は、水が一リットルしか携帯できないことだ。大人が通常必要とされる水が一日三リットルとすると、その三分の一の量しかない。ならば、八時間で三十キロを移動すればいい計算になるが、装備全体の重量は、三十キロは軽く超すだろう。しかも、基地内は標高も高く、起伏が多い土地で、足場も悪い。荷物がない状態でも四、五十キロを移動するのと同じエネルギーを消耗することを覚悟しなければいけない。先を急ぐあまり、マラソンでもするようなハイペースで行軍すれば、たちまち体中の水分は失われ、補給基地に着く前にリタイアするはめになる。そうかと言って、無理をしないで行軍するというわけにもいかない。

朝飯前に全員で五キロのジョギングをこなし、食後は、大型トレーラーで作戦会議を開いた。大型トレーラーは、ちょっとした観光バスほどの大きさがあり、奥の寝室には、シングルのベッドが四つ置いてある。十人の男が集まると少々息苦しいが、ベッドには二人ずつ座り、浩志は一人折りたたみイスに座った。奥の壁に貼り出された演習場の地形図を前に瀬川は講師として立ち、地形の解説をした。地形図だけでは読み取れないが、瀬川によれば、コースとして予想される地形の三分の二は、起伏があるものの ただの荒れ地で、月明かりでもあれば移動できるが、残りの三分の一、特に補給基地の周辺は、足下にむき出しの溶岩や岩石があり、夜間の移動は難しいらしい。またコースは、オリエンテーリングのように数ヶ所のチェックポイントを通過しなければならないため、ショートカットは許されない。

本来なら、足下の悪い地点の手前まで進み、夜明けを待って一気に基地に進む方が安全だが、時間制限がある以上、夜を徹しても足場の悪い場所を進む他ない。

スタート地点で初めてコースが記載された地図を渡されることになる。その時点で攻略法を改めて決めることになるが、コースだけでなく、基地を先取できなかった場合に備えての攻略法も事前に考えねばならない。

「瀬川、地形の問題点は、わかった。特戦群は、どんな方法で行軍すると思う」

浩志は、会議の空気を軽くするため瀬川にあえて質問した。

「連中は、演習場のことは、目をつぶっても歩けるほど熟知しています。おそらく無理をしても補給基地を先取する方法をとるでしょう」

「まあ、そうだろうな。三十キロの装備をしても、平均時速三キロで歩けば、十時間で到着する。午後五時に出発し、途中休憩も入れれば、遅くても午前四時には基地に着く。瀬川の言うように連中は、かなりハイスピードで攻略してくるだろう。とすれば、四時前には、基地に着いて、防備を固めるだろうな」

形勢は、極めて不利だ。何も手を打たなければ、傭兵チームは全滅する。浩志と瀬川のやり取りに、仲間のため息が聞こえた。

「藤堂さん、何か、アイデアがありますか」

辰也は、質問というより、トレーラーの空気が重くなったのを嫌ったのだろう。

「連中からしてみれば、俺たちはゲリラらしいから、それらしい戦い方はするつもりだ。ただし、行軍のスピードはやつらの方が上だろう。基地攻略に重点を置くつもりだ」

瀬川に地形の解説をさせたが、浩志は、下見をしたおかげで補給基地も含めて、地理はほぼ頭に入れていた。特戦群より、早く基地を奪取できるとは思わないが、基地攻略の作戦はすでに出来上がっていた。

「具体的には、どうされるのですか」

辰也の質問に、仲間の視線が浩志に集まった。

「詳しい内容は当日までに話すが、基地は、特戦群に先取させるつもりだ。特戦群の連中は、俺たちも基地を先取するために行動するという前提で、作戦をたてるはずだ。だからあえて俺たちははなから、基地を攻撃する態勢をとる」

「なるほど、基地を守ることがどれだけ大変か思い知らせてやるわけですか」

辰也の言葉に、仲間たちからも歓声がわいた。

本来、戦地で基地と呼ばれるものは、周囲に地雷を敷設し、鉄条網を張り巡らした上で、銃眼があるバンカーや塹壕《ざんごう》を設けるものだ。工事中の補給基地を視察した時、地下の連絡通路と塹壕かバンカーらしき穴は確認できた。最終的には、地雷はともかく鉄条網は設けるかもしれない。それに、守備の人員は十名とあらかじめ決まっている。戦闘経験がない兵士がたった十名での守備では、必ず隙が生まれるはずだ。隠れる場所があるとはいえ、固定した場所に身を潜めていなければいけないということは、却って行動を制限することになる。浩志は、むしろ基地を攻撃する方がこの際、有利と判断した。

仲間はいずれも一騎当千の強者《つわもの》ばかりだ。彼らを自由に使いこなせれば、負けるとは思わない。浩志自身、かつて戦地でこれほど優秀な仲間が一堂に集まるチームで戦ったことはない。実戦になってみないとわからないが、心配していた京介も、優秀な仲間に触発され、この一、二週間で驚くべき進化を遂げている。もともと体力は、だれにも負けないほどタフな男だけに技術、精神レベルがあがれば特Aクラスの仲間に引けはとらない存在になるだろう。最近では、爆破にも興味を持ったらしく、専門的な技術を学ぼうと辰也を質問攻めにしているのが、なんとも微笑ましい。また、実戦経験が不足していた瀬川も、自ら進んで仲間にとけ込み、訓練で見る限りは他の仲間と遜色はない。もともと高い能力を持っているだけに、将来は辰也と並ぶ戦力になることは間違いないだろう。

浩志にとって今回の演習は、近い将来ブラックナイトを敵に回すための演習でもあった。

三

翌日は午後七時に起床すると、食事前のトレーニングとして、五キロのジョギングをした。トレーニングスケジュールは、演習当日までにある程度昼夜逆転するように、徐々に変更する予定だ。これが、戦地だったら、こんな甘いことはむろん許されない。

午後九時から、待望の実弾を使った射撃訓練を初めて行った。これまで、傭兵チームには八九式五・五六ミリ小銃が事前に貸し出されており、各自自分の銃を決め、メンテナンスをしてきたが、一度も実射したことはなかった。手入れの行き届いた銃でも当然癖があり、実際に実弾を撃って最終的に調整をしなければならない。照準を合わせても、着弾がずれるというのもよくある話だ。傭兵チームのメンバーは、何度も試射を重ね、念入りに銃を調整した。

射撃訓練が終了し、午後の五時から、三十キロの砂袋を入れた戦闘用背のう（リュックサック）を背負って、八キロの行軍訓練をした。演習前の訓練としてはこの程度で充分だろう。翌日に疲れを残さず、演習当日までに最良の体作りをするには、過度の訓練はしないことだ。夕食は九時半にすませ、全員午前零時にベッドに潜り込んだ。翌日の起床は午前九時。最終日には、起床午前零時を予定している。

午前二時、浩志は眠りながらも微かにトレーラーの出入り口が開く気配を感じた。本来ならば、その時点で完全に目が覚めるのだが、昼間の訓練の疲れと、すぐそばに辰也が眠っているという安心感もあったし、辰也本人かもしれないと夢うつつで思った。浅い眠りの中で、足音が近づいてくるのがわかった。明らかに足音を消しているのだが、トレーラーの床はそれでもギシギシと微かな音を立てた。辰也なら、そんな真似はしないはずだ。そう思った瞬間、浩志は体をひねって飛び起きた。

背後で、舌打ちが聞こえた。浩志は、ベッドから飛び降りて狭い通路の奥で身構えた。目の前に身長一八〇を超す黒い影が立っていた。影は、左手を幾分前に出し、ボクシングのファイティングポーズのような構えをしていた。

「何者だ！」

浩志は、辰也を起こすべく声を上げた。浩志の声でようやく目を覚ました辰也は、ベッドから転げるように、影の背後に飛び降りた。

「手を出すな、辰也」

沈黙を守る影は、いきなり左のジャブを繰り出すと見せかけ、浩志の右肩を掴んできた。そして、影は右手を斜め上から浩志の左肩に振り下ろしてきた。浩志は、左手で相手の右手首を掴み、同時に右手で相手の胸ぐらを掴むと引き寄せて顔面に頭突きを食らわせ、膝蹴りを相手の鳩尾《みぞおち》に深々と入れた。狭い場所での攻撃は、コンパクトに限る。さしもの大きな影も、糸が切れたあやつり人形のように尻餅をついて、仰向けに倒れた。

「藤堂さん！」

背後にいた辰也が、トレーラーの電気をつけた。

通路で大量の鼻血を出している見知らぬ外人の男は、うめき声をあげながらもまだ意識はあるようだ。タフな男だ。通常の人間なら、数時間は目を覚まさないだろう。

「ひょっとして、ブラックナイトの回し者ですかね」

「おそらくな」

男は、浩志と目が合うとにやりと笑い、半身を起こして、ベッドにもたれかかった。そして、右手を左腕のつけねに押し付けるようにあてると、雄叫《おたけ》びのようなうめき声を上げた。すると男は弛緩したように右手をだらりとたらし、その手から小さな注射器が転がり落ちた。

「何をやっているんだ、こいつは」

辰也は、床に落ちた注射器を拾おうと男に近づいていった。

「いかん、辰也、その男から離れろ！」

男は座ったままの姿勢で右手を大きく振り回した。辰也はそれを避けると、右足で男の顔面めがけて蹴りを入れた。すると男は、まるで効かないとばかりに薄気味悪く笑い、左手で辰也の足を掴んだ。

「何！」

男は、辰也の足を掴んだまま立ち上がると、恐ろしい力で壁に叩き付けた。辰也は後頭部をしこたま打ったようだが、すぐさま起き上がるとベッドの上を転げながら、浩志の側までできた。

「どうなっているんですか。こいつは」

「こいつを殺さなきゃ、俺たちが殺されるぞ」

浩志は何事か、辰也の耳元でささやいた。辰也は頷くと、すぐ側の窓を開けて、トレーラーハウスの外に飛び出した。

「おまえの狙いは、俺だろう。間違えるなよ」

浩志は、慎重に相手の出方を待った。

男は、重い右のストレートを打ってきた。浩志はすかさずその腕をとらえ、体ごと回転させて腕を逆方向にねじった。普通なら、体の構造上の問題もあるが痛さで跪《ひざまず》くところだが、男は平気で立っていた。だが、それがあだとなり、男の右腕は肩の関節から外れた。ところが、驚いたことに男は右腕が外されても、うめき声すら上げなかった。

男は、右腕が使えないとわかると、左手でいきなり浩志の首を鷲摑みにしてきた。浩志は、右腕を封じたことで油断をしていた。両手で男の左手を外そうともがきながらも、右足で男の鳩尾や金的に膝蹴りを入れたが、何の効果もなかった。

「死ね！」

辰也が背後で大声を上げた。

男の左手が徐々に緩み始め、膝から崩れると通路にうつぶせになった。その後頭部には深々とサバイバルナイフが突き刺さっていた。辰也は、男の脇腹に軽く蹴りを入れ、反応がないことを確かめると首筋に指先をあて脈がないことを確認した。

「驚きましたね。こいつは化け物だ。あいつが射った薬は、いったい何だったんですか」

「エンジェル・ダストの新薬だ」

浩志も、ごく微量だったが、駒場野公園で新井田にナイフ型注射器で射たれた瞬間、痛みを感じなくなったことを思い出した。

「エンジェル・ダストの新薬？」

「神経を麻痺させることで痛みを感じなくさせ、同時にアドレナリンを異常発生させるらしい」

「神経を麻痺させる？　……傭兵仲間の間で、チェチェンでは〝デビル・ライフ〟と呼ばれる麻薬がロシア兵に使われているという噂を聞いたことがありますよ」

「デビル・ライフ?」

「なんでもゾンビみたいに銃で撃たれても平気になるって聞いたけど、こいつが射ったのもデビル・ライフじゃないですか」

辰也も驚きを隠せない様子で、ベッドにへたり込むように座った。


死体はただちに瀬川を通じ、情報本部の保安課に始末させた。いくら正当防衛とはいえ、表の組織である陸自の警務科部隊、ましてや警察に通報できるものではなかった。

翌日、珍しく池谷が中條の運転する車でキャンプ場にやってきた。

「昨夜は、とんだ目に遭いましたね」

池谷は、挨拶代わりに浩志をねぎらった。

「やつらの狙いは、わかった。俺を薬中にして、仲間に引き入れるつもりだったんだ」

「なるほど。すると駒場野公園で最初に藤堂さんを襲ったのも、本来の目的は、麻薬を射って中毒にさせるためだったんですか」

「おそらくな。麻薬中毒にして、殺人犯に仕立てる。表の社会では生きられないようにしておけば、俺が仲間になると思ったんだろう」

「汚い手を使いますね。ブラックナイトも。しかし、藤堂さんを敵に回したのは、連中も誤算でしたね」

浩志は、ブラックナイトの情報は池谷にも報告していた。ただ、内調と手を組んだことはしばらく話すつもりはなかった。

「わざわざ、俺のご機嫌取りにきたのか」

「いえいえ、お礼を言いに来たんですよ」

「お礼？」

「ついこの間情報本部の本部長に就任されたばかりの町村《まちむら》さんが、個人的理由とかで退任されまして、後任に副部長の岩佐《いわさ》さんが、本部長に就任されました」

町村は、元内調の情報官だった人物だ。浩志の依頼を受け、早くも内調の杉本内閣情報官が動いたのかもしれない。

「それと、俺に何の関係がある」

この場は、あくまでもしらを切る他ない。

「いえ、ご存じないなら結構ですが、内閣官房長官が陰で動かれたそうです。今回の人事に防衛族の議員や自衛隊の制服組から、強い反発があったらしく、それに応えたということですが、ひょっとするとこの人物を陰で動かした人物が、いたのではないかと、私は思いまして」

「陰で動いた？」

「そう、それは、内調のトップではないかと思っております」

「ますます、俺と関係ないだろう」

「そうでしょうか。情報本部では、藤堂さんがお付き合いしていた森美香さんという女性が、どうやら内調の特別捜査官じゃないかと考えています。他の情報機関のことですから、あまり詮索しないのが、暗黙のルールなのですが、なんせ藤堂さんに近い存在なので気になりましてね」

抜け目のない男だ。おそらく情報本部の捜査官か、傭兵代理店の中條あたりにミスティックを見張らせていたのだろう。ひょっとすると、杉本と会ったことも知っているのかもしれない。浩志は、目の前の男が馬面なので、たぬきにたとえることができないのが残念に思った。

「関係がないと、おっしゃるならそれでいいのですが、杉本氏は、我々のことを知っているのかなあと思いまして」

池谷は、いつもの上目遣いで浩志を見た。

「噂は、知っているかもしれないが、一官僚に店の実態がわかるはずがないだろう」

「そうですか、それを聞いて安心しました。藤堂さんは、口が堅いですからね。これからも、その調子でよろしくお願いします」

「口が、堅いにも条件はあるぞ」

浩志が頬を緩ませると、池谷はぴくんと頬を引き攣《つ》らせた。

「条件を出されるので……」

「芝の武器倉庫は、あのままの状態で、これからも俺に自由に使わせろ」

「いえ、それは困ります。下北沢の倉庫がからっぽのままでは商売に差しさわります」

「完全に公安が忘れるまで、ブランドのバッグでも入れとくんだな」

「せめて、ハンドガンのコレクションだけでも戻してもらえませんか」

池谷は、商売と言いながら、結局は武器コレクションが手元にないと寂しいのだ。

「がらくたなら、持って帰ってもいいぞ」

池谷の言うコレクションとは、今ではお目にかかれないような旧式の銃のことをさしている。

「わかりました。藤堂さんを信用して、セキュリティーキーは、そのままお使いください。ただ、ご使用になる際は、私に必ず報告してください」

「わかった」

池谷は、浩志が内調とどの程度関係があるか確かめたかったのだろう。しかし、逆に浩志に逆手を取られて、しゅんとして帰って行った。

四

雪を頂きに残す富士山の左肩に夕日が沈もうとしていた。オレンジから紫のグラデーションで描かれたこの風景を見れば、だれでもしばし言葉を忘れるというものだ。

演習初日の午後四時半に、陸上自衛隊駒門駐屯地の敷地で、特戦群のチームと傭兵チームが初めて顔を合わせた。特戦群は、陸自の戦闘服を身にまとい全員一列に整列して、待機している。その十メートル南側に米軍払い下げのくたびれた戦闘服を着た傭兵チームがばらばらに十人集まっていた。特戦群の面々が、口を引き締めて直立しているのに対して、傭兵チームは、にやけた顔で立っていた。実際はにやけているわけではないが、特戦群の隊員があまりにも真剣な顔をしているので、相対的にそう見えてしまうのだろう。

公式な隊長とされている瀬川が、二つのチームのほぼ真ん中に立つ長峰一等陸佐の元に立つと、特戦群チームの隊長である一色三等陸佐も、対抗するように瀬川の前に立った。

「私は、この演習が実現できたことを喜ばしく思う。本日私は両チームを審判する責任者として着任している。そのため、各チェックポイントだけでなく、この演習場には私の部下が漏れなく監視態勢を敷いているため、どちらの不正行為も漏らさずチェックする。両チームとも正々堂々と戦ってくれ。健闘を祈る」

長峰一等陸佐は短い挨拶の後、細かい注意事項を説明した上で、瀬川と一色三等陸佐に地図を渡した。地図には、目的地の補給基地と、それぞれのチームのチェックポイントが記載されていた。

腕時計を見ながら、午後五時ちょうどに長峰一等陸佐は「はじめ！」の号令をかけ、傭兵チームは南に、特戦群は北に進んだ。

立ち止まって検討するのももどかしく、瀬川はさっそく歩きながら地図上のチェックポイントを確認した。

「これは！」

瀬川が絶句したのを横目に浩志も地図に見入った。予想していたコースは、演習場の周りを時計と反対に回るものだとばかり思っていた。しかし、地図上には、一旦南下し、最初のチェックポイント通過後は、五キロごとにジグザグに北上するコースが描かれていた。まさにオリエンテーリングと同じで、チェックポイントを正確に読み取らなければ、いたずらに時間を費やすことになる。チェックポイントには、一応座標が記載されているが、GPS装置の使用は禁止されており、使用できるのは、方位磁石のみだ。地図上にチェックポイントを意味する小さな赤い点が記され、その横に、それぞれ違ったマークのシールがチェックポイントごとに監視担当官から貼られるそうだ。間違えて、途中のチェックポイントを逃せば、何度でもやり直すはめになる。

浩志は、歩きながら加藤を呼んだ。

「加藤、地形図は、すでに頭に入れてあるな」

「もちろんです」

加藤の特技は、トレーサーと呼ばれる敵を追跡する能力だ。バイクで市街地を追跡することもむろん得意だが、一番得意とするところは、野外での追跡だ。彼が二年間学んだアメリカの傭兵学校では、特殊なコースがいくつもあった。それは実戦ですぐに役立つように考え出されたもので、トレーサーコースは、その学校でも売りの一つだった。敵の足跡から、人数や体格、あるいはおおよその武器の検討までする。また、林やジャングルの中での標的の動きなど、原型はアメリカのインディアンから学んだ狩猟の技術を取り入れ、超人的な追跡技術を身につけるというものだ。

「このチェックポイントの位置を覚えろ」

加藤は、目を皿のように地図を見つめ、次に東の空に現れた星や、暮れ行く太陽の位置を確かめた。

「覚えました」

加藤は、心強く答えた。

「加藤、先頭を歩け」

浩志はチームに隊列の変更を命じた。

日が沈み夜空に星が輝き始めると、辺りは墨を塗ったような闇に包まれた。むろん演習場には、街灯も水銀灯もない。しかも運悪く月は半月で、足下を照らすほどではない。だが、加藤に言わせるとその分、星がよく見えるので、コースを見失うことはないという。

およそ一時間を経過したところ、最初のチェックポイントに到着した。小さな白い旗が立てられた野営テントの横に机が出され、監視員が三名待機していた。まるで、偽装でもするかのように設営されており、十メートルほど近づいてやっとわかる程度だった。

チェックポイントの係官は、チームに欠員がないか確認し、さらに持ち物に異変がないかチェックした。特に戦闘用背のうは、量りにかけて、出発前と比べるという念のいれようだ。重しになっている砂袋を捨てるようなことがないかチェックし、抜け駆けして、補給基地に先回りすることを防ぐためだ。チェックに十分もかけ、係官はようやく地図にシールを貼った。

「チェックでこんなに時間を取られるとは、思いませんでしたね」

瀬川は、同じ自衛官ということもあるのだろう。係官に聞こえるように大声で、浩志に話しかけてきた。

「気にするな、このままのスピードで行くぞ」

浩志も苦笑すると、加藤をまた先頭に立たせた。

今度のコースは、北北西に進路をとっており最初のコースより起伏があった。それでも、傭兵チームの足取りにはなんの変化もなかった。浩志は、時々後ろを振り返り、全員の表情や歩き方で体調をチェックしているが、時に目が合うと笑う者もいて、チーム全体にゆとりを感じた。また、しんがりには〝ドクターJ〟と呼ばれるジャンをつけている。もし、メンバーに異常があれば、彼が一番に気づくはずだ。

二番目のチェックポイントにも加藤は、迷うことなく導いた。

「十分休憩、全員ここで、レーション（戦闘食）を半分食べろ」

浩志の命令で、全員背のうからレーションを取り出した。

チェックポイントで時間を取られるなら、有効に使うべきだ。係官は、いやな顔をしたが、構わずみんな食べ始めた。自衛隊から支給されたレーションは、主食と副食が二個セットになったもので、内容は五目ご飯に牛肉の煮込みだった。レーションには通常、缶詰とレトルトタイプの二種類あり、今回はレトルトタイプで、残りは口を閉じて持ち歩くことができる。中身はほとんど市販品と変わらないが、量はかなり多めに入っている。とはいえ、体の大きい外人三人組には酷な量といえた。

瀬川が飯を食いながら、係官を睨《ね》め付けるように監視していたおかげで、予定した十分もたたずにチェックは終わり、休憩も早めに切り上げた。

「出発」

浩志が号令をかけるまでもなく、全員すでに背のうを担ぎ、隊列を作っていた。

このころ、特戦群のチームは、第二のチェックポイントを通過し、さらに一キロ先に進んでいた。まだ、レーションも食べていない。先頭の一色三等陸佐以下、黙々と歩いていた。

五

第三のチェックポイントを出発から四時間十分で通過。

係官の執拗なチェックを待っていると薄い霧が出てきた。足下を照らすライトをつけたので、心配するほどではないが、気持ちいいものではない。傭兵チームの面々は、頭からすっぽりと大きなビニールシートをかぶった。濡れることを嫌ったのではない。これは、サバイバルの専門家ジャンが考案した手製のサバイバルグッズで、シートの下にビニール袋を付けた特殊なものだ。シートに付着した霧や雨の雫《しずく》をビニール袋に集めることができる優れものだ。彼らは、まだほとんど支給されたペットボトルの水を飲んでいなかった。次に飲むのはこの袋に溜まった水だ。できるだけ、ペットボトルの水を飲むのを先延ばしにしようと彼らは、考えている。

第三のチェックポイントを出て、一時間四十分が過ぎたころ、加藤の足が突然止まった。

「第四のチェックポイントが、見つかりません」

「どうした」

「ここが、地図に記載された場所です」

「間違いないか」

加藤は、もう一度、霧を通して夜空を見上げ、さらにコンパスを使いわずかに見える星の位置から場所を特定したが、間違いないという。

浩志も地図で確認すると、全員を二人バディに分け、加藤を残し、加藤が示した地点を中心に残りの四組をそれぞれ九十度ごとに外向きに回転させて並ばせた。

「二十メートル進んだら、すぐ戻って来るんだ」

視界は、霧のせいもあり、ライトを照らしても二十メートルを切っている。この方法を繰り返し、チェックポイントを探す他ないだろう。チェックポイントの係官は、たとえこちらの存在を確認しても、位置を知らせるようなことはしない。こちらで探すしかないのだ。

最初の試みは、失敗した。次に、四十五度位置を変え、距離を三十メートルに延ばした。

暫《しばら》くして、浩志の位置から、東南の方角で瀬川の怒声が聞こえてきた。

「貴様ら、チェックポイントの位置をわざと変えたのか!」

その声を合図に、全員浩志の所に戻ってきた。浩志が残りのメンバーとともに声のする方向に行くと、瀬川が係官になっている隊員に摑み掛かろうとするのを、ペアを組んでいる田中が必死に押さえている光景に出くわした。

「瀬川、その辺にしとけ。チェックが遅れるぞ」

瀬川に怒鳴りつけられていた係官は、浩志が仲裁に入ったため、ほっとした表情をしている。

「藤堂さん、こいつらGPSを持っているくせに霧のせいだと言い張るんですよ」

瀬川は、係官から無理矢理GPS装置を奪い確認したところ、地図上のマークから東南方向に四十メートル近く離れていることがわかった。自衛隊の使う計測器の誤差の範囲をはるかにオーバーしている。それを見せられた係官はひたすら謝っている。見たところ、わざとではなく確認もそこそこにテントを設営したのだろう。

「おまえら、俺たちは三十分ロスした。そのつもりで、チェックしろ」

浩志に言われた係官は、敬礼をし、わずか五分足らずで作業を済ませた。

第四のチェックポイントを過ぎたところで、足場が急に悪くなった。浩志は、五分の小休止を取り、全員に装備の確認と水の補給をさせた。特に靴ひものゆるみで思わぬ怪我をすることがある。浩志も改めて、靴ひもをきつく結び直した。結んでいる途中で、足下に牛乳パックが捨ててあることに気がついた。どこかで捨てられたゴミが風で飛ばされてきたのだろう。心ない者はどこにでもいるものだ。浩志は、ふと牛乳パックを拾うと辺りを見渡した。五メートルほど右手に枯れすすきの群生があった。背のうから、ビニール袋を出すとなるべく濡れていない枯れすすきを適当にナイフで切っては、袋に詰め込んだ。それを見ていた辰也も同じようにビニール袋に枯れすすきを詰め込んだ。

「楽しみですね」

辰也は、すでに浩志の考えを読み取ったようだ。

「これは、爆破のプロの仕事だな」

そう言うとジミーを呼び、拾った牛乳パックと枯れ草を入れたビニール袋を渡した。

休憩後の行程も足場の悪さは、想像以上だった。

加藤は、身軽に歩いているが、後に続く者はそうはいかない。加藤は、振り返っては後続の足下をライトで照らし、どこが危険か教えてくれる。まるで何度も来たことがあるかのような行動をしている。加藤が学んだ傭兵学校の教官には、本物のインディアンがいて、土地を肌で感じる訓練をさせられたそうだ。むろん、教官の教えたことを理解できる者は、ほとんどいなかったそうだが、不思議と加藤にはそれができたという。おそらく天性のものなのだろう。

「加藤、第五のチェックポイントまであと何キロだ」

浩志は三分の小休止を入れた。第四のチェックポイントから、二時間経過していた。気温は、氷点下に近いが、寒さは感じない。むしろ全員額に汗を流し、ジャケットを脱いで、背中の汗を拭きとる者すらいる。

「あと二キロです。この分だとあと四十分はかかりますね」

予想通り、岩場に入った途端にペースダウンした。念のために全員の顔色をチェックしたが、脱水症状を起こしている者はいない。本来なら嫌われ者の霧のおかげで、ビニールシートで集めた水は、二、三十CCは溜まっている。浩志は、袋に溜まった水で口を潤した。辰也や、田中は、足が蒸れないように靴下を穿き替えていた。これは足の裏にマメができないためには有効な手段だ。

再び、岩場との奮闘が始まった。溶岩が砕けた場所は、時には鋭利な刃物のように研ぎすまされている。防刃性のあるプロテクターグローブを用意したのが、幸いだった。

加藤の予想を上回り、五十分経過したころ、野営用のテントが霧の中から現れた。霧の中から忽然と抜け出た浩志らに、係官は、慌てて机や椅子の用意を始めた。

「六分休憩。各自残りのレーションを食べ、水の補給もするように」

現在の時刻は、午前二時四分、スタート地点から九時間四分が経過した。予定していた時間より、三十分余計に時間をくった。補給基地までの距離、およそ五キロ。やっと射程距離に入った。

六

　チェックポイントでは、係官がいるため作戦の打ち合せはできない。公正だと言っていたが、特戦群の隊員を素直に信用できないからだ。浩志は、十分ほど進むと再び小休止を入れた。

「出発前に打ち合せした通り、俺と加藤とジミーは先に行く。あとの者は、辰也の指揮に従ってくれ」

「藤堂さん。藤堂さんの砂袋、俺、持ちますよ」

　京介が、前に出てきた。

「俺を年寄り扱いするつもりか」

「違います。俺、このチームで自慢できるのは、体力だけですから、せめて余分に砂袋持たせてください。これからの作戦は、一分一秒を争うはずですよね。お願いです！」

「…………」

　京介の真剣な眼差しに、浩志は圧倒される思いだった。

「これから、こいつをクレイジー京介とは呼べなくなるな、藤堂さん。こいつの言う通りにしてください。作戦上効果的ですから」

辰也は、京介の肩を叩きながら、進言した。

「砂袋を捨てるわけではありませんので、演習の規定に触れることもありませんよ」

瀬川も辰也に同調した。

「ついでに、加藤とジミーのも下ろしていけばいい。俺とミハエルは、日本人と体の作りが違うからな」

ジャンは、ミハエルと肩を並べて笑った。確かに、二人とも一九〇前後の男だ。二十キロ余分に荷物を持つことも可能だろう。

「わかった」

だが、大汗をかいている二人を見る限り、水分の補給をしなければ潰れることは目に見えている。

「加藤、ジミー、京介、ジャン、ミハエル。水が入ったペットボトルを出せ」

呼ばれた者は、訳もわからず、ペットボトルを出した。

「先に進む者は、荷物を託す者に、今持っている水の半分を渡せ」

京介は、すでに三分の二の水を飲んでいた。浩志は京介のペットボトルに水を入れた。まだ一口も飲んでいなかったので、京介のボトルは、ほぼ一杯になった。加藤やジミーも浩志に倣《なら》い自分の水を分けた。

「辰也、頼んだぞ」

加藤を先頭に、岩場を半ば走った。これから先は、敵に捕捉される心配があるため、ライトの先に赤いカバーを付けた。これで、光が遠くから見えにくくなる。

「ケン、おまえと仕事ができるなんてほんとにうれしいぜ」

ジミーは、後ろから浩志に話しかけてきた。走りながらまだ話すことができるのは、余裕がある証拠だ。

「頼むからレジオネール名で呼ぶのは、止めてくれ。紛らわしいだろう」

「おまえだって、この間、俺のことをホセと呼んでいたじゃないか」

「おまえの場合は、本名が間違っている。キューバ人なんだから、ホセの方が合っているだろう」

「ちっ、そうなんだ。子供のころから、ジミーっていう名でバカにされたよ。まるでアメリカ人のようだって」

「確かに、笑えるな」

ジミーとは、フランスの外人部隊では同期だった。新兵のころから、一緒に訓練をし、戦闘にも幾度となく出撃した。傭兵として独立してからも連絡を取り、同じ傭兵部隊で戦ったこともある。

「この仕事が終わったら、次の仕事はいつだ」

ジミーが、急にフランス語で話しかけてきた。

「わからない。あてにするな」

ジミーの魂胆は、むろんギャラだ。

「ホセ、無理に日本に残らなくてもいいいんだぞ」

ジミーはキャンプ場で、雰囲気にのまれて皆と日本に残ると言ってしまったのだろう。

「……後で考えさせてくれ。すまない」

本心は、金に関係なく行動したいのだろう。だが、キューバに残した家族や親戚のことを思うと自由に行動できないに違いない。辛いところだ。

「気にするな」

二十分走っては、三分の小休止をとった。加藤の足下をひたすら真似て岩場を飛び跳ねるように走った。平地を走るようにはいかないので、時速五、六キロといったところか。

加藤が徐々にスピードを落とし、懐中電灯も消した。しばらく腰を屈めるように歩くと、鉄条網で囲まれた窪地が目の前に出現した。模擬補給基地に着いたのだ。時計を見ると午前三時十四分、せめてあと十分早くたどり着きたかった。

目を凝らして、基地の様子を見たが、まだ、特戦群チームは着いていないようだ。だが、それも時間の問題だ。

「加藤、あの少し高い小山の陰で監視をしてくれ。もし、俺たちが知らせても気がつかないようなら、威嚇《いかく》射撃をしてすぐ撤退しろ」

加藤は、返事をした途端、走って小山の陰に隠れた。トレーサーとして加藤の体力は、やはり飛び抜けている。

「ホセ、行くぞ」

浩志は、ついジミーをホセと呼び苦笑したが、ジミーは気がついてないようだ。

模擬補給基地は、直径八十メートル、深さ二メートルのすり鉢状の穴の中にあり、その周囲は、途切れなく鉄条網が張り巡らされ、出入り口すらない。少しでも難度を上げようとする主催者側の姑息《こそく》さが読み取れる。

浩志とジミーはすぐさまペンチで鉄条網の一部を切り取り、敷地内に侵入した。補給基地本体は、敷地のほぼ中央に幅十六メートル、奥行き五メートル、高さは一番高いところで、三メートル近くある楕円形のいびつな土まんじゅうという外見をしている。出入り口は、工事中の様子から見当をつけていた西側にあった。鉄製の扉を開き、入り口近くの電源スイッチを入れると十五メートルほどの通路がまっすぐ伸びていた。通路の壁には、天井近くまで土嚢《どのう》が積み上げられている。

「ほう」

浩志は、補給基地と聞かされていたので、ただの倉庫のようなものをイメージしていたが、守備能力がある前線基地のような構造とわかり一人感心した。通路は蟻《あり》の巣のように、バンカーへ通じる穴が左右に三つずつ開いていたのだ。バンカーとは、銃眼が開けられた穴蔵で、敵に銃撃する場所だ。通路は、一メートルほどの幅があり、ほぼ東西の方角に向いている。通路の終点にも脱出口をイメージしたと思われる小さな出入り口があった。裏口近くには、三メートル四方の小部屋があり、その片隅に補給用の弾薬を入れた木箱と十リットルの水タンクが二つ置かれていた。また奥には毛布や医薬品を入れた箱が置かれたスチール棚もあった。

手始めに水タンクのキャップを外し、横倒しにしてタンクの水を空にした。次に木箱の中から八九式五・五六ミリ小銃の弾倉を二十個抜き取り、自分の背のうに入れると、MP五の弾倉が入った箱を外の土の中に埋めた。まだ整地したばかりのため、持ってきた携帯ショベルで簡単に穴を掘ることができた。その間、ジミーは、基地の表と裏の出入り口の扉に手榴弾を使ったブービートラップを仕掛けた。最後に、ビニール袋に詰めた枯れすすきを外の換気口に設置すれば、任務は完了する。

土まんじゅうのような基地の頂きに換気口はあった。四十センチ四方のコンクリートブロックが小山から突き出し、南側だけスリットが入ったアルミ製のカバーで覆われていた。カバーを外すと、直径二十センチのファンが顔をのぞかせた。

「牛乳パックは、いいぞ、ケン。こいつは裏にパラフィンが塗ってあるから、濡れていてもよく燃える。それに、この印刷面を剝がすと、油がよくしみる」

ジミーは得意顔で、着火用のガソリンが入った携帯の小瓶を出し、牛乳パックと枯れ草にまぶすようにガソリンをかけた。ジミーの作業を横目に、浩志はファンをドライバーで枠ごと取り外し、枠の一部をペンチで折り曲げて小さくすると、今度は裏向きにして、換気口の奥に入れた。これで、換気口のファンは、基地の電源を入れると同時に逆むきに作動することになる。そして、トラップに使う細い鋼線をファンのモーターの電極に繋いだ。

「まだか！」

浩志は、気が気でなかった。換気口は、補給基地の中心にある小山の上だ。目立つことこの上ない。

「待ってくれ、これをやったら、完璧なんだ」

ジミーは、八九式五・五六ミリ小銃の弾頭を外し、薬莢《やっきょう》からガンパウダーを振りかけるように枯れすすきに混ぜ、ビニール袋の中でクロスさせた。これで、モーターからバイパスされた鋼線が繋いだ二本の鋼線を袋の口を閉じた。そして、浩志がモーターの電極にショートし火花を散らせば、枯れ草に火がつく仕掛けだ。うまくいけば、湿気《しけ》った枯れ草が大量の煙を吐き、敵を基地からいぶり出すことになる。最後に換気口の入り口付近にガムテープで貼り付け、アルミ製のカバーを簡単にはめた。

「できたぞ」

ジミーは両手でガッツポーズを作った。

浩志は振り返って、加藤を仰ぎ見ると、加藤は、腕を大きく振って敵が接近してきたことを知らせていた。

「急ぐぞ！」

二人は、小山から滑りおり、鉄条網を切った場所まで斜面を登った。ジミーを先に鉄条網をくぐらせた瞬間、敵の銃弾が足下で土煙を上げた。いくら模擬弾でも当たれば、相当痛い。演習の規定では、基地周辺と敵との交戦中は、決められたゴーグルとマスクをしなければならないことになっている。むろん目に当たれば、最悪失明ということもある。

加藤がフルオートで応戦し始めた。本来、実戦では弾薬を消耗するため行わないが、一人で弾幕を張るには致し方ない。加藤の援護射撃で、敵が怯《ひる》んだ隙に浩志も鉄条網をくぐり抜け、二人はすり鉢の外に逃れることができた。

「ジミー、フルオートで撃て！」

態勢を整えると、二人は加藤を逃すために、反撃に移った。

二丁の小銃でも、フルオートで撃てばさすがに迫力はある。

加藤は、低い姿勢で後退し始めた。

「その調子だ。小山の陰をうまく利用しろ」

浩志は、弾が尽きるとすばやく弾倉を取り替え、再び撃ち始めた。加藤は、浩志たちの五メートル手前まで後退してきた。その時、二発の弾丸が加藤の背中に命中した。小山を回り込んだ敵が、側面から加藤を狙い撃ちしたのだ。うつぶせに倒れた加藤の背中には、蛍光ペイントが怪しく光っていた。

「すみません。藤堂さん」

加藤は、決められた白旗を右手に懐中電灯を左手に持ち、両手を大きく上げて立ち上がった。弾丸が当たった者は、戦闘の邪魔にならないようにすみやかにリタイヤすることになっている。この基地の三百メートル東に仮設の救護施設が設けられている。リタイヤした者は、演習が終わるまで、そこで待機することになっている。

加藤がリタイヤしたのを受けて、浩志らは一旦敵の射程外まで後退した。

七

浩志とジミーは、一旦退却したとみせかけ、基地の百メートル南側にある、まるで塹壕《ざんごう》のように穴が開いている窪地に身を隠し、敵の様子をうかがった。

特戦群チームは用心深く、なかなか動こうとはしなかった。こちらの出方を待っているようだ。しかし、浩志たちに動く意志はないので、時間がいたずらに経過していった。予想では、あと二十分もすれば、傭兵チームの本隊は到着するはずだ。業を煮やした敵は、補給基地の周りを偵察し始めた。鉄条網を破り、基地に至る斜面を降りるときが一番危ないからだ。彼らは、要所に見張りを置き、とりあえず、二名だけ基地に潜入させる作戦をとったようだ。残念なことに浩志たちのいる場所からは、一段低い基地を見ることはできない。

「くそっ！　見られなくて残念だ。表と裏から同時に入ってくれれば、一遍に片がつくのにな」

ジミーは、クリスチャンらしく、胸で十字を切ってみせた。

基地の西側から爆発音がした。

「どうした。一発だけかよ」

どうやら、裏口のブービートラップは見破られたようだ。

暫《しばら》くすると、鉄条網を潜り、上半身蛍光ペイントに染まった兵士が一人、形式通り、白旗とライトを両手に持ち、東の方角に消えて行った。なんとも無様な格好だった。

「今の見たかよ。ああはなりたくないぜ」

ジミーは、両手で口を押さえ、声を立てないように笑った。

浩志は時計を見ると、見張りとしてジミーを残し、穴からはい出した。

午前三時五十分になっていた。

今いる地点からさらに南に二百メートルの地点を集合場所にしていた。

浩志が、予定された場所で十分ほど待つと、暗闇から音もなく傭兵チームは現れた。

「遅くなりました」

「なに、予定通りだ」

浩志は、声をかけると同時に全員を細かくチェックした。一人の脱落者もなく、怪我人もない。顔の表情からしても体調を崩している者もなさそうだ。

「五分の小休止」

浩志の命令を受け、辰也は、その場にどっかりと腰を下ろすと、他のメンバーもそれに倣った。

「小休止は、三分で結構です」

辰也が明るく答えた。

「加藤がやられた。今のところ、九対九だ」

浩志の報告に仲間の顔が引き締まった。だが、浩志が背のうから八九式五・五六ミリ小銃の予備弾倉を二つずつ支給すると、小躍りして喜ぶ者もいた。

「出発だ。時間前に片付けるぞ」

浩志は、チームをイーグルとパンサーに分けると、パンサーを大きく迂回させ、基地の北側に回らせ、その間に、イーグルをジミーのいる場所まで前進させた。

穴蔵から顔を出したジミーは、暗い表情で報告した。

「特戦群は、基地に潜入したが、換気扇の仕掛けは、失敗したかもしれない」

特戦群が基地に入ってから、二十分近くたつが、換気扇はなんの変化もないらしい。あぶり出し作戦は失敗したようだ。

パンサーの移動を考慮し五分ほど待機した後、浩志はイーグルを鉄条網が見える位置まで前進させた。すでに鉄条網に立っていた見張りはいなくなっていた。敵の罠ということも考えられる。警戒しながらさらに鉄条網のところまで進んだ。いつの間にか基地の裏と表に土嚢を積んで、その陰に隊員が身を隠すように座っていた。わずか二十分足らずで、基地の防備を固めたようだ。ここまでくると攻撃側はかなり不利になる。基地の周辺には、銃眼がつけられたバンカーが南北に三つずつ、合計六つある。だが、基地の東西、つまり表と裏口にわずかな死角があるため、土嚢を積んで急ごしらえの銃場としたのだろう。基地の設計者は、わざと欠点を作ったにちがいない。

浩志は、全員に防弾のゴーグルと防護マスクを着用するように命じた。

換気扇を改めて見たが、何の変化もない。鋼線がはずれたのか、あるいは、ショートしたものの気温が低いので、火がつかなかったのかもしれない。

「ちくしょう！　どうして、燃えないいんだ」

ジミーは、地面を叩いて悔しがった。爆破のプロとしては、まるで子供だましのような構造だったが、それでもうまくいく自信があったのだろう。

「ミハエル。表の入り口の土嚢から見え隠れする奴を撃て」

浩志は命じた。裏と表にいる隊員は、うまく隠れたつもりでも、肩が時々隙間から見えたからだ。急場ということもあるが、土嚢の数が足りなかったのかもしれない。

ミハエルは照準を合わせて、三点バースト（三連発）で撃った。見事に隊員に二発命中した。するとわずか数秒の差で、裏手の隊員が狙撃された。パンサーチームの宮坂だ。これで、基地にわずかな死角ができた。浩志は、表と裏の見張りが白旗を上げて撤収するのを確認すると、チームを時計回りに、表の入り口に向けて移動するように命令した。これは、あらかじめ辰也と決めていたことで、時計回りに攻撃することになっていた。

「待ってくれ！」

ジミーが浩志の前に転がるように出た。

「どうして、燃えないかわかったんだ。気温が低すぎるんだ」

「わかっている。だが、夜明けまでには時間がかかる。待ってはいられない」

「換気扇を撃てば、火がつくかもしれない」

ジミーは、どうしても自分のミスが許せないらしく、必死に食い下がった。

「忘れたのか。銃に装塡されている弾は、ペイント弾だ。当たっても火花も散らないぞ」

「くそ！　こんな時、加藤がいてくれたら、潜入して直接火をつけることもできたのにな」

制限時間は、あと四十分ほどだ。東西の死角から突撃する他ない。だが、確かに攻撃はリスクが大きい。浩志は、渋い顔でジミーを見返したが、ふとジミーの言った言葉で閃《ひらめ》いた。

「そうだ。加藤だ」

浩志は、思わずそう言うと笑みがこぼれた。

ジミーは、首を傾げていたが、すぐに理解したようだ。

「そうか、確かに加藤を使えばいいんだ。トレーサーだ」

加藤は追跡のプロ（トレーサー）で仲間からトレーサーマンと呼ばれている。また、銃の弾丸で曳光弾のこともトレーサーと呼ばれている。トレーサーは、高温で燃え、軌道を描きながら飛んで行く小さな焼夷弾と考えればいい。通常その弾道に沿って銃撃を行うのだ。今回の演習では、弾頭がゴム弾になっている特製の曳光弾が支給されていた。

「ミハエル、トレーサーで、換気口を撃ってくれ」

「オーケー」

ミハエルは、弾倉を抜き、通常弾の代わりにトレーサーを三発入れた。照準を合わせ、トリガーを引き絞り三発撃った。トレーサーは、三筋の軌跡を描き、換気口に命中した。するとガンパウダーに引火したのか、バチバチと火花を散らしながら、みるみるうちに換気口から大量の煙が立ち始めた。しばらくすると煙は、換気口のすぐ下のバンカーの銃眼からも漏れ始め、次第にその範囲を広げていった。換気扇を逆向きにした効果は抜群だ。

基地内部から咳き込んだり、怒鳴りあう声が聞こえてきた。

浩志は、チームを正面入り口の西側に移動させた。

入り口の扉が乱暴に開くと、次々と特戦群の隊員が、我先に土嚢を乗り越えて、飛び出してきた。咳き込みながらも、果敢に銃を構え退路を確保しようとしているが、一旦外に出れば裸も同然だ。同様に東側の扉からも脱出しようと試みた隊員がいるらしく、パンサーチームが銃撃を開始した。

「撃て！」

浩志は、容赦なく銃撃命令を出した。特戦群の隊員は、次々と撃たれ、全身を血の代わりにペイント弾の蛍光塗料で染めた。最後に出てきた男は、銃も持たずに堂々と外に出ると、防護マスクとゴーグルを外し、両手を上げた。誇り高き男、一色三等陸佐の姿だった。

後からわかったことだが、特戦群のチームは霧の中無理な行軍をした結果、基地に着く前に一人が岩場で足を滑らせ、右足首を骨折し、一人が極度の脱水症状に陥り、リタイヤしていた。しかも、基地に着いたはいいが、予備の弾薬どころか水もなく、すでに敗戦ムードが漂っていたそうだ。一色三等陸佐は、浩志の姿を確認すると深々と頭を下げた。その潔《いさぎよ》さに浩志は彼の持つ男気を感じた。

軍艦島の死闘

一

演習の翌日から、傭兵チームは二日間の休みをとることになり、浩志は丸池屋のいつもの応接室にいた。

丸池屋が内調や公安警察の監視から外れたため、池谷が打ち合せをしたいと言ってきたためだが、会うなり演習の話題を持ち出し、自分がまるでその場で指揮でもしたかのように傭兵チームの自慢話になった。

「特戦群は戦う前から脱落者を出して、さんざんでしたなあ。もう少しいい勝負をすると思っていましたが、やはり格が違い過ぎましたね」

「やつらに運がなかったんだ」

彼らに不足していたのは、戦闘経験だった。いくら地の利があったとしても、フル装備で、視界の悪い悪路を平均時速四キロ以上で踏破したことを考えると、彼らの身体能力の高さがわかる。

「またまた、ご謙遜なさって、傭兵チームと特戦群チームの動きは、モニターされていました。傭兵チームの機動力と作戦の奇抜さに特戦群は翻弄《ほんろう》されたのでしょう」

演習が終わって、まだ一日しかたっていないが、池谷は、すでに演習の内容を知っているようだ。

「特戦群は、負傷者を出したが、次の演習は大丈夫なのか」

長崎の端島、通称軍艦島で行われる予定の第二の演習は、五日後に迫っている。

「もともと候補は、二十名いましたから、今回負傷した一名と脱水症状を起こした隊員の代わりはいくらでもいますよ。その証拠に、今回参加した八名と補欠候補の十名は、すでに軍艦島に渡って訓練しているそうです。気合いが入っていますよ」

「…………」

気合いを入れるのが悪いとは言わない。だが、国が特戦群というチームにいったい何を望んでいるのか、改めて疑問を持った。というのも、彼らが活動できる条件を国で確立してやらない限り、その存在価値はまったくないからだ。そもそも、陸自にこうした特殊部隊が作られた背景は、アメリカが中近東を中心に活動するテロ対策のサポートという面があるからだ。これは、自由民権党の右派による対テロ戦争に積極的に参加すべきという考えの現れだが、国民は、軍を派遣するより中近東の戦争当事国に、貧窮対策、医療対策などを始めとした民間協力を中心にすべきだという意見が多いのも事実だ。大佐の言うように日本に平和憲法を守らせるには、特戦群が役に立たないことを証明するために完膚《かんぷ》なきまでに叩き伏せるのが、一番の早道と思っていた。だが、特戦群の首脳部は、負けたら負けたで、あっさりと力不足を認め、ますます力を入れようとしているらしい。はたして、次の演習で実力の差を見せつけられたとしても彼らは、実戦配備できる特殊部隊を望むのだろうか。

「……というわけで、私としても、鼻高々でしたよ。……どうかされましたか」

池谷が、何か盛んに話をしていたのはわかっていたが、まったく聞いていなかった。

「まだ、疲れがとれませんか。それなら、演習が終わったら、温泉にでも行かれたらどうですか。いいところをご紹介しますよ」

「打ち合せはどうした。世間話をするなら帰るぞ」

「すみません。打ち合せというのは、次回の演習の件ですが、その前にご報告することが二点ほどあります」

上げかけた腰を下ろすと、応接室の奥の扉が開き、小柄だがスレンダーなワンピース姿の美人がコーヒーカップをのせたトレーを持って現れた。

女は、浩志ににこりと挨拶をし、コーヒーカップを丁寧に置くと、池谷の前にはこつんと音を立てて置いた。カップの音で、目の前の女が眼鏡をかけ、化粧もせずにいつもジーパン姿だった土屋友恵だと気づかされた。

「藤堂さん、私のイメチェン、びっくりしました?」

いつもならコーヒーを出すと、さっさと出て行くのだが、友恵はトレーを持ったまま浩志の前に立ったまま動こうとしない。

「……確かに驚いた」

友恵のあまりにも極端な変貌に、浩志はやっとの思いで声を出した。

「それだけですか」

「それだけって、他に何かあるのか」

「例えば、洋服のセンスがいいねとか、髪型がおしゃれとか」

「それじゃあ、とにかく前より、いい」

「ええっ、それだけですか」

友恵は、腕を組んで膨れてみせた。

「土屋君、その辺にしておきなさい。藤堂さんもお困りだ。そもそもトップレベルの傭兵に洋服だの、髪型だの、美的センスを聞くことが間違っているよ」

池谷は、褒めているのかけなしているのかわからない助け舟を出してきた。

「わかりました」

友恵は、浩志に微笑んで会釈すると部屋を出て行った。

「最近土屋君は、コンタクトレンズにしたり、化粧をしたりと急に色気づきましてね。藤堂さん、敵は、ブラックナイトばかりとはかぎりませんな」

意味ありげな池谷の言葉に、浩志は思わず背中に鳥肌が立つのを覚えた。

「話の腰を折られてしまいましたが、自由民権党の幹事長に就任した寺部代議士が、急に体調不良を理由に幹事長を辞めて、しばらく入院することになりました。むろん体調不良というのは世間向けのもので、情報本部からの報告では、どうも寺部代議士は、ブラックナイトに関わりがあったのではないかというものです」

「寺部代議士がね」

浩志はしらばっくれた。内調の杉本が、浩志から手渡された防犯映像をもとにブラックナイトとの関わりについて寺部サイドに詰問でもしたのだろう。寺部サイドも公の場で、追及されるよりもとりあえず、身を引いてほとぼりを冷ますつもりなのだろう。

「情報本部でも、事情がわからないのか」

「自由民権党の幹事長に進退を迫れる人物は、そうはいません。官房長官、あるいは首相自らということも考えられます。しかし、その裏で内調が動いているのではないかと彼らは見ているようです。昨年内閣情報官に就任された杉本秀雄という人物がどうもやり手らしいのです。調べてみたら、情報官に就任する前は、警察庁警備局外事情報部長をされていました」

「警備局外事情報部長? というと、海外のテロリストや、拉致問題に取り組んでいたということか」

杉本の履歴は、初耳だった。もっとも、聞いたところで人物を評価する指標にはならない。浩志は直接会ってはいるが、まだ信用したわけではなかった。そもそも、政府の要職につく人間を頭から信用しようとは思わないからだ。

「拉致問題は、膠着《こうちゃく》していますが、海外のテロリストということでは、日本に潜入したアルカイダの捜査本部設立に貢献した人物です」

「アルカイダの捜査本部?」

「ある大臣が友達の友達はアルカイダなんて馬鹿なことを言っていましたが、もちろん非公式です。公開したら、国民は不安になりますから」

池谷も政府首脳の軽薄さを愚痴った。各情報機関は、大臣の失言で奔走させられたようだ。もっとも諸外国は、日本の政治家の失言はその知能レベルが低いためと割り切っているらしいから大した問題にはならないのかもしれない。

防衛庁を防衛省にし、特戦群を創設し、各情報機関の統廃合を行い、内調のトップを警察庁警備局外事情報部から引っ張ってきた。政府は、国民の知らないところで対テロ戦争に備えている。あるいは、アメリカと歩調を合わせるために、枠組み作りをしているのだろうか。いずれにせよ、国民が気づいたころには憲法九条を変えなければいけないところまで、政府は、国の性格を変えようとしているのかもしれない。

　浩志は、友恵のいれてくれたコーヒーを一口飲むと、軽いため息を漏らした。

二

　浩志がコーヒーを飲む間、池谷は日だまりで昼寝する馬のように静かにしていたが、頃合いとみたのか、身を乗り出してきた。

「もう一つのご報告は、途中経過ですが、新井田と思われていた遺体の身元です。ただし、飽くまでも候補としてお聞きください」

「そろそろ、聞けると思っていた」

　新井田はS大学の教授をしていた。失踪後、警察も情報本部もその身元を調べたが、大学に提出された書類は、でたらめだった。そのため、新井田という姓名自体、架空ということになり、身辺調査もできなかった。

　二十一年前、Y大医学部出身という新井田はS大学の講師として採用された。S大学では他大学出身の場合、就職するにあたり、論文の提出が義務づけられているが、新井田は、高い評価を受け合格している。この時点で、S大学は、Y大に新井田の照会をしたが、卒業者名簿に名前が記載されていることを確認したのみで、それ以上の調査は行っていない。もっとも、医学部に提出する論文を書くほどの人物を疑うという頭もなかったのだろう。現在も新井田が殺人鬼だったという事実を知っているのは、浩志と関わりがあった警視庁のごく一部の人間と情報本部のみだ。そのため世間では、未だに新井田は、出張先で殺されたことになっている。

浩志は、遺体を探すにあたり、次の四つの条件を出した。条件の一は、年齢五十前後で、背中から撃たれて死亡した男。その二、死亡したのは今から、十六年から三十年前。その三、男は、猟奇的殺人事件の何らかの関係者。その四、職業は、芸術家や医者など知的な職種という条件だ。

「藤堂さんが出された第一の背中を撃たれた男という条件ですが、該当者はいませんでした」

浩志も銃で撃たれた死体を保存しているということは、世間で知られていないからできたことだと重々わかっていたが、一応絞り込みの条件に出していた。

「我々は、遺体だという概念から、死んだものとして調べていましたので、該当者はいませんでした。そこで、行方不明という条件で探したところ、該当者が出てきました」

「行方不明か。なるほど、続けてくれ」

「二十九年前に、札幌《さっぽろ》にある大道寺《だいどうじ》外科病院で凄惨な事件がありました。四十六歳になるこの病院の院長夫人と、十二歳の娘が首を切られ殺されました。現場には凶器となった外科用メスが残されていましたが、指紋鑑定の結果、当時四十九歳になる院長の指紋と判明しました。その後、院長の遺書が書斎から見つかり、経営に行き詰まった上での無理心中だとわかったのですが、当の院長はその後、行方不明になっています」

「確かに首を切る手口は、ひっかかりを感じるが、どこにでもあるような事件だな」

「我々も、当初そう思いました。ところが、この院長には、二十四になる双子の息子がいまして、当時二人とも東京のY大学医学部の大学院に在籍していました。しかも二人とも事件当日から行方不明になっています」

「……S大学での新井田の経歴も、Y大医学部出身ということになっていたな。卒業者名簿に書かれた新井田という名前は、後で加筆されたものだと聞いたが、そんなことができるのか」

「いえ、実際には加筆ではなく、東野《ひがしの》という学生の名前を書き換えたものだったそうです。おそらく新井田は、医学部の事務室に侵入し、東野という人物の記録をすべて書き換えたのでしょう」

「なるほど、もし、その双子が新井田なら、勝手知ったる自分の出身大学の事務室に、侵入するのも簡単だったのだろう」

「我々も、そう考えております。しかも、S大学に就職してから、講師、助教授から順当に教授にまでなっていますが、その評判は、実にいいのです。とにかく人の倍は働くと、大学の関係者は口をそろえて言っています」

「人の倍もなにも、一人の人物に二人が成り済ましていたとしたら、当然だな」

「それにしても、新井田が、双子の殺し屋だとしたら、驚きですね」

「双子なら、アリバイも簡単にできる。どちらかが、新井田教授になっていれば、もう一人は、ドクという殺し屋になれるからな」

浩志は、江東区有明の広場にブラックナイトの坂巻を呼び出し、新井田のことを聞いた時のことを思い出した。浩志は、十六年前の喜多見で起こった殺人事件の犯人が新井田かどうか坂巻に聞いた。坂巻は、難しい質問だと最初はぐらかした。てっきり、教えるのにもったいぶっているものと、その時は思っていたが、もし坂巻が、ドクと異名をとるプロの殺し屋が双子ということを知っていたのなら、あいまいな答えを出したに違いない。

「その双子の名は、大道寺というのだな」

「はい、兄が大道寺堅一《けんいち》、弟が大道寺堅二《けんじ》といいます。もし、二人とも生きているとしたら、五十三になっているはずです。新井田の年齢と同じです。父親の大道寺清隆《きよたか》が消息を絶った年は、四十九歳でした」

「なるほど。……父親の指紋と照合したんだろうな」

「それが、事件の捜査記録は残っていましたが、証拠類は残っていませんでした。いかんせん二十九年前の事件ですから。そもそも、事件の概要も札幌の新聞社のデータベースから引き出したもので、警察に書類が残っていたことすら奇跡のようなものです」

「そんなものか」

今と違い、デジタルで保存できない時代は、保管する場所を確保するのも大変だったことは容易に想像がつく。

「それにしても父親が失踪直後に殺されていたとしたら、遺体の年齢は、新井田より若くなるが、まさか腐乱死体の年齢まではわからないからな」

新井田の犯行で使われた指紋が、知られている限りでは十六年以上前のものはないことから、浩志は、大道寺の父親は失踪直後に殺されたとは考えていなかった。

「それが、名古屋港の死体から採取された爪と、新井田の研究室で発見された爪を比べたところ、死体の爪の方が若干若いと分析官は言っていました」

「爪で、そんなことまでわかるのか」

「もちろん正確な年齢までは、わかりませんが、爪甲縦条《そうこうじゅうじょう》でわかったそうです。爪甲縦条とは、爪の縦状の筋のことで年齢とともに増えるそうです。爪のシワですな。これが、死体の方が少なかったそうです」

「なるほど。去年名古屋港で見つかった死体が、長年標本のように保存されていた大道寺の父親だとすると、符合する点は、多いことは確かだ。後は、その父親をだれが殺したかということだな」

「もし、大道寺兄弟が殺したのなら、銃で殺害というのは、唐突なような気がしますね。いくら残虐な性格の持ち主でも、当時、二人とも学生でしたから。まさか銃を手に入れるために警官を襲ったなんてことはないでしょうね」

「銃を手に入れる方法は、金さえあればいくらでもある。何も警官を襲わなくたって、暴力団から買えばいい。それに、暴力団に近づいたことで、殺し屋となるきっかけになったのかもしれない」

「なるほど。おっしゃる通りですね。しかし、暴力団からの購入は調べられませんので、念のため警官襲撃事件があったかどうかは調べさせましょう」

「それから、大道寺兄弟の性格も調べる必要がある。彼らの若いころを知る人物はいないのか」

「捜査官を二人、札幌に急行させました。札幌でも東区の外れに大道寺の実家はあったそうです。残念なことに、八年ほど前に大きなマンションが建ってしまって、当時のことを知る人物はいなかったそうです」

「捜査官？　情報本部にも大道寺の身元を洗わせているのか」

警察はもちろんのこと、情報本部にも新井田の身元は、知られたくなかった。新井田を地獄に送り出すのは、自らに課せられた使命であり、権利だからだ。

「もちろん別件で調べさせています」

「それならいいが、彼らがいた高校なり、中学校は調べさせたのか」

浩志は、矢継ぎ早に質問した。元刑事の勘は、大道寺兄弟が新井田だと示しているが、その確証が欲しかった。

「どちらも、今、調査中です。ただ、先ほども申し上げましたが、情報本部から派遣されている捜査官は、警官ではありません。彼らも、身分を知られるのを非常に嫌う職業ですので、刑事のようには表立って聞き込み捜査をすることはできないのですよ。それをご理解ください」

「……わかった」

新井田とは早く決着をつけたい一心だった。しかも、凶悪な殺人鬼がこともあろうに双子の可能性が出てきた。未だに駒場野公園で襲われた時のことを思い出すと腹立たしさと悔しさが蘇る。あの時は、新井田を追い込み、あと一歩というところで、足にナイフを刺されてしまった。優勢に立っているという気持ちが油断させたのだ。

「演習が終わったら、俺も捜査に加わる」

「そうしていただけるとありがたいですね」

今は、じたばたしても仕様がない。五日後の演習に備えるだけだ。

三

丸池屋での演習の打ち合せは、軍艦島の地形図や航空写真等の資料をもらえば済むはずだったが、途中から瀬川も加わったため、資料の検討まですることになり、丸池屋を出たのは、夜の七時を過ぎていた。浩志は、行きつけの店、五反田《ごたんだ》の「須賀川《すかがわ》」で食事をとることに決めていたので、食事を一緒にという池谷の誘いを断った。井の頭線で渋谷まで行き、ＪＲに乗り換え山手線に乗った。

（うるさい奴だ）

丸池屋を出た時から、尾行されていることに気づいていた。行き先は、飲み屋なのでとりあえずほうっておいたが、尾行者はどこまでも尾《つ》いてくる様子だ。しかも、あまり距離をおかずに尾けてくる大胆さだ。渋谷で山手線に乗る際、電車の窓ガラスに尾行者の姿が一瞬映った。背の高い外人だった。おそらくブラックナイトの傭兵チーム、セルビアタイガーのメンバーだろう。

浩志は、品川《しながわ》まで乗り越し、駅の北口近くにあるコンビニに入った。レジにスポーツ新聞と千円札を出し、

「今年は、菜種梅雨が遅いな」

というと、対応した店員が、

「もうそろそろですよ」

と答え、おつりにまぎれるように小さな鍵を渡してきた。

浩志は、その鍵を使って、北口にあるコインロッカーを開けて、中から小さなサブザックを取り出した。傭兵代理店のサポートプログラムの一つで、コードネーム「プレゼント」を始動させたのだ。

傭兵代理店には、契約しているAから特Aクラスの傭兵には、サポートプログラムという支援システムが用意されている。その中で、「プレゼント」と呼ばれるシステムは、傭兵が身の危険を感じた場合、武器を貸し出すサービスで、欧米の代理店にもない池谷の店独自のものだ。武器が入ったサブザックは、東京、品川、渋谷、新宿、池袋《いけぶくろ》、上野駅の六ヶ所の駅構内のコインロッカーに保管してあり、その鍵は、池谷が経営する駅前のコンビニで合い言葉を言って受け取ることになっている。

浩志は、サブザックを肩に担ぐと、駅構内をまっすぐ突っ切り、南口のロータリーに降りるエスカレーターに乗った。サブザックのサイドポケットから、チューブに入った薬を出し、手にまんべんなく塗った。これは、樹脂を揮発材で溶かした物で、乾くと薄い皮膜になる。指紋や硝煙反応を防ぐためのものだ。

南口のタクシー乗り場で、タクシーに乗った。時間が早いため、待つこともなく乗れた。

「東京入管まで、行ってくれ」

場所柄、品川埠頭にある東京入国管理局庁舎に行く者も珍しくないと見え、タクシーの運転手は素直に頷いた。

タクシーは、旧海岸通りを右折し、海岸通りも渡ると大きなゲートがある港南大橋を渡り、東京入国管理局庁舎前で停められた。ものの三、四分の乗車だった。

浩志は、尾行者のタクシーが近くに止まるのを確認すると、埠頭の突端に向かって走り出した。そして、大きな倉庫の前に無数に並べられた野ざらしのコンテナの一つに素早く身を隠した。サブザックの中を確認すると、マカロフとアーミーナイフと特殊警棒が入っていた。去年、このシステムを使った時は、銃はトカレフだった。最近の闇の流通を反映させ、マカロフに変えたのだろう。扱いはもちろんマカロフの方が上だ。浩志は、特殊警棒をポケットに入れ、マカロフの弾倉を抜き、弾丸のチェックを素早く済ませた。

尾行者は、コンテナの近くまで走ってくると、辺りを見渡し、懐から銃を抜いた。そして、足音を忍ばせ、コンテナを一つ一つ、調べ始めた。

浩志は、男が近くを通るのをやり過ごすと、まるでネコ科の動物のように気配を消して、男のすぐ後ろに立ち、その後頭部に銃口をあてた。

「死んでもらおうか」

「撃つな！」

男は、英語で叫ぶと慌てて両手を上げた。

「シグを人指し指だけで引っ掛けるように持て」

男は浩志に言われた通り、トリガーガードに右人指し指を突き立てるようにして、九ミリパラペラム弾を使用するシグザウエルを持った。

浩志は、注意深く男から銃を取り上げた。

「勘違いするな藤堂。俺は、ただのメッセンジャーだ」

「そのまま、真っすぐ岸壁まで歩け」

「話を聞け、後悔するぞ！」

「聞いてほしかったら、言われた通りにしろ！」

男は、生唾を飲み込むと、ゆっくりと岸壁まで歩いた。

浩志は、男の銃を海に投げ捨てた。

「撃つかどうかは、おまえ次第だ」

「わかった。振り向いていいか」

「そのままで、話せ」

男は、ゆっくりと頷いた。

「俺は、ブラックナイトに所属する傭兵だ」

「セルビアタイガーか」

「何！　……そうか、坂巻から聞いたんだな。まあいい。やつも死んだことだしな。我々ブラックナイトは、おまえを仲間に入れようとしたが、激しい抵抗にあったため諦めることにした。しかも、おまえの妨害工作のおかげで、日本における基盤も失いつつある」

「寺部代議士もブラックナイトから、手を引いたのか」

「そういうことだ。日本の政治家は、工藤代議士で見せた我々のデモンストレーションだけでは、もの足りなかったらしい。そこで、我々は、新たなデモンストレーションをすることにした」

「何だと！」

「心配するな。今度は、裏の工作員や外注を使ったりしない。我々、セルビアタイガーがブラックナイトの攻撃部隊としてのパワーを見せることになった」

「おまえらに何ができる」

浩志は、セルビアタイガーの恐ろしさを充分に知っていたが、あえて軽くあしらった。

「軍艦島と呼ばれている島で、おまえの率いる傭兵チームと実弾の演習をしてやる」

「笑わせるな。だれが、おまえらと演習などするか」

「ただのデモンストレーションじゃつまらないだろう。何と言っても演習は華があるからな。軍人ならそれぐらいわかるだろ。それにおまえの首を持って来いと本部から指令が出ている。おまえも死ぬなら堂々と死にたいだろう。それとも自衛隊の特殊部隊を皆殺しにされてもいいなら、断るがいい」

「馬鹿な。特戦群をおまえらが、捕虜にしたというのか」

「俺の上着のポケットに証拠がある。取り出してくれ」

「膝を突いて、片手で出せ」

男は肩をすくめて見せると、ゆっくりと膝を突き、右手を上げたまま左手でポケットを探ると小さなプラスチックのケースを出した。

「箱を下に置き、一歩前に出ろ」

「恐ろしく用心深いやつだな」

男は言われた通りにした。

浩志は箱を拾い上げ、用心深く蓋を開けた。

「きっ、貴様！」

中に入っていたのは、血が付いた人の右耳と認識票だった。よく見るとローマ字でトオル　イッシキと刻まれていた。

「くそっ！　一色三等陸佐を殺したのか！」

浩志は、銃底で目の前の男のこめかみ近くを殴りつけた。

「止めろ！　そいつは生きている。俺を殺せば、捕虜は全員殺されるぞ！」

男は、四つん這いになりながらも虚勢をはった。

「なぜ俺だけ狙わない」

「陸自最強の特戦群におまえらは勝ったろう。俺たちが、いまさら、特戦群相手にデモンストレーションをしたところで、仕方がないんだ。その証拠に俺たちは、やつらを簡単に捕虜にできた。おまえらに勝ってこそ、俺たちの力は誇示できる。それに、おまえらに仲間が何人か殺《や》られている。うちのボスも弔《とむら》い合戦を望んでいるというわけだ」

丹波山村で交戦した際、浩志が倒した重機関銃の男以外にもセルビアタイガー側に負傷者が出ていたようだ。だが、何かひっかかるものを感じる。

「日本の政治家に軍事力を見せつけたところで、尻込みするだけだ。意味がない」

「さすがに鋭いな。おまえの言う通りだ。本部ではすでに日本という市場に魅力を感じていないらしい。日本という国自体が落ち目だからな。まあ、日本の景気が回復するまで、当分の間は、おあずけというところだ」

「おまえらの本当の狙いは何だ」

「おまえには、これから協力してもらわなければならないから、特別に教えてやろう。今回の演習は、中国とインドの新規開拓の広告に使うらしい。我々の力は、すでに欧米や中近東では知られているからな」

日本最強の特殊部隊を手玉にとり、救援の部隊も殲滅《せんめつ》させれば、汚職がはびこる中国やインドの政治家にはさぞ喜ばれることだろう。

「条件は」

「条件は、簡単だ。おまえらが軍艦島で捕虜となっている特戦群を十六時間以内に救出できなければ、皆殺しということだ」

男は、部外秘である特戦群との演習のことを知っていた。とすればブラックナイトは、まだまだ日本の政府に近いところに情報網を持っているようだ。

「わかった。俺のチームは現在十名しかいない。おまえらは、何名いるんだ」

「我々も、人数は合わせる。その他に条件は、十二時間以内におまえのチームだけで来ること。現在午後八時だ。明日の午前七時が門限ということだ。遅刻は許されない」

「ふざけるな。移動だけでも、何時間かかると思っているんだ。それに、仲間と武器を集めていたら、十二時間で行けるか！」

「それをやるのも、チームとしての能力だ」

「…………」

「武器は、無反動砲やロケット弾、グレネードランチャーを含む重火器は、禁止する。これに関しては、我々も守る。携帯する武器は、アサルトライフル、ハンドガン、手榴弾、それにナイフ類は、許可する。以上だ」

「おまえら、生きて日本を出られると思っているのか」

「当然だ。おまえのチームに負けるとは、思っていない。それに、演習終了後、俺たちが、無事に日本を脱出できない場合も捕虜を皆殺しにすることになっている」

「…………」

「わかったようだな」

男は、何事もなかったように立ち上がり、ズボンの汚れをはらってみせた。浩志が何もしないとわかると、右手でポケットから小型無線機を取り出し、振り返らずに後ろに突き出してきた。軍隊で使う頑丈なフレームの無線機だ。

「受け取れ。島に上陸したらスイッチを入れ、俺たちに知らせろ。周波数は変えるなよ」

浩志は、男の右手から無線機を取り上げた。男は、空いた手をバイバイとばかりに後ろ向きに振り、そのまま岸壁沿いにゆっくりと歩き始めた。浩志は、マカロフをジャケットのポケットにしまい、闇に紛れようとする男の後ろ姿を横目に岸壁を急いで離れた。

四

セルビアタイガーのメンバーから軍艦島の特戦群が捕虜になっているという情報を得てから、六時間後、緊急招集された浩志の率いる傭兵チームは、立川《たちかわ》駐屯地から離陸したC－一三〇H、米軍で〝ハーキュリーズ〟と呼ばれる大型輸送機に乗っていた。

二日間の休暇にも拘わらず、仲間の傭兵たちは都内のホテルやスポーツジムで思い思いに体を鍛えていた。浩志の連絡を受けた彼らは、集合場所に指定された傭兵代理店に一時間とかからず全員、集合した。

仲間に招集をかけたころ、軍艦島にいる特戦群の隊長一色三等陸佐から、武装集団に襲われ、捕虜になったと特戦群司令部に連絡が入ってきた。そして、浩志が聞いたことと同じ内容のメッセージを伝えてきた。これを聞いた特戦群の司令部では、陸自の上層部を交えただちに作戦会議を開いた。当初会議の席で、特戦群の中から救出チームを編成し、軍艦島に派遣すべきだという意見が上級幹部の大勢をしめた。しかし、現場のトップである長峰一等陸佐ら指揮官は、敵の要求通り、浩志のチームに任せるべきだと主張した。両者は、譲らず会議は四時間にも及び、最終的には、十八名の隊員が捕虜になっていることから、条件付きで浩志たちのチームが現場に派遣されることになった。条件とは、もし、浩志らが救出に失敗したときの後詰めとして、特戦群のチームを追加投入することだ。そのため、浩志たちが乗るC－一三〇H輸送機には、二十名で構成された特戦群の救出チームが二チーム同乗していた。

「連中、四十名もいますよ。小学校の遠足じゃあるまいし」

浩志の隣に座る辰也は、まるで化石のようにじっと動かない特戦群の人数を数えて首を傾げた。彼らは立川基地でC－一三〇H輸送機に先に乗り込んだため、傭兵チームは、仕方なく輸送機の後尾に陣取った。

傭兵チームは、世間話をしてくつろいでいるが、無言で微動だにしない特戦群のチームからは触れれば怪我をしそうなほど緊張した空気が伝わってくる。

「遠足？　葬式の間違いだろう」

辰也の向かい側に座っている宮坂が、肩をすくめながら言った。

「その辺にしておけ、連中も真剣なんだ」

浩志は、静かに二人をいさめた。

「あと一時間で福岡空港に着く。全員装備の点検をしてくれ」

装備は、すべて特戦群から支給された。そのため、夜間用の黒の戦闘服を全員着用している。だが、アサルトライフルは、前回の演習で各自が調整した八九式五・五六ミリ小銃を持つことにした。特に狙撃手のミハエルと宮坂の銃には、狙撃用のスコープを付けさせた。また、ハンドガンは、傭兵が普段持ち慣れたベレッタを希望したため、こればかりは傭兵代理店からこっそりと支給させた。また、陸自のアサルトジャケットも支給されたが、ほとんどの者は、使い慣れたブラックウオーター社製のタクティカル・ベストを使用している。この会社が製造販売する武器や装備類は使いやすいと評判で、浩志も好んで使用している。このベストに予備の弾丸とアップル（手榴弾）を三個装着し、ベルトには、水筒とハンドガンの予備弾丸が付けられている。また、小型の戦闘背のうには、サバイバル用の固形食料の他は各自思い思いに荷物を詰めていた。荷物は自分の経験値から自ずと変わるものだが、無駄なものは入れない。ただし、爆破のプロ、辰也とジミーの荷物には、高性能プラスチック爆弾C４と起爆装置が入れられている。

一時間後、C－一三〇Hは予定通り福岡空港に着陸した。空港の敷地内にある航空自衛隊基地のヘリポートから、傭兵と特戦群のチームは、大型輸送ヘリCH四七Jに乗り換え、海上自衛隊佐世保《させぼ》基地に移送された。磯辺地区にある警備隊の敷地に、緊急着陸したヘリから降りる浩志たち傭兵は、海上自衛隊の久米《くめ》海曹長に出迎えられた。

「ご苦労さまです。出撃までは、私、久米海曹長が皆様をご案内いたします」

一度動き出せば、さすがに自衛隊の行動に遅滞は感じさせなかった。陸自の輸送機で移動し、海自の管轄に移っても彼らの行動は、日頃の訓練の厳しさを物語っていた。

警備隊詰め所がある埠頭には、掃海艇四艇、輸送艦が二隻、護衛艦が一隻、接岸されていた。一見より取りみどりと言いたいところだが、この中で一番船足が速い護衛艦でも、最高速度は二十七ノット（約五十キロ）程度の旧式のものだった。

「嘘だろう！　間に合わないぞ」

掃海艇を見た瀬川が、案内役の久米海曹長に食って掛かった。

すでに十時間近くかかっている。ここから、軍艦島まで七十キロ以上離れている。二十七ノットのフルスピードで進んでも、二時間近くかかってしまう。

「すみません。あと二十分ほどお待ちください。必ず時間内にお送りします」

渋々久米海曹長に従い、傭兵チームは湾に近い空の桟橋で待った。その間、特戦群は後詰めとして、護衛艦に乗り込み、先に出航した。

待つこと十四分、期待した艦艇は意外に小振りだった。

「訓練中だったので、呼び寄せるのに時間がかかりました。高速ミサイル艇です」

久米海曹長は胸を張って、港に現れた小型艇を指差した。一号型ミサイル艇だった。

一号型は、航続能力と不審船対処能力を向上させた新型艇〝はやぶさ型〟よりも排水量は四分の一と小型だが、水中翼船という構造のため、速力は四十四ノット（八十一キロ）の新型艇よりわずかに上回る。

「この艇は四十六ノット（八十五キロ）の高速艇です。皆さん急いでお乗りください」

久米海曹長は自ら先に乗り込み、急ぐように手を振った。

全員乗り込んだのを確認すると、ミサイル艦は波しぶきを立て、夜明け前の佐世保港を出航した。そして、湾を抜けると次第にスピードを上げ、水中翼を海面に現すと、まるで海を切り裂く弾丸のように突き進んだ。

久米海曹長によると、先に出航した護衛艦は、軍艦島の沖合北三キロの地点で待機することになるという。

四十分後、ミサイル艦は軍艦島の南一キロの地点に停泊した。排水量五十トンとはいえ、ミサイルランチャーを装備した船体をさらし、無用に敵を刺激するわけにはいかない。ここから、二艇のゴムボートに分乗し、軍艦島を目指すことになる。

「急げ！」

浩志は、イーグルとパンサーにチームを分け、ゴムボートに乗り込んだ。

「ご武運をお祈りします」

久米海曹長が、古くさい言い方をすると浩志らに敬礼をした。その真摯《しんし》な態度に浩志らも応え、それぞれ出身の軍隊式敬礼で返した。

「行くぞ！」

浩志の号令下、二艇のゴムボートは夜明け前の海にこぎ出した。

長崎県端島は、南北の長尺で四百八十メートル、東西の短尺で百六十メートル、周囲一・二キロメートルの小島だ。周囲のそそり立つコンクリートの岸壁がまるで軍艦を思わせることから、軍艦島と呼ばれる。

島の周囲には、何ヶ所か船が停泊できる場所があるが、高層アパート跡がある北側は避け、比較的低い建物しかない南側の突端にせり出した防波堤から潜入することに決めた。高層アパートから上陸地点が発見、まして狙撃されないとも限らないからだ。

近づくにつれ、沈み行く月を従え軍艦島はその異様な姿を巨大化させた。まるで島自体がゴムボートに接近してくるような錯覚すら起こさせる。

軍艦島は、一九七四年に無人島になっている。この廃墟を世界遺産に登録しようとする動きもあり、NPOも発足しているにも拘わらず、よく演習に使えるようにしたものだと、異形とも言える人工の島を目の当たりにして、浩志は呆れながらも感心した。もっとも島は、立入禁止地区になっているため、演習は飽くまでも秘密裏に行うということなのだろう。しかも、現実には本来演習を行うべき特戦群が人質になっているとだれが考えるだろうか。

浩志の乗るイーグルチームのゴムボートが防波堤にこぎ寄せると、身軽な加藤が一番に上陸し、岸壁に続く階段を駆け上がり、偵察に出て行った。浩志は、上陸を指示すると、岸壁に張り付くように全員を待機させた。ゴムボートは、本来海から引き上げて、どこかに隠すべきなのだが、二メートル以上ある高い岸壁を上げる時間などない。だがそのままにして敵に発見されるようなへまは許されるはずもなく、切り裂いて空気を抜き岸壁の隙間に隠した。

「イーグルマスター、敵の姿はありません」

全員高性能のハンドフリーのインカムを装備している。加藤の押し殺した声が、インカムを通して、クリアーに聞こえた。今回の作戦は実戦のため、通信はコードネームを使うことになっている。

浩志は、右手を軽く上げ、進撃の合図を送った。

五

自らメッセンジャーと名乗った男から、上陸したら、無線機で連絡をするように言われていた。だが、人質をとるような連中との約束など守るつもりはない。最初に時間制限を受けたのは、十二時間以内に上陸することだ。現在時刻は午前六時十五分、約束の時刻まで、あと四十五分もある。時間は有効に使うべきだ。

輸送機で移動中に、辰也と瀬川を入れて、敵の配置を検討してみた。島は、ほぼ南北に横たわり、建物の分布は人工的な島らしく、住居、公的機関、炭鉱地区とはっきりと区分されていた。当時の住民の住居スペースのほとんどが島の西半分にあり、北部の東側は学校や体育館などの公的施設が集中する。また十階建てのビル群は、北部の中央に多く位置している。残りの東側は炭鉱関連の施設になる。この中で、基地として使いやすいのは、島の歴史で後期に作られたビルで、比較的海岸線に沿って点在しているらしい。島全体の建物は修復されることもなく風化による崩壊が激しく、初期に作られたものは、鉄筋コンクリートでも基地にするどころか、立ち入ることすら危険に違いない。

浩志たちは、敵のアジトを推測するにあたり、地図上のすべての建物に建築年と構造を書き込んだ。すると北側の中央部の建物の多くは、大正時代に建てられたものが多く、基地として使うには不適合と判断できた。だが、島は中心部から周辺に発展して行った歴史があり、比較的新しい建物は、島の西、北、東北部のそれぞれ海岸沿いに存在し、どの建物か特定するのは、困難だった。また、島の中央部は、小山のように高くなっており、そのヘソともいうべき場所にも、昭和三十四年に高い社宅が建てられていた。敵が見張りを置くとすれば、この建物が怪しい。そこで、この建物とほぼ同じ高さがあり、小山のほぼ頂上に立っている機械室跡に登り、島全体を偵察することに決めた。

機械室跡まで上陸地点から五百メートル。道は狭く、その上瓦礫《がれき》が散乱し足場も悪い。満足な隊形も取れず、一列縦隊で進まねばならない。十人とはいえ隊列が長く伸びるが致し方ない。瓦礫や崩壊した家屋《かおく》の陰を縫うように、浩志らは用心深く小高い丘を登った。

機械室は、六メートルほどの窓もないコンクリート製の建物で、建物の半分は倒壊し、建っているのが不思議なくらい崩壊が進んでいる。陸自から提供された資料によれば浮選機室と呼ばれ、石炭とゴミを選別する所だったらしい。

時刻は、午前六時三十分。浩志は、リストウォッチで時間を確認すると、さすがに焦りを感じた。意を決すると、ミハエルと宮坂を建物の一階に待機させ、他の者を周囲の警戒にあたらせた。所々抜け落ち錆《さ》びついた鉄製のらせん階段を一人で登った。すでに日は昇り始めたが、所々穴の空いた壁から漏れる薄日だけでは、建物の中を見渡すこともできない。小型のサーチライトに赤いフィルムカバーを取り付け、光が外に漏れないように足下を照らしながら登った。

途中一段抜け落ちている階段をまたごうとして、浩志は足を引っ込めた。ライトのカバーを外し、足下を明るく照らすと、抜け落ちている階段とすぐ上の階段の途中に一本の鋼線が反射して見えた。鋼線の端は、らせん階段の支柱に結びつけてあった。鋼線を支柱とは反対側に指でたどっていくと壁の裂け目に安全ピンを外したアップルが固定されていた。鋼線に足を引っかければ、アップルの安全レバーが外れ爆発するという簡単なブービートラップだ。この場所にトラップを仕掛けるということは、敵にダメージを与えるというより、敵の侵入を知るためだろう。本来ならできるだけ触らない方がいいが、鋼線をまたいで上の段に行くには足場が少々悪い。それに一段上の階段も、傷みが激しい。またいで段に足をかけた途端に抜け落ち、結局鋼線を引っかけるという無様なことにもなりかねない。

浩志はライトを壁の裂け目に向け、アップルの状態を観察した。アップルは、ワイヤーで固く固定されているため簡単に外せそうにない。浩志が着用しているタクティカル・ベストには、予備の弾薬を入れるポケット以外にも小物を入れておく小さなポケットが沢山ついている。左胸の小さなポケットから浩志は大きめのクリップを取り出した。クリップは、意外と使い道が多く重宝する。特に地雷やこうしたトラップを処理するには必需品だ。クリップの先を伸ばすとアップルの安全ピン用の穴に差し込んだ。これで、アップルは固定され爆発しなくなる。次に右胸のポケットから小さなペンチを取り出すと、アップルの安全レバーに繋がっている鋼線を切断した。地雷やこうしたトラップを解除した経験は何度もあるが、そのたびに額に冷たい汗をかく。銃撃戦と違い、アドレナリンが出ない分恐怖感は直に伝わってくるからだろう。

浩志は、腰を屈め目線を低くして階段を登った。ブービートラップは、人目に触れないようにわざと目線より低く作られる場合が多いからだ。

屋上に通じるドアは、木製だったのか幸いなことに蝶番《ちょうつがい》を残してなくなっていた。もし、あったとしたら、間違いなくブービートラップが仕掛けられていただろう。穴蔵から抜け出すように朝日に染まる屋上に出ると、まるで爆撃でも受けたように屋上も三分の一が抜け落ちていた。屋上の壁は、六十センチほど立ち上がっており、その壁も所々崩れていた。崩れた壁からは、周囲が見渡せ、狙撃するのにちょうどいい。場所的には、島で一番高く見晴らしがいいのだが、いつ建物が崩壊するかわからない状態では長く留まるのは危険だろう。ブービートラップを仕掛け、敵が見張り所としなかったのも頷ける。

崩れた壁の隙間から、地図で確認した建物の屋上を見た。距離は、北北東に百二十メートルほどか。

（いたぞ！）

建物の屋上、東と西に一人ずつ狙撃兵が陣取っていた。予測は的中した。それぞれ、ドラム缶や壊れた木箱で身の回りを囲って、偽装している。だが、完全に身を隠そうとまで気を使っているとも思えない。まさか、今にも崩れそうな建物に敵が登るとは思っていないのだろう。戦地では、距離が離れていても障害物がなければ、油断できない。銃撃戦をしている紛争地から一キロ近く離れていても、流れ弾で死ぬこともある。また、中近東では祝賀などで発砲する兵士がいるが、上空に向けて発射した弾が、離れたブロックの通行人に当たり死傷者を出すという事故は日常茶飯事だ。

西側の狙撃兵は背を向けているが、両足を露出させている。また、手前に位置する東側の狙撃兵は、わずかに頭部を露出させていた。

浩志は、ミハエルと宮坂を屋上に呼び寄せると、二人は浩志の両脇に立て膝をつき、すぐに狙撃の準備を始めた。

「爆弾グマ。応答せよ」

「こちら爆弾グマ。異常ありません」

辰也が応えた。

「作戦通り、隊をまとめて進行しろ」

狙撃を開始すれば、位置がばれる。部隊をすみやかに移動させなければならない。戦闘では、必ずしも先手必勝とはいかない。先に手を出した方が、負けることもありうる。

「爆弾グマ、了解。イーグルマスター、お気をつけて」

「おまえもな」

傭兵は、戦闘中でも日常会話のように挨拶を交わす。だが、それは生と死の境でやりとりする者の心構えの現れだ。

戦闘開始

一

雲一つない青空に向かい太陽は次第に輝きを増しながら、登り始めた。潮風は頬をなでる程度、遠くで海鳥の鳴き声が時折聞こえる。死に絶えた島の弛緩した雰囲気とは裏腹に、島で一番高所の建物は恐ろしいまでに張りつめた空気の中にあった。

浩志は、機械室跡屋上の北東の端から、やや低い位置にある建物を双眼鏡で見た。敵の二人の狙撃兵はまだこちらに気がついていない。

すでに太陽は、程よい照明を島全体に与えている。

東側をミハエルに、西側を宮坂に狙わせると、無線機を取り出し、スイッチを入れた。

「聞こえるか。藤堂だ。たった今、島に上陸した」

「……七時三分前だ。怪しいぞ。まだ海上にいるんじゃないだろうな。間に合わずに嘘をついているんじゃないのか」

昨日会った男とは違う、渋い声の持ち主だが、訛《なまり》の強い英語で応えてきた。男は、時間ギリギリのため、浩志たちがまだ上陸していないと思っているようだ。ひょっとして、特戦群の司令部内で話がこじれていたことを知っていたのかもしれない。あるいは、浩志のチームを見くびっているのだろう。

「どうして、疑う」

「我々を甘く見るな。おまえらは、C－一三〇で来たはずだ。あんな旧式のプロペラ機でまともに間に合うとは思えない」

「そこまで言うなら、二発発砲する。それが合図だ」

「わかった。それが、演習の開始の合図と認める」

男の口調が緩んだ。発砲すれば、位置を特定できるからだろう。

「その前に、確認するが、特戦群は今、どうしている」

浩志は、ミハエルたちが、照準を合わせる時間を稼いだ。それに、辰也たちができるだけ遠くまで先行し、安全を確保してくれれば儲けものだ。

「心配するな。十八名全員無事だ。演習に巻き込まれないように、配慮はしている。俺たちは、捕虜を人質にして戦うような姑息《こそく》な真似はしない。俺たちは、セルビアタイガーの名にかけて紳士的に戦うことを約束しよう」

「それなら、こうしよう。日本では、その昔、サムライは戦う前に互いに名乗りを上げた。ヨーロッパでもナイトはそうしたと聞く。ブラックナイトは、名前だけか」

「藤堂、見くびるな。私は、セルゲイ・ヤポンチク大尉だ。この名を聞けば、未だにクロアチア兵たちは、血相を変えて俺の首を狙うことだろう」

「セルゲイだな。わかった。信じよう」

浩志は、双眼鏡を見ながら指示を出した。

「ミハエル、必ず一発でしとめろ。宮坂、まず一発を当てろ。二発目は任せる。カウントダウンする。同時に射つんだ。三、二、一、撃て！」

二人は、同時に撃ったため、一発の銃声に聞こえた。

ミハエルは、見事に一発で東側の男の頭部に命中させ、宮坂は、西側の狙撃兵の足に一発当て、男が衝撃で半身を起こした瞬間に頭部に一発当てた。浩志は、双眼鏡で狙撃された男たちが、びくともしないのを確認すると軽く息を吐いた。

「二発の銃声を確認した。おまえらに残された時間は、四時間だ。無線のスイッチを切るなよ。藤堂」

薄笑いを漏らしたセルゲイの声が無線機から聞こえてきた。すでに二名も兵士を失っているることに気付いてないようだ。浩志は、スイッチを入れたままの状態にし、さらに音量を上げると、無線機を足下に置いた。無線機の発信する電波で位置を特定できる装置を敵が持っている可能性もある。交戦中に敵と交信する必要などない。危険物は置いていくに限る。

浩志ら三人は、敵の狙撃手を倒し、意気揚々と浮選機室を降りたのだが、降りた途端、屋上が崩落し、東側にわずかばかりの壁を残して浮選機室は崩壊した。三人は、胸を撫で下ろすと先発の本隊を追って走った。

島の中央部に狙撃手がいたことから、昭和四十年前後に建てられた建物が集中する、島の西側から攻略することにあらかじめ決めておいた。辰也が先行し、狙撃手がいた建物の百五十メートル南にある昭和四十二年に建てられた建物をすでに調べているはずだ。この建物は、島内で最後に建てられた四階建てのアパートらしい。壁こそまだしっかりしているが、窓枠はすべて壊れ、当時最新といわれた建築物は、見る影もない廃屋になっている。

浩志らが建物に着くと、イーグルが建物のまわりを警戒していた。インカムからは、辰也の声で、次々と部屋を確認した「クリアー」の声が聞こえてくる。どうやら、最初の建物ははずれのようだった。もっとも人質がいるのなら、敵の抵抗もあったはずだ。この小さな島に最盛期は五千人以上住んでいたと聞く。人口過密の状態で建物も無数に残されている。最初から当たりが出る方がおかしい。

「藤堂、貴様、さっきの銃声はなんだ！」

二百メートル以上離れた浮選機室に置いてきた無線機から聞こえてきた。屋上に置いてあったため奇跡的に倒壊の難を免《まぬか》れたようだ。

「騙《だま》したな！」

音量を上げたうえ、島があまりにも静かなため、敵の間抜けさを宣伝する有線放送のように響いた。島中にこだまする声に、己の愚かさを知ったのか、無線機からの声はぷつんと消えた。

浩志は、二つのチームにハンド・シグナルで出発を命じた。次の目標は、百五十メートル西の公民館跡だ。そこに行くには、老朽化した建物の中央を通らなければならない。浩志は、イーグルは右建物下を、パンサーは左建物下を通らせ、それぞれの死角となる建物の上部を警戒させながら、公民館を目指した。市街戦では、平地と違い戦いは三次元になる。ジャングルでも狙撃兵が高い木の上にいることもあるが、よほど大木でない限り自らの命を危険にさらすことになる。ビルの隙間を進行する場合、一つ一つのビルをクリアーする暇などない。だが、通り過ぎるビルが無人とは限らない。兵士は、胃が五センチほど持ち上がりそうな気持ちを抑えながら、警戒して歩くことになる。

二

前方と側面に建っている建物の上階を警戒しながら、公民館がある交差点の二メートル手前まで進んだ。浩志たちのいる建物から交差点の左角に位置する公民館へ行くには、およそ四メートルの幅の交差点を渡らなければならない。浩志は、身を屈め瞬間的に身を乗り出し、交差点の左側、つまり辰也がいるチームの背後を確認した。敵の姿はなかった。チームを二つに分けた時、このようにお互いの背後を確認しあえば、交差点の安全は確保できる。次に左側にいるパンサーの辰也が、瞬間的に顔を出し交差点の右側を確かめた。その途端に右方向から激しい銃撃が、襲ってきた。

浩志は、すぐさまハンド・シグナルで、パンサーは浩志たちがいる建物の右側を迂回し、次の路地から、敵の側面を攻撃するように合図を送った。そして、後ろに続くイーグルのメンバーには、建物を左に迂回するように命じ、浩志は一人残った。そして、敵を釘付けにするためにわざと建物の角から銃口を出してみたが、そのたびに激しい攻撃を受けた。彼らは、次の路地で待ち伏せするために準備していたのだろう。本来なら、敵が交差点に入り、充分に引きつけて攻撃するべきだ。しかし、傭兵チームの進行があまりに早かったため、足場を固めることもできずに間に合わないと見て攻撃してきたに違いない。いずれにせよ稚拙《ちせつ》な攻撃だ。

（ちくしょう！　Ｐ九〇を使っているな）

敵は、ランカウイで攻撃してきた時と同じＰ九〇を使っているに違いなかった。Ｐ九〇は先端の尖った五・七ミリ弾を毎分九百発という高速で撃てるサブマシンガンだ。しかもケブラー製の抗弾ベストを貫通するという威力を持つ。浩志の立っている建物の角があっという間に削《けず》り取られてしまった。頃合いを見て、浩志は、イーグルの後を追った。

「イーグルマスター。こちら爆弾グマ。敵の側面に出ました。これより、攻撃します」

パンサーの辰也の声がした。続けて、激しい銃撃音がした。敵は、左側面を攻撃され、一瞬怯《ひる》んだもののすぐに辰也たちに反撃を開始した。辰也たちが敵を引きつけている間、イーグルは敵からワンブロック離れた南側の交差点の向こうにある公民館を目指した。

浩志は、急いで建物を迂回するとイーグルのメンバーが交差点の手前にある建物の前で待機していた。

「どうした」

浩志の問いに、ミハエルが無言で建物の非常階段を指差した。それは、五階建てのビルの屋上に続くものだった。

浩志は頷くと、すぐさまミハエルにスナイパーカバーとして加藤をつけて非常階段を登らせた。

浩志は、残りのメンバー、瀬川と田中とともに、建物を大きく迂回して、交差点手前で立ち止まった。公民館がある北側の交差点と違い道幅は二メートルほどしかない。建物の陰から交戦中の敵の位置を確かめた。公民館の向かい側にある建物に敵が潜んでいるらしい。

「イーグルマスター。敵の銃撃に耐えられません」

さしもの辰也でも、P九〇相手では手に負えないのも当然だろう。

「爆弾グマ、一旦後ろの建物まで退却して、合図を待て！」

「了解！」

「こちら、ブルドーザー（ミハエル）。敵兵三名を確認。公民館の北側に位置する建物の三階にいます。この位置からは、一名なら確実に狙えます。指示をお願いします」

屋上に登ったミハエルの頼もしい声がした。

「イーグルマスター、了解。一名でも片付ければ上出来だ。狙撃後は、すぐに合流せよ」

「了解！」

「ブルドーザーの狙撃を合図に、両サイドから攻撃する。パンサー、さっきの位置まで押し出せ」

浩志は、頃合いを見て、他の二名を先に交差点を渡らせた。瀬川と田中は、敵の目に触れずに渡ることができた。浩志は交差点で援護の態勢をとり、しんがりを務める形で最後に交差点を渡った。公民館裏にあたる南側の壊れた窓からメンバーは次々に突入した。幸い公民館は、たいした広さもなく、一階はすぐクリアーすることができた。

「藤堂さん。階段がありました」

二階に通じる階段を見つけた瀬川の言いたいことはわかっている。一階の窓を破ったところで、三階の敵を撃つことはできない。だが、狙撃したミハエルと加藤が合流する際、援護する必要もある。

「ブルドーザー、狙撃後、交差点で待機。その位置から援護せよ」

どのみち合流には、時間がかかる。合流する前に三名の敵を殲滅させなければ、敵の援軍が来ることになる。

「二階に行くぞ！」

浩志の命令で、瀬川と田中はバディで階段を駆け上り、浩志は援護する形で二人を追った。二階は、三つの部屋に分かれていた。瀬川と田中は次々に部屋をクリアーしていった。

「真ん中の部屋から、攻撃する」

真ん中の部屋は十五畳ほどの広さがあり、ベニヤ板で塞がれた窓も広かった。公民館は天井が高いため、位置的にここなら隣のビルの敵を狙うことができるはずだ。

「ブルドーザー、撃て！」

ミハエルの狙撃で、敵兵一名が即死した。それを機にパンサーは、攻撃を開始した。瀬川は持ち前の馬鹿力で、一蹴りで窓枠ごと打ち付けてあったベニヤ板を破った。その瞬間室内がぱっと明るくなった。

浩志はクリアーされた段階で、壁のチェックまでしなかった。室内が明るくなったところで、壁を見て凍り付いた。

「クレイモアだ。逃げろ！」

クレイモア地雷が左側の壁に埋め込まれた形でセットしてあった。クレイモア地雷は、地上に敷設する指向性対人地雷だ。湾曲した弁当箱のような形をしており、内部にはプラスチック爆弾と七百個の鉄球が入っている。一発でも当たれば、手痛いダメージは免れない。まして狭い室内なら、確実に死ぬ。ちなみにクレイモアは、リモコン操作とワイヤートラップによる起爆が可能だが、ワイヤーによる起爆は、無差別殺傷だとして、対人地雷禁止条約の対象となっている。

鉄球のほとんどは前面に飛び出すが、後方百八十度、半径十六メートルも立入禁止とされている。指向性があるとはいえ、高性能プラスチック爆弾を爆発させるのだから全方位危険なのだ。壁に仕掛けてある以上、逃げ道は廊下か窓から下に飛び降りる他ない。田中は、偶然廊下側にいたために迷わず、廊下に逃げた。だが、浩志と瀬川は窓際にいたため、出口からは遠かった。迷うよりも先に体が動いていた。瀬川もほぼ同時に窓から飛び降りていた。その瞬間、クレイモアは、爆発した。

デジャブーを見るようだった。

昨年鬼胴のアジトがあるミャンマーの工場でも、まったく同じ攻撃を受けた。違うのはリモコンの爆弾かクレイモア地雷かというだけだ。公民館の前のビルからの攻撃は、クレイモアを仕掛けた部屋に誘《おび》き寄せるための罠だったのだ。相手の攻撃が稚拙だったのもうなずける。おそらく、周りのビルの攻撃しやすい部屋にはクレイモアかブービートラップが仕掛けてあるのだろう。

すぐ頭上を無数の弾丸が飛び跳ねた。

「瀬川、来い！」

浩志と瀬川は、敵の眼前に躍り出たも同然だ。ビル伝いに逃げていては、格好の的になる。二人は、思いきって敵のビルの一階にへばりつき、真上に銃を構えた。浩志たちのいる場所には窓がないため、ビルには潜入できないが、敵兵は窓から身を乗り出さない限り撃つことはできない。だが、二人とも身動きがまったくとれなくなってしまった。

「ヘリボーイ、応答せよ」

浩志は、田中の安否を確認した。

「こちらヘリボーイ。足を負傷したため動けません」

「大丈夫か？」

「ご丁寧に、右足と左足に一発ずつ喰らいました。身動きはとれませんが、止血はしましたから大丈夫です」

「救援はできない。安全な場所に隠れていろ」

罠にはまった代償は、大きかった。

三

身動きがとれなくなった浩志と瀬川は、それでもゆっくりと一階の壁伝いに動き始めた。敵に見つからずにビルの表まで行くことができれば、出入り口から突入できるからだ。

敵兵はビルの真下に隠れた浩志ら二人を捜し、公民館側に移動した。それを見ていたジャンと辰也が一気に建物の下まで走り寄り、アップルの安全ピンを抜いて、三階の窓に投げ込んだ。凄まじい爆発が起こった。建物がもろいため、二発の手榴弾で、三階の床が崩落したらしい。大音響とともに三階の床が二階の天井を破り、連鎖反応を起こして、一階まで崩落してきた。辺りは、砂煙で視界がまったく利《き》かなくなった。数十年の時を経た廃墟はあまりにももろかった。

アップルを投げた辰也は、崩れてきた建物の破片に当たったらしく、頭から血を流して倒れていた。その隣には、体中埃《ほこり》だらけのジャンが放心状態で座り込んでいる。

二人目がけて銃弾が炸裂してきた。薄れかかった砂煙の向こうから、数名の新手が見え隠れした。人数からすれば、残りの敵がすべて集結したのだろう。

「パンサー、何をしている。辰也たちを援護しろ！」

崩落したショックで、呆然としているパンサーチームに、浩志は敵兵を迎撃しながら叫んだ。パンサーの反撃で、敵兵は崩壊した建物の隣のビルに逃げ込み、一階の窓から銃撃してきた。

「ジャン！　さっさと逃げろ！」

ジャンは銃を投げ出し、よろめきながらなんとか辰也を担ぎあげようともがいているが、辰也はまったく動こうとしない。よほど打ち所が悪かったのだろう。すでに死んでいるのかもしれない。よく見るとジャンも頭から血を流している。頭を打ったせいで、正気を失っているらしい。だが、外科医の資格を持つジャンは、本能的に辰也を助けようとしているに違いない。担ぐのを諦めたジャンは、辰也の両腕を引っ張り、建物から離れようと道路の真ん中に出た。

「止めろ！　逃げるんだ」

浩志は、ありったけの声で叫んだ。だがその瞬間、ジャンは背後から胸を数発撃ち抜かれて前のめりに倒れた。

のを感じた。

「ちくしょう！」

ジャンは、ぴくりとも動かなくなった。浩志は怒りを通り越し、頭がすうと冷えていく

「パンサー、敵を引きつけろ」

浩志と瀬川は、パンサーの弾幕を利用し、交差点を思い切って突っ切り、反対側の交差点で援護していたミハエルと加藤に合流した。そして、来た道を戻るように建物を大きく迂回し、パンサーと合流した。敵兵をすでに五名倒したが、味方も一名死亡し、二名負傷している。しかも辰也は、生死すらわからない。

「加藤とミハエルは、迂回して、崩壊したビルの西側から敵を攻撃。合図するまで待て。敵も迂回してくる可能性があるから気をつけて行け。宮坂、瀬川、京介はこのまま敵を釘付けにしておいてくれ。ジミーついて来い」

浩志はジミーを連れて、敵のいる建物の前に並ぶ、古い五階建てのビル群の中に潜入した。地図を改めて見ると、この島で最初に建てられたコンクリート製の建物らしく、年代は大正七年というから骨董品だ。西側にある細い三階建てのビルで四つの建物が繋がっている。おそらく上空から見ると櫛《くし》のような形をしているのだろう。現在位置は、櫛の背中にあたるのだが、一階には、ほとんど窓がなく、また、階段も崩れてなくなっているため、上階に行くことができない。この建物から攻撃することは不可能だ。

浩志は、今にも崩落しそうな壁を見つめながら、世界遺産に登録しようと運動している人々のことを少しだけ脳裏に過《よぎ》らせ、ジミーに命じた。

「ジミー、この壁を吹き飛ばして、隣のビルを黙らせられるか」

ジミーは、少し首を傾げていたが、何度も頷き、親指を立てて見せた。

「三分で、爆薬をセットしてくれ」

「任せろ」

浩志は、渡り廊下のようなビルを北に進み、出口に向かった。

「イーグルマスター。こちらブルドーザー。敵兵二名発見。迎撃しました」

ミハエルからの通信だ。敵も膠着《こうちゃく》状態を嫌い、味方の側面を狙う作戦をとっていた。だが、相手が悪かった。スナイパーとしてのミハエルは、完璧だ。伏射、立射、膝射どんな姿勢からでも正確に標的を射つ。むろん、動的な標的も含めてだ。

「イーグルマスター。こちらトレーサーマン。敵兵二名の死亡、確認」

加藤からの報告だ。ミハエルとのコンビも息が合って来た。

浩志は瓦礫の山をくぐり抜け、建物の北側の端に出た。だが、出口の扉は、錆び付いて開けることができなかった。仕方なくその隣の壊れた窓枠を外し、警戒しながら外に出ると、敵は、宮坂らの攻撃に応戦している最中だった。

「今から、敵のビルの隣からはでに攻撃をする。合図を待って、総攻撃だ。ボンブー（ジミー）、用意はできたか」

「だれに言っているの」

ジミーは、インカムではなく、窓枠からひょうきんな顔を出して、直接答えてきた。

浩志は頷くと、ジミーに起爆装置のスイッチを押すように指示をした。

ジミーの仕掛けたプラスチック爆弾は、十メートル四方の壁を吹き飛ばし、その爆風でコンクリートの破片を敵のいるビルに吹き飛ばした。へたな重火器や大砲よりも威力があった。

「総攻撃！」

浩志は命令を下し、建物の陰から飛び出したが、すぐに立ち止まった。

「全員後退！　建物に近づくな！」

一階部分を爆弾で吹き飛ばされた建物は、まるで海辺に作った砂の城のようにゆるゆると崩れ始め、敵が立てこもる建物に覆いかぶさるように崩れていった。

「ジミー、どういうことだ」

浩志は、後ろで目を丸くして両手で口を押さえるジミーに詰問した。

「いや、壁って言われたけど、柱も吹き飛ばしたら、どうかなって、思ったんだ。ハッハッハ。効果絶大」

「ふざけるな！　俺たちまで巻き添えを食うところだったぞ」

「スミマセン」

ジミーは、下手な日本語で謝り、わざとらしく頭を下げてみせた。だがその目は明らかに笑っている。まったくフランスに帰化したとはいえ、キューバ人は根っから陽気ときている。

「イーグルマスター、爆弾グマを救出しました。右腕を骨折しています」

宮坂からの連絡だ。辰也の頭の傷は、三針ほどで出血もすでに止まっていたが、大きなコンクリートの破片が右腕に当たったらしく骨折していた。

「敵の生き残りがいないか、捜索する。合図をするまで待機」

敵のいたビルは、完全に崩壊している。だが、油断はできない。一番攻撃を受けやすいのは、まさにこういう瞬間だ。敵を七人まで倒したことは確実だが、今度の攻撃で、何人倒したかは、不明だ。しかも、残りの三名すべてがこのビルにいたとは限らない。砂煙が収まり、五分ほど物陰に隠れて待ったが何も起こらなかった。

「捜索開始」

浩志の命令で、一番先にしたことは、ジャンの遺体を回収することだった。ジャンの遺体を日陰に移動させ、交代で簡単に別れを告げた。ジャンは意外と穏やかな表情をしていた。おそらく撃たれた瞬間、正気に戻ったのではないか。その証拠に口元がわずかに緩んでいる。見ようによっては笑って見えた。それが、せめてもの救いだった。

崩落したビルとその周辺を捜索し始めたが、爆破したビルがまた部分的に崩れてきた。

「二次災害の恐れがある。捜索は、中止だ」

浩志は、瀬川を呼んで相談した。島に上陸して、二時間近くたつ。ここで時間は取りたくない。

「怪しいとにらんだ建物は、まだ数ヶ所ある。そこを捜索して、敵が出てこない場合は、敵を殲滅したと判断し、沖合の特戦群を呼び寄せて、大々的に捜索をしたいと思っている」

「私も、賛成です。小さな島とはいえ、建物は無数にあります。また、自然崩壊する危険な建物も無数にありますから」

瀬川は、さっそく沖合三キロに停泊している護衛艦に連絡をとり、沖合五百メートルまで接近して、待機するように連絡した。護衛艦には医師も含めた救護班も乗船しているはずだ。本当ならば、すぐにでも上陸させたいところだ。

浩志は、五分の小休止を入れ、交代で休ませた。加藤と京介に簡単な担架を作らせ、辰也を乗せて負傷して隠れている田中の元に送らせた。浩志の呼び出しに応じた田中は、公民館の一階にある畳敷きの部屋に隠れているらしい。他のメンバーは、非常食のチョコレートやクラッカーを食べ、水を補給して暫《しば》しの休息をとった。浩志も水を飲み、チョコレートを食べた。疲れた時は、糖分の補給が何よりものエネルギーになる。ブラックナイトの攻撃部隊の一つ、セルビアタイガーとは、ランカウイで初めて遭遇して以来、四度も顔を合わせている。確かに味方に死傷者を出してしまったが、もっと激しい抵抗を予測していただけに彼らの戦いぶりに、どこか納得がいかないものを感じる。浩志たちの攻撃力が、彼らを上回っていたと言えばそれまでだが、戦いの終わりを素直には認められない。浩志のいつもの第六感が危険信号を鳴らし続けた。

四

軍艦島には、かつて世界一の人口密度を誇る街があった。豪華な社宅ばかりか、学校や病院、映画館や旅館、各種商店、それに寺社まであり、おおよそ都市と呼べる機能が存在した。この島のそこここに、テレビや、洗濯機など生活の匂いがするものが未だに放置され、今にもふっと人が現れそうな気配すら感じる。

浩志は、次の目標を島の北東に位置する小学校とそれに併設された体育館に決めていた。小学校は、昭和三十三年に建てられたが、体育館は、昭和四十五年に建設されている。島の建造物としては、一番新しいものの一つだ。人質を押し込めておくには、絶好の場所といえた。

目標までおよそ二百五十メートル、狭い坂道を登って行くと、見上げるような長いコンクリートの階段が現れた。

浩志は階段を見上げ、思わず絶句してしまった。階段の長さは、およそ六十メートルだが、左右の建物から狙われたら防ぎようがない。だが、この道を通らないと島を大きく北に迂回することになる。タイムリミットには、残り二時間を切った。できれば、時間を無駄にしたくない。とりあえず、目視で階段の安全を確認すべく、双眼鏡を取り出した。

「ジミー。階段の中央部を見てみろ」

浩志は、ジミーに双眼鏡を渡した。階段は風化による崩壊が進み、所々穴が開いている。中央部の二ヶ所の穴が土で埋められ、よく見ると筒状の突起物がわずかに飛び出していた。風で上の土が飛んだらしい。

「サイズから言って、おそらくM一四だろう。だが、敷設が甘いな」

M一四は、プラスチック製の敷設型地雷だ。ジミーは、双眼鏡の倍率を高め、じっくりと階段を調べ始めた。

「二発とはいえ、やっかいだ。止めた方が、よさそうだな」

敷設している箇所をまたいで行けばいいかもしれないが、浩志はそれより狙撃される心配をした。

「いや、除去は簡単だ。俺に任せろ」

ジミーは、そういうと一人階段を登って行った。辰也はやられてしまったが、爆弾のプロは、こんな時頼りになる。

浩志は、残りのメンバーを二手に分け、左右の建物を警戒させた。ジミーは、階段を十段ほど登ったところで、足下を調べるとすぐ戻って来た。

「だめだ。こりゃ。M一四は、おとりだ。M一四の前にM一六が仕掛けてある。これは穴をうまく処理してあるからよくわからないが、とても処理できない」

「M一六だと！」

M一六は、空中破砕型地雷のことで、踏むか、ワイヤーに引っかかると、地雷本体から分離された火薬が一・五メートル前後空中に飛び出し、破砕して中に仕掛けられた鉄片を半径三十メートルもまき散らす。要は地中から手榴弾が飛び出してくると考えればいい。

近道は、諦めた。一旦島の北部まで迂回して、目的地を目指すことにした。

島の北部の中央には、昭和二十年に建てられた巨大な社宅がある。この社宅の壁を時計回りに迂回すると、七階建ての小学校に出ることができる。

巨大な社宅と北の突端にある四階建ての病院跡の間の道を通ろうとした時、浩志は急に激しい動悸《どうき》を覚えた。そして、思わず叫んだ。

「走れ！」

まるで、その声に呼応したかのように病院の東側の窓から銃撃が襲って来た。社宅の北側は建物が完全に倒壊した跡で、瓦礫やドラム缶が捨てられた広い荒れ地となっており、

Ｐ九〇から身を守る場所などない。

追い立てられるように社宅の角を曲がると、目標とした小学校が目の前に現れた。距離にして四十メートルほどだ。

「いかん！　引き返せ！」

浩志は、小学校の校舎の三階の窓に何か光る物を見た。浩志の命令下、傭兵チームは瞬時に反転した。案の定、校舎の三階から銃撃を喰らった。校舎に逃げ込むように仕向け、二、三十メートル手前まで引きつけるつもりだったのだろう。パニック心理をついた効果的な待ち伏せ攻撃だ。時間がたてば、彼らは包囲を狭くしてくるに違いない。袋のネズミになった。

社宅の角にわずかに出っ張りがあり、そこに全員身を寄せ合って、なんとか両サイドの敵の死角に入った。浩志は銃弾の嵐を引き連れるように最後に飛び込んで来たミハエルを見てはっとした。

「ジミーは、どうした」

浩志の問いかけにメンバーは全方位に目を向けた。だれも、ジミーが欠落していることに気がつかなかったようだ。

「ボンブー！　応答せよ」

浩志は、インカムで呼び出した。

「こちら、ボンブー。走れって言われた時に転んじまったんだ。運良く見つからずにここに来られたよ。心配するな、ただ転んだだけだ」

最後尾についていたジミーは、浩志が走るように命じた時、瓦礫に足を取られ、転んでいた。しかし、次の瞬間敵の銃弾の雨が、降り出したため、敵の死角に慌てて隠れた。ジミーは、病院の南側の壁にぴったり寄り添うように座り込み、小さく手を振ってみせた。だが、実際は腹に一発弾丸を喰らっていた。兵士が一番嫌う場所の一つだ。

「わかった。ボンブー、そこからゆっくりと後退し、病院の後方で待機してろ」

浩志はジミーの無事を確認し、ほっとした。この状況では、合流もできない。まして、一人で病院の敵を始末することなどできない。

「藤堂さん、まんまと騙されましたよ。病院の狙撃手は、四名。小学校の狙撃手も四名です。我々は、少なくとも十人近く倒しています。連中は、我々の倍の二十人近くいたんですよ」

瀬川は、攻撃を受けながらも正確に狙撃手の位置を確認していた。もちろん、浩志もすでに確認していたが、人数が増えただけと割り切っていた。

「瀬川、これが戦争だ。騙すも何もない。汚い殺し合いが戦争なのだ。覚えておくことだ」

その証拠に、他の傭兵たちは、よくあることと心得て、文句を言う者はいなかった。

次の瞬間、まさにそれは証明された。

建物の陰から、小学校を監視していたミハエルが叫んだ。すると浩志たちが隠れている場所から十メートル前に放置されたドラム缶が突然爆破し、巨大な火柱を上げると同時に爆風とドラム缶の破片が飛んで来た。

「やばい！　M二だ！」

カールグスタフM二は、自衛隊でも採用され「ハチヨン」と呼ばれている口径八四ミリの無反動砲だ。セルビアタイガーが、無反動砲も含む重火器は禁止すると言っていたことも嘘だった。浩志たちが隠れることを予測して、ドラム缶にはあらかじめガソリンか何か入れてあったのだろう。だが、適当に距離を離してドラム缶を置いたのは、単にいぶり出しを図った、あるいは、殺傷を目的としていないことから、からかっているのかもしれない。

「ミハエル！　大丈夫か」

一九〇を超す巨体が災いしたのか、ミハエルの左肩をドラム缶の破片がかすめたらしく、ぱっくりと切れていた。隣にいた宮坂が、背のうから救急用具を出して手当を始めた。

「何をやっているんだ。あいつは」

病院側を監視していた瀬川の声に、全員が振り返った。

ジミーが病院の東側の壁伝いにゆっくりと、狙撃手がいる窓の下に向かって匍匐《ほふく》前進をしている。

「無茶をするな！　ボンブー」

狙撃手は、浩志たちに気を取られ、今のところ真下にいるジミーに気づいてない。

「心配するな。今からおまえたちを助けてやる。ケン。後でボーナスをはずんでくれ」

ジミーは、背のうからプラスチック爆弾を出すと、ちょうど狙撃手の真下にあたる二本の柱にセットした。ジミーは、セットするとまた匍匐前進を始め、壁伝いに病院の北側に避難した。

「イーグルマスター、頼みがある。俺に何かあったら、キューバの家族に金を送ってくれ」

ジミーは、起爆スイッチを押した。途端に土台となる二本の柱は、爆発で粉砕され、上部の建物まで崩れた。見事に、四人の狙撃手は、崩壊する建物と運命を共にした。だが、連鎖的に建物は崩壊し、ジミーがいる場所まで崩れてしまった。

「ホセー！」

浩志の叫びもむなしく、ジミーは覆いかぶさった壁の下敷きになってしまった。何度呼びかけてもジミーからの応答は返ってこなかった。

五

「みんな。後ろに下がってくれ」

浩志は、低い押し殺した声で全員を病院側に下がらせた。

先ほどから身を潜めていた建物の出っ張りは、板で厳重に封鎖された玄関だった。浩志は、いきなり小銃を板の一点に集中して連射し始めた。

「この建物に潜入して、小学校の敵を始末するぞ！」

浩志は雄叫《おたけ》びのように叫んだ。この闘いは二人の戦友の弔い合戦となった。

小銃を板に連射した痕に小さな穴が空いた。そこからアップルを一個投げ入れ、玄関を吹き飛ばした。

「ミハエルと加藤は、ここから援護して、敵を動かすな。後の者は俺に続け！」

浩志は、恐ろしいスピードで廃墟を駆け抜けた。相手にこちらの動きを読まれる前に行動するのだ。建物の南の端に、風雨でぽっかり空いた壁の隙間があった。ここから一旦外に抜け出すと、宮坂と京介に小学校の中庭を迂回し、表玄関に回るように指示をした。そして、浩志は瀬川を引き連れ裏口から侵入した。

階段を駆け上がった。目指すは、三階だ。

浩志は階段の上まで登ると、音を立てないように壁際に立ち止まった。浩志が試しに銃口だけ出すと、耳をつんざくような激しい銃撃が襲ってきた。すぐ後ろに並んだ瀬川に、ハンド・シグナルでアップルを廊下に投げるように指示をした。

瀬川が、アップルを投げた。するとほぼ同時に浩志たちの目の前にもアップルが転がってきた。敵も同じ行動をとったのだ。

「くそっ！」

浩志と瀬川は、階段を転がるように駆け下りた。すぐ下の踊り場まで降りた瞬間にアップルが爆発し、二人は爆風で階段を二階まで転げ落ちた。浩志は、破片が右肩をかすめただけで済んだが、瀬川は、左の太腿に一発喰らってしまった。

「大丈夫か、瀬川」

瀬川は笑ってみせると、ポケットからバンダナを取り出し、傷の上部を固く縛ると、何事もなかったように立ってみせた。この男のタフさは勲章ものだ。二人は、再び三階に上がった。挨拶代わりに、廊下に銃弾を浴びせたが、何の反応も返ってこない。廊下に出ると、敵兵の死体が一つ転がっていた。死体の近くの壁がアップルの爆発で大きく崩れていた。

廊下は、歩くだけでギシギシといやな音を立てた。念のため、手前の教室をまずチェックした。瀬川が踏み込み、浩志が出入り口から援護する。さらに二番目の部屋もチェックした。そして廊下の死体をまたぎ、三番目の部屋をクリアーすると、廊下の反対側から宮坂と京介が踏み込んで来た。三階には、五つ教室がある。ハンド・シグナルで、宮坂たちに反対側からチェックするように合図を送った。

四番目の部屋もクリアーすると宮坂たちも五番目の部屋から出てきて首を横に振ってみせた。逃げられたようだ。

「宮坂、下の階はチェックしたか」

「いえ、上で交戦していると思って急いで来たもので」

校舎は、七階建てだ。残存兵は上下どちらの階に逃げたのかわからない。

宮坂が、浩志に近づこうとすると廊下がギシッと大きな音を立てた。その瞬間、信じられないことに下の階から天井越しに銃撃された。そのうちの一発が宮坂の足を撃ち抜いた。宮坂はよろめいて教室側に倒れた。敵はさらに散発的な銃撃をしてきた。こちらの足音を頼りに撃ってくるのだろう。浩志は、反射的に近くに倒れている敵兵のP九〇と予備弾を拾い上げ、足音を立てないように廊下の中央に移動した。他のメンバーには、ハンド・シグナルで教室内に退避するように指示をした。仲間が安全な位置に移動したのを確認すると、浩志はいきなり廊下を後ろ向きに走り始めた。すると浩志の後を銃撃が追って来た。容赦なく廊下に穴を開け、天井をも撃ち抜く凄まじさだ。浩志は、銃弾の角度から相手の居場所を推測するとP九〇の引き金を引いた。P九〇の弾倉には五十発も弾丸が入っている。だがフルオートで連射すれば、ものの数秒で全弾撃ち尽くしてしまう。浩志と敵は天井越しに近接銃撃戦になった。歴戦の兵士ですら二、三十メートルも近づけば、銃撃戦は恐怖心との闘いになる。まして天井越しとはいえ、数メートルの距離をサブマシンガンで撃ち合うなど狂気の沙汰、まるでチキンレースをしているようなものだ。最初に敵の銃撃が止んだ。

浩志は、耳を澄ませて階下の様子を探った。下の階はおろか、校舎のどこからもことりとも音はしない。ぴりぴりと肌を刺すような静けさが漂っているだけだ。浩志は、P九〇を音も立てずに床に置くと、ハンド・シグナルで京介に宮坂の介抱をさせ、瀬川についてくるように命令した。

二階に降りてみると、体中に銃弾を受けた兵士の死体が二つあった。

「トレーサーマン、ブルドーザーはどうだ」

浩志は、加藤にミハエルの様子を訊ねた。

「こちら、トレーサーマン。ブルドーザーの手当は終わりました。右手一本で戦えると言っています」

「ブルドーザー、こちら、イーグルマスター。歩けるか？」

「こちら、ブルドーザー、もちろんです」

「ブルドーザーとトレーサーマンは校舎の入り口で待機せよ」

浩志と瀬川は、二階の安全を確認すると、続けて一階の安全も確認しミハエルらと合流した。ミハエルは、元気と言い張るだけあって、血がにじんだ肩口の包帯を除けば、顔色も悪くなかった。浩志は、二人を宮坂の所に向かわせ、瀬川と二人で再び四階から最上階へ向けてチェックを始めた。だが、五階から六階の階段は、途中から崩落しているため、その上の階へ行くことは断念した。二人は再び三階の宮坂の所に戻って来た。

「京介、宮坂の傷の具合はどうだ」

「それが、きれいに貫通しているんですよ。止血はしてありますが、早くちゃんとした医者に見せた方がいいっすね」

「きれいに貫通？」

「おかげで、大して痛くもないですよ」

宮坂は、笑ってみせた。

P九〇は先の尖った五・七ミリ弾を使っている。軍用弾には、人道上の問題でマンストッピング（弾が変形あるいは、回転して人体に留まること）を避け、弾芯である鉛を真鍮《しんちゅう》で覆い、弾頭が体内で変形せずに貫通するようにしてある。これをフルメタルジャケット弾と呼んでいる。五・七ミリ弾も軍用弾には違いないが、固い物体に対しての貫通力が強いにも拘わらず、マンストッピング性が高いと言われている。それゆえ浩志は、「きれいに」という言葉に引っかかりを感じた。

浩志は、廊下の敵兵の死体からP九〇の予備の弾倉を取り上げ、中から十発ほど弾を抜き出した。

「なんだと」

浩志は、弾倉からさらに五発取り出した。真鍮色の弾に混じり、先端がシルバーの弾が五発に一発の割合で見つかった。

「見ろ、これは、おそらくチタン合金の徹甲弾だ」

「初めて見ましたが、特注品ですね。これは」

浩志が持っている弾を瀬川は珍しそうに眺めて首を振った。

「装甲車は無理だが、これだったら鉄板入りの防弾ベストや防弾ガラスも貫通させられるだろう」

通常弾の方が人体に与えるダメージは、大きい。だが、物陰に隠れた敵を始末するには、この特殊な徹甲弾の方が断然優れている。いまさらながら、こんな装備までしている連中と戦ってきたのかと呆《あき》れさせられた。もっとも宮坂にとっては、通常弾ではなく徹甲弾が当たったことが幸いした。

「それにしても、敵はまだ生き残っていますかね」

京介の口調がいつものののんびりムードになっている。すでに戦闘が終わったものと油断しているのだろう。

「京介、殺されたいのかおまえは！」

浩志は、京介を一喝した。校舎から狙撃された時、四人の敵兵を確認している。敵兵の死体は、まだ三つ。どこかにまだ一人潜んでいるはずだ。戦争は、人数の差ではない。緊張感を欠いた方が負ける。

「すっ、すみません」

「体育館へ、行くぞ。ミハエルは、ここで宮坂を見ていろ。頼んだぞ」

ミハエルも宮坂も確かに、戦線を離脱するほどの怪我ではないのかもしれない。だが、不完全な体調で敵の卑劣な戦いにこれ以上付き合わせたくなかった。だが、二人の様子を見ているとさすがに命令としては、言えなかった。

「それは、命令か」

「いや、頼んだと言ったはずだ」

ミハエルは、不満顔で小刻みにあごを引いてみせた。銃が満足に使えなければ、足手まといになるだけだ。それを本人が一番よく知っているはずだ。

「えっ、俺は大丈夫ですよ。藤堂さん。歩けますから」

宮坂も、眉間にシワを寄せ不満の表情を見せた。

「怪我人は、おとなしくしてろ、後の始末は俺たちで充分だ」

宮坂とミハエルは顔を見合わせ、二人とも肩をすくめてみせた。

浩志は、瀬川、加藤、京介とともに体育館に向かった。

六

体育館は、小学校の裏手、南側に位置する海沿いに建てられていた。昭和四十五年に建設され、一階は柔道、剣道室などの小部屋と給食調理室で二階が本来の体育館となっている。

浩志と瀬川は、東側の表出入り口、加藤と京介は、西側の裏出入り口から突入した。一階の各部屋を端から順にクリアーしていった。どこにもトラップはなく、敵の抵抗もない。四人は合流し、二階の体育館に侵入した。板張りの床は、一面砂埃にまみれ、天井から雨漏りがする場所には、ゴミの山のように、土砂が堆積《たいせき》していた。北側の片隅に、手錠をかけられ、ロープで繋がれた八名の特戦群の隊員がいた。ある者は負傷し、ある者は気絶しているかのようにがっくりとうなだれて魂が抜けたような顔をしている。そして、その隣には、残りの隊員が床に寝かされた状態で放置されている。特に拘束されていないところをみるとかなり重傷なのだろう。しかも、完全に毛布に包まれた死体と思われる姿も四つある。敵の隊長だったセルゲイは全員無事と言っていたが、これも嘘だった。浩志たちに気がついた数人が顔を上げ、その中の一人が小声で浩志を呼んだ。

「藤堂さん」

頭に血のにじんだ包帯を巻き付けた一色三等陸佐の変わり果てた姿が、そこにあった。だが、彼は顔の表情と微妙な動きで何かを必死に知らせようとしていた。

「よくここまで来られたな」

体育館の奥から、訛の強い英語が響いて来た。声の主を捜すと、体育館の舞台にP九〇を構えた大男が立っていた。身長一八五、六センチ、年齢は五十前後か。胸板が厚く逞しい。スラブ系の鋭い眼光を放つブルーグレーの両眼の上には、グレーの太い眉毛があった。高い鼻梁《びりょう》の下には、やはりグレーの口ひげがあり、左頬には十センチほどの傷痕がある。そうかといって凶悪な顔ではない。むしろ、自信に溢れた指揮官の顔立ちをしていた。男は、悠然と煙草を吸っていた。

「セルゲイか」

「そうだ。セルゲイ・ヤポンチク大尉だ」

セルゲイは、口にくわえていた煙草を指先でつまみ、舞台下に投げ捨てた。

「藤堂、おまえのおかげで、セルビアタイガーは全滅した。生き残ったのは、私だけだ。ここで一つ提案がある」

「命乞いなら、聞く耳は持たんぞ」

「だれが、そんな見苦しいことをすると言った。最後は、隊長同士の決闘で勝負をつけようじゃないか。お互いかわいい部下を失っている。決闘をして、遺恨がないようにしないか」

「笑わせるな！　おまえは、ここで俺に射殺されればそれですべて終わる。おまえとさしで勝負する必要などない」

確かに死んで行った仲間のことを考えると、この手で殺してやりたい。だが、それは銃の引き金を引くだけで充分だ。

「俺が、この体育館を爆破する起爆スイッチを持っていると言ってもか」

セルゲイは、右手で黒い小さな箱を胸ポケットから出すとボタンを押す仕草をした。次に両手で大げさに爆発するゼスチャーをして、しゃがれた声で笑ってみせた。

「死にたくなかったら、俺を殺すことだな。だが俺を射殺しようなんて簡単に思わないことだ。はずみでスイッチが作動しないとも限らないからな」

セルゲイは、小さな箱をまたポケットに入れ、上から軽く叩いてみせた。

「だめです。藤堂さん！」

「止めてください」

浩志は、右手を軽く上げて仲間を鎮めた。

「俺が勝ったら、起爆スイッチはもらう。おまえが勝ったらどうするつもりだ」

どのみち、仲間が殺すという言葉をぐっと呑み込んだ。

「条件などない。私はおまえさえ殺せば、充分だ。ハンドガンさえ渡してくれれば、自分の始末はする」

「わかった。武器は？」

「ナイフだ」

セルゲイは、舞台から飛び降り、体育館のほぼ中央に歩み寄った。浩志もその前まで歩いていった。

浩志とセルゲイはナイフを残し、すべての装備を脱ぎ捨て、身軽になった。それらの荷物を浩志は京介に片付けさせた。瀬川ら三人の仲間は、二人を中心に五メートルほど離れてほぼ等間隔に立ち三角形を作った。見物するためではなく、何かあった時にすぐ行動できるようにとの配慮だ。

「ちょっと待て、俺はナイフ一丁だぞ。丸腰同然だ。おまえの部下はどうして銃を構えている。礼儀に反するんじゃないか」

浩志が瀬川ら三人の仲間を順番に見て行くと、彼らは渋々武器を下に下ろした。

「それでいい」

セルゲイは、満足げににやりと笑った。

瀬川らが、武器を下に置くのと同時に体育館の舞台の陰から二人の敵兵が現れた。

「動くな！　手を挙げろ！」

口々に叫びながら、セルゲイの後ろに走り寄って来た。いずれもP九〇を構えている。

「サプライズは、これで終了か」

浩志は、セルゲイを盾にするべくゆっくりと立ち位置を変えた。しかも手には、ナイフがある。むざむざと殺されはしない。それに、瀬川たちも武器を足下に置いただけだ。たとえ、自分が殺されようとも、彼らならいつでも反撃できると信じていた。

「そういうことだ」

セルゲイは、勝ち誇ったように口元を緩めた。

「大したことは、なかったな」

「何だと！　貴様らのような三流の兵士に私の部隊が潰されることなどありえないことだったんだ。まず、藤堂、貴様から処刑してやる」

セルゲイが部下に合図を送ろうと、手を挙げた瞬間、数発の銃声が体育館の出入り口付近から続けて聞こえてきた。P九〇を構えていた二人の敵兵は、その場で頭を撃ち抜かれてあっけなく死亡した。

浩志は、体育館の出入り口に銃を構えて立つ宮坂とミハエルに親指を立ててにやりと笑った。二人に来るなとは命令しなかった。これは、暗に来たければ来いという意味だ。案の定二人は、怪我を押して駆けつけてくれた。もっとも、二人がすごすご帰るはずはないと最初から思っていた。

体育館の片隅でことの成り行きを見守っていた特戦群の隊員から歓声が沸き起こった。

七

「さっきのセリフをもう一度、言ってみろ。生き残ったのは、おまえだけだったな」

浩志が鼻で軽く笑ってみせると、セルゲイは、歯ぎしりをしてみせた。

「藤堂！　切り札は、まだ俺が握っていることを忘れるなよ。いつでも、スイッチは押せるのだぞ。だが、安心しろ、おまえは俺がこの手で殺してやる」

「さっさと始めろ！」

「うるさい！」

セルゲイは持っていたナイフのホルダーを捨てた。ナイフは、刃渡り二十センチはあるサバイバルナイフだ。一方、浩志のナイフは、拳銃のホルスターの脇にいつも刺しているナイフで、刃渡り十二センチのものだ。しかもセルゲイの一八五センチという身長に対し、浩志は一七六センチ。体格と武器では圧倒的に不利だ。

「そんなおもちゃで俺に勝てると思うのか」

さすがにセルゲイも浩志のナイフを皮肉った。

「藤堂さん！」

瀬川の声がしたかと思ったら、セルゲイと同じ刃渡り二十センチのサバイバルナイフが飛んで来た。普段から瀬川が愛用するカスタムメイドのものだ。

「サンキュー、瀬川」

浩志は、それを受け取ると、自分のナイフを脇に捨てた。その瞬間、セルゲイのナイフが浩志の心臓目がけて、突き出されて来た。浩志は体を開いて避けると、セルゲイのナイフは巧みに角度を変えた。浩志は左手を浅く切られながらも、右手を伸ばし、セルゲイの右手を切り裂いてやった。

「なかなかやるな。藤堂」

セルゲイは、ナイフを左手に持ち替え、まるでフェンシングをするように、連続して突きを入れてきた。セルゲイのナイフさばきもなかなかうまいが浩志はさらに上をいく。浩志の身体能力は、天性のものだ。それを証明するように、これまで様々な格闘技を身につけて来たが、上達はだれよりも早かった。

浩志に攻撃をことごとくはらわれると、セルゲイは、右手にナイフをスイッチさせ、ナイフを突き出すと見せかけ、左のミドルキックを入れて来た。振り下ろすのではなく、前蹴りのように下から突き上げるような変則的なものだった。浩志は、右手で叩くようにガードしたが間に合わず、重いキックは、右脇腹にメシッと音を立てて決まった。浩志は、思わず、二、三歩後退した。

セルゲイは、右手のナイフを逆手に持った。左のジャブから伸びのある右ストレート、回転した体をそのまま利用した右のローキックとマーシャルアーツのコンビネーション技で攻めてきた。どうやら、ナイフ技だけでは、浩志には勝てないと見て格闘技で勝負に出て来たようだ。攻撃は単純だが、ガードの上からでも粉砕してくるような重いパンチやキックを持っている。だが浩志も大学時代実戦空手で段を取っており、フランスの傭兵部隊でさらに戦場格闘技として、その技を磨いている。セルゲイの力技をことごとく跳ね返し、その上、果敢に攻撃も返した。

セルゲイは、自分の技が単調と気付いたのか、攻撃にフェイントを混ぜてきた。左ジャブ、右フック、続けて右ミドルキックをすると見せかけ体を左に回転させると、右足を左足に引きつけておいて、瞬時に体を反転させ、右後ろ回し蹴りをくりだしてきた。浩志は、この後ろ回し蹴りをかいくぐるようにセルゲイの左背面に体を入れ、背中を合わせるような姿勢から、セルゲイの左膝の裏を左後ろ蹴りで突き崩し、膝を突いたセルゲイの側頭部に、左肘撃ちを決め、さらに体を思いっきり回転させ、右肘撃ちを後頭部に入れた。たまらず、セルゲイは、前のめりに倒れた。

「何！」

強烈な肘撃ちを頭部に二発も喰らいながらも、セルゲイは頭を振りながら立ち上がった。右肘撃ちを入れた際、浩志は右脇腹に激痛を感じた。おそらく、最初にミドルキックを喰らった際、肋骨を折られたのだろう。必殺の肘撃ちすら、威力が半減しているようだ。この上は勝負が長引けば、体力差で負けるのは必定だ。

浩志は左足を前に出し、斜に構えた。そして、痛めた右脇腹をかばう振りをして左脇腹にわざと隙を作った。セルゲイは、迷わず右のミドルキックを入れて来た。浩志は、左足を引きつけステップを踏んで、セルゲイがキックしてきた右足を切り裂いた。

「どうした。セルゲイ。ナイフは飾りか」

浩志は、さらに挑発した。

セルゲイは真っ赤に顔を染めると、逆手に持っていた右手のナイフを持ち直し、鋭く突き出してきた。浩志は左手を絡ませるようにセルゲイの右手を摑むと、同時に体を左に巻き込むようにセルゲイの懐に飛び込んだ。そして回転の反動を利用し、右手のナイフを大きく振りかぶり、セルゲイの右脇腹に深々とナイフを突き立てた。だが、次の瞬間、セルゲイは、恐ろしい力で浩志を投げ飛ばした。

浩志は、三メートルほど体育館の床を転がされた。セルゲイは、ナイフを右脇腹に突き立てたまま、平気な顔をしてにやりと笑った。

「貴様、デビル・ライフを射っているな」

頭に肘撃ちを決めた時、もしやと思っていたが、やはりセルゲイもデビル・ライフを使用していた。

「今ごろ、気づいたのか。ブラックナイトの攻撃部隊は、別名ゾンビ軍団と恐れられている。デビル・ライフはエンジェル・ダストの新薬で、副作用の脳への障害と麻痺を抑えてある。だから精神を昂《たかぶ》らせることはあっても、薬に支配されることはない」

「麻痺はないだと？」

浩志は、微量だったがデビル・ライフを射たれてすぐ眠ってしまった。

「そうだ。もっとも慣れないうちは、すぐに眠くなる。それさえ克服すれば、無敵の体になる。我々は、死の直前まで戦う。それが、ブラックナイトの傭兵軍団だ」

セルゲイは、そういうと凶悪な顔で笑ってみせた。

「藤堂さん！」

セルゲイに危険を感じた仲間が一斉に銃を構えた。

「手出しは、するな！」

セルゲイは、右脇腹のナイフがただの飾りのように、これまでと変わらない攻撃をしてきた。ナイフを失った浩志は、次第に防戦一方になってきた。セルゲイは浩志の疲れに乗じ、ナイフを巧みに使い出した。浩志は次第に体に数えきれないほど傷を負わされた。

「藤堂さん！」

見かねた瀬川が堪らず大声で叫んだ。

「俺が死ぬまで手出しは、許さん！」

一度受けた勝負の結果は、どちらかの死だ。過保護の親じゃあるまいし、条件が多少変わったからといって、手出しは無用だ。戦争を理解していないように、瀬川はまだ死をかけたルールをわかっていない。戦いにきれいも汚いもないのだ。

浩志は、わざと両手のガードを下げ、機会を窺った。

デビル・ライフは、運動神経に影響を与えることなく神経を麻痺させ、痛みを感じさせなくすると同時にアドレナリンの発生を促進させる。だが、セルゲイが言うように無敵の体にするわけではない。その証拠にセルゲイは、右脇腹から流れる血で、下半身はすでに赤く染まっていた。

「うるさいハエのようだな貴様は！」

セルゲイの攻撃にスピードがなくなって来た。

反撃の時は来た。セルゲイの右手の突きを両手で摑み、浩志は、全体重をかけた強烈な左肘撃ちでセルゲイの右手の甲を砕いた。しかし、セルゲイはナイフを離すどころか、左手一本で浩志を強烈に突き飛ばした。そして、砕けた右手からナイフを奪うように左手に持ち替えた。この男の戦う執念は、すでに人ではなく悪魔の力を得ているとしか思えない。浩志は再び床に転がされ、さすがに起き上がるのに時間がかかった。

「どうした藤堂。部下を無駄死にさせた腰抜け野郎め！」

浩志は、眼前が朱に染まるのを感じた。憤り、憎しみ、屈辱……あらゆる感情が血液を逆流させ、体中のアドレナリンを沸き立たせた。

「ふざけるな!」

浩志は、猛然とダッシュし、セルゲイの脇腹に刺さったナイフを掴むと、そのまま脇腹を引き裂くようにナイフを抜き取り、セルゲイの後方に走り抜いた。

「何!」

セルゲイは、大きく開いた脇腹の傷を驚いた表情で見ながら、足をもつれさせた。傷口から、血がどっと湧き出て来たからだ。

「くそっ! 藤堂、死ね!」

セルゲイは、振り返った浩志目がけて左手のナイフを投げつけてきた。悪鬼の怨念がこもったナイフは、獰猛《どうもう》な野獣のように浩志の左肩口を大きく切り裂いて後方に飛んで行った。だが、浩志はそれをものともせずに右手のナイフをセルゲイ目がけて投げた。

「くうっ!」

セルゲイが、はじめてうめき声を発した。その眉間に深々と浩志のナイフが突き立っていた。そして、まるで大木が倒れるように後ろ向きに大の字を描いて倒れた。

「藤堂さん!」

「ブラボー!」

観客と化していた仲間や特戦群の歓声が、次第に海岸に打ち寄せる波音に変わって行く錯覚を覚えながら、浩志は意識を失った。

白い影

一

渋谷の松濤にある森本病院は、ベッド数が二十しかない個人病院だが、実態は傭兵代理店の専属病院として存在する。もっとも、自衛隊の特殊部隊の隊員なども、ここの常連だというから、防衛省のセキュリティーコードがレベル一ないし、二の患者が、ここに入院すると考えればいいのだろう。その常連の一人が、浩志である。

軍艦島の事件は、むろん世間には一切知らされることもなく、特戦群の演習が行われる予定だったこともむろん、噂に上りもしなかった。政府の必死の情報操作の結果だろう。政府は真実を嘘で固めた情報で隠蔽《いんぺい》するという常套手段を使った。特戦群は、セルビアタイガーに人質となった隊員十八名の内、四名が死亡し、その他の者も、重軽傷を負うという大打撃を受けた。しかし、国内でテロを受けたとなれば特戦群のみならず自衛隊そのものの存亡すら脅かされる問題となる。そこで、富士演習場における降下訓練中にヘリが墜落するという事故として処理された。実際、ヘリを地上で爆発させ、事故にみせかけるという巧妙なものだった。マスコミも民間に被害が出なかったために、取り扱いは小さく、尾を引くこともなかった。

浩志が率いた傭兵部隊もかなりのダメージを受けた。負傷者には、自衛隊から多額の見舞金が出た。また死亡したジャン・パタリーノも、それなりに保障されるはずだったが、ジャンの身寄りがいないために支払われることはなかった。結局浩志が代わりに墓代として三百万もらい、その金で亡くなった先輩の刑事が供養されている寺にジャンの墓を建てた。一方、死んだと思われたジミー・サンダースは、倒れてきた柱が支えとなり、建物に押しつぶされずにすんだ。だが、P九〇で撃たれた傷がもとで、損傷した胃を半分近く摘出することになった。その他の臓器の損傷は少なく命に別状はなかった。

現地で救出要請に従い上陸した特戦群の追加部隊により、軍艦島はくまなく調べられたが、敵の生き残りはだれひとりいなかった。セルビアタイガーは、隊長のセルゲイ・ヤポンチクを含めて十九名の死体が確認された。脱出した形跡がなかったことから、敵兵はすべて死亡したものと判断された。

浩志は、セルゲイ・ヤポンチクとの戦いで深い傷を受け、長崎の総合病院で緊急手術を受けた。ある程度の回復を見て輸送機で立川駐屯地に、そして陸自の輸送車で搬送されて改めて森本病院に入院した。

入院した翌日の夕方、珍しい客が訪れた。

「藤堂さん、私たちでできることがあれば、遠慮なさらずにおっしゃってください」

浩志の元気そうな顔を見て、満足そうに都築老人は何度も頷いた。たまたま骨折の経過を診てもらうために老人は、哲也を伴い病院を訪れていた。そこで、院長の森本に浩志の入院を聞かされ、慌てて見舞いに来た次第だ。本来この病院では、めったに民間人を診ることはないのだが、院長の森本の計らいで老人は特別に治療を続けている。

「藤堂さん。今何しているのか知らないけどさあ、あんまり俺たちに心配かけないでくれよな」

哲也が、生意気な口を利いて老人に頭を叩かれた。

「さっ、哲也。今日は、これでおいとまするぞ。また後日改めてお見舞いに来よう」

「えっ、来たばっかりなのに！」

哲也は、浩志のことを兄のように慕っているだけに不服面をした。その視線の先に森美香の顔があった。

「私のことは、気にしないで大丈夫ですよ」

美香は、慌てて両手を振ってみせた。さすがに身一つで入院するのも不便なので、美香に連絡をしたところ、身の回りの品を揃えて、見舞いに来てくれた。よくよく考えれば、彼女に自分のマンションの合鍵を渡したままにしてあった。持参してくれた下着類は、洗いざらしの浩志のものだった。どうやら留守の間、たまに洗濯や掃除をしてくれているらしい。

「ほら、おねえさんも、気にするなって」

「馬鹿者。わしらは、邪魔なんだ。ちょっとは気を利かせなさい」

都築老人は、哲也の背中を叩いて病室の出口へ促した。

「わかっているって、もう子供じゃないんだから」

わかっていたようだが、ちょっと反抗してみたかったのだろう。哲也は、浩志に手を振り、次いで美香に笑顔を送ると病室を出て行った。

「あなたって、わからない人ね。知り合いに、老人や子供までいるんだから」

美香は哲也と老人を見送ると、えくぼを見せて笑った。心なし、いつも笑顔の奥にあった屈託がなくなったように感じられる。

「でも、私はそんなあなたが好きよ」

「よせよ」

これまで好きと言われて居心地が悪い思いをしたが、今日はなぜか抵抗感がない。

「好きぐらい言わせてよ。それぐらいいいでしょ」

今日の美香は、妙に積極的だ。浩志の首に手を回してきたかと思うと、覆いかぶさるように抱きついて来た。

「いつものことだけど、知らないうちにいなくなっちゃうんだから」

美香は、浩志からミスティックの権利書を受け取るとすぐに店の準備を始め、その二日後には開店させていた。しかも、以前雇っていた沙也加も呼び寄せ、完全に閉店前と同じスタイルで営業を再開させていたのだが、肝心の浩志はまだ店に顔を見せておらず、極秘の演習とはいえ、いつものことながら連絡もせずに留守にしていた。

「どうした」

気がつくと美香は、泣いていた。

「うれしかったの」

「何が」

「連絡をしてくれたことが」

「美香しか、今のところ、頼る女はいないからな」

身の回りの世話は、傭兵代理店に頼めばむろん引き受けてくれたに違いない。瀬川や、黒川が嫌な顔もせずに来てくれることも想像がつく。だが、銃だこがあるようなごつい男に間違っても身の回りの面倒などみてもらおうとは思わない。まして、突然女に変身した土屋友恵が現れてその辺の男より荒っぽく世話をされてはたまらない。

「それ、どう受け止めていいの」

「好きに解釈すれば、いい」

美香に、好きとか、愛しているとか、どう解釈されようが構わなかった。軍艦島で、仲間が大勢負傷した。それだけにだれかに甘えたい気持ちがあるのかもしれない。傭兵らしくもないと思いつつ、浩志自身よくわからなかった。ただ確かなことは、美香の顔がむしょうに見たくなり、今は、だれよりも美香に側にいて欲しかった。

「私……相原。親からもらった名前は、相原由香里《ゆかり》。芸能人みたいな名だから、本名、使うのいやなんだ」

理由はそれだけではないのだろう。本名を名乗った彼女は、はにかむというより苦いものを飲んだような苦痛の表情を見せた。

「…………」

これまで、嘘がばれた後も森美香と偽名を通していただけに、彼女の心境の変化に浩志は驚かされた。

「それなら、これからはどう呼べばいいんだ」

「やっぱり、森美香。つらい思い出もあるけど、この名前は、絶対捨てたくないから」

「……わかった」

「私……内調辞めようかと思っているの」

「辞める?」

美香が本名を名乗ってきた理由を理解した。彼女は、内調の特別捜査官を辞め、普通の女に戻るつもりなのだ。

「俺がとやかく言うことじゃないが、辞める前に頼みたいことがある」

「……頼みって、何?」

「後で、聞かせる」

浩志は、そう言うと美香の顔を右手で引き寄せ、唇にキスをした。美香は両腕を浩志の首に絡ませ、それに熱く応えた。

二

翌日の午後二時、森本病院の前に黒塗りのベンツが一台止まり、中からSPを従えた内調のトップ、内閣情報官の杉本秀雄が現れた。杉本は、ナースステーションを兼ねた受付に座る男の看護師に浩志の病室の番号を訊ねると、病院らしからぬ閑散とした風景に首を傾げつつ、SPとエレベータに乗った。

杉本は病室の外にSPを待たせ、一人で中に入った。

「藤堂君、森君から大怪我をしたと聞かされて駆けつけて来たが、どうかね」

浩志は、美香にブラックナイトに関する情報を直接杉本に伝えたいと、密かに会談ができるようにお膳立《ぜんだ》てを頼んでおいた。

「無理に起きなくていいから、そのままで話を聞かせてくれ。しかし、君がそんな大怪我をするとは、思いもよらないことだったな」

浩志は半身を起こしかけたが、苦痛に顔を歪《ゆが》ませてまた横になった。

「俺のことは、情報本部からも報告を受けているはずだ。知らないはずがないだろう」

「まあ、そう言わんでくれ。たしかに軍艦島の件は、報告を受けている。ブラックナイトの傭兵部隊を君のチームが、見事に殲滅させてくれたそうじゃないか。今回特戦群は大打撃を受けたが、外部に恥をさらけ出さずに済んでほっとしているだろう。まったく陸自でエリートを集めたはずなのに、君らの足下にも及ばない」

「やつらは、寝込みを襲われたそうだ。しかも、実戦経験もない。仕方がないだろう」

浩志は、当事者でもない杉本の話し方が気に入らなかった。

「座れよ」

杉本は、ベッドの近くに置いてある折りたたみ椅子に腹の出た大きな体を落ち着かせた。座る時に折りたたみ椅子が、ギィーと悲鳴を上げた。

「今のところ、日本におけるブラックナイトの情報は、それなりに掴んでいるつもりだが、私に直接教えてくれるということは、君は何か新しい情報を掴んだんだね」

「そういうことだ。別に美香を信じていないわけじゃない。ただ、美香は単に連絡要員として使いたい。彼女に情報のやり取りに伴う金のことで煩わせたくないだけだ」

「ほう、そうすると君は、今度の情報は、内容を聞くだけでも金に値すると言うのだね」

「もちろんだ。その前に聞きたいことがある。これは、あんたとこれからもうまくやるための簡単な質問だ。そのために来てもらった」

「答えられる範囲なら、構わない」

杉本は、両目を閉じ腕組みをして答えた。

「情報本部からの報告は、いつもだれから受けることになっているのだ。名前は言わなくていい。階級だけでも教えてくれ」

「ずいぶん、立ち入ったことを聞くんだね」

「あんたからの仕事を引き受ける上で、ある程度、情報機関のシステムを知っておきたい」

「なるほど。もっとも君は、今では国家機密レベル一の政府関係者の間では、有名人だ。君の存在そのものが、国家機密レベル一に指定されている。知ってもらったところで、差し支えないだろう」

「何！　俺の名を首相クラスも知っているのか」

「馬鹿な。彼らはただの政治家だ。確かに国家機密レベル一の資格を持つ首脳陣もいる。だが、政治家は、口が軽過ぎる。覚えているだろう、どっかの大臣が友達の友達はアルカイダなんて馬鹿なことを平気で言ったのを。あの失言で我々裏方が、どれだけ沈静化に努力したのか奴らは何も知らない。もし、首脳陣に君の名が知られたら、君は資金集めのパーティーに客寄せパンダとして呼び出されるのがオチだ。それと同時に政治の裏側が一気に噴出してしまう。考えても恐ろしいことだ」

「なるほど、そういうことか。続きを話してくれ」

「君も知っているように日本の情報組織は、欧米のように警察的な行動までするところは、稀《まれ》だ。ほとんどが、専門分野の情報分析型と言える。それにどこもお役所だ。だから、内調は、決められた各担当官から情報をもらい受ける。たまにトップに働きかけて情報をもらうこともあるがね。だが、情報本部は違う。あそこは、海外の軍事情報も扱うから、ほとんどの情報はトップクラスから直接受けることになっている」

「なるほど、さっき軍艦島の話も知っていたようだが、いつ報告を受けたんだ」

「あれか。日本の情報機関の恥をさらすようだが、各情報機関とホットラインがすべて繋がっているわけではない。確かに情報本部とはホットラインはあるが、連中はある程度情報を整理してからじゃないとなかなか報告をよこさない。逆にこっちから催促しないと教えてくれない。まあ、こっちは上からものを言わざるをえないから、連中もやっかみがあるのだろう」

「どこの世界でもそうだ」

浩志は、杉本の話を進めるために相槌を打った。

「ブラックナイトに特戦群が、人質になったことは、いつ聞いたんだ」

「第一報は、特戦群の一色三等陸佐からの緊急連絡があった直後だ。なんせこれは、官房長官から首相に直接連絡してもらわなければいけない重大問題だったからな」

「当然だ。テロリストが大勢上陸して、秘密訓練中の特戦群を人質にしたのだからな」

「だが、その後が悪い。陸自首脳も交えた特戦群での会議が長引いてしまった。何度連絡しても、会議中だと言って、報告もしない。最後は、途中経過を聞いた官房長官から現場の意見を第一に考えるべきだというメッセージを入れてもらったら、ようやく結論を出した始末だ」

「俺たちは、その会議のおかげで、かなり不利な状況から攻略しなければならなかった」

あと一時間でも早く島についていれば、状況は変わっていただろう。むざむざとジャンも死なせずに済んだに違いない。

「まったくだ。さらに、君たちがようやく立川基地からC－一三〇に乗ったところまではよかったが、後は作戦が傍受される危険性があるとかで、最終報告が上がったのは、翌日の午後だったよ」

「軍事作戦中は、通信もされないことがある。よくあることだ」

「他に質問は」

「いや、今はない」

「よかろう。それでは、話を聞かせてくれ」

「工藤代議士を暗殺した犯人がわかった」

「それは、ブラックナイトの仕業だと聞かされていたが」

杉本の表情が、微妙に変わった。

「確かに工藤代議士を国会議事堂から拉致したのは、ブラックナイトのメンバーであり、おまえの部下だった坂巻も一枚嚙んでいた」

「人聞きが悪い言い方をしないでくれ。あいつは私が内調に入る前から組織のメンバーだったらしい。そういう意味では、私の部下ではない」

「言葉のあやだ。気にするな。殺人犯は、ブラックナイトと専属契約していたプロの殺し屋新井田教授、通称〝ドク〟だ」

「新井田教授？　確か……喜多見殺人事件の犯人だった男だな。だが、仲間の片桐に殺されたと聞いている」

「名古屋港に浮かんでいた死体のことを言っているのか。あれは、新井田じゃない」

新井田の捜査は、傭兵代理店の池谷が独断でしているため、情報本部にさえ詳しくは報告されていない。池谷の要請を受け、札幌に派遣された情報本部の捜査官ですら、別件の犯人として捜査を依頼されていた。新井田の死体が、替え玉でしかも父親だった可能性が強い。まして、本名が大道寺という名ということまで知っているのは、浩志と池谷を含めた傭兵代理店のスタッフだけだ。

「なら、だれだと言うのだ！」

杉本のこめかみがぴくぴくと動き、声を荒らげた。

「まだ、わかっていない。今はな。だが、すでに俺は目星をつけてある。ある程度裏も取ってある。ここを退院したら、すぐに捜査をするつもりだ。直にわかる」

「なんだ。まだわかっていないのか。それなら、身元がわかってから報告してくれ」

杉本は、ふうと息を吐いた。

「忙しいのに呼び出して悪かったが、身元がわかった時点での報酬を決めてもらいたい。それに捜査には金がかかる」

「そういうことか。警察では、すでに捜査は打ち切っている。私に教えてくれれば、公安に依頼して、密かにその男を始末させよう」

「公安に逮捕させたところで、裁判もできない。その始末も別途、実費で受けてもいいぞ。とりあえず退院するまでに、捜査費用の前金として二百万もらおうか」

「わかった」

杉本は、話が終わると廊下に待たせておいたＳＰが慌てて追いかけるほど、急いでエレベータホールに向かった。

「録れたな」

浩志が独り言のようにつぶやくと、別室に待機していた瀬川と黒川が、盗聴器と隠しカメラの受信機の前で頷いた。

三

瀬川は、浩志の夕食の世話をした後、いそいそと帰り支度を始めた。内調の杉本が現れてからは、美香は姿を見せていない。そのため、仕方なく身の回りの世話を瀬川に頼んだのだ。もっとも下着類や洗面道具は美香が持って来てくれたので、特に頼むことはない。

「それでは、失礼します」

瀬川が病室を八時に出ると、患者が少ないこの病院ではすぐ消灯され、廊下の非常灯以外の照明は消された。夜間は、警備員さえいなくなる。患者数が少なければ、宿直の医者もいない。ここは救急病院に指定されていないからだ。だが、院長の森本の自宅がすぐ隣にあり、宿直の医師がいない時は院長自らが対応することになっている。そのため、通常は看護師の宿直が一人か二人いるだけだ。

夜中の午前二時、浩志の病室に白い影がふっと現れた。まるで異次元の扉から突然現れたような影は、身長一八〇前後、痩せ型の白衣を着た男で、顔を大きなマスクで覆っていた。そして、男の両眼は鋭く尖り、闇の中でも光っているようだ。

男は浩志のベッドの脇に立つと、右手に怪しく光るものを握った。

「おまえは、血の賛美。作品番号、六四番だ」

男は、まるで呪文のような言葉をつぶやくと、ベッドを覆うシーツをはぎ取った。

「うっ！」

男は、押し殺したうめき声を漏らした。ベッドに寝ているはずの浩志の姿はなく、丸められたシーツと枕があるだけだった。

「残念だったな」

浩志の声が部屋の隅の暗闇からした。

「何！」

「俺のことは、気にするな。一応枕は、頭のつもりだ。首を絞めて、メスで首を切り裂くところを見せてくれ。ちなみに作品番号、六四番というのは、おまえが手にかけた殺人の件数がこれで六四番目ということだな」

浩志は、暗闇から一歩出た。昼間、杉本の前ではかなり重篤な怪我人らしく見せていたが、実際は起き上がれるばかりか、歩くこともできる。

「貴様、だましたな」

男は、叫んだ。

「新井田、罠をかけなきゃ、おまえは出てこないだろう」

「罠だと！」

「そう、ブラックナイトの日本の親玉、杉本の力を借りてな。今頃、杉本は情報本部の捜査官に確保されているはずだ」

「なんのことだ」

「おまえが、ここに現れたのが何よりの証拠だ」

浩志は、杉本に初めて会った時から、どこかきな臭いものを感じていた。それを決定づけたのは、軍艦島に上陸し、セルゲイと通信した時だった。セルゲイは、浩志たちが時間通り来るのは、不可能と思っていた。なぜなら、特戦群本部の会議が長引き、浩志たちの出撃が遅れたことを知っていたからだ。しかもＣ－一三〇に乗ったことまで知っていた。だが、佐世保港の海自の基地から高速艇に乗ったことまでは知らなかった。情報提供者である杉本も知らされていなかったからだ。

昼間杉本との会話を盗聴したテープを後で池谷らと聞き直し、浩志はこれまで美香から聞かされた話と合わせて確信するにいたった。美香は、片桐に拉致されるまでその報告を上司ではなく、杉本に直接上げていた。美香は、内調にモグラがいて部署に仕掛けられた盗聴マイクを使いモグラが情報を盗んでいると思い込んでいた。なぜなら内調のトップが、まさかブラックナイトの関係者だとは夢にも思わなかったからだ。それに、杉本の人懐っこい風貌に騙されたというのが一番の理由だろう。

新井田は、ゆっくりと後ずさりしていった。

「無駄だ。廊下には、仲間が待機している」

浩志の声を聞いていたらしく、ドアノブを回し、次いでノックする音がした。ドアは、新井田が鍵を閉めたらしい。

「藤堂さん！」

瀬川は、近くの病室で待機していた。残りの代理店のスタッフ黒川と中條もすでに銃を構えいつでも突入する態勢になっていた。

「心配するな！　そこで待機していろ」

「しゃあ！」

影は、まるで蛇のように口から短く息を吐き、怒気を表した。

「おまえは、大道寺堅一か、それとも堅二のどっちだ」

「なっ……驚いた。我々の本名も知っていたのか。さすが元敏腕刑事だと褒めてやる。おまえは、早く殺すべきだった」

「俺の勘では、おまえは弟の堅二だろう」

男は、先日の男と違い、杖をついて歩くわけでもなく、しっかりとした足取りをしている。

「どっ、どうして、そう思うのだ」

「先日会った男の方が落ち着いたしゃべり方をしていた。双子も長年、兄と弟という役割をしていれば、自ずと気性も変わってくるものだ。どうやら図星のようだな」

大道寺は、右手に持っていた手術用メスを振り回してきた。

病室の闇に火花が散った。

浩志は隠し持っていた特殊警棒で手術用メスを払ったのだ。

「貴様！　そんな武器まで隠していたのか」

大道寺は、メスを投げつけ、浩志がそれを払った瞬間を狙い、強烈な前蹴りを繰り出して来た。半端な蹴りではない、修練されたものだ。駒場野公園で襲って来た大道寺の兄と思われる男も、居合いをみせた。足が不自由ということで浩志に反撃のチャンスはあったが、もし完全な体をしていたのなら、あの場で浩志は殺されていたかもしれない。

大道寺は、次々に空手の技で攻めて来る。だが、浩志は特殊警棒でことごとく跳ね返した。狭い病室のことなので、お互い決め手に欠いたが、浩志が特殊警棒を持っているだけに有利だった。

浩志は、大道寺の右正拳を左手で払うと、すばやく新井田の胸ぐらを掴み鳩尾《みぞおち》に強烈な膝蹴りを喰らわした。

「無駄だ藤堂。私も今夜は、デビル・ライフを射っている」

大道寺は逆に浩志を抱きかかえると、恐ろしい力で病室の壁を蹴り、その反動で窓を突き破り外に飛び出した。浩志は、大道寺に傷口を押さえ付けられたため、力を出すことができず、大道寺に抱きかかえられたまま下になって三階の病室から外に飛び出した。浩志をクッション代わりに使うつもりなのだろう。

だが、外に飛び出した瞬間、浩志は病院の外壁を蹴り大道寺の呪縛《じゅばく》から逃れるとともに、下に停めてあった車の屋根に背中から落ちて一命を取り留めた。大道寺はアスファルトに直接落下した。マスクが外れた顔は、浩志が駒場野公園で見た顔と同じだった。それがはたして兄弟のどちらかはわからない。だが、浩志は、落ちた車の屋根から大道寺の顔を確認するのが精一杯で動くこともできなかった。だが、廊下で待機していた瀬川らが一階まで降りて来ると大道寺の姿は、どこにもなかった。

浩志は路上に落ちた大道寺が、ゆっくりと起き上がるのを薄れ行く視界の中で見ていた。その後大道寺がどうしたかまでは、確認することもできずに完全に気を失った。それが幻なのか現実なのか、後から考えてもよくわからなかった。ただ、白い影がゆらりと路上から立ち上がり、その影が二つになったような映像も頭の中には残っていた。

異常な殺人鬼〝ドク〟。それが、再び野《や》に放たれた瞬間であったのかもしれない。

悪魔の旅団

一〇〇字書評

切り取り線

購買動機（新聞、雑誌名を記入するか、あるいは○をつけてください）	
□（　　　　　　　　）の広告を見て	
□（　　　　　　　　）の書評を見て	
□ 知人のすすめで	□ タイトルに惹かれて
□ カバーが良かったから	□ 内容が面白そうだから
□ 好きな作家だから	□ 好きな分野の本だから

・最近、最も感銘を受けた作品名をお書き下さい

・あなたのお好きな作家名をお書き下さい

・その他、ご要望がありましたらお書き下さい

住所	〒				
氏名		職業		年齢	
Eメール	※携帯には配信できません	新刊情報等のメール配信を 希望する・しない			

この本の感想を、編集部までお寄せいただけたらありがたく存じます。今後の企画の参考にさせていただきます。Eメールでも結構です。

いただいた「一〇〇字書評」は、新聞・雑誌等に紹介させていただくことがあります。その場合はお礼として特製図書カードを差し上げます。

前ページの原稿用紙に書評をお書きの上、切り取り、左記までお送り下さい。宛先の住所は不要です。

なお、ご記入いただいたお名前、ご住所等は、書評紹介の事前了解、謝礼のお届けのためだけに利用し、そのほかの目的のために利用することはありません。

〒一〇一‐八七〇一
祥伝社文庫編集長　清水寿明
電話　〇三（三二六五）二〇八〇

祥伝社ホームページの「ブックレビュー」からも、書き込めます。
www.shodensha.co.jp/bookreview

祥伝社文庫

悪魔の旅団《デビルズ・ブリゲード》 傭兵代理店《ようへいだいりてん》

平成20年2月20日 初版第1刷発行
令和4年6月25日 第11刷発行

著者 渡辺裕之《わたなべひろゆき》

発行者 辻 浩明

発行所 祥伝社《しょうでんしゃ》
東京都千代田区神田神保町3-3
〒101-8701
電話 03（3265）2081（販売部）
電話 03（3265）2080（編集部）
電話 03（3265）3622（業務部）
www.shodensha.co.jp

印刷所 萩原印刷
製本所 ナショナル製本

Printed in Japan ©2008, Hiroyuki Watanabe ISBN978-4-396-33409-3 C0193